Astrid Korten
FLORA

Astrid Korten

FLORA

Die Dornen der Lüge

Roman

Impressum

Bibliografische Information der Deutschen Nationalbibliothek:
Die DeutscheNationalbibliothek verzeichnet diese Publikation in der Deutschen Nationalbibliografie; detaillierte bibliografische Daten sind im Internet über http://dnb.dnb.deabrufbar.
© 2024 Astrid Korten
Korrektur: Dorus Kaplan
Umschlaggestaltung: Covergestaltung: VercoDesign, Unna
Umschlagabbildung: ©Trevillion Images
Verlag: BoD · Books on Demand GmbH, In de Tarpen 42, 22848 Norderstedt, bod@bod.de
Druck: Libri Plureos GmbH, Friedensallee 273, 22763 Hamburg
ISBN: 978-3-7693-2064-0

ÜBER DAS BUCH

Die Leute sagen, ich bin seltsam.
Ich bin nicht seltsam, ich bin nur anders.

Im Zentrum des Romans steht Flora, die in völliger Isolation in der Einöde der Voralpen aufwächst. Nach dem Tod ihrer Mutter wird das verwahrloste, vierzehnjährige Mädchen in die Zivilisation gebracht und in eine psychiatrische Klinik eingewiesen.

Jahre später ist Flora eine erfolgreiche, mehrfach ausgezeichnete Kräuterexpertin und lebt zurückgezogen in Mühlbach. Ihr Leben ändert sich schlagartig, als Ella sie besucht, die sich als ihre Zwillingsschwester entpuppt. Ella konfrontiert sie mit verblassten Fotos aus der Vergangenheit, die Flora in Panik versetzen und ihre alten Ängste wieder wachrufen.

Wenig später verschwindet Ella spurlos. Verzweifelt macht sich Flora auf die Suche und weckt dabei die Dämonen einer bizarren Vergangenheit...

FLORA – Die Dornen der Lüge ist ein packender Spannungsroman mit einer außergewöhnlichen Protagonistin und ein Roman über das vermeintlich Teuflische in uns.

PROLOG

Du trugst ein braunes Kleid und einen Kranz aus Wildrosen und Alpenglöckchen, als wir dich fanden, und warst gerade vierzehn Jahre alt geworden. An diesem Tag brannte die Sonne erbarmungslos, die Luft war stickig. Die Voralpen schienen vor Hitze zu zittern.

Hinter dir stand eine Art Tonne aus Stahl, aus der Rauch aufstieg. Aus Fichtenharz und Lavendel hattest du Weihrauch gemacht. Der Duft milderte den Gestank des Todes, der sich wie ein Schleier über das Tal legte.

Dein Anblick hat mich tief berührt. Deine Arme und Beine waren blutig von den Dornen der Wildrosen, mit denen du den toten Körper neben dir geschmückt hattest. Du saßest mit geschlossenen Augen einfach nur da und sangst eine Art Mantra. Deine klare Stimme hallte durch das Tal und schien perfekt mit dem monotonen Zirpen der Grillen zu harmonieren. *Ah-oh. Ah-oh... Ah-oh. Ah-oh...* Dir war entgangen, dass bereits Polizisten den schmalen Pfad zum Hof hinaufgeklettert waren.

Deine Mutter lag auf einem Reisighaufen. Blauer Enzian und wilde Rosen waren in das blonde Haar geflochten. Die Blumen gaben ihr etwas Andächtiges. Es hatte etwas Intimes, etwas Zerbrechliches, wie deine geschwollenen Finger die Hände deiner Mutter streichelten, als könntest du die Tote wieder zum Leben erwecken.

Doch dieses Gefühl verflüchtigte sich augenblicklich, als ich mich neben dich hockte und den Verwesungsgeruch der Ermordeten wahrnahm, der stärker war als der Duft der schwelenden Kräuter. Ich zuckte zusammen, hielt mir die Hand vor Mund und Nase und stand auf.

Ich befahl den Kollegen, die Spurensicherung zu verständigen und den Leichnam ins Tal zu bringen.

„Deine Mutter ist tot", flüsterte ich und legte meine Hand sanft auf deine schmale Schulter.

Erst da hobst du den Kopf. Aus deinem rechten Auge lief Eiter. Heftig schütteltest du den Kopf und begannst wieder zu singen. *Ah-oh. Ah-oh... Ah-oh. Ah-oh ...*

Wir beschlossen, dich zu betäuben und den Berg hinunterzutragen. Freiwillig wärst du ohnehin nie mit uns in die Zivilisation zurückgekehrt.

Erst ein Jahr später gaben die Behörden dir einen Namen, nachdem sie festgestellt hatten, dass du nirgendwo registriert warst. Sie nannten dich Flora Graf. Das Blumenmädchen.

Teil 1

Die Frau an der Tür
Ella

Ich hatte immer das Gefühl, das Flora existiert.

An einem anderen Ort auf dieser Welt.

Wenn ich als Kind allein oben in meinem Zimmer mit meinen Barbiepuppen spielte, war es, als säße ein Mädchen neben mir.

In meiner Vorstellung sprach ich mit ihr.

Ich habe nie allein gespielt.

Ich war auch nie allein.

Dieses Mädchen war immer bei mir.

Daher war ich nicht wirklich überrascht, als ich erfuhr, dass Flora existiert.

Es war die Lüge, die mich schockierte.

Und was die beiden uns angetan haben.

Ja, hauptsächlich das Letzte.

KAPITEL 1

Rosenheim, Eröffnung Kräuterladen Floresse

Samstag, 6. Juli 2019

Hinter der Ladentür durchschneidet leises Gemurmel die Stille.

„Flora, wie weit bist du? Die ersten Gäste warten schon."

Martha watschelt in die Küche und stellt sich neben mich, als drohe ein Unheil.

„Ich bin fast fertig", antworte ich, hebe den Deckel vom Topf mit der brodelnden Schokolade und schnuppere. Zufrieden fische ich die Gewürzzweige aus der cremigen Soße und lecke mir die Finger. Zur Eröffnung habe ich ein dreitausend Jahre altes Kriegsgetränk der Maya zubereitet. Endlich mal eine Abwechslung zum traditionellen Champagner. Später werden die Leute gut gelaunt und euphorisch, vielleicht auch ein wenig streitlustig, wieder durch die Tür ins Freie strömen.

„Kann ich irgendwas tun?", fragt Martha. Ihre rehbraunen Augen funkeln in dem runden Gesicht. Am liebsten würde sie das Kriegsgetränk kosten. Ihre High Heels klappern auf dem Fliesenboden. Martha trägt oft hohe Absätze. Sie wirkt dann nicht so klein und pummelig. In solchen Schuhen könnte ich nicht laufen.

„Du könntest die Tassen füllen, Martha", antworte ich, während ich den Topf vom Herd nehme und ihn auf den Tisch neben die kleinen Becher stelle.

„Mach' ich." Eine Locke hat sich aus ihrem Knoten gelöst. Es schmeichelt ihr. Martha sieht schick aus in ihrem blauen Kostüm, das so schön mit ihrem weißgrauen Haar kontrastiert.

„Ziehst du dich auch hübsch an?", fragt sie und streichelt mir über die Wange. „Schließlich kommen die Gäste deinetwegen, Flora."

Sie klingt unwiderstehlich. Ich kenne diesen Tonfall und weiß, dass ich gleich wieder ‚*gesellschaftsfähig*' sein muss. Ich soll mich auf das konzentrieren, was die Leute sagen, nicht sofort auf ihren Geruch oder den Klang ihrer Stimme, denn das würde mich ablenken. Das kommt nicht gut an. Dann mache ich einen seltsamen Eindruck, behauptet Martha. Ich weiß, aber meine Aufmerksamkeit ist ohnehin immer auf den Geruch gerichtet.

So nahm ich auch vor zehn Jahren wahr, dass sich der Geruch von Marthas Exkrementen verändert hatte. Ich wusste sofort, dass etwas nicht stimmte, und sagte es ihr. Noch am selben Tag ging Martha schockiert zum Arzt. Ich sollte recht behalten, denn an ihrem zähen Stuhl haftete Schleim mit Krebszellen. Sie kam gerade noch rechtzeitig. Der befallene Darmabschnitt wurde entfernt und ein halbes Jahr später roch ihr Stuhl wieder normal. Jetzt bittet sie mich einmal im Monat, gleich nach dem Stuhlgang nachzusehen, ob er noch „sauber‘ ist. Denn das ist die beste Zeit zum Riechen: wenn der Stuhlgang noch warm und dampfend ist. Manche Leute rümpfen die Nase, wenn ich ihnen das empfehle, aber ich bin in der Natur aufgewachsen, wo Gerüche für das Überleben entscheidend sind.

„Okay. Ich ziehe mich jetzt um", antworte ich, streife meine Schürze ab und gehe in das muffige Badezimmer rechts neben der Küche. Martha hat mir ein fliederfarbenes Kostüm mit passenden Ballerinas hingelegt.

Im Nu ziehe ich mich um, bürste meine blonden Locken und stecke sie mit einer Haarnadel zu einem Dutt zusammen. Martha wünscht sich das. Ich sei dann auffälliger und sehe weniger wild aus. Vor allem Letzteres.

Ich schleiche mich in den Laden, stelle mich unbemerkt neben die Vitrine mit den ätherischen Ölen und werfe einen Blick auf unsere neueste Kräuterkollektion. Braun- und Grüntöne dominieren. Die Farben der Berge und der malerischen Gassen. Der Standort am Max-Josefs-Platz ist perfekt.

„Dieses Haus entstand nach dem großen Brand von 1641", erklärte mir Martha, als wir uns das Haus ansahen. „Teilweise stammen sie aus dem 14. Jahrhundert, aber aus den ehemals schmalen Holzhäusern entstanden prächtige Patrizierhäuser."

Ich sah mir die hochgezogenen, horizontal gegliederten Fassaden, Arkaden und Erker an und recherchierte, welche Heilmittel nach dem Brand und dem Untergang der Stadt ihren Siegeszug antraten. Deshalb habe ich zur Eröffnung diese Epoche als mein neues Kräuterthema gewählt. Aus der Verschmelzung der Völker entstehen stets neue Ideen.

An der Innenseite meines Handgelenks rieche ich noch die Essenz des Wermutkrauts, mit dem ich heute Morgen experimentiert habe. *Artemisia absinthium*, ein starkes Zeug. Die Römer behandelten damit Magen-Darm-Infektionen. Es wirkt gut, das weiß ich aus eigener Erfahrung. Mama hat es immer genommen, wenn sie Magenschmerzen hatte.

Ich lutsche an meinem Handgelenk, fahre mit der Zunge an meinen Zähnen entlang und schmecke immer noch den Absinth. Ich will zurück in mein Labor und drehe mich um. Greife nach der Türklinke.

„Flora! Du bleibst hier!" Martha packt mich am Arm. „Wir fangen jetzt an."

Sie zieht mich mit sich. Wir schlängeln uns an ein paar Gästen vorbei. Ich halte die Nase hoch und atme ein. So viele Gerüche, ich kann sie nicht einordnen.

Wo ist die Tür? Schau dich immer nach einem Fluchtweg um, hat mir Mama beigebracht, als ich klein war. *Okay, die Glastür ist rechts, drei Meter entfernt.*

Ich folge Martha und steige die Stufen zu einem Podium hinauf. Dann stehen wir neben einem korpulenten Mann, der uns kurz zunickt und das Mikrofon ergreift.

„Es ist mir eine Ehre, als Bürgermeister von Rosenheim die Eröffnung vornehmen zu dürfen", sagt er.

Martha nimmt meine Hand und drückt sie kurz. Ich richte meinen Rücken auf. Der dicke Bürgermeister redet und lächelt. Er gestikuliert in meine Richtung. Er riecht aus dem Mund – eindeutig eine beginnende Parodontitis. Seine Zähne faulen. Ob er das schon weiß? Das sollte ich ihm gleich sagen, wenn er fertig ist.

„Wir Rosenheimer sind stolz, dass die berühmte Kräuterexpertin, Dr. Flora Graf, sich in unserer Stadt niedergelassen hat", fährt er fort und wendet sich dann Martha zu. Er stellt sie als meine geschäftstüchtige Mutter vor, die mein großes Talent erkannte und alles verkaufte, was sie besaß, um mich bei der Gründung meiner Firma *Floresse* zu unterstützen. Martha Mandel sei der Wind unter meinen Flügeln, sagt er und nickt dem Publikum zu, das begeistert applaudiert. Eine komische Redewendung.

Martha streicht mir mit dem kleinen Finger über die Handfläche. Ich rücke noch näher an sie heran und gebe ihr einen Kuss auf ihren grauen Dutt. Der Bürgermeister fragt, ob Martha kurz etwas sagen möchte. Darin ist sie wirklich gut. Von uns allen ist Martha die Rednerin. Sie übernimmt das Mikrofon und beginnt zu sprechen.

„Meine Damen und Herren, meine Tochter und ich fühlen uns sehr geehrt, dass wir endlich eine Floresse-Filiale in dem lebendigen Rosenheim eröffnen können. Gegenüber Ihrer schönen St. Nikolaus-Kirche ..."

Ich denke an die Zähne des Oberbürgermeisters. Der Mann muss tagsüber Kalmuswurzeln kauen und den Saft schlucken. Das hilft. Und oft mit starkem Goldrutentee gurgeln. Gerade als ich überlege, ob ich auch cremige Kamille dazugeben würde, verändert sich etwas in den Gesichtern der Anwesenden. Habe ich etwas Unbedachtes getan? Ich weiß es nicht. Gepupst habe ich nicht, da bin ich mir sicher. Ich bin mit dem unwohlen Gefühl aufgewachsen, seltsamer zu sein als andere. Die Spuren meiner sonderbaren Kindheit haften mir noch an, behaupten manche Menschen. In pudrigen Mikrodosierungen scheinen sie für meine Umwelt akzeptabel. Heute habe ich das Gefühl verdrängt, habe jeden noch so leisen Zweifel an meiner Seltsamkeit erstickt. Ich bin nicht seltsam, ich bin anders.

Vielleicht hat aber auch Martha etwas Lustiges gesagt? Nein, Martha spricht nicht mehr. Ich drehe mich zu ihr um. Wie eine steife Marionette steht sie da, den Mund offen, die Arme unbeweglich an den Körper gepresst.

Ich folge ihrem Blick und sehe die Frau am Eingang. Sie ist groß und schlank und hat blonde Locken. Aber ... das kann doch nicht sein? Ich scharre mit den Zehen in meinen Ballerinas.

Seht her. Ich stehe hier auf der Bühne, nicht an der Tür.

Ich umklammere Marthas Arm.
Meine Kopie kommt auf uns zu.

KAPITEL 2

Rosenheim, Kräuterladen Floresse
Samstag, 6. Juli 2019

Meine Kopie sitzt mir gegenüber am Küchentisch. Mehr als dreißig leere Tassen stehen zwischen uns. Der Schokoladenduft des Maya-Getränks hängt noch im Raum. Martha hantiert an der Spüle. Seit der Eröffnung riecht sie säuerlich, es ist ihr Stressgeruch. Ich stehe auf und überprüfe zum zweiten Mal den Fenstergriff. Das Fenster ist offen. So kann ich sofort fliehen, wenn es sein muss.

Ich setze mich wieder hin und schaue auf das Blatt Papier vor mir. Sie hat ihren Namen darauf geschrieben: *Ella Kaplan-Wagner.* Ihre Mutter stammt aus Bad Urach in der Schwäbischen Alb. Als Kind war sie dort oft bei den Verwandten zu Gast. Jetzt lebt sie mit ihrem Ehemann auf dem Weingut Bad Urach.

Obwohl Ella mich nervös macht, fasziniert sie mich auch, wenn sie spricht. Wie sie sich artikuliert, wie sie ihre Lippen um die Worte formt. Wie sie ihre Hände bewegt. Wie sie mit ihrem Ehering spielt und sich gelegentlich umschaut, wie ein ängstliches Vögelchen, schnell und wachsam, als könnte sich jeden Moment ein hungriges Männlein auf sie stürzen. Bewege ich mich auch so? Möglich, sie ist mir in fast allem ähnlich. Nur riecht sie anders. Ein Cocktail aus Parfüm, Deodorant und Weichspüler. Der Geruch der Zivilisation.

Ella hat uns schon in einem langen Wortschwall viel erzählt. Auch darin ist sie anders als ich. Sie spricht leicht und flüssig. Sie hat uns erzählt, dass ihre 81-jährige Mutter seit letztem Monat nach einem Schlaganfall in einem Pflegeheim in Dettingen ist. Auf dem Weingut konnte sie nicht richtig versorgt werden. Ihr Vater ist vor sechs Monaten an Speiseröhrenkrebs gestorben, kurz nach seinem dreiundachtzigsten Geburtstag. Sie war am Boden zerstört. Papa war ihr liebster Mensch auf Erden.

‚Aber zum Glück lebt meine Mutter noch‘, sagte sie, *‚obwohl nur noch ihre Hülle im Stuhl sitzt.‘*

Ella besucht sie jeden Tag und hofft, etwas von der starken Frau wiederzusehen, die das Fundament ihrer Existenz war. Wie auch immer.

Als sie das Zimmer ihrer Mutter auflöste, fand sie – versteckt in einem dicken Buch mit Grimms Märchen – einen Zeitungsausschnitt über mich in der Süddeutschen Zeitung. Auf dem Foto, das dem Artikel beilag, fiel ihr sofort unsere Ähnlichkeit auf. Wir sehen uns sehr ähnlich, sind beide sehr groß und schlank, haben goldblonde, krause Locken und eine schneeweiße Haut. Und wir haben die gleichen grünen Augen, eine Farbe, die man selten sieht. Sie hat mich gegoogelt und noch mehr Gemeinsamkeiten entdeckt. *Ihr seid gleichaltrig und habt die gleiche Stimme*, hatte ihr Mann gesagt, der ein YouTube-Video von mir gesehen hatte. Da dämmerte Emma etwas, das sie schon lange vermutet, aber nie auszusprechen gewagt hatte: dass ihre Mutter und ihr Vater nicht ihre leiblichen Eltern waren.

„Ich rief unseren Hausarzt an und erkundigte mich nach der Blutgruppe meiner Eltern", sagt Ella. „Er erklärte mir, dass ein Vater und eine Mutter mit der Blutgruppe AB kein Kind mit der Blutgruppe 0 haben können. Aber eigenartigerweise gibt es keine Adoptionspapiere. In meiner Geburtsurkunde sind Cornelius und Roswitha Wagner als meine leiblichen Eltern eingetragen. Laut Urkunde kam ich am 17. Juni 1974 in der Arztpraxis meines Großvaters, Dr. Josef Söder, in Bad Urach zur Welt. Meine Mutter hat mir später erzählt, dass sie fremden Ärzten nicht vertraute und unter der fachkundigen Aufsicht ihres eigenen Vaters entbinden wollte." Sie lächelt. „Jedenfalls meldete mich mein Vater noch am selben Tag in Bad Urach an, wo meine Eltern eine Weinhandlung besitzen." Sie reicht mir den Mutterpass.

Alles ist darin perfekt dokumentiert. Angefangen mit der ärztlichen Unterschrift ihres Großvaters auf Ellas Geburtsurkunde: Dr. Josef Söder, dann Ellas Gewicht und Größe.

„Aber keinem Dokument konnte ich entnehmen, dass ich adoptiert wurde. Fakt ist, dass sie mich belogen haben. Ich wurde manipuliert. Als ich dein Foto sah, wusste ich, dass ich die Antwort bei dir finden würde. Deshalb bin ich hier, Flora. Ich suche meine leiblichen Eltern."

Meine Kopie kramt in ihrer Ledertasche und holt einen dicken Ordner heraus. „Ich möchte dir etwas zeigen", sagt sie und öffnet den Ordner. Dann klingelt ihr Handy.

„Mein Mann, der wahrscheinlich wissen will, ob es mir gut geht." Sie holt das Ding aus ihrer Tasche. „Hey, Leo, ich bin im Gespräch. Kann ich dich später zurückrufen?"

„Was ist das für eine Sprache?", frage ich und beuge mich zu ihr.

„Schwäbischer Dialekt. Verstehst du das?"

„Ja. Das ist ein Dialekt, den meine Mutter gesprochen hat. Und es ist die Sprache, in der ich manchmal denke und träume."

Die Augen meiner Kopie leuchteten auf. „In der du denkst und träumst? Aber dann hast du diesen Dialekt von deiner Mutter gelernt."

„Wahrscheinlich." Ich halte mich mit beiden Händen an der Tischkante fest.

„Wie hieß deine Mutter?", fragt sie.

„Das wissen wir nicht", antwortet Martha blitzschnell. „Sie wurde ermordet, als Flora vierzehn war."

Eine Sekunde Schweigen, ein Moment, kurz bevor es kippt, eine Sekunde höchster Fragilität. So kommt es mir vor.

Ella dreht sich mit einem Ruck um und sieht Martha an. „Ermordet?", flüstert sie entsetzt.

„In den Voralpen, auf einem fast unauffindbaren Bauernhof", knurrt Martha, als sie eine Tasse Tee vor Ella abstellt. Die Art, wie sie das tut, hat etwas Bösartiges. Sie will nicht über meine Kindheit sprechen. Anweisung vom Psychiater. Behauptet sie zumindest, wenn ich mal nachhake.

Ella ist plötzlich still und fährt mit den Fingern an ihrer Tasse entlang. Der Duft von frischer Minze steigt auf. Meine Gedanken schwingen davon. *Das frische Aroma ist ein schöner Gegenpol zu den schweren Dämpfen des Kakaos. Zumindest, wenn man die richtige Minze verwendet. Es gibt so viele Sorten.*

Wasserminze. Bergminze. Kranzminze. Und sie alle schmecken anders …

„Und warum wurde sie getötet?", fragt Ella. Sie klingt plötzlich herrisch, wie eine würdige Gegnerin von Martha. „Von wem? Und wann?" Sie sieht Martha an. Ella ist klug, sie versteht, dass Martha mein Sprachrohr ist.

„Sie wurde im Juni 1988 ermordet", antwortet Martha, „Sie wurde erstochen und der Täter nie gefasst. Wir wissen nicht, wer es getan hat und warum."

„Sie wissen ihren Namen nicht? Wie seltsam! Jeder Mensch hat doch einen Namen."

„Ich nannte sie nur *Mama*", erwidere ich.

Ellas Kopf schwirrt wieder in meine Richtung. Wie ein kleiner Vogel. *Schwupp!*

„Mama…?"

„Flora lebte dort oben allein mit ihrer Mutter", sagt Martha. „Sie wurde neben ihrer Leiche gefunden und in die Zivilisation gebracht. Meine kleine Flora konnte weder lesen noch schreiben. Nach einem Jahr in der Psychiatrie kam sie zu mir. Ich habe sie 1990 adoptiert. Seit 22 Jahren bin ich ihre Mutter. Nicht wahr, mein Schatz?" Sie lächelt.

Ich nicke.

„Aha." Ella hat offenbar bislang nicht genug Fragen gestellt. Immer wieder wandert ihr Blick zu meiner verstümmelten linken Hand. „Was ist mit deiner Hand?", fragt sie schließlich. „Hattest du einen Unfall?"

Martha seufzt und beugt sich zu mir herunter. „Darüber reden wir nicht", sagt sie entschieden.

Ich betrachte die rote, geriffelte Narbe, wo früher mein kleiner Finger war, und versuche, meine Hand zu bewegen. Es fällt mir schwer.

„Ich weiß nicht", flüstere ich. „Jemand hat mir den kleinen Finger abgehackt. Das war an dem Tag, an dem Mama getötet wurde."

Martha knurrt.

„Er wurde dir abgehackt?" Ella führt ihre Hand an den Mund. „Aber warum?"

„Ich weiß es nicht. Ich erinnere mich nicht mehr an den Tag, an dem ich zu den Menschen kam."

Plötzlich scheint die Sonne wieder. Das Licht fällt auf Ellas Hände, die sie um ihren Becher gelegt hat: Ihre Finger sind schlank und zierlich. Ihre zehn langen, blutrot lackierten Fingernägel glänzen im hellen Licht.

Ich blicke noch einmal auf das Blatt Papier vor mir: *Ella Kaplan-Wagner.*

Ella...

„Was machen Sie beruflich?", fragt Martha. Ihr Schweißgeruch wird stärker.

„Ich bin Agraringenieurin und habe vor zehn Jahren den Hof meiner Eltern in Bad Urach übernommen. Leo und ich haben daraus ein Weingut gemacht."

„Du bist also Bäuerin", antwortet Martha. In ihrer Stimme schwingt Missbilligung mit. Bauern haben bei Martha keinen guten Stand. Sie streiken ihr zu oft.

„So ähnlich", antwortet Ella. „Wir bauen seit 2009 Wein an. Deshalb habe ich Önologie studiert. Ich habe einen guten Geruchs- und Geschmackssinn. Unsere Weine werden wegen meiner Nase ausgezeichnet."

Ich grinse. „Ich kann auch gut schmecken und riechen."

„Du bist wie ein Hund", sagt sie. „Du schnüffelst an den Leuten. Das solltest du nicht."

Ella und ich lachen laut auf. Martha nicht.

„Bist du in einer Beziehung, Flora?", fragt sie.

Martha stöhnt.

„Nein, mein Gabor ist tot." Ich scharre mit meinen Ballerinas auf dem Boden. „Er ist am 9. Dezember 2010 an Herzversagen gestorben. Er war achtundfünfzig."

„Achtundfünfzig?"

Sie schaut zur Seite und rechnet. Das tat Martha auch, als ich ihr von meiner Liebe zu Gabor erzählte. Martha klagte über den großen Altersunterschied. Er würde immer vor mir sterben, sagte sie. Ich würde eine junge Witwe sein. Sie behielt recht.

„Hast du Kinder, Ella?", frage ich.

Martha zuckt zusammen.

„Nein, ich habe keine eigenen Kinder", antwortet Ella und lächelt. „Leo hat zwei halbwüchsige Jungs.

Sie leben bei ihrer Mutter. Als ich ihn kennenlernte, war ich schon achtunddreißig. Er war geschieden. Die Jungs kommen jedes zweite Wochenende zu uns. Dann kümmere ich mich um seine Söhne." Sie setzt sich leicht auf. „Und du?"

„Darüber reden wir nicht!", stöhnt Martha.

„Ich habe einen Sohn", antworte ich und balle die Fäuste. „Er ist tot. Mein kleiner Benjamin ist im Schlaf gestorben. Er war noch ein Baby. Erst ein Jahr alt. Er hat neben mir im Bett geschlafen. Als ich mich am Morgen zu ihm umdrehte, lag er kalt und steif neben mir. Er roch schon nach Tod."

Ich beuge mich vor und drücke meine Fingerknöchel so tief wie möglich in meinen Bauch, dorthin, wo Benjamin in mir heranwuchs. „Seitdem ist die Leere in meinem Bauch", sage ich.

Für eine Sekunde herrscht Stille.

Dann blinzelt Ella. „Oh ... dein Bauch ist leer ...", flüstert sie und starrt mich an.

„Ja." Ich drücke noch fester zu.

Martha steht auf und kommt zu mir herüber. „Sch... mein Käfer, komm", sagt sie leise und streicht mir über die Haare. „Sch..." Sie nimmt mich in den Arm und drückt kleine Küsse auf meine Locken.

Ich seufze. Der Geruch ihrer Angst ist jetzt sehr stark. Sie will nicht, dass ich von Benjamin erzähle. Reden weckt Erinnerungen, und mit den Erinnerungen kommt die Trauer und das, was Martha das verrückte Verhalten nennt, wie mein Abtauchen. Und allein durch die hohen bayerischen Voralpen zu wandern. Um zu vergessen. Das Schaukeln beruhigt mich. Wie immer. Martha ist gut im Schaukeln. Ich entspanne meine Fäuste und richte den Rücken auf.

Martha lässt mich los und tippt auf den Plastikdeckel. „Was ist noch in der Mappe?"

Ellas Mund steht leicht offen. Ihr Blick wandert von mir zu Martha. „Habt ihr ein Foto von Floras Mutter?"

„Nein", antwortet Martha. „In dem Haus hat man kein Foto von ihr gefunden. Flora wollte, dass ich die Polizei um ein Foto ihrer Leiche bitte, weil sie sich nach einem Jahr im Heim nicht mehr genau erinnern konnte, wie ihre Mutter ausgesehen hat. Aber ich wollte kein Foto von einer ermordeten Frau im Haus haben!"

Ich stecke meinen Daumen in den Mund und beginne, an der Haut neben meinem Fingernagel zu knabbern.

Ella und Martha schauen sich an. Sie tauschen Botschaften aus. Wie Rehe. Ella öffnet leise die Mappe, nimmt zwei Fotos heraus und schiebt sie über den Tisch.

„Guck mal", sagt sie, „das habe ich im Nachttisch meiner Mutter gefunden. Das Schwarz-Weiß-Foto ist eine Kopie des Passes eines Mädchens namens Ambra Mahler. Der Pass wurde am 18. Juli 1972 von der Stadt Bad Urach ausgestellt. Das Mädchen auf dem Foto war damals 13 Jahre alt. Das Farbfoto zeigt dasselbe Mädchen ein Jahr später. Es wurde am 2. September 1973 aufgenommen und ist ein Schulfoto. Schau. Das ist das Logo des Gymnasiums."

Ella zeigt auf ein Quadrat in der rechten unteren Ecke, aber ich sehe nur das Mädchen. Mein Atem stockt und ein unangenehmes Gefühl macht sich am Zwerchfell breit. Ich kann kaum atmen.

„Nein!", rufe ich und schieße hoch. Mein Stuhl kippt um. Ich gehe ein paar Schritte zurück, stoße gegen den Geschirrschrank und versuche zu atmen, aber es geht nicht.

Mir wird schwindelig, die Küche dreht sich. Ich will nach dem Stuhl greifen, verfehle ihn und breche zusammen. Lande auf dem Boden. Der sich so kalt anfühlt.

„Nein!"

Ich zittere, krümme mich wie ein Fötus. Eine Grausamkeit fällt mich an wie ein wildes Tier und gräbt ihre Zähne in meinen Nacken. Ich schnappe nach Luft.

Erneut höre ich Ellas Stimme. Dieses Mal seltsam dumpf. Die Welt dreht sich rasend schnell, rückwärts in die Vergangenheit, obwohl sie stehen bleiben sollte.

Ich lege meine Hände schützend über den Kopf. „Nein, Mama! Nein! Schmerz!"

Dann wird die Welt schwarz.

KAPITEL 3

Bayrische Voralpen, Mühlbach
Samstagabend, 6. Juli 2019

Ella steigt aus meinem Auto, geht ein paar Schritte auf mein Haus zu und schaut sich um. Ich folge ihr. Das Reden gelingt mir nicht. Auf ihre Fragen antworte ich nur mit Ja und Nein. Ich begreife bis jetzt nicht, dass ich eine Zwillingsschwester habe, denn das ist sie. Ich spüre es und sie auch, aber Ella wollte Gewissheit durch einen DNA-Test. Wir waren gerade bei meinem Hausarzt, um Speichel abzugeben. Ich bin nicht neugierig auf das Ergebnis. Ich kenne die Antwort. Sie ist meine Schwester. Alles an ihr ist wie ich. Das Einzige, was uns unterscheidet, ist unser Geruch. Ihr Schweiß riecht anders. Ella isst Fleisch.

Ich war froh, dass Martha bei mir war, als Ella ihre Fragen stellte. Sie wollte alles über meine Kindheit mit Mama und mein Leben danach wissen. Martha kann wunderbar Fakten aufzählen.

„Es ist es ziemlich einsam hier, Flora", sagt sie. „Hast du keine Angst, überfallen zu werden?"

„Nein, außerdem habe ich eine Katze."

Martha mag diesen trostlosen Ort nicht, aber gerade wegen der Abgeschiedenheit habe ich die Steinruine mit dem angrenzenden Stall gekauft. An einem Sackgassenpfad, achthundert Meter hoch, auf einem Plateau, ohne Menschen.

„Öde und einsam", nörgelte Martha, als wir mit dem Makler die Ruine besichtigten. „Im W… Winter friert man hier oben! Und wenn Einbrecher kommen? W … was machst du dann? Als Frau allein?", fragte sie entsetzt.

Zum ersten Mal war mir Marthas Stottern egal, denn alles, was ich roch, war diese verführerische Mischung aus Feigenbäumen, Korkeichen und wilden Zitronen, als wir durch das verdorrte Gras gingen und die bröckelnden Mauern betrachteten. Die Ruine und der Stall nebenan erinnerten mich sehr an den Bauernhof, auf dem ich aufgewachsen war. Von hier aus hatte ich denselben Blick auf die Alpen, konnte den Stand der Sonne verfolgen und den Wind spüren. Ich ließ einen Bauunternehmer kommen, sorgte für Wasser und Strom und baute mir mein Refugium. Endlich allein.

Mein Haus ist klein, aber es hat alles, was ich benötige. Martha hat es eingerichtet. Sie hat den Holzofen ausgesucht, den Tisch und die Stühle, den Sessel, das Bücherregal, das Bett, die Kommode und den Schrank. Einen Fernseher wollte ich nicht, weil er ohnehin immer läuft, wenn ich bei ihr bin. Aber ich habe eine Stereoanlage. Ich liebe klassische Musik. Da kann ich eintauchen und alles um mich herum vergessen. Sie ist ein Überbleibsel aus meiner Zeit in der Psychiatrie, wo mein Psychiater festgestellt hat, dass mich die Harfenklänge von Bach beruhigen. Musik ist das Schönste, was ich in der Welt der Menschen entdeckt habe, sie ist tief in mir verankert. Weniger begeistert bin ich vom Internet, obwohl ich einen Laptop besitze. Man kann auch in die Online-Welt eintauchen, sicher, aber auf eine andere Art und Weise. Musik beruhigt mich, Bildschirme machen mich nervös.

An der Haustür gebe ich den Code ein. Martha hat das hochmoderne Sicherheitssystem installieren lassen. Es gibt Kameras an der Straße und am Eingang. Sie selbst hat einen Monitor, den sie von ihrem Haus in Ebbs aus bedienen kann. Wenn jemand meinen 200 Meter entfernten Wildschutzzaun durchbricht, wird sie alarmiert und kann sehen, wer sich meinem Haus nähert. Martha hat Angst vor Einbrechern. Martha hat vor vielem Angst.

„Hast du etwas unter dem Korken?", fragt Ella.

„Was meinst du?"

„Eine Flasche Wein zum Beispiel?", antwortet sie. „Ich bin bereit für einen Schluck."

„Ich habe selbst gemachten Feigenlikör. Ist das okay?"

Ella lacht. „Klar, Hauptsache etwas mit Alkohol."

„Okay. Setz dich bitte nach draußen." Ich deute auf die Rückseite des Hauses. „Da können wir den Sonnenuntergang genießen. Er wird heute wunderschön sein."

Ella geht zur Westseite des Hauses und wendet sich der Sonne zu. „Er ist schon schön", sagt sie.

Weil du bei mir bist, antworte ich in Gedanken.

Kurz darauf sitzen wir auf der Bank hinter dem Haus. Die Abendsonne streichelt unsere Gesichter. Die Luft ist knochentrocken. Wir schnuppern den wilden Thymian und den blühenden Fenchel. Ich ziehe meine Ballerinas aus und versuche, die langen Gräser mit den Zehen zu pflücken. Es kitzelt so schön. Ich bewege mich ein wenig, um sie besser greifen zu können. Ella folgt meinem Beispiel, zieht ihre Turnschuhe aus und spielt wie ich mit dem Gras. Ich stelle vergnügt fest, dass ich Grashalme besser greifen kann als meine Schwester.

Ella...

Ihre Anwesenheit stört mich nicht. *Bemerkenswert.* Für gewöhnlich dulde ich hier keine Menschen um mich herum. Selbst Martha nervt mich, wenn sie länger bei mir bleibt. Dann schicke ich sie weg. Martha versteht das.

„Wo ist denn dein Leibwächter, Flora?", fragt Ella.

„Sie streunt überall herum, kommt aber abends immer nach Hause."

„Und wie fühlst du dich jetzt?" Ihre Zehen krallen sich in einen Halm.

„Schon etwas besser." Meine anfängliche Nervosität legt sich.

„Wirklich? Du hast so erschöpft und angespannt gewirkt. Und Martha, sie war kurz vor dem Zerspringen."

Zerspringen... Bei dem Wort denke ich an mein Springmesser, das ich in der Küchenschublade aufbewahre und mit dessen Sicherung ich oft ganz mechanisch spiele, um meine Nerven zu beruhigen.

„Ja, mir geht es gut." Die Kräutertabletten, die ich bei Martha eingeworfen habe, haben mich ein wenig beruhigt. Aber den Schock habe ich bislang nicht überwunden.

„Wie bist du eigentlich bei Martha gelandet?", fragt Ella nach einem Moment des Schweigens.

„Sie hat sich beworben", antworte ich und habe das kleine Sprechzimmer in der psychiatrischen Klinik wieder vor

Augen. Martha saß an einem weißen Tisch, als wir einander vorgestellt wurden. Sie roch nach Vanille. Aber auch nach etwas Saurem, nach Angst. An unserem Treffen war es das einzige Mal in unserem gemeinsamen Leben, dass Martha nicht zuerst sprach. Ihre Hand war feucht. Ich fragte sie, warum.

Ein Lächeln huschte über ihr Gesicht. „Ich bin nervös", antwortete sie.

„Warum denn?"

„Ich möchte, dass du mich magst."

„Ich mag dich", erwiderte ich.

„Ach ja?" Überraschung lag in ihrer Stimme.

„Ja. Du siehst aus wie Bruno."

„Bruno? Wer ist das?"

„Bruno war mein Freund." Ich erzählte Martha von dem braunen, dicken Hund, der in meiner frühen Kindheit bei meiner Mutter und mir gelebt hatte. Ich liebte meinen schwanzwedelnden Freund. Er war für mich eine Wärmequelle. Wir kuschelten ständig miteinander und waren unzertrennlich, bis er eines Tages verschwand. Es geschah, als Mama mich mal wieder in den Keller einsperrte, um Proviant im Tal zu besorgen...

Ich spüre Mamas Hand auf meiner, ihren festen Griff. Sie wird mich in den Keller werfen und einsperren. Und mir wird schwindlig.

Ich falle in die Tiefe, höre Schreie und begreife, dass es meine eigenen sind.

Unten krieche ich auf eine Decke, darunter ist Beton, Erde und Sand. Bald werde ich in Panik geraten, das weiß ich, bald werde ich die Zeit vergessen...

Ich zittere und weine, hebe die Hand und sehe nichts. Ich bin am Ende der Welt angekommen und starre in den Abgrund. Es ist so dunkel, dass ich keine Konturen, keine Entfernungen, keine Schatten erkennen kann. Ich halte mir die Hand vor das Gesicht, aber ich kann weder meine Finger noch das verkrustete Blut in meinen Handflächen vom Aufprall sehen. Ich könnte genauso gut blind sein.

Ich fasse mir an den Bauch, er tut weh. Weiter oben, auf der Brust, taste ich einen Bluterguss.

Ich frage mich, ob ich tot bin und begreife, dass der Tod, wenn er kommt, mir diese Frage nicht mehr stellen kann.

Die Dunkelheit ist kein Segen, sondern ein Fluch. Der körperliche und seelische Schmerz überfällt mich in so heftigen Schüben, dass ich würge, spucke und Schaum vor dem Mund habe.

Und ich weiß genug, um Angst zu haben...

Als Mama mich wieder aus dem Keller holte, war Bruno verschwunden. Ich suchte ihn überall und irrte stundenlang in Panik durch die Berge, aber ich konnte Bruno nirgends finden und war wochenlang krank vor Kummer.

Als ich Marthas glückliches Gesicht sah, wusste ich sofort, dass sie mein neuer Freund war. Ich sagte es ihr, worauf Martha zu weinen begann...

„Martha hat sich um einen Job beworben? Wie soll ich mir das vorstellen?"

„Ganz einfach. Sie war vierundvierzig Jahre alt und verwitwet. Martha hatte sich immer Kinder gewünscht, aber es hatte nicht geklappt. Ihr Mann erkrankte kurz nach ihrer Hochzeit an Leukämie. Die Chemotherapie machte ihn unfruchtbar. Sie kam zu dem Schluss, dass sie inzwischen zu alt war, um schwanger zu werden, zumal kein neuer Mann in Sicht war. Sie beschloss, ein Kind zu adoptieren, aber auch das erwies sich als schwierig. Alleinstehende bekamen damals seltener ein Kind als Paare. Also bot sie sich als Pflegemutter für verhaltensauffällige Kinder an. So kam sie zu mir. Ich war ein Fall für die Psychiatrie. Niemand wollte mich damals haben."

Ella lächelt. „Wirklich? Du, ein Fall für die Psychiatrie? Und Jahre später eine Frau, die in Pharmazie promovierte. Das nenne ich eine steile Karriere."

Ich zucke mit den Schultern.

„Ich finde, du und Martha seid ein tolles Paar. Sie hat dich also adoptiert. Hm..."

„Martha wollte es so, damit man uns nicht mehr trennen kann. 1990 kamen die Papiere und ab da war es amtlich. Pflegeelternschaft ist eben etwas anderes als eine Adoption."

„Aber du hast einen anderen Nachnamen als Martha", sagt Ella.

„Der Staat hat mir den Namen Flora gegeben, weil ich mit Blumen geschmückt war, als sie mich fanden. Ich war das Blumenmädchen, sagte Martha. Und mein Nachname *Graf* leitet sich von der Gegend ab, in der ich gefunden wurde. Martha mochte meinen Namen, also hat sie es dabei belassen."

„Martha hat recht."

Ich nicke. „Martha ist mein Ein und Alles. Sie war und ist die beste Mutter, die ich mir wünschen kann."

„Und unsere leibliche Mutter? Wie war sie denn so? Oder ist es dir unangenehm, wenn ich Fragen über sie stelle?"

Ich rücke ein Stück von Ella ab, etwas explodiert in mir. „Ja. Wenn ich über Mama spreche, denke ich oft an den schwarzen Moment. Das ist nicht gut für mich."

Ella verdreht die Augen. „Was soll ich mir darunter vorstellen?"

„Den Moment, in dem Mama ermordet wurde. Mein Psychiater sagt, dass ich etwas Schreckliches gesehen oder erlebt habe und deshalb traumatisiert bin. Tatsächlich kann ich mich nicht an den Moment erinnern, als Mama starb. Das ist ein schwarzer Fleck in meinem Gedächtnis. Mein damaliger Psychiater hat diese Worte geprägt: *der schwarze Moment.* Und wenn ich an Mama denke, entsteht Chaos in meinem Kopf. Mit Ängsten und Schwindelgefühlen, wie vorhin."

„Wie furchtbar." Ella nimmt meine Hand und streichelt sie.

„Die letzten Jahre ging es mir gut. Solche Anfälle wie heute hatte ich seit fünf Jahren nicht mehr."

Die Sonne geht unter und färbt die Hügel vor uns in ein flammendes Orange. Wir halten den Atem an, lauschen regungslos den Geräuschen um uns herum: dem Dialog der Natur.

„Dein schwarzer Moment. Du musst nicht darüber sprechen, Flora. Wirklich nicht. Wir werden überhaupt nicht über diesen schlimmen Tag reden, okay? Aber erzähl mir von deiner Kindheit. Von deinem Leben in den Bergen. Das fasziniert mich."

Ich nicke. Wie war mein Leben auf unserem Hof? Ich wende mich Ella zu und betrachte ihr Profil. Unsere Münder ähneln denen von Mama. Wir haben dieselben vollen Lippen. Ella streicht mir kurz über den Arm. Auch unsere Finger haben wir von Mama geerbt. Sie sind schlank und zierlich. Nicht gerade geeignet für schwere körperliche Arbeit. Und doch taten meine Hände es. Mama war meistens mit ihren Kräutern beschäftigt. Ich erinnere mich noch an ihren steifen Gang. Wie sie halb gebeugt den Weg zur Wiese entlangging, den Blick auf den Boden gerichtet. Wie sie sich bückte, um die schwefelgelben Anemonen zu pflücken, genau unter dem letzten Blatt. Wie sie mit gleichmäßigen Bewegungen Öl aus Lavendelblüten presste. Wie sie sich über ihren Kräuterkorb beugte und den Duft des frisch gepflückten Frauenmantels schnupperte. Dann hob ich den Kopf und schaute nach links.

Der Mann kam immer von links, aus dem Tunnel, über den Weg, der in die andere Richtung in die Welt der Teufel führte. Mama hat diesen Weg oft beobachtet. Sie hörte *ihn* immer, bevor sie ihn sah. Wegen der kleinen Glocke. Der Draht, der den Alarm auslöste, hing im Tunnel. Mama kontrollierte die Glocke regelmäßig, denn sie wollte immer auf die Ankunft des Bösen vorbereitet sein. Ihr ganzer Körper verkrampfte sich, wenn die Glocke läutete. Dann ließ sie alles fallen, was sie in den Händen hielt, und lief im Eiltempo zu unserem Hof, um einen Joint zu rauchen. Sie wollte high sein, wenn er sie berührte.

Wenn ich daran denke, ist es wie ein kümmerlicher Rest Sehnsucht nach etwas Wahrem, verbunden mit der heimlichen Hoffnung auf etwas Schöneres und Größeres als mein Leben mit Mama. Aber es ist nur ein Wunschtraum-Fetzen.

Ich hielt die Hoffnung nicht künstlich am Leben, ich habe sie begraben.

KAPITEL 4

Bayrische Voralpen, Mühlbach
Samstagabend, 6. Juli 2019

Verdammt! Mit den Erinnerungen an Mama drängt sich auch der ,*böse Mann*', wie ich ihn früher nannte, in mein Hirn. Ella sollte mir diese Fragen nicht stellen. Dann lässt sich mein Gedächtnis nicht kontrollieren. Die Erinnerungen tauchen auf, wenn ich sie nicht sehen will, und verstecken sich, wenn ich sie suche. Und vor allem will ich nicht an diesen grauenvollen Mann denken.

Die Katze ist wieder da und kratzt unermüdlich am Holz. Manchmal, in dunklen Nächten, überträgt sich das Geräusch auf die Dielen meines Schlafzimmers und ich denke an *den bösen Mann*, an das *Monster*. Von ihm bekomme ich einen schlechten Geschmack im Mund.

Ich stehe auf und gehe in meinen Kräutergarten. Schnell pflücke ich ein paar Pfefferminzblätter und stopfe sie mir in den Mund. Ich kaue und kaue, bis mir der Saft über das Kinn läuft. Zum Glück breitet sich der Geschmack der Minze schnell aus. Riechen will ich die Minze nicht!

Hinter mir sind Schritte zu hören. Ich drehe mich um.

„Flora, was ist los mit dir?" Ella fasst mich an den Schultern. Sie sieht besorgt aus.

Die Kieselsteine im Kräutergarten stechen in meinen Füßen. Ich löse mich von ihr und stelle mich ins Gras. Ella folgt mir.

„Woran denkst du?" Sie streichelt meinen Arm.

Ich bleibe stumm. Sie fragt noch einmal. Vielleicht verschwindet mein Zorn, wenn ich es ihr sage. Oft ist mein Gedächtnis zufrieden, wenn ich mich nicht verweigere. Dann fühle ich mich eine Weile schlecht, aber danach kann ich weitermachen.

„An das Monster", antworte ich.

„Monster? Wer ist das?"

Ich darf es ihr nicht sagen. Das ist zu gefährlich. Aber Ella ist meine Schwester. Und ich möchte ihr von ihm erzählen. Ich will es ihr so gerne sagen. Es hilft. Es hat auch geholfen, als ich es Martha erzählt habe. Die Tränen kommen, ich spüre die Feuchtigkeit auf meinen Wangen. Mein Körper reagiert. Ich habe so lange nicht an ihn gedacht.

„Er kam durch den Tunnel", schluchze ich und wende mich ihr zu. „Aus der Welt der Teufel. Am Anfang jeder neuen Jahreszeit. Er blieb ein paar Tage. Er hat Mama gefickt. Ständig. Er war schrecklich. Er hat sie krank gemacht."

„Ein böser Mann aus der Teufelswelt?" Ella sieht mich verständnislos an. Etwas hat sich in ihrem Blick verändert. Glaubt sie mir etwa nicht?

„Ja. Mama hat mir beigebracht, dass es zwei Welten gab: Eine gute, in der wir beide lebten, und die böse Welt, in der die Teufel hausten. Die Welt der Teufel begann am Tunnel. Dahinter war die böse Welt. Nur durch diesen Tunnel konnte man zu uns gelangen. Ich durfte nie in die Nähe des Tunnels kommen. Dann hätten mich die Teufel erwischt. Ich musste mich auch verstecken, wenn ich einen Hubschrauber sah. Die Hubschrauber waren die Spürhunde des Teufels. Der böse Mann kam aus dem Tunnel. Er war ein Teufel."

„Das ist absurd", sagt Ella und schlägt sich die Hand vor den Mund.

„Damals nicht. Ich habe es geglaubt."

Ich spucke die Reste der Minzblätter aus. Es wird besser. Reden hilft. Das habe ich in meiner ersten Woche mit Martha gelernt. Damals geriet ich in Panik, als ich den Zigarettengeruch ihres Nachbarn roch. Da habe ich ihr von dem Monster erzählt.

„Geht es dir wieder besser?", fragt Ella.

„Ja."

„Mit jedem Besuch des Monsters entfernte sich Mama mehr und mehr. Am Anfang nahm sie nur Cannabis, wenn er bei uns war. Der Geruch war sehr stark. In unserem letzten gemeinsamen Jahr war sie immer öfter bekifft. Ich hatte keine Kontrolle mehr über sie. Das hat mir Angst gemacht. Allein konnte ich nicht überleben."

„Mama hat sich prostituiert? Und Drogen genommen, um damit klarzukommen?", flüstert Ella.

Ich drehe mich zu ihr um. Ihr Mund ist leicht geöffnet.

„Ja. Der Mann hat sie angeekelt. Wenn er nicht hinsah, spülte sie sich fast zwanghaft den Mund mit Rosenwasser aus. Wenn er wieder durch den Tunnel verschwand, ging sie zum Fluss, selbst bei Regen und Frost, und tauchte in das eiskalte Wasser. Sie schrie. Dann befahl sie mir, ihre Bettwäsche an unserem Waschplatz zu kochen. Danach musste ich alles reinigen, was sie berührt hatte. Dann hielt sie eine Duftzeremonie ab und ging mit einem Räuchergefäß mit Labdanumharz durch jeden Winkel des Hauses, um seinen Geist zu vertreiben."

„Das ist einfach schrecklich." Ella rieb sich die Arme, als ob sie fröstelte.

„Ja."

„Hat er Mama getötet?"

Ihre Frage überraschte mich.

„Nein. Natürlich nicht. Da war er schon tot."

„Wie ist er denn gestorben?"

„Ich habe ihm die Kehle durchgeschnitten. Das war in meinem letzten Herbst mit Mama."

„Was hast du getan?" Ella zuckt zusammen und hält sich eine Hand vor den Mund.

„Es war ganz einfach", fahre ich fort. „Er hat sich aus dem Gebüsch an mich herangeschlichen und stank nach Verwesung. Seine Augen bohrten sich in meinen Rücken. Aber ich habe gewonnen. Weil er in den Wind gelaufen ist. Das war dumm. Ich roch ihn, bevor ich ihn sah. Mit einem Ruck drehte ich mich um, stürzte mich auf ihn und schnitt ihm mit einem Ruck die Kehle durch."

Ellas Gesicht gleicht einer Maske. Sie ist leichenblass.

„Du hast ihm die Kehle durchgeschnitten?" Langsam schüttelt sie den Kopf und lehnt sich leicht zurück.

„Ich habe vor ihm schon unzählige Kehlen durchgeschnitten. Hühnern, Kaninchen, Rehen und einem Wildschwein. Ich war ein Virtuose mit dem Messer. Das bin ich immer noch. Und seine Kehle war dünn. Es ging leicht."

„Aber Flora! Er war ein Mensch!"

„Stimmt, aber das wusste ich damals noch nicht. Für mich war er ein Teufel!"

Als ich ihn tötete, zerfiel für Sekunden meine Welt zu Staub, verloren Bäume Blätter und Nadeln, verwelkten Wiesen, trockneten Bäche und Flüsse aus, verdunkelte sich die Sonne, und ein Sturm zog auf. Ich schnitt ihm die Kehle durch, aber ich häutete mich mit dem Messer und sah, was unter der obersten Schicht lag. Alles, was im Dunkel meines jungen Körpers innen gewesen war, wurde nach außen gestülpt und kam in dieser Sekunde des Tötens ans Licht. Es stank. Brannte wie Feuer. Dann, Minuten später, legte sich mein innerer Sturm. Aber das kann ich Ella nicht erzählen. Sie würde es nicht verstehen.

Damals dachte ich, dass meine Untat mich mein Leben lang verfolgen würde, wie die Dämonen in meinen Träumen. Aber die Dämonen verschwanden kurz darauf, als hätte eine Art Blutzoll sie befriedigt.

Ich starre auf die Berggipfel und wieder kommen die Bilder. Weil ich sie nicht sehen will, gehe ich auf den alten Apfelbaum zu, bleibe stehen und lehne mich an die knorrige Rinde. Hinter mir knacken Äste. Ich konzentriere mich auf das Geräusch. Ella kommt auf mich zu wie ein junges Reh. Unsere Mutter ging anders. Ihre Schritte waren kontrolliert, wie die von Wildschweinen: langsam, aber konzentriert.

„Sag mal, Flora, was hast du eigentlich mit dem Monster-Mann gemacht? Mit seiner Leiche meine ich."

„Mama und ich haben ihn verbrannt", antworte ich.

Seine Verbrennung ist mir immer im Gedächtnis geblieben und die heftige Reaktion meiner Mutter, als sie ihn mit durchgeschnittener Kehle dort liegen sah. Ich schließe die Augen und sehe, wie Mama unsicher um ihn herumging und ihm dann gegen den Kopf trat. Wahrscheinlich um sich zu vergewissern, ob er wirklich tot war. Sein Kopf drehte sich leicht. Seine Zunge ragte heraus. Auf ihr waren bräunlich-gelbe Flecken. Ich hockte mich neben ihn, bückte mich, nahm einen dünnen Zweig und stopfte ihn ihm in den Mund, um tiefer in seinen Rachen zu sehen. Ich war neugierig, woher sein stinkender Atem kam. Mama war nicht interessiert. Sie schrie, jetzt kämen noch mehr Teufel. Sie kreiste um seinen Körper, weinte und lachte. Ich verstand kein Wort. Dann rannte sie nach Hause und kam kurz darauf mit einem Joint zurück. Erst nachdem sie ihn mit zitternden Fingern geraucht hatte, wurde sie ruhiger und pragmatischer. Stotternd befahl sie mir, den Bösewicht an den Beinen zu packen. Sie selbst packte ihn unter den Armen. Zu zweit schleppten wir ihn den Weg hinunter und legten ihn neben unsere Feuerstelle. Mutter prüfte den Wind. Er wehte nicht in die Richtung unseres Hofes, das war gut. Mama bat mich, trockene Zweige zu sammeln. Das dickere Holz holte sie selbst. Aus all den Stämmen und Zweigen machten wir einen langen Scheiterhaufen. Mama mischte auch trockenes Gras dazu. Sie schmierte seinen Kopf mit Butter ein. Damit sein Schädel schneller zerspringt, sagte sie, und als sein Kopf in der Sonne glänzte, hob sie seinen Körper keuchend hoch und legte ihn auf den riesigen Holzstoß. Dann nahm Mama einen Stock, den sie mit Stofffetzen umwickelte und machte daraus eine Fackel. Sie tauchte ihn in Petroleum, nahm ein Stück glühende Kohle und zündete die Fackel an. Sie ging um den Leichnam herum und zündete das Gras zwischen den Zweigen an. Innerhalb weniger Minuten stiegen Rauch und Feuer zum Himmel.

Die Verbrennung des Leichnams dauerte viele Stunden. Gegen Ende nahm Mama eine Axt, zerschlug mit beispiellosem Fanatismus seine Knochen und entfachte das Feuer erneut. Vom Monster blieb nur noch Asche übrig. Die fegte Mama schließlich zusammen. Sie füllte die Asche in einen Eimer und ging damit zu unserem Toilettenhäuschen. Dort schüttete sie die Asche demonstrativ in unser Plumpsklo. „Scheiße zu Scheiße", sagte sie, high vom Kiffen.

Ella sieht mich nachdenklich an. „Komm, Flora, lass uns schlafen gehen", flüstert sie. „Ich bin müde. Es war ein langer Tag."

Sie nimmt mich fest an der Hand. Als wir uns der Haustür nähern, erzählt sie mir, dass sie später in der Familiengruft der Familie Wagner begraben werden möchte, obwohl kein Wagner-Blut in ihren Adern fließt.

„Die Wagners haben ein schönes Mergelhäuschen auf unserem Dorffriedhof", sagt sie. „Da möchte ich später auch liegen. Schön und gemütlich. Kommst du auch dorthin, wenn deine Zeit gekommen ist?"

35

„Ich werde mit der kleinen Urne von Benjamin zum Hocheck-Gipfel gehen, wenn mein Ende naht. Ich will auf dem Felsen sterben, mit der Asche meines Kindes neben mir, ohne Kleider, mit dem Wind auf meiner Haut, und dann sollen mich die Aasgeier fressen. Dort oben werden meine Knochen mit der Zeit verwesen."

Ella schüttelt den Kopf. „Das wird nicht passieren. Das ist nicht bequem. Wir werden zusammen in der Wagnergruft liegen, Flora. Und Benjamin bekommt darin eine eigene Nische. Dann kann er auf uns herabschauen."

Ich bleibe stumm, stürze in ein Vakuum.

KAPITEL 5

Mühlbach, in der Nacht von Samstag auf Sonntag

Ich schleiche zurück in mein Zimmer und schlüpfe vorsichtig ins Bett. Das Fenster steht weit offen und lässt dem nächtlichen Fallwind freien Lauf. Die Temperatur sinkt schon leicht. Gott sei Dank. Die Geräusche der Nacht klingen gedämpft, nur der Waldkauz ist laut. Die Morgendämmerung ist nicht mehr fern.

Ellas Atmung ist kaum zu hören. Ich verschiebe mein Kissen ein wenig und ziehe das Laken bis zum Hals hoch. Als ob die dünne Baumwolle mich vor dieser seltsamen Angst schützen könnte, die wie eine Welle über mein Leben schwappt und die nach Jahren der Abwesenheit letzte Nacht zurückgekehrt ist. Es begann in meinem letzten Jahr bei Mama, als sie immer öfter Haschisch rauchte. Wenn sie high war, konnte ich mich nicht auf sie verlassen und musste selbst die Zügel in die Hand nehmen. Langsam dämmerte es mir, dass die Zeit nahte, in der ich auf mich allein gestellt sein würde. Etwas in mir wusste schon damals, dass ich allein dort oben nicht überleben würde. Der Wind wehte damals rau, aus einer anderen Richtung, denn in meinen Augen war Mama kein Mensch mehr, sondern eher ein Tier.

Die Angst verschwand mit der Ankunft von Martha, aber sie flammte wieder auf, als Martha an Krebs erkrankte. Ich spürte, dass sie krank war, ich spürte den Krebs. Nach der Operation verflog meine Angst sofort wieder. Die Kontrolluntersuchungen machten mir nichts aus. Ich wusste nur: Der Krebs war fort und Martha ging es wieder gut.

Die Angst kam zurück, als ich neben Gabor im Bett lag. Ich spürte, dass er nicht mehr lebte, noch bevor ich die Augen öffnete und seinen toten Körper sah. Ich fühlte, dass mein Baby, mein kleiner Benjamin, sterben würde, denn die Angst kam und blieb auch nach seiner Geburt, bis ich am 10. August 2012 mitten in der Nacht aufwachte und mein kleiner Junge gestorben war.

Bereits mit zwölf Jahren habe ich begriffen, dass schlimme Erlebnisse Schichten von mir abtragen und es mir erschweren, Mitgefühl zu empfinden. Mit Gabor und Benjamin wusste ich, dass sich diese Schichten manchmal wiederaufbauen ließen, weil ich geliebt wurde. Weil ich liebte.

Nach dem Tod meiner Männer ist die Angst einer Leere gewichen, die mich nie wieder verlassen hat. Aber heute Nacht hat diese Angst wieder von meiner Seele und meinem Körper Besitz ergriffen. Ich habe Angst um Ella, aber Ella liegt hier neben mir. Sie ist gesund. Sie hat keinen Herzfehler. Sie hat nichts. Ich habe gerade noch an ihr geschnuppert. Und trotzdem habe ich ein ungutes Gefühl. Ich höre wieder ihren Atem und seufze.

Gerade eben, als ich draußen bei der großen Zeder stand und in die Sterne schaute, dachte ich an die Jahre mit Mama zurück. In meiner Kindheit fühlte ich auch eine Leere, aber sie war klein im Vergleich zur Leere, die ich jetzt fühle. Damals wurde sie auch kleiner, wenn ich meine Hände zu den weißen glitzernden Lichtern am schwarzen Nachthimmel hob, die an mir zu zerren schienen. Ich stellte mir vor, wie sie mich hochhoben und in eine Welt ohne Leere trugen...

„Wo warst du gerade in Gedanken?" Ellas Stimme.

Ich zucke zusammen. „Du bist wach?"

„Ja, schon eine ganze Weile. Ich habe mir Sorgen gemacht."

„Warum?"

Ella greift unter der Bettdecke nach meiner Hand. „Ich habe Angst, dich wieder zu verlieren, Flora."

„Ich auch." Ich versuche, meine Angst zu lindern, lege meinen rechten Fuß auf ihre linke Wade.

„Warst du deshalb vorhin draußen?", fragt Ella.

„Ja, die Angst lässt nach, wenn ich mich bewege."

Wieder ruft der Waldkauz.

„Sollen wir uns ein wenig unterhalten, Flora? Ich kann ohnehin nicht schlafen."

„Willst du wieder Fragen stellen?" Ella hat mir den ganzen Abend über Fragen über mein Leben gestellt.

Sie lacht. „Ich kann nicht anders, aber ich muss immer an deine Zeit mit unserer Mutter zu denken. Du warst mit ihr zusammen. Ich nicht. Ich habe in Bad Urach gelebt und würde so gerne wissen, wie sie war. Ihr Charakter, meine ich."

„Ich will nicht über sie reden, Ella." Etwas geschieht mit mir, das alles verändert und zurechtrückt, seit meine Schwester in mein Leben getreten ist. Meine mühsam aufgebaute Welt zersplittert und wird zu einem neuen, guten Ganzen zusammengefügt. Aber das Bild, das entsteht, ist ein Spiegel. Ich schaue hinein und sehe nichts. Wenn man erkennt, wer man wirklich ist, kann man es nicht in einem Spiegel sehen. Vielleicht um nicht am unvermittelt entdeckten Selbst zu zerbrechen?

Sie beugt sich leicht vor. „Und über dein Leben in den Bergen? Willst du überhaupt darüber reden? Wie waren deine Tage? War es schwer, dort zu überleben? Ist diese Frage in Ordnung?"

Ich balle die Hand zur Faust und strecke die Finger wieder aus. Ella drängt. Martha sagt, dass ich das auch mache, also antworte ich besser, denn sie wird nach anderen Wegen suchen, um Informationen aus mir herauszupressen.

„Ich habe nicht über meine Arbeit nachgedacht und darüber, ob sie schwer war oder nicht", sage ich.

„Und abends? In deiner Freizeit? Was hast du da gemacht?"

Ella setzt sich aufrecht hin. Auch ich drücke mir das Kissen in den Rücken.

„Freizeit?"

Ich erinnere mich. Mama hat nie von *Freizeit* gesprochen. Sie hat mich die ganze Hausarbeit machen lassen, bis ich nicht mehr konnte. Ich scharre mit dem linken Fuß auf der Matratze. Den Unterschied zwischen ‚arbeiten' und ‚nicht arbeiten' lernte ich erst kennen, als ich in die Psychiatrie kam und die Krankenschwester nach Hause ging, weil sie ‚frei' hatte, und eine andere Schwester kam, die kein ‚frei' hatte.

„Ich kannte das Wort Freizeit nicht", antworte ich und schnuppere Ellas Achselduft. Sie hat das Deodorant durch den Duft von Maiglöckchen ersetzt. „Ich tat, was Mama mir sagte, und folgte dabei dem Rhythmus der Jahreszeiten. Ich bin bei Sonnenaufgang aufgestanden und bei Sonnenuntergang ins

Bett gegangen. Im Winter schlief ich länger, weil es kaum Kerzen gab und im Sommer nur kurz, weil es dann mehr zu tun gab. Bei der Arbeit habe ich auch Pausen gemacht. Wenn ich etwa Rückenschmerzen vom Unkraut jäten im Gemüsegarten hatte, habe ich eine Pause gemacht und etwas getrunken. Und abends musste ich in mein Zimmer gehen. Dort standen ein Tisch, ein Stuhl und ein Bett. An diesem Tisch habe ich immer gegessen."

„Du hast allein in deinem Zimmer gegessen?"

„Ja. Mama hat auch allein gegessen. In *ihrem* Zimmer."

Stille tritt ein. Das Summen einer Mücke ertönt. Sie kann uns nichts anhaben. Wir sind mit Zitronengras eingerieben. Ich taste meine Haut, sie fühlt sich glatt an. Früher hatte ich im Sommer immer Mückenstiche. Da gab es noch kein Zitronengras. Der Juckreiz hat mich wahnsinnig gemacht. Meine Haut war oft entzündet vom Kratzen.

„Und was hast du nach dem Essen gemacht?", bohrt Ella weiter.

„Säckchen genäht."

„Säckchen genäht?"

Ich nicke. „Mama hat sie mit ihren Kräutern gefüllt. Die hat sie bei den Leuten gegen Proviant eingetauscht."

„Warst du nicht einsam?"

„Was meinst du?"

„Martha hat mir erzählt, dass du bis zu deinem vierzehnten Lebensjahr kaum Leute gesehen hast. Abgesehen von dem Monster."

Habe ich die Menschen in meiner Kindheit vermisst?

„Nein. Ich habe keine Erinnerungen an ein Gefühl, etwas vermisst zu haben."

Ich setze mich ein wenig mehr aufrechter hin und schaue nach draußen. Der Mond scheint auf dem markanten Hocheck-Gipfel. Er ist wieder kahl, denn der Schnee ist in der Sommerhitze geschmolzen. Auch von meinem Zimmer in Marthas Haus aus konnte ich den Berg sehen. Erst als ich bei ihr einzog, schien etwas mit meiner Erinnerung zu geschehen. Erst da wurde mir bewusst, dass ich in der fernen Vergangenheit mit anderen Menschen zusammengelebt hatte. Die Jahre mit meiner Mutter schienen sie ausgelöscht zu haben. Ich hatte sie vergessen. Plötzlich waren die Bilder aus meiner frühesten Kindheit wieder da, und sie kamen mit Gerüchen. Bei Martha roch ich zum ersten Mal wieder Bohnerwachs. Ich schaute auf den Marmorboden, hörte die Nonnen singen und sah sie in ihren langen schwarzen Gewändern vorbeigehen. Und als ich in Marthas Garten frisch gepflückte Erdbeeren aß, spürte ich wieder die Hand eines alten Mannes mit schwarzen Haaren in meiner. Wir liefen gemeinsam durch die Büsche und pflückten Beeren. Ich vermute, dass er einst mit meiner Mutter auf unserem Hof gelebt hat, als ich noch jung war.

„Gab es da oben auch glückliche Momente?"

Ich lehne mich zurück und schließe die Augen. Gab es glückliche Momente auf unserem Bauernhof? *Was ist Glück?* Für Ella muss es etwas anderes sein als für mich. Sie schöpft ihr Glück aus Freundschaften und materiellen Dingen. Ich hingegen empfinde Glück in der Abwesenheit von Menschen und den Dingen um mich herum. So war es auch in meiner Kindheit. Ich hatte meine friedlichen Momente, wenn ich allein war, weit weg von Mama, und eins war mit der Natur. Nach diesem Gefühl der Zugehörigkeit, der Sorglosigkeit, der kleinen, heiteren Welt sehne ich mich heute noch. Ich mag keine Orte, an denen sich Menschen zusammenrotten. Ich fühlte mich wunderbar zufrieden, wenn ich mit vollem Bauch auf dem Moos im Kiefernwald lag und die Wolken zwischen den Ästen vorbeizogen. Wenn ich Beeren pflückte oder Eichhörnchen und Vögel beobachtete. Wenn sich die Baumwipfel im Wind wogen und wie sie rauschten. Und dass ich lachte, wenn ich mit meinem schwanzwedelnden Bruno kuschelte. Aber meine glücklichen Momente wurden immer von Panik überschattet, wenn Mama mich in den Keller sperrte. Ich rücke ein wenig von Ella ab. Daran will ich jetzt nicht denken. Sie sperrte mich ein, wenn sie zu den Menschen ging, um ihre Kräuter gegen Vorräte einzutauschen. Wir würden verhungern, wenn sie nicht gegangen wäre. Und doch war das Einsperren unnötig, denn in den vergangenen Jahren war ich in der Lage, ein paar Tage allein auf dem Hof zu leben.

„Ja, es gab glückliche Momente da oben", antworte ich.

„War Mama liebevoll?", fragt Ella.

Mir wird wieder übel. Ich will keine weiteren Fragen mehr hören.

„Sie gab mir zu essen."

„Sie gab dir zu essen? Und sonst nichts? Kuscheln? Hat sie das gemacht?"

Ellas Wade fühlt sich warm an. Ich habe auch schon ihren Arm berührt, ihr krauses Haar, ihren Rücken, ihre Wange. Und ihre nackte Schulter. Mamas Haut habe ich bis zu ihrem Tod nur selten gespürt. Sie war mir nur nahe, wenn sie mich mit einem Ruck hochhob und in den Keller trug, um mich einzusperren.

„Nein, Mama hat mich nie umarmt oder mit mir gekuschelt", antworte ich. „Aber der Wind schon. Der Wind hat mich immer gestreichelt, wenn ich zu meinem Felsen gegangen bin."

Ella bewegt sich. Der Duft der Maiglöckchen riecht säuerlich.

„Der Wind hat dich gestreichelt...", flüstert sie. Ihr Griff um meine Hand wird fester.

„Ja."

Eine Viertelstunde von unserem Hof entfernt erhebt sich ein vorspringender Felsen. Das weiche Moos auf dem grauen Stein fühlte sich gut an unter meinen nackten Füßen. Der Wind hatte dort freie Bahn. Jeden Tag ging ich hinauf. In den warmen Monaten zog ich mich aus, stellte mich fest auf die Beine, breitete die Arme aus, schloss die Augen, warf den Kopf in den Nacken und atmete tief ein. Mal streichelte mich der Wind langsam, mal heftig, mal drückte er gegen mich, manchmal mit heftigen Stößen. Meine Haut kribbelte. Die Berührung war intensiv. Ich war glücklich auf meinem Felsen, mit dem Wind, der mal warm, mal kalt war. Ich konnte genau riechen, wo er gewesen war. Wenn er von der Seite kam, wo die Sonne unterging, roch er salzig. Wenn er von der Seite kam, wo die Sonne aufging, roch er sandig. Jede Richtung hatte ihren eigenen Geruch.

„Ja, Ella, ich liebe den Wind. Ich muss ihn jeden Tag spüren, deshalb lebe ich hier. Und ich hatte unsere Kaninchen und Ziegen und eine Zeit lang meinen kleinen Hund Bruno. Die haben auch gekuschelt. Auf ihre Art."

Ella räuspert sich. „Wie traurig", flüstert sie. „So allein."
„Nein", ich streichle ihren Daumen. „Ich war nie allein. Die Berge und der Wind waren immer bei mir. Sie haben mich gerettet, als Benjamin starb. Sie haben mich gelehrt, dass das Weinen immer aufhört, wie der Regen."
Ella schweigt. Die Atmosphäre ist plötzlich voller Trauer geladen, so kommt es mir vor.
„Und worüber habt ihr gesprochen?", fragt sie nach langem Schweigen. „Hat sie nie etwas über mich gesagt? Dass es noch ein Kind gibt?"
„Nein. Mama hat nie mit mir gesprochen. Sie hat nur Befehle erteilt. Dabei hat sie mich nicht einmal angesehen. Sie drehte sich zur Seite und sagte mir, was ich tun sollte, oder brachte mir bei, wie man Tiere tötet und häutet. Wie man Kräuter sammelt und abfüllt. Wie sie wirken. Und was ich essen durfte und was nicht. An manchen Tagen sprachen wir kein Wort miteinander. Wir lebten in Stille. Mama stotterte. Vielleicht war sie deshalb so still. Ich weiß noch, dass ich es sehr komisch fand, als ich in Prien plötzlich über meine Gefühle reden musste."
Ich ziehe das Laken noch etwas höher.
„Prien?"
„Ich war ein Jahr in einer geschlossenen psychiatrischen Einrichtung in Prien. Das war, nachdem man mich 1999 in den Bergen gefunden hatte."
Ella dreht ihren Kopf zu mir und drückt mir einen Kuss auf die Wange. Wir schauen uns an. Ihre blasse Haut schimmert im sanften Mondlicht. Eine Träne kullert über ihre Wange und zieht eine glänzende Linie.
„Weißt du, woran ich oft denke, seit ich weiß, dass du meine Zwillingsschwester bist?", flüstert sie. „An den Moment, als Mama sich zwischen uns entscheiden musste. Mich hat sie weggegeben, dich hat sie behalten. Warum hat sie mich weggegeben?"
„Keine Ahnung", antworte ich. Das habe ich mich auch gefragt, als Ella mir das Foto von Mama gezeigt hat.
Langsam werden die Umrisse meines Zimmers sichtbar. Draußen färbt sich das Schwarz des Himmels bereits violett. Gleich wird Vogelgezwitscher die Stille der Nacht

durchbrechen, ein Kippmoment, der Übergang von der Nacht zum Tag. Kippmomente tragen immer einen Abschied in sich. Ich bewege mich leicht. Mama hat sich kurz nach unserer Geburt von Ella getrennt. Schließlich waren alle Untersuchungen in Ordnung. Wie kam Mama zu dieser Entscheidung? Hat sie das Schicksal entscheiden lassen? Oder hat sie das stärkste Baby ausgesucht? Habe ich mehr getrunken als meine Schwester? Habe ich weniger geweint oder mehr? Warum hat unsere Mutter das getan? Wurde sie dazu gezwungen? Oder war es eine freie Entscheidung? Was ist damals geschehen. Mit Ella kamen die Fragen, sie hatte jede Menge davon im Gepäck.

„Fragst du dich nicht, wer von uns ein besseres Leben hatte? Du an diesem trostlosen Ort oder ich in Bad Urach? Darüber denke ich nach, seit ich weiß, dass ich eine Zwillingsschwester habe."

„Nein. Noch nicht. Martha hat mich gelehrt, die Vergangenheit ruhen zu lassen."

„Hat Mama nie mit dir über unseren Vater gesprochen?"

„Nein."

Ich reibe meine Hände an der Bettwäsche trocken. Wieder fange ich an zu schwitzen. Ich setze mich auf und nehme das Glas Wasser vom Nachttisch, trinke einen Schluck. Dass ich nicht über meine Vergangenheit nachgedacht habe, ist vielleicht der größte Unterschied zwischen meinem Leben vor und nach dem schwarzen Moment. Bis ich 14 war, habe ich der Vergangenheit keine Beachtung geschenkt. Ich lebte in der Gegenwart. Meine Vergangenheit war immer nah und konkret. Zum Beispiel, ob ich den Hühnerstall richtig abgeschlossen hatte. Meine Zukunft war die kommende Jahreszeit und die Vorbereitungen, die wir treffen mussten, um sie zu überleben.

„Woran denkst du?"

Was hat sie gerade wieder gefragt? Ach ja, ob Mama von unserem Vater gesprochen hat. Nein, Mama hat das Wort Vater nie erwähnt. Von den Tieren um uns herum wusste ich, dass es Männchen und Weibchen gab. Ich dachte immer, dass das Männchen, das meine Mutter befruchtet hatte, weitergezogen war. In der Tierwelt gab es viele alleinstehende Weibchen.

„Ich denke an Mama", sage ich. „Und an den Mann, der sie geschwängert hat."

Ella packt mich und wiegt mich hin und her. Ihre Wange klebt an meiner. Weint sie?

„Flora, ich muss dir etwas Wichtiges sagen, bevor ich wieder in den Zug steige."

Die Art, wie sie spricht, beunruhigt mich. Ich löse mich von ihr und knipse das Licht an.

Ella schaut auf ihre Füße. Auch ihre Zehennägel sind blutrot lackiert. „Ich habe zu Hause noch einen Zeitungsartikel über unsere Mutter gefunden", flüstert sie. „Er lag neben den beiden Fotos von ihr."

„Und was stand drin?" Unwillkürlich balle ich die Hände zu Fäusten.

„Dass Mama wegen Mordes gesucht wurde."

KAPITEL 6

Polizeiinspektion Rosenheim
Sonntagmorgen, 7. Juli 2019

Es war eine lange Nacht gewesen. Bemerkenswert, auf eine dunkle, beunruhigende Weise. Die Angst hat mich wieder beherrscht, aber mit Ella an meiner Seite wurde sie ein wenig erträglicher.

Eine uniformierte Polizistin führt mich in den Besprechungsraum. „Hauptkommissar Gorja ist noch beschäftigt", sagt sie. „Sie können hier warten." Ihre Stimme klingt wie ein Scheunendrescher. Mit einer knappen Handbewegung deutet sie auf einen Tisch, auf dem eine kleine Schaltvorrichtung für Videoaufzeichnungen steht.

Ich setze mich auf einen der Stühle und schaue mich um. Dieser Raum vermittelt eine seltsame Atmosphäre. Sie löst in mir ein Gefühl der Unruhe aus, ein leises Schaudern des Sichschuldig-Fühlens, das selbst ein Unschuldiger verspürt.

Das Besprechungszimmer ist klein, etwa drei mal drei Meter, schätze ich. Keine Fenster. Die Belüftung kommt von der Decke, aber es weht nur ein laues Lüftchen. Die Tür zum Flur steht offen. Die Klimaanlage scheint defekt zu sein. Zwei lange, parallel angeordnete Leuchtstoffröhren liefern das Licht, ein kaltes, bläuliches Licht, das alle Schatten verschluckt und zugleich die Farbe aufsaugt. Die Wände sind weiß getüncht, der Boden ist leicht gebohnert.

Dies also ist ein Besprechungsraum, jener Teil des Polizeipräsidiums, in dem sich ein Verdächtiger und sein Vernehmer bis aufs Messer bekämpfen. Eine Kampfarena, in der Duelle im Rahmen des Strafrechts ausgetragen werden. Es ist ein deprimierender Raum, ähnlich einer Zelle in der Psychiatrie, nur ohne Gummiwände.

Für einen Moment schließe ich die Augen, nur kurz, denn mein Handy klingelt. Ich bin müde. Es ist Martha. Als ich den Anruf entgegennehmen will, fallen mir die Autoschlüssel aus der Seitentasche auf den grauen Fliesenboden. Ich bücke mich und will nach den Schlüsseln greifen, als mir ein betörender Geruch in die Nase steigt. Ich schnüffle wie ein Hund, der eine Fährte aufnimmt, lasse das Telefon klingeln, stehe auf und sehe in die bernsteinfarbenen Augen eines Mannes.

Mein Gott, dieser Mann verströmt einen ganz besonderen Geruch. Wie ein Wald feuchter Farne nach einem Sommerregen. Er geht auf die andere Seite des Tisches zu.

Sein Geruch kommt mir bekannt vor. Ich schnuppere wieder und rieche andere Essenzen, wie die öligen Dämpfe, die im Herbst von den gefallenen Blättern aufsteigen, fahre mir mit der Zunge über die Lippen und trete einen Schritt zurück, um ihn besser betrachten zu können. Er ist groß und schlank, etwa fünfundvierzig und hat dunkles, gewelltes Haar mit vereinzelten grauen Strähnen.

Ich klammere mich an den Stuhl, um das Gleichgewicht nicht zu verlieren. Er sieht aus wie Pierce Brosnan, in seiner Rolle als Dieb in ,*Die Affäre Thomas Crown*'. Das war der erste Film, den Martha und ich im Kino gesehen hatten. Ich war damals achtzehn und in der Phase des erotischen Erwachens. Da ich bis zu diesem Zeitpunkt noch Medikamente nahm, um mein hemmungsloses Verhalten zu zügeln, kamen meine sexuellen Gefühle erst spät. Als ich die Beruhigungsmittel absetzen durfte, meldete sich mein Sexualtrieb als Erstes, und Pierce Brosnan wurde zum Mittelpunkt meiner Fantasien. Das lag vorwiegend an seiner erotischen Beziehung zu seiner attraktiven Filmpartnerin. In ihr erkannte ich so viel von mir wieder. Sie kommunizierte indirekt wie ich. Aber da war noch mehr. Als hätte jemand während des Films einen Knopf in meinem Gehirn gedrückt, der mir die Tür zu meiner Erinnerung öffnete. Plötzlich erinnerte ich mich auch an Dinge aus meiner Vergangenheit in den Bergen: an die Paarung der Tiere und schlüpfrige Szenen.

In diesem Kino erlebte ich zum ersten Mal dieses süße Gefühl, das ich später als sexuelles Verlangen erkannte. Denn nach dem Film wollte ich auch unter den Armen gestreichelt werden, ich wollte Küsse auf den Hals bekommen und einen nackten Mann auf und in mir spüren. Und dann tat dieser Pierce Brosnan etwas ganz Bemerkenswertes: Er schnupperte an der Kleidung seiner Geliebten, er roch an den Stellen, die sie berührt hatte. Er hielt sie durch ihren Geruch bei sich. Dort, auf der großen Leinwand, sah ich den Beweis dafür, dass es auch andere gibt, die Menschen durch ihre Nase erkunden. Meine Bewunderung für den Edeldieb führte dazu, dass ich in den folgenden Jahren eine Pierce-Brosnan-Kopie nach der anderen verschliss. Auf der Suche nach dieser Süße, dieser Schärfe. Aber es gab keinen, der mich dauerhaft fesseln konnte. Oder besser gesagt, es gab keinen, der so roch wie der Dieb meiner Träume. Meine Faszination für Pierce Brosnan verschwand erst, als ich Gabor traf. Bei Gabor dominierte der Geruch von Pekannüssen.

Auch mit dem Mann, der mir gegenübersteht, scheint etwas zu geschehen. Er bewegt sich.

„Frau Graf", begrüßt er mich. „Ich bin Hauptkommissar Andreas Gorja, Leiter der Kripo Rosenheim."

Sein Blick ist intensiv, als er mir die Hand reicht. Er setzt sich. Meine Haut kribbelt, als er meine Hand wieder loslässt.

Er ist viel zu warm angezogen für den stickigen Raum. Andreas Gorja trägt eine gepflegte dunkelblaue Hose mit passender Krawatte und ein hellblaues, langärmeliges Hemd. Diese Kleidung passt nicht zu ihm, denke ich, als er sich setzt. Er wirkt auf mich eher wie ein Jeans-Mann. Als ich mich vorhin am Telefon dafür bedankte, dass er sich am Sonntagmorgen Zeit für mich nimmt, antwortete er, dass er wegen der feierlichen Verabschiedung eines Kollegen ohnehin im Büro sein müsse. Sein Business-Outfit muss also etwas mit diesem Anlass zu tun haben.

Auch ich setze mich wieder. Meine Unruhe bleibt. Ich kenne ihn. Ich habe ihn schon einmal gerochen, ich weiß nur nicht mehr, wo und wann. Auch seine Augen habe ich schon einmal gesehen. Sie sind groß, haben lange Wimpern und eine seltene bernsteinbraune Farbe. Ich wette, dass sein graubraunes Haar in seiner Jugend einmal goldbraun war. Seltsam ist, dass er auch auf mich reagiert, als würde er mich kennen. Er ist sachlich und distanziert, aber er beobachtet mich konzentriert. Wie der Bussard, der seit einigen Monaten über meinem Haus

48

schwebt. In Gedanken werde ich ihn beim Vornamen nennen: *Andreas...*

Sein Blick wandert zu meiner linken Hand. Er schluckt. Seine Reaktion auf meinen verstümmelten Finger ist heftiger als bei jeder neuen Begegnung. Martha sagt, das liege daran, dass der Rest von mir so schön sei. Unvollkommenheit neben Schönheit weckt Interesse. Andreas' Hände sind ganz normale Männerhände. Er trägt keinen Ring.

„Sie sind nicht verheiratet?", frage ich. „Sie tragen keinen Ring."

„Wie bitte?"

In meinem Kopf höre ich Martha schon wieder meckern. Solche privaten Fragen sollte ich einem Beamten nicht stellen. Falsche Person, falscher Zeitpunkt, falscher Ort.

„Entschuldigung", sage ich. „Falsche Frage."

Andreas grinst und schüttelt den Kopf. Ich scheine ihn zu amüsieren. „Kein Problem, Frau Graf. Ich bin geschieden." Er schaut auf seinen Computer.

Er ist geschieden. Es gab eine Liebe, und diese Liebe ist erloschen. Die Liebe von Gabor und mir ging durch die Intervention des Todes verloren. Der Schmerz ist wahrscheinlich derselbe, aber meine Erinnerung an Gabor ist nicht durch Streit oder Betrug getrübt.

Andreas hämmert kurz etwas in die Tasten, dann beginnen wir unser Gespräch. Er ist freundlich und erklärt mir, dass er zuerst angenommen habe, ich sei gekommen, um eine weitere Bedrohung zu melden. Er habe in einem Bericht eines Kollegen gelesen, dass ich im vergangenen Jahr Drohmails von Unbekannten erhalten habe, die mich der Scharlatanerie bezichtigten. *Der Zorn Gottes werde groß sein,* hieß es in mehreren Mails. Auch in den sozialen Medien sah sich die Floresse GmbH mit zahlreichen böswilligen Äußerungen konfrontiert. Die Suche nach dem Absender verlief ergebnislos. Die Accounts, die uns erpressen wollten, schienen Trolle zu sein. Martha und ich waren überzeugt, dass ein großer Pharmakonzern auf dem Kriegspfad war. Andreas' Vorgänger war der gleichen Meinung, hatte aber keine Beweise. Aber er bat mich, vorsichtig zu sein. Martha forderte mich nach diesem Vorfall auf, zu ihr nach Ebbs zu ziehen, aber ich lehnte ab. Ich kann Menschen nur ein paar Stunden am Tag in meiner Nähe ertragen.

Andreas blättert in einem Ordner, dann blickt er erstaunt auf. Wieder weht mir ein Hauch seines Geruchs entgegen. Ich atme tief ein.

„Sie bitten mich also, die Akte über den Mord an Ihrer Mutter wieder zu öffnen?"

„Ja", antworte ich. „Sie wurde am 26. Juni 1988 ermordet. Der Täter wurde nie gefunden, ihre Identität nie geklärt. Das hat sich gestern geändert. Meine Mutter hieß Ambra Mahler."

Ich bücke mich, öffne den Reißverschluss meiner Tasche, ziehe zwei Blätter heraus und schiebe sie ihm über den Tisch zu. „Das ist eine Kopie ihres Reisepasses vom 18. Juli 1972, und das ist ein Artikel aus einer Tageszeitung vom 9. Oktober 1973. Darin steht, dass Ambra Mahler wegen Mordes gesucht wird. Meine Mutter hat am 2. Oktober 1973 als 14-jähriges Mädchen in der Nähe von Bad Urach einen Mann erstochen."

Ich lehne mich ein wenig zurück. Anders als heute Morgen, als Ella mir den Zeitungsartikel vorgelesen hat, bin ich jetzt auf wundersame Weise ruhig. Ich war schockiert und konnte mir nicht vorstellen, dass meine Mutter so etwas getan haben könnte, bis mir klar wurde, dass auch ich als Teenager einen Mord begangen hatte. *Wie die Mutter, so die Tochter*, sagte ich zu Ella, woraufhin sie mich in ihre Arme nahm und mir erklärte, dass der Bösewicht kein Mensch, sondern ein Teufel war.

„Und da ist noch etwas." Ich zeige Andreas das Selfie, das Ella und ich heute Morgen gemacht haben, bevor sie gegangen ist. „Ich habe eine Zwillingsschwester, die im Juni 1974, gleich nach unserer Geburt, von einem Ehepaar aus Bad Urach adoptiert wurde – ohne reguläres Adoptionsverfahren. Sie gaben vor, dass Ella ihre leibliche Tochter sei. Der Vater dieser Adoptivmutter war 1974 praktischer Arzt und hat schriftlich erklärt, dass er das Kind zur Welt gebracht hat und Ella sein Enkelkind sei, aber das ist eine Lüge. Das geht auch aus einer Blutanalyse der beiden hervor."

Der Kommissar rückt seinen Schreibtischstuhl etwas näher an den Tisch und macht sich auf einem karierten Blatt Notizen.

„Und seit wann wissen Sie von Ihrer Zwillingsschwester, Frau Graf?"

„Seit gestern."

„Seit gestern?" Er zieht erstaunt *eine* Augenbraue hoch. Es gefällt mir. Hat was von Pierce Brosnan.

„Ja", antworte ich.

Sein Blick gleitet über mein Gesicht und bleibt an meinen Augen hängen. „Wissen Sie, Frau Graf, ich will ehrlich zu Ihnen sein. Ich halte es für unwahrscheinlich, dass wir hier den Fall noch einmal aufrollen können. Der Mord geschah im Juni 1988. Heute ist der 7. Juli 2019, also zwanzig Jahre später. Der Mord an Ihrer Mutter ist ein Cold Case."

Ich will antworten, werde aber von der jungen Polizistin abgelenkt, die den Raum betritt. „Kommissar Gorja, Sie werden am Telefon verlangt. Es ist dringend."

„Gut, ich komme sofort." Andreas packt seine Sachen und steht auf.

Ich erhebe mich auch und bin ein wenig traurig, dass ich seinen Duft nicht mehr riechen kann. „Sie müssen gehen?"

„Ja. Aber ich rufe Sie an, wenn ich die Akte Ihrer Mutter durchgesehen habe."

„Sie werden die Akte anfordern?"

Er lächelt. „Aus persönlichem Interesse. Die Cold-Case-Fälle werden allerdings in München bearbeitet. Aber vielleicht lässt sich da etwas machen."

Er nimmt einen Zettel in die Hand, beugt sich vor und schreibt etwas darauf. „Meine Handynummer, Frau Graf. Zögern Sie nicht, mich anzurufen, wenn Sie neue Informationen haben. Was immer es auch sein mag."

„Ja, aber dann kommen Sie bitte zu mir, in die Firma oder nach Mühlbach. Dieser Raum ist so ungemütlich und beängstigend."

„Sie haben recht", erwiderte er. „Aber ein Verbrechen ist wie ein Teppich aus Emotionen. Tausend verschiedene Gefühle und tausend verschiedene Lügen sind miteinander verwoben. Um die Wahrheit herauszufinden, benötigt man einen kargen Raum wie diesen."

„Und die bloße Anwesenheit eines Polizisten kann selbst beim unschuldigsten Menschen das Gefühl aufkommen lassen, er habe etwas zu verbergen. Ich rieche förmlich den Schweiß der Angst."

Er lacht laut auf, schüttelt mir die Hand, schaut mich noch einen Moment an und verlässt das Besprechungszimmer.

Meine Haut kribbelt. Er hat mich schon einmal berührt. Ich erinnere mich genau. Er war mir ganz nah. Ein einziges Mal.

Ich stehe auf, folge ihm auf den Flur und suche in meinem Gedächtnis nach dem Moment unserer ersten Begegnung, aber die Erinnerung will nicht kommen.

KAPITEL 7

Ebbs, im Haus von Martha Mandel

Sonntagnachmittag

Der Duft von Ratatouille dringt in mein Arbeitszimmer. Martha kocht mein Lieblingsgericht, um mich aufzuheitern, nachdem Ella wieder nach Hause gefahren ist. Ich vermisse sie sehr, was seltsam ist, weil sie nur ein paar Stunden bei mir war. Vielleicht, weil sie ein Teil von mir ist? Wie Benjamin ein Teil von mir war? Ich habe viele Jahre ohne Benjamin gelebt und ihn nicht vermisst. Aber nach einem Jahr mit ihm vermisse ich ihn jeden Tag.

Mein Handy wird gleich wieder piepsen, wenn Ella in Bad Urach angekommen ist, denn es kommen wieder Nachrichten rein. Ella hat mir vor der Abreise WhatsApp auf mein Handy installiert und mir erklärt, wie es funktioniert.

„Dann können wir in Kontakt bleiben", sagte sie, drückte mich fest und stieg in den Zug.

Noch bevor der Zug abfuhr, hatte ich schon 10 solcher WhatsApp-Nachrichten erhalten. Das macht mich nervös, denn jedes Mal, wenn mein Handy piept, glaube ich, dass etwas geschehen ist. Der Inhalt der Nachrichten ist unwichtig, aber Ella mag es so. Ich habe mein Handy bisher kaum benutzt. Nur Martha und unsere Sekretärin haben meine Handynummer, sie rufen nur an, wenn sie mich dringend brauchen. Und jetzt hat auch Ella meine Rufnummer. Soll ich ihr sagen, dass mich das ständige Gepiepse stört? Dass ich auch ohne WhatsApp an sie denke? *Nein, lass es!* Ella ist anders als ich.

Ich hoffe nur, dass ich nachher noch etwas essen kann, denn ich bin nervös, weil ich den Bericht über meinen Aufenthalt in der psychiatrischen Klinik gelesen habe.

Ich befeuchte meinen Zeigefinger, tauche ihn in einen Teller mit Majoran und lecke ihn ab. Das hilft mir, mich zu beruhigen. Meine Mutter gab mir immer Majoranöl, wenn sie mich im Keller einschloss. Manchmal mischte sie noch andere Kräuter dazu. Die Kombination machte mich ganz schläfrig. Damit ich das Zeug auch wirklich schluckte, gab Mama mir die Mischung auf einem Löffel mit Honig. Früher habe ich Honig geliebt. Jetzt mag ich ihn nicht mehr. Ich verbinde den Geschmack mit Unterdrückung und Freiheitsberaubung.

Zum x-ten Mal schaue ich mir das Foto an, das ich von Ella bekommen habe. Meine Mutter war eine schöne Frau. Damals wusste ich nicht, wie schön sie wirklich war, ich konnte ihre Schönheit nicht einschätzen. In unserer kleinen Welt spielte das Aussehen keine Rolle. Ich kann mich auch nicht daran erinnern, dass es in unserem Haus einen Spiegel gab. Gelegentlich sah ich meine Silhouette in einem Fenster, aber nur aus der Ferne. Erst in der Anstalt wurde ich mit meinem Spiegelbild konfrontiert. Diesen Augenblick werde ich nie vergessen. Ich dachte, es wäre ein fremdes Wesen im Behandlungszimmer und fing an zu schreien – das Wesen schrie auch. Ich schlug gegen das Glas, um das Gespenst zu vertreiben, aber das Glas zerbrach, woraufhin eine Krankenschwester herbeieilte und den Spiegel entfernte. Später wurde ein neuer Spiegel aufgehängt. Beim zweiten Mal betrachtete ich mich eingehend. Ich hatte mich an die Menschen gewöhnt, aber ich blieb misstrauisch.

Ich schnuppere an dem Foto. Es hat keinen bestimmten Geruch. An meinem Vorderzahn klebt Majoran. Ich zupfe mir ein paar Haare aus, drehe sie zusammen und versuche, das Blatt zwischen den Zähnen zu entfernen.

Nur Ella zuliebe schaue ich mir zum ersten Mal seit Jahren wieder meine Krankenakte an, die Martha bei meiner Entlassung aus der Anstalt mitgenommen hatte.

Martha hatte sie mir nicht geben wollen. Es würde nur Unglück bringen, wenn ich in meiner Vergangenheit herumwühle. „Was bringt es dir, nach dreißig Jahren herauszufinden, wer deine Mutter getötet hat?"

Aus einem mir unbekannten Grund spüre ich den gleichen Widerstand wie sie, aber weil Ella vehement darauf bestanden hat, durchforste ich jetzt einen Lebensabschnitt, den Martha oft als meine Larvenzeit bezeichnet. Martha zufolge hat sich die Larve, die einst in ihrem Kokon in den Voralpen aufwuchs, nach diesem schwierigen Jahr in der Psychiatrie in einen wunderschönen Schmetterling verwandelt, der nun um die Welt flattert und die neue Philosophie der Phytotherapie verkündet.

„Du musst dir darüber im Klaren sein, Flora, dass das Mädchen, das mit seiner Mutter in den Bergen lebte, nicht die Frau ist, die jetzt hinter diesem Schreibtisch sitzt und in dieser Krankenakte blättert", sagte Martha vorhin. „Das Einzige, was das Mädchen von damals mit der Frau von heute verbindet, sind ein Körper und ein paar Erinnerungen."

Natürlich hat Martha recht. Bis auf ein winziges Detail: Dreiundzwanzig Jahre nach meinem Schlüpfen klebt der Kokon aus meiner Larvenzeit immer noch an meinen Flügeln. Ich schleppe meine Vergangenheit mit mir herum, muss nur etwas riechen oder sehen, das eine Assoziation mit meinem schwarzen Moment hervorruft, und die Panik ist wieder da. Wie gestern, als ich mit dem Foto meiner Mutter konfrontiert wurde.

Niemand hat es bisher geschafft, mich von diesem Kokon zu befreien. Nicht einmal Christian Reichelt, der Psychiater, der mich ein Jahr lang behandelt hat. Dabei hat er laut Martha gute Arbeit geleistet. Immerhin wurde er am 27. Juni 1988 mit einem 14-jährigen Mädchen konfrontiert, das glaubte, in die Welt des Teufels entführt worden zu sein...

In der Zusammenfassung berichtet Christian Reichelt: Er vermutet, dass ich ‚hochintelligent' bin, weiß es aber nicht sicher, da er keine Vergleichstests mit mir durchführen konnte. Schließlich mache mich meine isolierte Kindheit zu einem ‚Einzelfall'. Ein ganzes Kapitel ist meinen sozialen Fähigkeiten gewidmet. In dieser Hinsicht ist er weniger positiv. Der Arzt stellt fest, dass ich ‚sozial schwach' funktioniere und meine Umwelt anders wahrnehme als jemand, der in einem Familiensystem und mit sozialen Beziehungen – auch außerhalb dieses Systems – aufgewachsen ist. Er geht davon aus, dass mein sozial schwaches Verhalten irreversibel ist. Nach meinen schulischen Leistungen zu urteilen, bin ich hochintelligent. Er hat recht. Ich habe einen Doktortitel in Pharmazie. Er hatte auch recht mit meiner sozialen Schwäche. Es fällt mir immer noch schwer, unter Menschen zu funktionieren. Dank Martha schaffe ich es, aber es kostet mich Mühe.

Mit Ella ist das ganz anders. Sie ist sozial. Sie ist ein Menschenfreund, wie man so schön sagt. Das sehe sogar ich. Christian Reichelt hätte Ellas Kindheit sicher als ,normal' bezeichnet. Auf ihrem Laptop hat sie einen Ordner mit Fotos aus ihrem ganzen Leben. Bilder von Geburtstagen mit Freunden, von Urlauben mit ihren Eltern, vom Abitur und vielem mehr. Ich habe kaum Erinnerungen an diese ersten 14 Jahre: nur Geräusche, Farben und Gerüche. Und diese Akte. Das ist alles.

Ich blättere zurück zur ersten Seite. Meine administrative Existenz beginnt am 27. Juni 1988, dem Tag, an dem ich in die psychiatrische Klinik in Prien eingeliefert wurde. Über mein Leben vor diesem 27. Juni werden nur allgemeine Angaben gemacht, wie die Tatsache, dass ich in einem abgelegenen Ort in den Bergen aufgewachsen bin, wobei die einzige menschliche Gesellschaft eine Frau war, die am 26. Juni 1988 ermordet wurde und vermutlich meine Mutter war. Es heißt auch, dass ich anfangs nicht gesprochen habe, sondern erst nach einiger Zeit. Die Worte, die ich zu Beginn meines Aufenthaltes benutzte, konnten keiner bekannten Sprache zugeordnet werden. Man vermutete, dass ich überwiegend schweigend aufgewachsen war. Ich las auch, dass der Bauernhof, auf dem ich lebte, in der Gemeinde Oberaudorf lag, in einem unwirtlichen Teil der bayerischen Voralpen.

Als ich Anfang zwanzig war, besuchten Martha und ich Oberaudorf. Wir stiegen vom Dorf aus zum Hocheck und streiften dann stundenlang mit der Wanderkarte in der Hand durch die Wälder. Wir erkundeten jeden Weg, aber nirgends fanden wir einen Tunnel, der zu unserem Haus führte. Martha vermutete einen Einsturz, was ich für plausibel hielt. In meiner Jugend hatte ich oft erlebt, dass Wege nach Felsstürzen plötzlich zu Sackgassen wurden. Auf dieser Reise erzählte mir Martha behutsam, dass ich neben der Leiche meiner Mutter gefunden worden war. Sie lag erstochen auf einem Bett aus Ästen, bereit zur Einäscherung. Ihre Identität wurde nie geklärt. Meine Erinnerung an diesen Tag lässt mich im Stich. Martha meint, es könnte an der Betäubung gelegen haben. Schließlich

hätten sie mich betäubt, bevor sie mich den Berg hinunterge-
tragen haben. Und dann habe ich wochenlang Beruhigungsmittel bekommen, weil ich nicht mehr zurechnungsfähig war.
Ich tauche meinen Finger wieder in den Majoran und kaue
die Blätter. Meine verstümmelte linke Hand juckt. Genau genommen will ich das nicht, dieses Wühlen in meiner Vergangenheit. Ich mache das für Ella. Sie will alles über Mama wissen, und wir haben vereinbart, dass wir ihre Vergangenheit
ausgraben. Ella wird morgen ihre Nachforschungen über ihr
Leben in den Jahren, als sie noch in Bad Urach lebte, fortsetzen,
und ich werde dasselbe tun, aber hier.

Morgen suche ich Dr. Christian Reichelt auf. Ein Jahr lang hat
dieser große, dünne Arzt mit den braunen Stacheln mir Fragen
gestellt, mich förmlich ausgequetscht. Ich habe ihn gegoogelt.
Er promovierte 1985 im Alter von sechsunddreißig Jahren
über Panikattacken bei Alzheimer-Patienten und gilt als Ex-
perte für Angstzustände bei Demenz. Seit 1988 arbeitet er in
der psychiatrischen Klinik Prien. Als ich zu ihm kam, leitete er
die Abteilung für Angststörungen, in der verschiedene Formen
von Angstzuständen behandelt wurden. Nach meinem Kenntnisstand gab es dort keine Kinder. Ich lehne mich etwas zurück
und lasse meine Stuhlbeine kippen. Seltsam, dass man mich
auf eine Angststation schickte und nicht in eine Spezialklinik
für Kinder. Oder lag es an meinem Verhalten, als sie mich gefunden haben? Wer hat entschieden, dass ich dort hingebracht
wurde? Der Polizeichef? Der Bürgermeister der Gemeinde, in
der ich gefunden wurde? Der Landrat? Egal. Es ergibt keinen
Sinn mehr, das herauszufinden. Die Abläufe heute sind nicht
mit denen von 1988 zu vergleichen.

Aber ich erinnere mich, dass der Psychiater während unserer Gespräche Notizen machte. Ich fand das ziemlich ungewöhnlich, diesen schwarzen ‚Balken‘ über das weiße Feld kratzen zu sehen. Ella meinte, dass diese Notizen auch
Informationen über meine Mutter enthalten müssten, die damals vielleicht nicht relevant waren, heute aber schon. Ella
schrieb alles auf, was ich Dr. Reichelt fragen sollte. Als ich nach
der Betäubungsspritze wieder zu mir kam, dachte ich,

ich sei in die Welt des Teufels geraten, auf die andere Seite des Tunnels. Ich versuchte zu fliehen, kam aber nur bis zu einem langen grauen Korridor, dann sperrten sie mich in einen weißen Raum. Dort kauerte ich mich in eine Ecke und wartete auf das, was kommen würde. Ich konnte nichts essen. Nicht nur, weil ich Angst hatte, sondern auch, weil das Essen so seltsam schmeckte. Meine Mutter hatte mir beigebracht, was ich essen durfte und was nicht. Ich durfte keine unbekannten Pilze, Wurzeln oder Beeren essen. Sie könnten giftig sein. Das Essen in der Klinik roch komisch, also aß ich es nicht. Ich wurde in einen Anzug gesteckt, sodass ich meine Arme nicht mehr bewegen konnte. Dann fesselten sie mich ans Bett und schoben mir einen Schlauch in die Nase. Noch heute spüre ich den Druck des Plastiks gegen mein Nasenloch, die Vibrationen in meiner Speiseröhre, wenn Flüssigkeit ruckartig meine Kehle hinunterläuft.

Ich atme ein paar Mal tief durch und stehe auf. Von hier aus blicke ich in Marthas bunten Garten. Ich öffne das Fenster weit und rieche die blumigen Düfte des Sommers. Ich bin nicht mehr in der Klinik. Ich bin hier.

Ich massiere mir den Nacken und bewege den Kopf, dann gehe ich zurück zum Schreibtisch, setze mich und blättere weiter.

Auch die Gerüche, die ich in der Klinik wahrnahm, waren neu für mich. Sie schienen mir in der Nase zu brennen. Besonders auf der Toilette, wo die Chlordämpfe dominierten. Die neue Situation lähmte mich. Ich zog mich in meine eigene Welt zurück und wähnte mich noch immer bei meiner Mutter. Träumend überlebte ich die ersten Wochen in der Klinik und gewöhnte mich schließlich an das neue Zimmer und das Leben unter Menschen, allerdings erst, nachdem sich ein anderer Arzt um mich gekümmert hatte. Ich nannte ihn ‚Doktor Glück‘, und später ‚mein Beschützer‘ weil er so gut zu mir war. Er brachte mir Obst und Nüsse aus den Bergen mit, damit ich wieder etwas zu mir nahm. Außerdem roch er gut. Sein Geruch war mir vertraut. Ich hatte ihn schon einmal auf unserem Hof gerochen, aber ich erkannte ihn nicht. An seinen Namen erinnere ich mich auch nicht. Ich frage mich sogar, ob ich ihn wirklich jemals gekannt habe.

KAPITEL 8

Ebbs, im Haus von Martha
Sonntagnachmittag

Martha betritt mit einer Tasse Tee und Gebäck mein Zimmer. „Wie geht es dir, mein Käfer?"
Ich drehe meinen Schreibtischstuhl zu ihr. „Ich versuche, mich an früher zu erinnern. An mein Jahr in der Psychiatrie."
Martha stellt das Tablett auf den Schreibtisch und setzt sich aufs Bett. „An etwas Bestimmtes? Ihre Stimme klingt besorgt. „An positive oder negative Dinge?"
Ich strecke die Beine aus. „Überwiegend negative."
„Das ist nicht gut für dich, Flora! Das bringt nur Unglück."
Martha steht auf. Ich schnuppere den Tee: eine Mischung aus Zitrone und Zitronenmelisse, und nehme einen Schluck. Er schmeckt köstlich.
„Ich habe gerade an *Doktor Glück* gedacht", fahre ich fort. „Er gehört zu den guten Erinnerungen."
„Wer war das?"
„Der Arzt, der mir Früchte und Nüsse aus den Bergen gebracht hat."
Für einen Moment huscht ein Schatten über ihr Gesicht, sie ist verärgert. „Und wie hieß er?", flüstert sie.
„Ich weiß es nicht. Er war sehr liebevoll und bewahrte mich mehr oder weniger vor dem Verhungern. Ich wollte damals nicht essen. Er kam regelmäßig zu mir, um mir etwas Essbares aus den Bergen zu bringen. Deshalb nannte ich ihn ‚Doktor Glück'."
„Und wie sah er aus?" Martha stellt sich neben mich und streicht mir übers Haar. Ihre Hände zittern leicht. *Was hat sie nur?*
„Er war etwas größer als ich. Braune Locken. Braunes Haar. Muskulös. Auf der linken Seite fehlte ihm ein Stück des kleinen Fingers und des Ringfingers. Das fiel mir sofort auf, und ich war erleichtert, nicht mehr der Einzige auf der Welt mit einer verstümmelten Hand zu sein. Er war ungefähr so alt wie

Christian Reichelt und muss jetzt um die siebzig sein. Wenn er überhaupt noch lebt."

Martha hört auf, mich zu streicheln, sie tritt einen Schritt zur Seite und schaut mich an. Ein Muskel neben ihrem Augenlid zuckt. Sie grübelt. Etwas stimmt nicht mit ihr. Aber ich kann es nicht greifen. Ich nehme die Gabel und stochere in dem Apfelkuchen mit Walnüssen. Martha hat meinen Lieblingskuchen gebacken.

Doktor Glück brachte mir auch stets Walnüsse mit, wenn er mich besuchte. Er war es auch, der mich zum ersten Mal in den ummauerten Garten der Klinik führte. Er ahnte wohl, dass ich mich nach der Natur sehnte.

Im Garten wuchsen Blumen, die es auf unserem Berg nicht gab, wie Ringelblumen und Chrysanthemen. Ich war begeistert und kroch über das Gras, um an jeder unbekannten Blüte zu schnuppern. Das muss komisch ausgesehen haben, aber *Doktor Glück* lächelte nur und strich mir immer wieder über die Locken.

Er war der erste Mensch, mit dem ich in der Welt der Teufel sprach. Unser erstes Gespräch drehte sich um meine Kaninchen. Als meine Mutter starb, hatten wir nur noch ein weißes und ein braunes. Am Anfang meines Klinikaufenthaltes habe ich viel über unsere Tiere nachgedacht. Wurden sie gut versorgt? Bekamen sie ihr Futter? Oder hatten die Teufel meine Hühner, Ziegen und Kaninchen schon gefressen? Auf keinen Fall durften sie verhungern. Ich begann, meine Tiere auf Papierbögen zu zeichnen. Zeichnen war etwas, das ich liebte. Ich hatte es noch nie zuvor gemacht und war erstaunt, was ich mit den bunten Stiften alles darstellen konnte. Die Tiere waren bunt, der Hintergrund immer schwarz, wie das Leben mit Mama. Bei einem seiner Besuche warf *Doktor Glück* einen Blick auf die Zeichnungen. Am nächsten Tag trug er einen großen, länglichen Käfig in mein Zimmer, stellte ihn auf den Boden und entfernte das Tuch. In dem Käfig hockten meine beiden Kaninchen auf frischem Heu. Ihr Fell glänzte. Sie waren groß und fett geworden. *Schlachtreif* würde Mama sagen. *Doktor Glück* bückte sich, öffnete den Käfig und hob ein Kaninchen nach dem anderen auf meinen Schoß. Sie fühlten sich schwer an,

61

bewegten sich träge, aber sie rochen so vertraut. Ich streichelte ihr weiches Fell. Nach einer Weile merkte ich, dass ihr Fell feucht wurde.

„Warum weinst du, Flora?", fragte *Doktor Glück*.

„Ich will sie nicht schlachten", antwortete ich.

Als er sich neben mich auf das Bett setzte, drehte ich mich zu ihm um und sah, dass auch er weinte. Tränen liefen ihm über die Wangen und seine Lippen zitterten.

„Du wirst nie wieder ein Tier schlachten müssen, Flora. Das verspreche ich dir."

Ich nippe an meinem Tee „Martha, ich werde Christian Reichelt morgen früh aufsuchen. Kannst du mir seine Adresse besorgen?", frage ich. „Ella hat mir einen ganzen Fragenkatalog gegeben. Vielleicht weiß er, wie mein *Doktor Glück* heißt. Hoffentlich lebt er noch."

Martha schaut mich an und nickt. Ihre Augen füllen sich mit Tränen.

„Was hast du denn?" Ich stehe auf.

Sie verengt die Augen. „Nichts."

Gerade als ich Martha umarmen will, klingelt mein Handy. Ich hebe ab. Die automatische Stimme meiner Alarmanlage in Mühlbach meldet sich. *„Eindringling. Eindringling. Eindringling."*

„Scheiße!"

Jemand bricht bei mir ein!

KAPITEL 9

Mühlbach

Sonntagabend

Ich fahre auf das Grundstück meines Hauses und trenne die Verbindung zu einer panischen Martha. Sie scheint immer wieder in der gleichen Kerbe zu stecken. Ich soll so schnell wie möglich nach Ebbs zurückkehren. Auf meinem Berg ist es nicht mehr sicher. Sie erinnert mich an einen verängstigten Hund, der ständig im Kreis läuft. Selbst ich befinde mich im Beobachtungsmodus, als nähere ich mich dem Tal der Hunde und Jäger.

Andreas Gorja ist schon da. Ich habe den Hauptkommissar angerufen, als der Alarm losging. Immerhin konnte ich ihn erreichen. Er war sofort alarmiert. Im Hintergrund waren Musik und Stimmen zu hören, die bald in das Echo des leeren Flurs übergingen. Ich solle bei Martha bleiben, bis eine Polizeistreife bei mir zu Hause nach dem Rechten sehe, sagte er. Er würde mich anrufen und mir weitere Anweisungen geben. Ich hatte ihn schon einmal mit einer Nachricht von Ella angerufen. Auch bei ihr war eingebrochen worden. Nicht in ihrem Haus, aber in ihrem Auto. Es geschah während des kurzen Besuchs bei mir. Ihr Mietwagen stand auf dem Parkplatz am Bahnhof und war das einzige Fahrzeug, das aufgebrochen worden war. Die Mappe mit den Dokumenten von Roswitha Wagner wurde gestohlen. „Wer nimmt denn einen Stapel Papiere mit?", fragte ich Andreas. „Das ist doch merkwürdig, oder?" Andreas stimmte mir zu und seine Bitte, im Haus zu bleiben, wurde immer eindringlicher.

Inzwischen sind mehr als vier Stunden vergangen. Andreas steht vor meiner Haustür und scrollt über den Bildschirm seines Handys. Neben ihm zieht ein Polizist in Uniform an einer Zigarette. Auf der Straße fährt ein weißer Lieferwagen vor, zwei Frauen in weißen Overalls steigen aus. Ich parke und steige aus. Es ist immer noch heiß, aber zum Glück weht ein leichter Wind. Die Trockenzeit naht, das Zirpen der Grillen wird schon lauter. Ich gehe zur Haustür. Andreas' Blick ist wieder intensiv. Wir schütteln uns die Hände, länger, als Martha es mir beigebracht hat. Ich schnuppere. Der Geruch von Tabak umgibt die beiden Männer, das klebrige Aroma überdeckt nur leicht den Duft der Sommerfarne.

„Der Einbrecher war im Haus, Frau Graf. Die Tür ist aufgebrochen. Das Schloss muss ausgewechselt werden."

„Darum haben wir uns schon gekümmert", antworte ich. „Die Überwachungsfirma hat auf dem Video gesehen, was vorgefallen ist."

„Ihr Überwachungssystem ist auf dem neuesten Stand. Das sieht man selten in einem Privathaushalt."

„Martha mag keine halben Sachen."

„Ich habe vorhin mit Ihrem Sicherheitsdienst telefoniert, Frau Graf. Den Videoaufzeichnungen von Ihrer Haustür zufolge war es ein Mann. Er war allein." Andreas deutet auf die Kameras. „Er trug eine Sturmhaube und ist leider nicht zu erkennen. Die Firma wird uns gleich alles schicken, dann können wir den Vorfall besser analysieren. Aber ich möchte Sie vorwarnen. Der Einbrecher hat ein Chaos im Haus hinterlassen."

„Was er wohl gesucht hat? Hier ist nichts von Wert."

Andreas zuckt mit den Schultern.

„Einbrecher wissen das nicht, Frau Graf. Sie wissen nur, dass Sie eine erfolgreiche Unternehmerin sind und allein hier wohnen. Das macht Sie zu einer leichten und interessanten Beute. Die Frage ist nur, ob Geld oder Schmuck der Grund für den Einbruch waren. Es könnte auch etwas mit Ihrer Person zu tun haben. Die Drohmails vom letzten Jahr kann ich heute nicht mehr ignorieren. Genauso wenig wie den Mord an Ihrer Mutter. Ihre Vorgeschichte ist auch der Grund, warum ich die Spurensicherung gebeten habe, sich hier umzusehen." Er nickt den Leuten in den weißen Anzügen zu.

Seine Worte klingen in meinem Kopf nach. Er sagt, was ich fühle. Es muss eine Verbindung zu meiner Mutter geben. Aber wer außer Ella weiß etwas darüber? Ich drehe mich um und berühre kurz meine ramponierte Haustür. Dann trete ich über die Schwelle und bleibe stehen. Etwas hat sich verändert. Im Raum nehme ich die Gerüche verschiedener Menschen wahr. Nichts Bestimmtes. Nichts Nachvollziehbares.

Ich lege die Arme um mich. *Fremde waren in meinem Refugium ... Menschen, Teufel ...* in meiner kleinen Welt, in die ich bisher nur Martha und Ella gelassen habe. Ich häute mich, mir wird kalt. So gefalle ich mir nicht, aber ein Dieb ist mit Gewalt eingedrungen. Selbst die Vögel machen mich nervös. Schon als Kind fand ich Vögel faszinierend. Wenn sie im Frühling zu zwitschern anfingen, verspürte ich eine geradezu körperliche Nervosität. Mein Körper sang. Aber jetzt...

Ich verkrampfe mich und stürze ins Wohnzimmer. Gehe zum Fenster, öffne es. Schiebe die Läden zur Seite und lasse den heißen Atem des Windes herein. Der Raum verliert die kühle Luft, aber es stört mich nicht. Besser heiß hier drinnen als verpestet.

Andreas folgt mir. Er wartet und beobachtet. Das Chaos ist übersichtlich, denn ich habe nur wenige Sachen. Es gibt nicht viel, was man umwerfen könnte. Keine Kunst, nichts, was man hätte zerstören können. Die Aussicht aus den vielen Fenstern sind meine Bilder. Martha findet, mein Wohnzimmer sieht aus wie die Zelle einer Nonne, aber sie hat, wie ich, nie auf mehr Möbel bestanden. Sie weiß, wie sehr ich die Leere liebe. Ich brauche diese Kargheit, um mich von all den Reizen im Tal zu entgiften. Überall Musik, Lichter, Werbung, Signale, Piepser, Bildschirme...

Ich gehe zu meinem Schaukelstuhl und streiche mit den Fingern über das braune Leder. Die Porzellanvase auf dem Esstisch ist leer und steht auf dem Kopf. Die Wildrosen liegen verstreut auf der Eichenplatte. Wasser ist vom Tisch getropft und hat einen dunklen, feuchten Fleck auf dem Terrakottaboden hinterlassen. Ich stelle die Rosen zurück in die Vase, gehe durch das Wohnzimmer und berühre jedes Möbelstück.

In der Küche hängen meine Kräuter noch unberührt am Holzbalken. Die Küchenschubladen sind aufgerissen, das Besteck auf den Tresen geworfen. Auch die Schränke mit den wenigen Tellern, Tassen und Gläsern sind ausgeräumt. Alles liegt in Scherben auf dem Boden. Ich wende mich ab, gehe ins Bad. Auch hier wurde alles aus den Schränken genommen und in die Badewanne geworfen. Die Schlafzimmertür steht offen, das Licht brennt. Das gleiche Bild. Die Matratze ist umgedreht, das Bettzeug abgezogen, der Schrank ausgeräumt. Meine Kleidung liegt auf dem Boden. Schnell greife ich nach Gabors Hemd. Das gehört nicht auf den Boden! Ich nehme das Hemd in die Hand, rieche daran und schließe die Augen. Atme sein sonniges Wesen ein und bin erfüllt von ihm. *Ich liebe dich*, höre ich Gabor sagen, während er meinen Hals streichelt. Schnell trockne ich meine Tränen. Dann nehme ich einen Kleiderbügel und hänge sein Hemd wieder an seinen Platz, an dem ich es nachts schnell erreichen kann, wenn ich mich wieder nach ihm sehne. Meine Finger streichen noch einmal kurz über den Ärmel.

Ich straffe die Schultern und öffne das Fenster, um den Wind hereinzulassen. Am Nachttisch stockt mir der Atem. Benjamins Urne! Sie ist zu Boden gefallen und zerbrochen. Die Asche meines Sohnes ist über die Fliesen verstreut. Das darf nicht sein! Ich schreie, knie mich hin und versuche, seine Asche zusammenzukehren. Aber seine Asche ist auch unter dem Bett verstreut. Meine Finger zittern. Ich bekomme meinen Jungen nicht ganz zusammen! Mit schnellen Bewegungen fahren meine Hände über den Terrakottaboden unter dem Bett. Ich brauche verdammt noch mal ein Gefäß für Benjamins Asche und gehe schnell in die Küche.

Andreas sieht mich fragend an.

„Er hat meinen kleinen Jungen zerstört!", rufe ich und zeige auf meine schwarzen Hände. Ich schnappe mir Handfeger, Kehrblech und Milchkännchen und eile zurück ins Schlafzimmer. So gut es geht, fege ich Benjamin zusammen und lege ihn in das Milchkännchen. Ich analysiere, wie viel von Benjamin übriggeblieben ist. Es ist nicht genug. Ich schaue mich um. Der Boden ist grau. Benjamins Asche ist über die Terrakotta verstreut. Tränen laufen mir über die Wangen.

Andreas kommt auf mich zu und fasst mich sanft an den Schultern. „Was ist passiert?", fragt er.

„Benjamins Urne liegt zerbrochen auf dem Boden!"

„Benjamin?" Er schaut mich verständnislos an.

„Mein kleiner Sohn ist nicht mehr vollständig. Seine Urne ist zerbrochen. Benjamin ist nicht mehr komplett. Sehen Sie mal da drüben. Der Boden ist grau. Das ist mein Benjamin!"

„Kommen Sie, Frau Graf", sagt er leise und fasst mich am Arm. „Wir gehen nach unten. Sie müssen aus diesem Zimmer raus. Die letzten Reste der Asche lasse ich später von der Spurensicherung absaugen. Mit einem Spezialgerät. Das verspreche ich Ihnen: Wir werden Ihren kleinen Benjamin wieder ganz zusammensetzen. Kommen Sie!"

Er führt mich ins Wohnzimmer und zieht einen Stuhl unter dem Tisch hervor. „Bitte setzen Sie sich, Frau Graf", sagt er.

Ich gehorche. Er setzt sich mir gegenüber. Ich stelle die Milchkanne mit Benjamin vor mir auf den Tisch. Er setzt sich mir gegenüber.

„Ich schicke gleich die Spurensicherung hoch, Frau Graf", sagt er freundlich, „aber darf ich Ihnen vorher noch ein paar Fragen stellen? Danach können sich meine Kollegen um Ihren Sohn kümmern." Er deutet auf das Milchkännchen.

„Gut. Bitte fragen Sie." Meine Stimme ist unsicher.

„Haben Sie eine Ahnung, wonach die Einbrecher gesucht haben?"

„Nein. Keine Ahnung. Ich habe hier nichts von Wert, nichts aus meiner Vergangenheit. Und alle Akten der Floresse GmbH sind im Tresor unserer Firma." Ich schaue mich um und registriere wieder einmal die Vergewaltigung meiner kleinen Welt. Vorsichtig streiche ich über das Milchkännchen.

„Und Ihr Laptop?"

„Der Laptop für meine Arbeit steht in meinem Labor. Ich schalte ihn immer aus, gemäß den Sicherheitsvorschriften. Meinen privaten Laptop hatte ich dabei, als ich bei Martha war."

Ich neige den Kopf. Meine Hände sind dunkelgrau. Sie riechen nach Asche. Ich schließe die Augen und versuche, mich an Benjamins herrlichen Babygeruch zu erinnern. Es gelingt mir nicht. In mir ist zu viel Aufruhr. Ich muss Benjamin wieder ganz machen. Bevor der Wind etwas von ihm davonträgt. Der Wind könnte plötzlich auffrischen, und dann fliegt mein Baby durch die offenen Fenster hinaus!

„Ich möchte, dass Sie Benjamins Asche sofort aufsaugen lassen, Kommissar Gorja", sage ich und zucke zusammen. „Ich will mein Kind wieder ganz bei mir haben."

Eine Technikerin im weißen Overall steht in der Tür. „Können wir anfangen, Kommissar Gorja?", fragt sie.

„Ja", rufe ich. „Aber zuerst müssen Sie meinen Sohn aufsaugen!"

Die Frau zieht irritiert die Augenbrauen hoch.

„Das erkläre ich Ihnen gleich, Susanne. Wir beenden gerade unser Gespräch." Andreas lächelt.

Dann wendet er sich wieder mir zu. „Sie können Susanne bei ihrer Arbeit über die Schulter schauen. Übrigens, wo schlafen Sie heute Nacht?"

„Warum wollen Sie das wissen?"

„Dort soll dann öfter eine Streife vorbeifahren."

„Ich bleibe hier."

Andreas lehnt sich ein wenig zurück. „Haben Sie keine Angst?", fragt er überrascht. „Hier allein zu sein? Nach einem Einbruch?"

Hab ich Angst? Ich werfe einen Blick in das Milchkännchen mit Benjamins Asche. „Ich lebte schon in großer Angst, Kommissar Gorja. Ich habe schon meinen Mann und meinen Sohn verloren. Wovor soll ich noch Angst haben? Dass ich auch noch Martha oder Ella verliere? Vielleicht."

Jetzt überwiegt die Verzweiflung über das Eindringen in meine kleine Welt. Ich seufze. Sonnenstrahlen fallen durchs Fenster und berühren mein Gesicht. Draußen liegt das Hocheck. Nackt. Ohne Schnee, aber in vielerlei Hinsicht schroff und heimtückisch. Mit dem Wissen von heute weiß ich, dass ich damals jeden Tag mit dem Tod konfrontiert war. Und doch hatte ich keine Angst. Die Gefahr gehörte zu meinem Leben, ich war damit aufgewachsen. Der Tod war mir immer nahe. Angst hatte ich nur, wenn ich im Schnee ausrutschte oder wenn ich ein Wildschwein roch und mit ihm kämpfen musste – auf Leben und Tod.

Ich ziehe die Vase mit den Wildrosen an mich und rieche ihren süßen Duft. Ganz anders als die Asche meines Benjamin. Oder von Ella, die sich jeden Tag mit Blumenduft einsprüht. Ein Schauer läuft mir über den Rücken, und wieder legt sich diese seltsame Angst auf meinen Magen. Ich sollte sie anrufen und fragen, ob es ihr gut geht.

68

„Sie bleiben also hier, Frau Graf?"

„Ja", sage ich entschlossen, „ich bleibe hier. Ich habe doch meine Alarmanlage. Die funktioniert einwandfrei, wie sich herausgestellt hat."

Andreas zögert einen Moment, dann nickt er. „Gut. Ich muss Ihre Entscheidung respektieren. Übrigens, gibt es noch andere Wege zu Ihrem Haus?"

„Nein, außer für diejenigen, die erst zwei Stunden an dornigen Büschen entlang klettern wollen." Ich deute in Richtung Hocheck.

„Gut", sagt er. „Dann kann die Spurensicherung jetzt ihre Arbeit machen."

Ich nicke.

„Alles wird gut, mein Kleiner", flüstere ich und berühre liebevoll mit dem Zeigefinger das Milchkännchen mit Benjamins Asche. Dann entdecke ich einen in der Sonne glitzernden Spinnenfaden, der vom Windzug sanft hin und her geschaukelt wird.

„Wir müssen klarkommen in dieser Welt, Benny."

TEIL 2

Zurück zum Grafenloch
Ella

Das ist also ihr großes Geheimnis!
Warum haben sie das getan? Wie konnten sie nur!
Das ist schrecklich.
Sie sind Verräter!
Nein, Monster!
Wie konnten sie uns das antun!
Ich muss dir davon erzählen, Flora.
Für dich ist es besonders schlimm.
Du wirst es nicht verstehen.

KAPITEL 10
Prien am Chiemsee
Montagmorgen, 8. Juli 2019

Ich fahre auf den Parkplatz der schicken Wohnanlage, die in der Nähe des malerischen Ortskerns mit seinen historischen Häusern und weitläufigen, parkähnlichen Gärten liegt. Für viele Menschen ist Prien ein schöner Ort, aber ich kann nicht in einer Stadt leben und schon gar nicht in einem Wohnkomplex, der sich wie ein Luxuskäfig anfühlt, obwohl majestätische Berge, tiefblaue Seen und kleine Dörfer die einzigartige Landschaft rund um die Seegemeinde am Chiemsee prägen.

Ich lehne mich kurz zurück, gähne. Bis nach Mitternacht habe ich mein Haus aufgeräumt, danach folgte eine Räucherzeremonie, um die unheilvolle Aura des Einbrechers mit Weihrauch zu vertreiben. Die Reinigung hat gewirkt, mein Haus gehört fast wieder mir.

Martha ist immer noch völlig aus dem Häuschen und möchte, dass ich bei ihr einziehe. Ich sage ihr immer wieder, dass der Einbrecher möglicherweise gefunden hat, wonach er gesucht hat, vielleicht aber auch nicht. Der Moment ist vorbei. Gestohlen wurde auch nichts, aber das wundert mich nicht, denn in meinem Haus ist nichts von Wert.

Ich steige aus dem Auto, schließe die Tür und richte mein blaues Leinenkleid. Dann lasse ich meinen Blick über den Parkplatz schweifen. Ist etwas merkwürdig? Nein, kein weiteres Auto ist nach mir auf den Parkplatz gefahren und niemand ist mir auf dem Weg hierher gefolgt. Martha sagte, dass ich darauf achten soll. Sie hat Angst, genau wie damals, als wir die Drohmails bekommen haben. Oben in der Wildnis der Voralpen habe ich ein untrügliches Gespür dafür, ob ich beobachtet werde, aber hier unten gibt es eine Fülle von Geräuschen, Farben und Gerüchen, dass ich nichts als selbstverständlich wahrnehme.

Die gläsernen Eingangstüren zum kreisrunden Innenhof stehen offen. Ich gehe um den sprudelnden Brunnen in der

Mitte des Innenhofs auf das Haus Nr. fünf zu und drücke auf die Klingel.

Mein damaliger Psychiater ist seit sechs Jahren pensioniert. Ich habe ihn vor meinem Aufbruch angerufen und erst nach einigem Drängen war er bereit, mich zu empfangen. Während ich warte, weht mir der süße Duft einer blühenden Linde aus dem Innenhof entgegen. Ich atme tief ein und genieße. Die Tür wird geöffnet und mein ehemaliger Psychiater steht vor mir, groß und schlank, wie ich ihn in Erinnerung habe. Seine braunen Augen funkeln. Nur sein schwarzes Haar ist ergraut. Die Strähnen sind mit Gel nach hinten gekämmt und kleben an seinem kahlen Schädel. In seinem sommerlichen Golfhemd wirkt er auf mich wie ein fitter Mittsechziger.

„Hallo, Dr. Reichelt."

„Flora, wie schön, dich wieder zu sehen. Komm herein!"

Er klingt seltsam, förmlich. Wir reichen uns die Hände. Seine ist klamm.

„Sehr gerne." Ich folge ihm in den Flur.

„Übrigens, herzlichen Glückwunsch zu deiner Auszeichnung, Flora. Ich darf doch du sagen, schließlich warst du mal meine kleine Patientin."

„Sicher", antworte ich.

Er geht zu einer Kommode im Flur, zieht die oberste Schublade auf, kramt darin herum und zieht einen Zeitungsausschnitt hervor.

„Die aus Ebbs stammende Flora Graf hat an der Universität München in Pharmazie promoviert", liest er, „und wurde für ihre bahnbrechenden Forschungen über die Anwendung von pflanzlichen Arzneimitteln aus nicht- westlichen Kulturen mehrfach ausgezeichnet." Er lächelt, als wäre er stolz. „Und was für ein schönes Foto von dir. Es berührt mich sehr zu sehen, wie gut du dich entwickelt hast und wie erfolgreich du bist." Er klopft mir kurz auf die Schulter.

„Vielen Dank, Dr. Reichelt." Ich trete einen Schritt zurück.

„Die Firma Floresse ist vorwiegend Marthas Erfolg. Sie kümmert sich um die kommerzielle Seite des Unternehmens. Ich entwickle nur die pflanzlichen Arzneimittel."

Er lächelt. „Ja. Martha war schon immer ein geschäftstüchtiges Marketing-Talent. Ich erinnere mich, dass sie jedes Mal, wenn sie dich in der Klinik besuchte, eine Flasche Kräuterlikör für mein Team mitbrachte. Sie war damals Verkaufsleiterin in Ebbs. Als du bei ihr eingezogen bist, hatten wir das ganze Sortiment dieser Firma probiert und waren alle Fans. Komm, Flora, gehen wir ins Wohnzimmer." Er legt den Artikel zurück in die Schublade und geht an mir vorbei.

„Martha ist großartig. Vergangene Woche haben wir eine neue Filiale in Rosenheim eröffnet."

In seinem Wohnzimmer duftet es nach Velázquez-Zigarren. Das gefällt mir. Wo Zigarettenrauch die Luft verpestet, verleiht der Geruch von Zigarren einem Raum etwas Erdiges, wie Pilze im Herbst. Aber die trüffelartige Luft hier passt nicht zu der etwas klinisch wirkenden, schlichten grau-weißen Einrichtung. Der einzige Farbtupfer ist eine weiße Seitenwand mit Dutzenden gerahmter Fotos. Auf jedem Bild ist eine hübsche Brünette zu sehen, darunter auch Baby- und Kinderfotos. Die junge Frau muss seine Tochter sein.

„In Rosenheim?", fragt er.

Ich drehe mich um. „Ja. Während der Eröffnung betrat eine Frau den Laden, die sich als meine Zwillingsschwester entpuppte."

Seine Augen sind auf den Boden gerichtet, die Arme hinter dem Rücken verschränkt. „Deine Zwillingsschwester?", murmelt er, ohne mich anzusehen. „Aber du warst doch allein da oben auf dem Berg?"

„Ja, das stimmt. Meine Schwester hat nicht bei uns gelebt. Wir wurden nach der Geburt getrennt, Dr. Reichelt. Sie heißt Ella Kaplan, ihr Mädchenname ist Wagner. Sie stammt aus Bad Urach, lebt auch heute dort."

Er schaut zur Tür, die nach einem kurzen Klopfen geöffnet wird. Eine elegante ältere Dame betritt das Wohnzimmer und schüttelt mir die Hand.

„Ich bin Nadine Reichelt. Wie schön, Sie kennenzulernen, Frau Graf! Und herzlichen Glückwunsch zur Auszeichnung und zum Erfolg Ihres Unternehmens! Eine großartige Leistung.

Christian hat den Artikel über Sie ausgeschnitten. Was führt Sie denn zu uns?"

„Ich habe Fragen zu meiner Kindheit. Über die Zeit, nachdem ich 1988 gefunden wurde."

„1988? Das ist lange her." Lächelnd wendet sie sich ihrem Mann zu. „Christian und ich haben im Mai 1988 unsere Tochter Katrin bekommen. Nach einer siebenjährigen medizinischen Tortur."

Dr. Reichelt nickt und zeigt auf die Fotowand. „Das ist sie, unsere Katrin."

Nadine Reichelt dreht sich wieder zu mir um. „Darf ich Ihnen etwas zu trinken anbieten, Frau Graf?"

„Ein stilles Wasser wäre schön", antworte ich.

„Und du, Christian, Kaffee?" Sie schaut auf die Uhr.

„Ja, bitte."

Nadine verlässt den Raum. Wir setzen uns.

Ich nehme ein Foto aus meiner Tasche und zeige es Dr. Reichelt. „Das ist ein Foto meiner Mutter als Schulmädchen. Meine Schwester hat es in den Unterlagen ihrer Eltern gefunden. Sie hieß übrigens Ambra Mahler."

Er nimmt das Foto in die Hand und betrachtet es. „Ein hübsches Mädchen", flüstert er. „Ein anderer Typ als du."

„Das stimmt. Anscheinend kommen meine Schwester und ich nach meinem Vater. Ella möchte mehr über das Leben unserer Mutter erfahren und sie möchte wissen, wer unser Vater ist. Sie weiß erst seit kurzem, dass sie adoptiert ist. Aber es gibt keine Adoptionsurkunde. Ellas Adoptivmutter muss damals eine Schwangerschaft vorgetäuscht haben. Alles scheint inszeniert. Ella will auch wissen, warum und von wem unsere Mutter ermordet wurde."

Christian Reichelt sieht mich an. Auf seiner Stirn bildet sich ein Stirnrunzeln. „Ich bezweifle, dass es sinnvoll ist, den Mord an deiner Mutter noch einmal zu recherchieren. Schließlich geht es dir jetzt gut. Zumindest habe ich den Eindruck. Oder erinnerst du dich inzwischen an neue Fakten über den Tod deiner Mutter?"

„Nein, in meinem Kopf herrscht immer noch Chaos, wenn ich an diesen Tag denke."

„Genau das meine ich, Flora. Als dein ehemaliger Psychiater rate ich dir, die Sache ruhen zu lassen. Es kann nur Unglück bringen."

Ich bücke mich, ziehe mein Kleid ein wenig hoch und kratze mich am rechten Knie. Die Beule der Narbe, die quer darüber verläuft, ist leicht zu spüren. Manchmal juckt die Stelle.

„Man hatte dich schwer zusammengeschlagen, als man dich fand. Die linke Hand war verstümmelt. Ein kleiner Finger fehlte. Er wurde dir gewaltsam abgetrennt und die Stichwunde am Knie hätte dich zum Krüppel machen können", sagt er und zeigt auf mein Bein. „Du hattest mehrere geprellte Rippen von den Steinen, die jemand nach dir geworfen hat. Etwas tiefer und deine lebenswichtigen Organe wären getroffen worden."

„Ich erinnere mich nicht daran. Ich weiß nichts mehr von diesem Tag."

Dr. Reichelt lehnt sich ein wenig zurück. „Ich schon. Vor allem erinnere ich mich an die ersten Wochen nach deiner Einlieferung. Du hattest schreckliche Angst. Du hast kaum geschlafen. Und wir konnten uns nicht mit dir verständigen. Ich hatte zwar das Gefühl, dass du alles verstanden hast, aber die ersten Monate hast du kaum etwas gesagt. Und wir konnten dein Gebrabbel nicht verstehen. Aber du hast erstaunlich schnell gelernt. Ich hatte bald den Verdacht, dass du von klein auf unter Menschen gelebt hast. In den Voralpen, jedenfalls in einer deutschsprachigen Gegend, denn sobald du angefangen hast zu sprechen, hast du perfekt Deutsch gesprochen. Irgendwann muss also ein Grundstein gelegt worden sein."

„Und meine Mutter? Habe ich auch von ihr gesprochen?"

„Nein. Du hast nur von den Dingen gesprochen, die du gemacht hast. Funktionale Dinge. Gefühle konntest du nicht benennen. Und du hattest Probleme mit Körperkontakt. Wir dachten, dass deine Mutter dich wohl nie berührt hat."

„Außer wenn sie mich im Keller eingesperrt hat", erwidere ich. Meine Stimme überschlägt sich.

„Ja, ich weiß. Ich habe dir damals ein besonderes Nachtlicht gekauft, weil du in Panik geraten bist, als das Licht ausging. Du hast die ganze Abteilung zusammengebrüllt." Er schüttelt den

Kopf. „Aber da war noch mehr. Deine Hände waren voller Schwielen, weil du jahrelang hart gearbeitet hast. Du hattest Dehnungsstreifen am Rücken von einem schweren Sack oder Korb, den du regelmäßig tragen musstest. Dein ganzer Körper war mit Wunden übersät und deine Zähne waren verfault, weil du sie dir nie geputzt hattest. Deine Mutter hingegen hatte gute Zähne. Sie hatte sogar eine neue Füllung in einem Backenzahn bekommen, kurz bevor sie gestorben ist. Sie ging also zum Zahnarzt. Kurzum: Alles deutete auf eine bewusste Vernachlässigung hin. Sowohl psychisch als auch physisch."

Er reibt sich nachdenklich die Stirn. „Weißt du, es mag hart klingen, aber ich glaube, der Tod deiner Mutter war ein Segen für dich. Du wärst da oben nicht alt geworden."

Mit der Zunge taste ich das Loch rechts oben ab. Dort war der Backenzahn, den sie nicht retten konnten. Der Rest meiner Zähne wurde mit Füllungen und Kronen wiederhergestellt.

Ich lehne mich zurück. Wut kommt auf. Mama war also beim Zahnarzt gewesen. Sie hatte keine Wunde im Mund. Ich schon. Ich reibe wieder die Narbe an meinem Knie. Ich verstehe das nicht. Warum hat sie mir das angetan? Und warum habe ich es zugelassen?

„Was ich nicht verstehe, Herr Dr. Reichelt, ist, warum ich das zugelassen habe. Hätte ich nicht rebellieren können?"

„Nein, Flora. Die Situation war normal für dich. Abweichungen erkennt man nur, wenn man einen Vergleichsmaßstab hat. Das war bei dir nicht der Fall."

Mein Blick fällt auf meine Tasche und die Plastikmappe mit Ellas Fragen. Ich ziehe den Zettel aus dem Umschlag und lege ihn auf meinen Schoß.

„Eigentlich war ich mit meinem Leben zufrieden, bis Ella kam. Aber jetzt ist alles anders. Auch die Vergangenheit. In meinem Kopf herrscht wieder Unruhe." Ich atme tief durch. „Das sind übrigens die Fragen, die Ella aufgeschrieben hat."

Ich reiche ihm das Blatt.

Christian Reichelt richtet sich auf. „Ich bin zur Verschwiegenheit verpflichtet, Flora. Deine Schwester nicht, aber *du* kannst mir Fragen stellen. Willst du das hier wirklich?"

„Ja, Dr. Reichelt."

„Gut." Er beginnt zu lesen. Hinter ihm tickt eine Uhr, leise und ruhig. Ein schönes Geräusch.

„Mal sehen", sagt er nach ein paar Minuten. „Also, für die Gesprächsprotokolle muss ich mich mit der Klinik in Verbindung setzen und nachfragen, ob sie deine Akte noch im Archiv haben. Es ist 23 Jahre her und es gab eine Fusion." Er seufzt kurz. „Die Frage, ob ich weiß, ob deine Mutter noch ein zweites Kind hatte, kann ich verneinen. Laut Gerichtsmedizin warst du allein, als du in der Nähe vom Grafenloch neben der Leiche deiner Mutter gefunden wurdest. Ihre Identität konnte damals nicht geklärt werden."

Grafenloch? Ich starre ihn an. Hat er gerade Grafenloch gesagt? Hieß unser Hof nicht *Grafenloch?* Hat Mama diesen Namen jemals benutzt? Nicht, dass ich wüsste, aber ich bin mir nicht sicher.

„Grafenloch, sagten Sie. Hieß unser Hof nicht so? Warum steht das nicht in meinen Unterlagen?"

Er ist sichtlich erschrocken. „Nicht? Aber die Gemeinde, in der du zuletzt gewohnt hast, die wird doch erwähnt, oder?"

Ist seine Überraschung echt?

„Ja, in meinen Papieren steht Mühlau."

„Stimmt", sagt er. Ein Stirnrunzeln erscheint auf seiner Stirn. „Wir haben dich in der Nähe der Luegsteinhöhle gefunden. Ein Krankenwagen hat dich spät in der Nacht zu uns gebracht."

„Wer hat eigentlich damals entschieden, dass Sie mein behandelnder Arzt werden?"

Dr. Reichelt verdreht die Augen, beugt sich zum Couchtisch, nimmt eine Zigarre aus einer Zedernholzkiste und schneidet die Spitze mit einem Cutter ab. „Ich habe es von meinem Vorgesetzten erfahren. Leider lebt er nicht mehr. Ich kann es daher nicht mehr überprüfen."

Sein Blick bleibt an seinen Händen hängen. Er dreht die Zigarre zwischen den Fingern und greift nach einer Schachtel Streichhölzer. Unter seinen Achseln sind Schweißflecken zu sehen. *Ich mache ihn nervös.*

„Stört es dich, wenn ich rauche, Flora?"

„Nein."

Ich sehe, wie er die Streichholzflamme an das Ende seiner Zigarre hält und ein paar Züge nimmt.

„Ich habe eine Frage zur Erreichbarkeit von Grafenloch und dem Hof. Martha und ich sind nach Oberaudorf gefahren, als ich zwanzig war, und dort einen Tag lang durch die Berge gewandert, aber wir haben den Hof nicht gefunden. Wissen Sie, wie ich dorthin komme?"

Dr. Reichelt zuckt mit den Achseln. Er nimmt ein paar Züge, lässt den Rauch in seinem Mund zirkulieren und atmet aus. Um seinen Kopf bildet sich eine Wolke. Der Geruch erreicht mich.

„Ich war nur einmal im sogenannten Grafenloch", sagt er. „Kurz nach dem Mord an deiner Mutter, um mir ein Bild von der Gegend zu machen, in der du aufgewachsen bist." Er ist nervös, blickt auf das Papier in seinen Händen und grübelt.

Eine Sekunde lang glaube ich, dass er mir etwas verschweigt. Aber was? Und warum?

KAPITEL 11

Prien am Chiemsee
Montagmorgen, 8. Juli 2019

„Da oben ist die Landschaft märchenhaft", fährt Dr. Reichelt fort, „die Flora üppig, die Wälder dicht. Vereinzelt ein Bauernhof. Woran ich mich gut erinnere, war dieser endlose Aufstieg, nach dem wir durch einen Erzstollen gehen mussten, der kaum zu finden war."

Wieder zieht er an seiner Zigarre und zuckt zusammen, als seine Frau das Wohnzimmer mit einem Tablett betritt.

„Sie haben also den Weg von Oberaudorf zum Grafenloch gefunden?", frage ich ihn. „Wie denn? Wir haben das Haus nicht gefunden."

„Nein, nein", mischt sich Geraldine Reichelt in das Gespräch ein. „Man muss am Luegsteinsee vorbei und am Ende des Sees einem Pfad zum Grafenloch folgen. Durch den Wald hinauf, am Rossstall vorbei über die Treppe ins Grafenloch. Hinter der Höhle liegt der Hof. Der Anfang des Weges ist schwer zu finden. Am besten fragt man einen älteren Bewohner aus dem Dorf."

Christian zuckt wieder leicht zusammen und hustet. Seine Frau schaut ihn strafend an. „Du rauchst zu viel, Christian. Davon bekommst du diesen lästigen Husten."

„Kennen Sie den Ort Mühlau, Frau Reichelt?", frage ich.

„Aber sicher, und Grafenloch kenne ich auch", antwortet sie und stellt mein Wasserglas auf den Beistelltisch. „Meine älteste Schwester ist dort kurz vor der Befreiung geboren. Meine Eltern waren im Widerstand und wurden im März 1944 verraten. Sie mussten sich in den Voralpen verstecken. Deshalb heißt meine Schwester Hocheck. Bis Mitte der 1960er Jahre haben wir jeden Sommer in Mühlau Urlaub gemacht. So lernten Christian und ich uns kennen. Er ist in Mühlau geboren und aufgewachsen. Mit 15 ist er nach Oberaudorf gezogen, wo ich gewohnt habe. Da haben wir angefangen, uns ernsthaft zu umwerben."

Ich zucke zusammen. *Was war das?* Ich sehe Dr. Reichelt an. Er starrt auf seine Zigarre. Warum hat er mir verschwiegen, dass man von Oberaudorf aus nicht zum Grafenloch-Hof kommt? War das ein absichtliches Versehen?

„Übrigens", fährt Geraldine fort, „gab es damals in der Zeitung einen wunderbaren Artikel über die Geschichte diese Höhle. Weißt du noch, Christian? Meine Schwester hat ihn ausgeschnitten und gerahmt. Es war eine Reaktion auf die tote Hippiefrau, die man dort oben am Grafenloch in der Nähe der Luegsteinhöhle gefunden hatte."

„S...stimmt", sagt Christian. „Danke, Nadine."

Sie nickt.

„Dann lasse ich euch beide mal wieder allein." Nadine verlässt irritiert den Raum.

„Entschuldige mich einen Moment, Flora. Meine schwache Blase meldet sich", sagt Dr. Reichelt. Er legt seine Zigarre in den Aschenbecher und steht auf.

Dort oben, wo eine tote Hippiefrau gefunden wurde...

Das war Mama.

Und man kommt über das Dorf Mühlau dorthin, wo Christian Reichelt geboren und aufgewachsen ist. Was er mir verschwiegen hat. Warum? Hätte er mir das nicht erzählen sollen? Wahrscheinlich nicht. Und doch reagierte er seltsam.

Er hat keine Orientierung mehr in seinen Gedanken, deshalb die Toilette.

Merkwürdig ist auch, dass die Worte Grafenloch, Mühlau und die Luegsteinhöhle in meiner Akte fehlen. Wieso? Damit ich nicht dorthin fahre? Aber aus welchem Grund sollte ich nicht hinfahren? Jedenfalls werde ich morgen früh hinaufsteigen. Ich muss zum Grafenloch-Hof.

Ich nehme einen Schluck. Das Wasser ist gut, es kommt aus einer guten Quelle. Wir hatten auch klares Wasser in unserem Hof, so wie dieses. Es kam aus unserer Wasserpumpe in der Küche. Der Hebel machte ein quietschendes Geräusch, wenn ich ihn auf und ab bewegte. Die Bilder wiederholen sich und unser Hof taucht in meiner Erinnerung auf. Das Hauptgebäude war ein niedriges Bauernhaus aus Stein, umgeben von Terrassen, auf denen wir Kartoffeln, Gemüse, Weintrauben und

Kräuter anbauten. Wir hielten Hühner für Eier, Kaninchen für Fleisch, Ziegen für Milch und Bienen für Honig. Wir hatten Holz zum Kochen und Heizen im Winter. Wenn Mama ins Tal ging, um ihre Gewürzsäcke gegen Lebensmittel einzutauschen, kam sie durch Mühlau. Ist sie dort Christian Reichelt begegnet? Hat er sie gekannt? Oder schweife ich jetzt ab? Er sei mit fünfzehn nach Oberaudorf gegangen, hat Nadine vorhin erwähnt. Er hat demnach Mühlau schon vor meiner Geburt verlassen. Immerhin war er sechsunddreißig, als er 1985 promovierte. Das heißt, er hat den Ort Mühlau 1964 verlassen, wurde 1988 Vater und arbeitete in Prien. Dann hatte er keine Zeit mehr, regelmäßig nach Mühlau zu fahren, um dort eine Frau zu treffen. Nein, ich darf mich nicht zu sehr einmischen. Ich muss mich an die Fakten halten.

Und Tatsache ist, dass meine Mutter regelmäßig zu den Menschen gegangen ist. Das waren meine dunklen Momente. Im wahrsten Sinne des Wortes, denn in unserem Keller gab es kaum Tageslicht. Nur ein schwacher Schein drang durch die Ritzen der Holztür. Und nichts hielt der Feuchtigkeit stand, die aus dem Lehmboden aufstieg. Der Gestank der unsichtbaren Pilze durchdrang meine Kleidung. Ich saß nur da, denn ich konnte nichts sehen. Wenn ich aufstand, schlug ich mir den Kopf an. Mein Zeitgefühl war weg, ich war verwirrt. Aber das Schlimmste war die Panik, die mich bald überkam. Ich hatte solche Angst, dass Mama nicht zurückkam und ich für immer in diesem dunklen Loch gefangen wäre.

Ich reibe über die dreieckige Narbe an meiner rechten Hand.

Einmal habe ich in blinder Panik einen Topf zerschlagen, um das Holz neben dem Türschloss durchzusägen. Ich blutete wie verrückt und verlor das Bewusstsein. Dem Himmel sei Dank, dass die Wunde schnell heilte. Ein paar Tage später konnte ich schon wieder Kräutersäckchen nähen.

Ich zittere. Warum hat Mama mir das angetan? Sie müsse Vorräte besorgen, sagte sie, sonst hätten wir nichts zu essen, keine Kerzen, keine Streichhölzer, kein Kerosin. Die Teufel auf der anderen Seite des Tunnels würden mich gefangen nehmen, deshalb dürfe ich sie nicht begleiten. Ich glaubte ihr. Erst viel später kamen mir Fragen, denn am Anfang wusste ich nicht mehr, als dass es in meiner Welt nur drei Menschen gab: der böse Mann, Mama und ich. Martha sagte mir, dass es sinnlos sei, sich zu erinnern – deine Vergangenheit ist Vergangenheit - und dann betrachtete sie das Thema als abgeschlossen. Aber jetzt sind die Fragen wieder da. *Wie ist Mama als junge Frau nach Mühlau gekommen?* Ellas Fragen sind nun auch meine Fragen. Ich muss zurück nach Grafenloch, zurück zu unserem Hof.

Ich starre aus dem Fenster. Das flaue Gefühl in der Magengegend ist wieder da. Dieser Raum erstickt mich. Ich will mich bewegen, will raus, ins Licht, weg von den Menschen. Ich stehe auf und gehe in den Flur. Eine Toilettenspülung wird betätigt und kurz darauf kommt Dr. Reichelt auf mich zu.

„Danke für die Informationen, Dr. Reichelt. Ich habe noch einen Termin", sage ich und verabschiede mich. „Auf dem Fragebogen steht auch meine Email-Adresse, an die Sie mir Ihre Antworten schicken können."

Dann eile ich zur Haustür, greife nach der Klinke und drehe mich kurz um. Mein ehemaliger Psychiater steht verloren im Flur. Er neigt leicht den Kopf und schaut mich an. So hat er mich immer angesehen, wenn er mir Fragen über mein Leben mit Mama gestellt hat.

Plötzlich fällt mir auf, dass ich ihm zum Abschied nicht die Hand gegeben habe.

„Ich habe noch eine Frage", sage ich. „Wie heißt der Arzt, der mir damals in der Klinik Obst aus den Bergen mitgebracht hat? Ich möchte ihm für seine Freundlichkeit danken, wenn er noch lebt."

Das Blut schießt meinem ehemaligen Psychiater erneut in die Wangen. Meine Frage gefällt ihm nicht.

„Er war ungefähr so alt wie Sie, groß und kräftig. Hatte braune, lockige Haare und braune Augen. Ein normales Gesicht mit heller Haut. Und er hatte eine linke Hand mit nur drei Fingern. Einen weniger als ich." Ich zeige ihm meine Hand mit den vier Fingern.

Dr. Reichelt verzieht das Gesicht. Er schiebt die Hände in die Taschen seiner Leinenhose und blickt an mir vorbei, zögert mit der Antwort.

„Wenn Sie es nicht wissen, kann ich denjenigen anrufen, der mir Ihre Adresse gegeben hat." Es klingt erpresserisch.

„Das ist nicht nötig. Ich glaube, du meinst Max Gruber", sagt er. „Er war kein Arzt, Flora. Er war der Kommissar, der den Mord an deiner Mutter untersucht hat."

„Ein Kommissar? Aber er war so nett zu mir."

„Das stimmt. Max ist ein netter, freundlicher Mann. Er brauchte Informationen von dir. Deshalb war er oft in der Klinik. Er bat mich, deine Anwesenheit geheim zu halten. Damals waren die sogenannten ‚wilden Kinder' ein großes Thema in den Medien. Max wollte nicht, dass die Presse Wind davon bekam, dass du bei uns warst. Wir wussten nichts von deiner Vergangenheit."

Ich starre ihn an. Die Information verwirrt mich. Dieser freundliche Mann war also ein Polizist. Er wollte etwas von mir. War seine Zuneigung nicht echt und nur gespielt, um an Informationen zu kommen? Und warum musste meine Anwesenheit geheim bleiben? Ich trete einen Schritt zurück und straffe die Schultern. Irgendetwas ist merkwürdig an dieser Sache.

„Warum hat Max Gruber keinen Verdacht geschöpft, Dr. Reichelt? Ich hätte meine Mutter auch erstechen können. Mit vierzehn war ich schon größer und stärker als sie, und mit einem Jagdmesser konnte ich virtuos umgehen."

„Ich weiß es nicht. Und es ist auch nicht mehr wichtig." Er spricht plötzlich lauter und packt mich an den Oberarmen. „Wirklich, Flora, sieh mich an. Ja, genau so! Und jetzt hör mir gut zu! Lass deine Vergangenheit hinter dir. Und geh vor allem nicht nach Grafenloch! Hast du mich verstanden? Schau nicht zurück, das bringt nur Unglück."

Das klingt nicht nach einem gut gemeinten Ratschlag. Nein, eher wie eine Drohung.

KAPITEL 12

Polizeiinspektion Oberaudorf
Montagmorgen, 8. Juli 2019

Die Klimaanlage funktioniert wieder nicht, im Besprechungsraum ist es noch stickiger als gestern. Ich tupfe mir mit einem Taschentuch den Schweiß im Nacken, während ich das Protokoll vom Einbruch in mein Haus lese. Alle Fakten sind korrekt festgehalten.

Kurz nachdem ich das Haus von Dr. Reichelt verlassen hatte, rief mich Andreas Gorja an und bat mich, zur Polizeistation zu kommen, um den Einbruch offiziell anzuzeigen.

„Fehlt noch etwas in Ihrem Haus, Frau Graf?", fragte er.

„Nein, nichts."

Einen Moment lang herrschte Stille in der Leitung.

„Okay. Das ist merkwürdig" Eine gewisse Überraschung schwang in seiner Stimme mit. „Ich muss darüber nachdenken." Er räusperte sich. „Und Ihr Sohn, Frau Graf. Wie geht es Benjamin?"

Sein Interesse war rührend. „Er ist wieder ganz, Herr Gorja", antwortete ich. „Dank Ihrer Spurensicherung. Sie haben die ganze Asche aufgesaugt und mir zurückgegeben. Und Martha hat eine neue Urne für Benjamin bestellt. Eine aus Plastik. Die kann nicht zerbrechen."

„Das ist sinnvoll." Ich spürte, wie er am anderen Ende der Leitung lächelte.

Wir beendeten das Gespräch mit der Zusage, sofort Anzeige zu erstatten.

Hier bin ich nun.

Während ich die Erklärung unterschreibe, klopft es an der Tür, Andreas Gorja betritt den Besprechungsraum und kommt lächelnd auf mich zu.

„Hallo, Frau Graf." Er reicht mir die Hand. „Ich wollte kurz *Hallo* sagen."

Ich nehme wieder den Geruch von dampfendem Farn wahr.

Er wirkt unsicher. „Wie war Ihr Tag?", fragt er.

Ich berichte von meinem Besuch bei Dr. Reichelt. „Ich hatte einige Fragen zu meiner Kindheit. Es war ein gutes Gespräch." Wieder sieht er mich mit diesem durchdringenden Blick an. Er sieht heute auch anders aus, in seinem marineblauen Polohemd und den Jeans, mehr wie ein Mann und weniger wie ein Bürokrat. Wieder suche ich in meinem Gedächtnis nach dem Moment in meiner Vergangenheit, in dem ich seinen Duft wahrgenommen habe, aber die Erinnerung kommt nicht.

Er wirft einen Blick auf das Protokoll. „Sie haben unterschrieben? Wunderbar, dann ist das erledigt." Er nimmt das Papier in die Hand. Die Bewegung legt einen Teil seines Unterarms frei. Auf seinem Handgelenk ist der Kopf einer Schlange tätowiert, das Maul des Tieres scheint in seine Handfläche zu beißen.

Mein Körper verkrampft sich. Ich kenne dieses Motiv! Plötzlich verliert der klamme Raum seine Konturen und beginnt, sich zu bewegen. Ich trete ein paar Schritte zurück und stoße gegen die Wand hinter mir. Schnappe nach Luft. Der Geruch von dampfendem Farn wird stärker. Andreas Gorja beugt sich zu mir, berührt meinen Arm.

Dieser Schlangenkopf! Sie kamen aus dem Tunnel...

Mein Körper zittert. Ich kann kaum atmen. Die Teufel. Sie waren auf dem Weg zu uns. Mama hatte mich gewarnt. *Hinter dem Tunnel sind sie, die Teufel. Sie werden dir einen Stock in den Bauch rammen*, hatte sie gesagt.

Und dann waren sie da. Wie Gespenster. So viele. Sie sahen alle gleich aus in ihren komischen Kostümen. Teufelskostüme. Ich sah sie, verschwommen, aber ich sah die Teufel. Sie kamen näher und bildeten einen Kreis um Mama, die auf dem gestapelten Holz lag, und um mich. Sie kamen immer näher, als wollten sie meine Seele zerquetschen. Ich hatte keine Zeit. Mamas Beerdigung musste stattfinden, und sie musste gut sein. Ein Toter musste mit Blumen ins Jenseits gehen. Mama hatte das mit den Ziegen gemacht, bevor sie das Feuer anzündete. Die Weibchen haben wir nicht gegessen. Die wilden Rosen, Enzian, Edelweiß und Alpenglöckchen hatte ich schon gepflückt. Sie durften nicht verwelken. Die Teufel mussten warten. Ich sang und sang. *Ah-oh-ah...* Ich versuchte, mich mit dem

Jenseits zu verbinden. Ich sang, wie Mama es bei den Ziegen getan hatte. *Ah-oh-ah...* Aber die Teufel kamen näher. Auf ihren Kostümen glitzerte alles Mögliche. Sie flüsterten. Ich verstand sie nicht und sang weiter. Ich musste es richtig machen. *Ah-oh-ah-oh...* Die Teufel umkreisten mich. Ich sang lauter. Das Jenseits musste mich hören. Meine Stimme musste sich aus dem Teufelskreis erheben.

Erst als eine Gestalt vortrat, strömte mir plötzlich der Duft von Farn nach einem Sommerregen entgegen. Hände packten mich von hinten. Ich wandte den Kopf und sah die Schlange. Das Tier biss mich in den Arm. Aber ich spürte keinen Schmerz. Ich spürte nur Hände, die mich packten, und etwas, das in meinen Arm stach. Ich strampelte und fiel hin. Als ich auf dem Boden lag, blickte ich in die Augen eines Dämons, der mich festhielt. Er hatte bernsteinfarbene Augen wie ein Falke. Dieser Teufel roch köstlich. Wir starrten einander lange an, der Teufel und ich, wir nahmen Kontakt auf. Der Teufel lächelte mich sanft an und streichelte meine Wange. Meine Mutter hatte das noch nie getan. Ich erschauderte.

„Ich..."

Meine Stimme versagt. Ich starre den Schlangenkopf an. Das schrille Heulen in meinem Kopf klingt animalisch und roh. Es schallt auf seltsame Weise durch den Raum und zerfetzt mich...

KAPITEL 13

Polizeiinspektion Oberaudorf
Montagmorgen

Andreas fasst mich bei den Schultern. „Frau Graf! Was ist mit Ihnen? Geht es Ihnen nicht gut? Möchten Sie ein Glas Wasser?" Er klingt besorgt und nimmt meine Hand.

„Der Tunnel, die Höhle", sage ich leise. „Der dunkle Moment kommt wieder. Ich erinnere mich an einen Moment. Sie waren da, an der Luegsteinhöhle. Als sie mich 1988 gefunden haben. Bei der Einäscherung meiner Mutter. Sie haben mich auf den Boden geworfen. Sie haben mich festgehalten. Da!" Ich zeige auf sein Handgelenk. „Die Schlange. Ich habe sie damals gesehen."

Andreas weicht zurück. Sein Mund verzieht sich zu einem Strich. Seine bernsteinfarbenen Augen streifen mein Gesicht. Ich lese einen Hauch von Traurigkeit in seinem Blick. Sein Duft wird immer stärker.

„Warum haben Sie mir vorgestern nicht gesagt, dass Sie meine Vergangenheit kennen?", frage ich. „Sie wussten, wer ich bin. Sie haben mich gefunden."

„Ja, aber ich wusste nicht, woran Sie sich noch erinnern", flüstert er. „Und ob es klug war, dieses Drama zu schüren. Sie waren damals so jung. Und ich kannte Ihre heutige psychische Verfassung nicht." Fast unmerklich schüttelt er den Kopf. „Die Situation war damals so bizarr. Als hätten wir hinter dem Tunnel eine Märchenwelt betreten, mit einer vollkommen anderen Vegetation und anderen Geräuschen, mit einem seltsamen Echo. Wie in einem Theater. Die Atmosphäre war unfassbar. Fast sirenenhaft."

Eine kurze Stille tritt ein. Andreas' Blick schweift ab.

„Wissen Sie, Frau Graf, die Gegend um das Hocheck hat mich schon immer fasziniert. Mein Vater hat dort Schafe gezüchtet. Ich bin auf der anderen Seite des Tunnels aufgewachsen. Meine Gemeinde grenzt nördlich an den Mühlbacher Berg. Mein Vater und ich lebten auf einem Bauernhof, nur wenige

Kilometer Luftlinie von Ihrem Hof entfernt, aber wir waren durch den Berg getrennt. Meine Mutter ist kurz nach meiner Geburt gestorben. Ich lebte allein mit meinem Vater auf der Alm. Er war ein wunderbarer Mann, der mir schon früh Verantwortung übertragen hat. Schon in jungen Jahren habe ich an den Wochenenden und in den Ferien unsere Schafe von einer Alm zur anderen getrieben und ging dabei auch am nackten Felsen vorbei. Ich habe mich immer gefragt, was sich hinter dieser grauen Wand verbirgt. Es war der Grafenloch, mit seinem Hof."

Ich denke an meine eigenen Wanderungen mit den Schafen, die ich als meine letzten Momente der Freiheit in Erinnerung habe.

„Und warum haben Sie die Alm und den Hof verlassen?", frage ich.

„Mein Vater ist an einer Tetanusinfektion gestorben, als ich sechzehn war", antwortet er und reibt mit der Hand nachdenklich über den Stahltisch. Seine Finger hinterlassen einen feuchten Abdruck. „Die Schwester meines Vaters hat mich in ihre Familie aufgenommen." Er blickt auf die kahle Wand und wirkt für einen Moment abwesend.

„So ist das Leben, Frau Graf", sagt er und schaut mich wieder an. „Als Mensch wird man oft vom Strom des Lebens mitgerissen, andere bestimmen den Weg. In meinem Fall haben meine Tante und später meine Ex-Frau die Richtung bestimmt. Aber jetzt lebe ich wieder auf meinem Hof. Seit einem Jahr. Ich habe das Haus renoviert."

„Sie leben ganz allein da oben?"

„Ja!" Andreas lächelt mich verschwörerisch an. „Die Straße zu meinem Haus ist in einem sehr guten Zustand. Und wenn es schneit oder viel zu tun ist, übernachte ich in Rosenheim. Dort habe ich eine Wohnung."

Trotz meiner Verwirrung spüre ich eine seltsame Verbindung zu diesem Mann. Als würde ich ihn schon mein ganzes Leben lang kennen. Vielleicht ist es auch so. Wir sind beide in den Voralpen aufgewachsen, haben unsere Schafe über dieselben Almen getrieben und hatten denselben Blick auf den Hocheck. Wir haben denselben Wind gespürt, dasselbe Holz geschlagen, dieselben Beeren gegessen, dieselben Pflanzen geschnuppert. Er lebte allein mit seinem Vater, wie ich allein mit meiner Mutter. Und wir beide kehrten in die Stille der Berge zurück. Er auf seinen Hof, ich nach Mühlbach. Seltsam, dass sich unsere Wege jetzt wieder kreuzen. So viele Jahre, nachdem er mir an der Luegsteinhöhle am Grafenloch die Wange gestreichelt hat.

„Wie war das für Sie?", frage ich. „Ich meine, der Moment am Grafenloch, als Sie mich gefunden haben?"

„Wie das war?" Er zuckt mit den Schultern. „Ich saß an meinem Schreibtisch und erledigte Papierkram, als mein Boss hereinkam und mich bat, ihn zur Luegsteinhöhle zu begleiten. Ich war damals 18 Jahre alt und Anwärter für den Polizeidienst. Ich hatte gerade mein siebenwöchiges Praktikum bei der Polizei begonnen. An diesem Tag war ich der Rangniedrigste. Mir wurde gesagt, ich solle Sie auf der Stelle fixieren, damit der Arzt Ihnen eine Betäubungsspritze geben konnte."

Er geht einen Schritt zurück. Achtzehn? Dann muss er heute 49 Jahre sein. Hm... Da ist etwas. Der Geruch des Farns wird metallisch.

„Wissen Sie, was mich all die Jahre nicht losgelassen hat?", fragt er mit leiser Stimme. „Dieser überraschte Blick in Ihren Augen. Bevor Sie eingeschlafen sind. Und die Umgebung, in der wir Sie gefunden haben. Mit all den Blumen. Ich erinnere mich gut daran. Und Sie trugen einen Blumenkranz aus Wildröschen und Alpenglöckchen, wenn ich mich richtig erinnere. Wie eine Waldnymphe. Ich sehe diese Blumen noch ganz deutlich vor mir. Die Blumen und Ihre Augen. Vor allem Ihre Augen."

„Ich liebe Wildrosen, ich habe sie sogar gezüchtet. Ich glaube, ich habe zwei in den Kranz gesteckt, weil mir eine Rose verloren vorkam. Verloren, wie ich es damals war. Zwei sind eins, wie Zwillinge." Ich seufze. „Sie waren übrigens der erste Mensch, der mich dort oben berührt hat, Herr Gorja", fahre ich fort. „Meine Mutter hat mich nie berührt, außer um mich in den Keller einzusperren. Ich habe Ihre Berührung als angenehm empfunden. Sie hat meine Bekanntschaft mit den Menschen positiv beeinflusst."

Er sieht mir direkt in die Augen. Etwas braut sich in ihm zusammen. Meine Haut wird warm.

„Das ist schön zu hören, Frau Graf", sagt er lächelnd und errötet. „Ich bin ein paar Tage später überraschend nach München versetzt worden und ging nach dem Sommer für drei Jahre nach Sulzbach-Rosenberg auf die Polizeihochschule. Erst letztes Jahr, als die Stelle des Hauptkommissars frei wurde, kehrte ich nach Rosenheim zurück."

Plötzlich horche ich auf. Hauptkommissar. 1988.... „Kannten Sie Max Gruber? Er war damals für meinen Fall zuständig."

„Natürlich. Gruber war ein hervorragender Polizist, in Oberaudorf geboren und aufgewachsen. Er hat hier alles und jeden gekannt. Ein großartiger Mensch. Privat hatte er es wohl nicht leicht, das habe ich während meines Praktikums mitbekommen. Er befand sich mitten in einem Scheidungskrieg."

„Sie sagten, er *war* ein guter Polizist, also lebt er nicht mehr?"

„Er lebt noch, aber er ist im Ruhestand und sehr krank. Lungenkrebs."

Für einen Moment weiß ich nicht, was ich sagen soll. Andreas fährt wieder mit den Händen über den Schreibtisch. Sie sind kräftig, mit langen Fingern. Seine Fingernägel sind sauber und gepflegt. Und doch sehe ich heilende Wunden an diesen Händen. Vielleicht hat er oben auf seiner Alm einen Gemüsegarten.

Wie würde es sich wohl anfühlen, wenn mich diese Hände noch einmal streicheln würden?

KAPITEL 14
Rosenheim, Geschäftsstelle Oberbayerische Volksblatt
Dienstagmorgen, 9. Juli 2019

Und wieder sitze ich in einem Raum, obwohl alles in mir nach frischer Luft, Wind und den Düften des Sommers schreit. Der Raum gleicht meinem Zimmer in der psychiatrischen Klinik, nur ohne Bett, aber mit einem Stuhl und einem Tisch, auf dem ein Bildschirm steht. Alles ist schwarz-weiß. Weiße Wände, weiße Möbel, schwarze Jalousien, schwarzer Bildschirm, schwarze Maus und natürlich wieder dieses schwarze Loch, aus dem kalte Luft kommt. Die Klimaanlage ist auf die höchsten Stufe gestellt, es ist kühl. Ich rücke alles zur Seite, damit mir der künstliche Wind nicht ins Gesicht bläst. Es riecht nach Soda und Ammoniak. Auf den weißen Fliesen ist kein Staubkorn zu sehen. Ich scharre mit den Sandalen über den glatten Fußboden. Auch hier klingt es beängstigend hohl. Warum schafft sich der Mensch solche reizfreien Räume? Um sich ohne Ablenkung von der lebendigen Welt in einer virtuellen aufhalten zu können?

Die Abwesenheit der Natur hat mich besonders schockiert, als ich nach dem schwarzen Moment in meinem Zimmer in der Klinik aufgewacht bin. Selbst in unserer Höhle konnte man die Natur noch riechen, durch die Pilze, Mäuse und Insekten, die dort lebten. Später habe ich mich auch an die sterile Atmosphäre in manchen Zimmern gewöhnt. Später, als ich Pharmazie studierte, erkannte ich sogar den Sinn darin.

Die Tür öffnet sich und eine zierliche Brünette tritt ein. „Das ist der Zugangscode, Frau Graf. Die Anleitung liegt auf dem Tisch. Es funktioniert ganz einfach: Oben rechts das Datum eingeben und dann mit der Maus durch die Zeitung blättern. Mit dem Pfeil kann man die Seiten steuern und links die Artikel vergrößern. Übrigens möchte ich mich auch im Namen meines

Vorgesetzten für das Päckchen mit den Kräuterdüften bedanken. Wir haben sie unter uns aufgeteilt."

„Gern geschehen", antworte ich lächelnd und nehme den Zettel mit dem Code entgegen.

Sie hat ihre Hand schon an der Türklinke. „Im Flur steht übrigens ein Getränkeautomat mit Plastikbechern, falls Sie Durst haben."

„Gut. Dann fange ich mal an." Ich wende mich dem Bildschirm zu, während die Tür leise ins Schloss fällt.

Ich gähne und strecke mich kurz. Die Nacht war zu kurz, mein Schlaf unruhig. Der Ruf einer Eule weckte mich auf und sogleich kamen die Bilder von Mama. Es fiel mir schwer, wieder ins Land der Träume zurückzukehren.

Mein Schlaf ist immer dann unruhig, wenn ich ein drohendes Unheil spüre. Aber Ella versicherte mir am Telefon, dass der Einbruch nichts mit unserer Mutter zu tun hat. „Purer Zufall, Flora." Seltsam war nur, dass ihre Stimme zitterte, als sie das sagte. Mit Martha kann ich über solche Dinge nicht reden, sie ist ohnehin gestresst und drängt mich immer wieder, nach Ebbs zurückzukommen.

Wenn ich hier fertig bin, besuche ich Max Gruber. Die Dame vom Pflegedienst hat mir zwar am Telefon bestätigt, dass er unheilbar krank ist, aber ich dennoch willkommen sei.

Der Bildschirm fordert mich auf, meinen Zugangscode einzugeben. Eine neue Seite erscheint. Ich gebe den 28. Juni 1988 ein und sehe, dass die ganze Titelseite einem Zugunglück vom Vortag gewidmet ist. Dutzende Tote werden gemeldet. Vom größten Zugunglück in der deutschen Geschichte ist da die Rede. Dagegen verblasst der Fund einer unbekannten Frauenleiche an der Luegsteinhöhle. Ich klicke mich durch die nächsten Seiten, aber auch hier dominiert die Katastrophe. Erst unter den kürzeren Meldungen am Ende finde ich eine über eine tote Frau. Der Polizeisprecher äußert sich in dem Artikel nicht weiter zu den näheren Umständen der Todesursache. Auch der Name Hof Grafenloch wird ebenfalls nicht erwähnt.

Ich scrolle weiter bis zum 29. Juni 1988. Nichts. Erst am Samstag, dem 3. Juli, gibt es wieder einen Artikel. Dieses Mal eine Doppelseite. Mein Blick fällt sofort auf das Foto unseres

Bauernhofs. Ich halte den Atem an. Das Foto muss von unserem oberen Gemüsegarten aus aufgenommen worden sein. Mit dem Zeigefinger zeichne ich die Umrisse unseres Hauses auf dem Bildschirm nach. Mamas Stimme hallt in meinem Kopf wider. Sie singt für unsere Tiere. Wenn sie sang, stotterte sie nicht, und sie sang auch nur, wenn sie glaubte, ich sei nicht in der Nähe. Sie sprach kaum mit mir und wandte sich stets von mir ab, wenn sie mit mir sprach und nahm nie Augenkontakt auf. Jedes Wort, das sie mit mir wechselte, war funktional. Heute weiß ich, dass meine Mutter mich nur geduldet hat. Ich war nützlich für sie und deshalb hat sie mich überleben lassen. Was ich nicht verstehe, ist, warum sie das getan hat. Christian Reichelt hat recht. Als Kind hielt ich ihr Verhalten für normal, weil ich es nicht besser wusste. Heute weiß ich, dass mein Leben dort oben nicht normal war. Meine Mutter hat so vieles getan, was ich im Nachhinein nicht verstehe. Warum hat sie die Illusion geschaffen, dass wir allein auf der Welt waren? Warum diese bizarre Geschichte, dass diese summenden Dinger mit den sich drehenden Klingen böse Geister seien, die aus der Welt der Teufel herabstiegen, um mich zu suchen? Jedes Mal, wenn wir in der Ferne das Brummen eines Hubschraubers hörten, musste ich mich verstecken, damit sie mich nicht sahen. Warum nährte sie diese Angst in mir? Martha glaubte immer, Mama sei geisteskrank und aus Versehen von einem Hippie geschwängert worden. Doch mit Ella geriet ihre Theorie ins Wanken. Schließlich ist Ella in Bad Urach geboren. Nicht hier. Das bedeutet, ich bin auch in Bad Urach geboren. Mama hat mich erst später nach Grafenloch gebracht. *Ohne Ella.*

Ich schaue mir das Foto noch einmal auf dem Bildschirm an, vergrößere die Seite und lese den Text zum Bild. Mamas Tod wird kaum erwähnt. Er bildet nur den Rahmen für die Geschichte unseres Hofes. Ende des 19. Jahrhunderts entstand der Hof. Bergleute waren auf der Suche nach Eisen und fanden auf der anderen Seite des Berges eine neue Welt. Sie entdeckten das Tal beim Stollenbau, bauten den Hof und legten seine Ackerterrassen an. Die Bergleute verschwanden in den 1930er-Jahren, und während des Zweiten Weltkriegs ließen sich Juden und Widerstandskämpfer auf dem Hof nieder. Sie kümmerten sich um den Gemüse- und Blumengarten. Die Gemeinde Oberaudorf ging davon aus, dass der Hof seit Anfang der 1980er-Jahre eine verlassene Ruine sei. Dies erwies sich als Irrtum, denn das Gehöft und die umliegenden Grundstücke waren in einem guten Zustand. Dass der Hof noch bewohnt war, wurde erst am 27. Juni 1988 entdeckt, als ein Hubschrauber, der auf dem Weg nach Rosenheim war, Rauchwolken bei der Luegsteinhöhle meldete. Durch sein Fernglas entdeckte der Co-Pilot eine Frau, die auf einem Bett aus Ästen lag – wie auf einem Scheiterhaufen – und mit Blumen geschmückt war. Neben ihr waren zwei Feuerstellen mit brennendem Holz. Und das in einer Zeit extremer Trockenheit! Da die Frau regungslos dalag, verständigte der Co-Pilot die Polizei in Rosenheim, zumal der Hubschrauber nicht an der Höhle landen konnte. Kurz darauf stieg die Polizei mit einem Führer zur Höhle auf.

Ich lehne mich zurück. Vage erinnere ich mich an ein Bett aus Ästen, aber die Bilder sind verschwommen und bruchstückhaft. Obwohl Martha mir davon erzählt hat, bin ich mir nicht sicher, ob meine Erinnerung echt ist oder ob ich ihre Geschichte mit meinen eigenen Bildern ergänzt habe. Dasselbe gilt für die vage Erinnerung an die Dornen der wilden Rosen, die sich in meine Haut bohrten, und an den Gestank von Mamas Leiche, der mich würgen ließ. Es war ein drückend heißer Tag, da bin ich mir ziemlich sicher. Ein Gewitter lag in der Luft. Auch der Schmerz meiner Wunden manifestierte sich in meiner Erinnerung. Alles tat weh.

Ich scrolle weiter. Dem nachfolgenden Text ist eine Karte des Ortes beigefügt: Die Lage des Hofes hinter der Luegsteinhöhle, mit den Wasserquellen, ist einzigartig. Der Schutz durch hohe Felswände sorgt für ein mildes Mikroklima. Im Winter mild, kühl im Sommer. Eine Märchenwelt mit Laubwäldern, Farnen und Orchideen. *Aha, da ist es.* Der Hof ist nur über einen Weg zu erreichen, der im Dorf Mühlau beginnt. So hat es auch Nadine Reichelt erzählt. Der Weg führt durch einen engen, niedrigen Tunnel, den die Bergleute damals in den Fels geschlagen haben. Deshalb war er während des Zweiten Weltkrieges ein ideales Versteck. 1988 wussten nur wenige von der Existenz des Hofes und der Lage des Stollens, der hinter Büschen und einem Bach verborgen war. Wegen des Baches führte auch kein Weg zum Stollen. Kurzum, ein besseres Versteck konnte man damals nicht finden.

Mir knurrt der Magen, es ist Mittag. Ich hole eine Tafel Schokolade aus meiner Tasche, breche ein Stück ab und stecke es mir in den Mund. Dann schaue ich mir die Nachrichten von 1988 an: In den Voralpen ist vor allem vom Niedergang der Landwirtschaft die Rede, von der Entvölkerung der Dörfer, von der Zunahme der Waldbrände, vom Aufschwung des Tourismus, aber kein Wort mehr von der toten Frau auf dem Scheiterhaufen.

Seltsam.

Ich nehme noch ein Stück Schokolade und blättere weiter. Nein, kein Wort mehr von der Toten. Ich seufze, gebe den Druckbefehl, schließe den Computer und stehe auf. Gerade als ich den Ausdruck in meine Tasche stecke, klingelt mein Handy. Eine unbekannte Nummer.

„Flora Graf."

„Frau Graf, hier ist Andreas Gorja. Haben Sie einen Moment Zeit?"

„Sicher." Ich führe meine Hand an die Wange. In seiner Stimme liegt ein Zögern, ich bin sofort hellhörig.

„Ich habe gerade eine Nachricht aus unserem Zentralarchiv in München erhalten. Die Akte Ihrer Mutter war zwar dort, aber der Ordner ist leer."

„Was meinen Sie damit?"

„Ich meine, dass jemand zwischen Dezember 1988 und heute den Inhalt dieser Akte entfernt hat. Da ist nichts mehr. Kein gerichtsmedizinischer Bericht, keine Tatortfotos, keine Verhörprotokolle, keine Beobachtungen. Alles ist weg. Wir haben den Inhalt auch nicht in digitaler Form, weil die Akte bisher noch nicht digitalisiert wurde."

„Alles weg?", wiederhole ich. „Aber warum?"

„Das kann viele Gründe haben. Auch ein bürokratisches Versehen."

„Aber das Polizeiarchiv ist doch gut gesichert. Wer hat denn Zugang?"

„Nur akkreditierte Kollegen. Aber davon gab es in den letzten dreiundzwanzig Jahren viele."

„Reden wir hier von Korruption?"

„Das muss nicht sein. Es können auch andere Fehler sein."

„Und jetzt?", frage ich.

„Ich habe dem Referat, das für die Analyse von Unregelmäßigkeiten in internen Verfahren zuständig ist, einen Bericht vorgelegt."

„Und was heißt das konkret?"

„Dass meine Kollegen versuchen herauszufinden, was mit der Akte Ihrer Mutter passiert ist."

Mein Magen zieht sich zusammen. „Heißt das, dass Sie den Mord an meiner Mutter vorerst nicht weiterverfolgen werden?"

„Ja. Schließlich habe ich nichts, womit ich anfangen könnte. Die Akte ist leer, und die drei Männer, die an dem Fall gearbeitet haben, leben nicht mehr. Außer Max Gruber. Er ist unheilbar krank und nimmt Morphium, wie ich erfahren habe. Ich muss intern prüfen, inwieweit seine Angaben noch rechtlich verwertbar sind. Wahrscheinlich muss mir sein Arzt erst die Erlaubnis geben, mit ihm zu sprechen."

Ich streiche über das braune Leder meiner Tasche. Es hat Risse. Der Reißverschluss ist auch schon zweimal erneuert worden. Martha meint, meine Tasche sei nicht mehr ansehnlich. Sie will, dass ich mir eine Neue kaufe. Ich habe abgelehnt, weil ich trotz der Risse an dieser Tasche hänge. Gilt das nicht auch für die Dinge, an die sich Max Gruber erinnert und die er mir erzählen kann? Es gibt einen Unterschied zwischen einer juristisch einklagbaren Tatsache und einer emotional einklagbaren Tatsache.

Nach Letzterem suche ich jetzt.

KAPITEL 15

Oberaudorf, Wohnung Max Gruber
Dienstagnachmittag, 9. Juli 2019

Max Grubers Krankenbett steht vor dem Fenster im Wohnzimmer seiner Seniorenwohnung. Er hat einen schönen Blick in den Park. Dem Geruch nach zu urteilen, muss der arme Mann dringend sauber gemacht werden. Ich bin versucht, die Fenster zu öffnen und den Duft der Parkanlage hereinzulassen, aber das geht nicht. Es ist verdammt heiß draußen, also muss die Klimaanlage ihre Arbeit tun. Ich werfe einen kurzen Blick auf den Park und die vielen Besucher unter den bunten Sonnenschirmen.

Das bunte Treiben erinnert mich plötzlich an jenen Julitag, als Martha mich zum ersten Mal mit an die Adria nahm. Ich war 15 Jahre alt und wenige Tage zuvor aus der Klinik entlassen worden. Überwältigt vom Anblick der endlosen blauen Ebene, vor der sich auf einem beigen Streifen unzählige nackte Körper in der Sonne bräunten, ignorierte ich die seltsamen Gerüche, die von den Körpern ausgingen – ich wollte nur dieses Blau erreichen. So schnell ich konnte, hüpfte ich auf meinen nackten Füßen über den heißen Sand dem Meer entgegen. Wie ein Magnet zog mich die Majestät des Wassers an. Das Wasser donnerte nicht herab, wie ich es von unseren Wasserfällen in den Bergen gewohnt war, sondern bewegte sich hin und her. Auch die Farbe war anders: nicht graugrün, sondern tiefblau. Ich stieg bis zu den Hüften in das blaue kühle Wasser – damals konnte ich noch nicht schwimmen – und beobachtete, wie die Strömung kam und ging. Kam und ging. Mein Körper tat es auch. *Auf und Ab, Auf und Ab.*

Plötzlich verspürte ich ein starkes Verlangen, etwas vom Meer zu kosten. Ich bückte mich, formte mit den Händen eine Muschel, schöpfte Wasser und trank. Sofort wurde mir übel.

Martha sah, was geschah, ließ ihre Strandtasche fallen, schnappte sich ihre Thermoskanne und zwang mich, den

mitgebrachten kalten Apfelwein zu trinken. „Flora, du darfst kein Meerwasser trinken! Es ist salzig!"
Ich nickte und wischte mir die Tränen von den Wangen.

Ich wende mich wieder Max Gruber zu. Er schläft noch. Ich beuge mich vor und untersuche seine linke Hand. Der kleine Finger und der Ringfinger fehlen tatsächlich. Die Stümpfe sind schön glatt. Genauso, wie ich sie in Erinnerung habe. Der Rest ist nicht mehr glatt. *Doktor Glück*', der mich vor einem Vierteljahrhundert mit Brombeeren aus den Bergen so glücklich gemacht hat, ist alt geworden. Er ist hager, die Wangen eingefallen, die Haut gelb und faltig. Lungenkrebs. Der Tod reicht ihm die Hand, aber er hat sie noch nicht ergriffen. Sein Schweiß riecht nach verdorbenem Fisch, ein Zeichen, dass die Säfte in seinem Körper schon langsamer fließen. Die Dame vom Pflegedienst geht auf die andere Seite des Bettes und richtet das Laken. Sie ist eine kräftige Brünette, etwa in meinem Alter.

„Ich bin Jenny. Herr Gruber ist nicht mehr in Behandlung", sagt sie. „Er wird demnächst in ein Hospiz verlegt. Der Arzt schätzt seine Lebenserwartung auf einen Monat."

Seinem Geruch nach zu urteilen, wird er es nicht mehr schaffen. *Ein Glück für ihn.*

Jenny zeigt auf einen Klappstuhl neben dem Bett. „Hier können Sie sich hinsetzen, Frau Graf."

Ich nicke, bleibe aber noch einen Moment stehen, um den Raum auf mich wirken zu lassen. Das Zimmer ist klassisch eingerichtet, mit prunkvollen Eichenmöbeln. Über dem Sideboard hängen einige Fotos des jungen Max Gruber. Ich trete näher und sehe weiße Flecken auf der vergilbten Blümchentapete. Es sieht aus, als hätten einige Bilderrahmen schon einmal den Besitzer gewechselt. Ich wende mich wieder dem Bett zu. Ein Infusionsschlauch führt in seinen Arm und scheint für die Verabreichung eines Schmerzmittels zu sein: Morphium. Eine Schnur mit einem roten Knopf ist für den Alarm. Am Fußende des Bettes steht ein großer Flachbildfernseher, daneben auf dem Nachttisch liegen mehrere Fernbedienungen und ein Telefon. Seltsam, dass man auf dem Sterbebett noch über Knöpfe und Bildschirme mit einer Welt verbunden ist, an der man kaum noch teilhat.

„Herr Gruber", sagt Jenny leise. „Herr Gruber, wachen Sie bitte auf! Sie haben Besuch!"

Langsam öffnet er die Augen und scheint sich zu orientieren.

„Haben Sie gut geschlafen, Herr Gruber? Schauen Sie mal! Frau Graf ist da. Ich habe Ihnen doch gesagt, dass sie kommt. Ein bisschen Abwechslung!"

Er blinzelt und wendet mir den Kopf zu. In seinem Blick liegt Überraschung. Ich nehme seine Hand, schüttle sie und frage mich gleichzeitig, welchen Sinn es hat, eine leblose Hand so zu schütteln.

„Guten Tag, Herr Gruber."

Seine Augen leuchten. Er bewegt den Kopf und nimmt die Fernbedienung vom Bett. Plötzlich ist er hellwach. Er drückt auf einen Knopf und das Kopfteil fährt hoch.

„Oh, Flora", flüstert er. „Mein Blumenmädchen. Wie schön."

Er richtet sich weiter auf, bis er auf Augenhöhe mit mir ist. Seine Augen streifen mein Gesicht und meinen Oberkörper.

„Sie erinnern sich noch an mich, Herr Gruber?"

„Aber sicher!" Er nimmt ein Glas Wasser vom Nachttisch und trinkt mit einem Strohhalm. „Ich habe Sie auch in der Zeitung verfolgt. Die promovierte Kräuterexpertin, die gegen die Pharmaindustrie kämpft. Ich war auch oft in dem Laden in Oberaudorf."

Stille. Max Gruber schaut mich an.

„Ich wollte etwas mit Ihnen besprechen, Herr Gruber. Letzten Samstag habe ich erfahren, dass ich eine Zwillingsschwester habe. Wir wurden als Babys getrennt."

Gruber versucht sich aufzurichten. „Ambra hatte noch eine Tochter?"

Seine Miene bleibt unverändert, als würde ihn meine Nachricht nicht überraschen. Als hätte er es schon gewusst. Oder kann er vor lauter Morphium nicht mehr richtig reagieren?

„Sie wussten, dass meine Mutter Ambra hieß?", frage ich irritiert. „In den Aufzeichnungen steht, dass die Leute nicht wussten, wer sie war oder wie sie hieß."

„Ich wusste es." Tränen schießen ihm in die Augen. „Ich kannte ihren Vornamen. Ich habe sie einmal von Mühlau auf die Alm gebracht."

„Warum steht das nicht in meiner Akte?"

„Ich wusste nicht, ob das ihr richtiger Name war." Er wendet sein Gesicht dem Park zu. Tränen laufen ihm über die Wangen. *Was ist das denn?*

Sind diese Gefühle Ausdruck seiner Krankheit oder kannte er Mama doch besser? Soll ich ihm weiter Fragen stellen? Schließlich bin ich hier, um etwas über den Mord an Mama zu erfahren.

„Meine Schwester heißt Ella Kaplan. Sie möchte alles über unsere Mutter erfahren. Sie hat sie ja nicht gekannt. Außerdem will Ella wissen, wer unser Vater war. Ich habe meiner Schwester schon viel von meinem Leben in den Bergen erzählt, aber an den Tag, an dem Mama gestorben ist, kann ich mich nicht mehr erinnern. An diesen *schwarzen Moment*. Deshalb bin ich hier."

Ein Schleimfaden läuft von Grubers Mund in Richtung Kinn. Ich nehme ein Taschentuch, beuge mich vor und tupfe ihn ab. Dabei nehme ich den Duft eines Rasierwassers wahr, der mir vage bekannt vorkommt.

„Danke", flüstert er und blinzelt.

Ich werfe das Taschentuch in den Papierkorb neben seinem Bett. „Was wissen Sie über den Tod meiner Mutter, Herr Gruber?"

Max Gruber dreht sich wieder zu mir um. Sein Gesicht ist schweißnass. Auf seinem hellblauen Pyjama sind Schweißflecken zu sehen. Er riecht zunehmend säuerlich.

„Ich erinnere mich hauptsächlich an den Scheiterhaufen und daran, dass du danebengesessen hast", antwortet er, rückt sein Kissen zurecht und setzt sich etwas aufrechter hin. „Dieser Moment hat sich in mein Gedächtnis eingebrannt. Wie du da so gesessen hast, im Schneidersitz, blutverschmiert auf diesem trockenen Gras. Mit deiner Mutter auf diesem Reisighaufen."

Seine Augen suchen meine.

„Ja, Flora, ich erinnere mich an jedes Detail. Sogar, was du anhattest: ein braunes Kleid und auf deinem Kopf einen Blumenkranz. Es war der 27. Juni 1988, du warst gerade 14 Jahre alt geworden. Die Sonne brannte erbarmungslos. Die Berge schienen vor Hitze zu beben, und es war unglaublich schwül."

Seine Geschichte geistert in meinem Kopf herum und öffnet Türen zu Erinnerungen, die längst vergangen schienen: der pochende Schmerz in meiner linken Hand, auf die ich damals, vor Schmerzen stöhnend, Kräutercreme aufgetragen hatte. Ich erinnere mich an die Suche nach den Wildrosen, an die Mischung aus Fichtenharz und Lavendel für das Räucherwerk, das den Ort von bösen Geistern befreien sollte. An die Panik, die mich ohne Vorwarnung überkam und mich lähmte, weil urplötzlich niemand mehr da war. Weil ich allein war. Ohne meine Mutter. Ihr Geruch sagte es mir. Plötzlich war da der Gestank des Todes. Mama roch wie die Kadaver, die wir regelmäßig in den Wäldern fanden. Zuerst kam der Gestank aus ihrem Mund, dann aus ihrem Körper. Ich sprang auf und schrie. Eine panische Angst überkam mich. Mama war tot...
Ich war für immer allein, in den Bergen.
Ich würde verhungern.

Max Grubers geäderte Hand liegt auf meiner und streichelt meine Finger.
„Ich bin so froh, dass es dir gut geht, Flora", sagt er leise. „Als wir dich fanden, dachten wir, dass du aufgrund deiner psychischen Verfassung die Mauern der Psychiatrie nie mehr verlassen würdest. Aber wir haben uns geirrt. Zum Glück."
Ich antworte nicht, nicke nur. In Gedanken bin ich immer noch bei dem Verwesungsgeruch. Bald wird auch *Doktor Glück* so riechen. Er hustet und lehnt sich ein wenig zurück. Ich wische mir den Schweiß von der Stirn. Er macht etwas mit mir, aber ich kann mich nicht konzentrieren, aber ich *muss* mich konzentrieren.
„Ich war im Zeitungsarchiv vom Oberbayerischen Volksblatt, Herr Gruber, und habe diverse Artikel gelesen. Ich habe nichts über mich und kaum etwas über meine Mutter gefunden. Warum ist das so?"

„Das war zu deinem Schutz." Er nippt am Strohhalm. „Wir wollten keinen Presserummel. Hätte die Presse Wind davon bekommen, dass du dort ohne menschlichen Kontakt aufgewachsen bist, hätten sie sich bestimmt auf dich gestürzt. Diese mediale Aufmerksamkeit hätte deine emotionale Entwicklung behindern können. Also haben wir über deine Existenz geschwiegen."

„Den Mörder meiner Mutter haben Sie auch nicht gefasst?"

„Nein." Er wendet sein Gesicht wieder dem Fenster zu. „Wir konnten nicht einmal die Identität deiner Mutter klären. Wir hatten überhaupt nichts. Das war auch der Grund, warum mein Team ziemlich schnell zu den Waldbränden geschickt wurde. In jenem Sommer trieb ein Brandstifter in den Voralpen sein Unwesen. Mehrere Menschen waren bereits in den Flammen umgekommen. Die Fahndung nach dem Brandstifter hatte höchste Priorität. Der Mörder von Ambra wurde zur Nebensache und später nie gefunden." Sein Blick ist immer noch auf den Park gerichtet.

Ambra, er nennt sie noch einmal Ambra. Seine Stimme klingt warm, fast zärtlich, wenn er den Namen ausspricht. Er kannte Mama. Es kann nicht anders sein. Hat er Mama öfter von Mühlau zurück auf die Alm gebracht?

Der dunkle Moment. Ein aufflackernder Gedanke. Da war etwas. Ich habe etwas gesehen! Während ich in meiner Erinnerung nach Bildern suche, überkommt mich ein seltsames Schwindelgefühl. Da ist wieder der Kurzschluss. Das drohende Umkippen. Ich darf nicht an diesen Tag denken! Ich stehe auf, öffne das Fenster und atme den Duft des Parks ein. Der blaue Himmel beruhigt mich, der Schwindel lässt nach. Ich muss mich auf etwas anderes konzentrieren. *Verlagere deine Aufmerksamkeit*, sagt Martha immer, *und atme, Flora, spüre deinen Körper. Komm in Kontakt mit der Erde. Mit dem Wesentlichen.*

Ich schnuppere, rieche das Grün des Rasens. Die Blumen. So prächtig. Wie der Himmel über mir. Ich bin nichtig. Die Ereignisse sind nichtig. Alles vergeht. Traurigkeit kommt und geht wie Freude. Wie die Wellen der schönen Adria. Der schwarze Augenblick ist vorbei. Dieser Tag existiert nicht mehr.

Ich drehe mich um. Max Gruber schaut mich an. Wieder stehen Tränen in seinen Augen. Ich bin überrascht, dass ein Kriminalbeamter nach so vielen Jahren immer noch so starke Gefühle hat.

„Da ist noch etwas. Die Akte meiner Mutter ist aus dem Polizeiarchiv verschwunden. Vielleicht haben Sie noch eine Kopie? Oder Notizen? Andreas Gorja, der jetzige Kommissar, will den Mord an Mama noch einmal untersuchen, aber ohne Akteneinsicht kann er nichts unternehmen."

Max schaut an die Decke. Er reagiert nicht. Er scheint in die Leere abzutauchen. Ist es das Morphium?

„Hinweise? Nein", antwortet er leise, dann schließt er die Augen.

Ich zwicke ihn in den Arm. „Übrigens wurde gestern bei mir eingebrochen. Es fehlt nichts. Auch so eine seltsame Sache."

Jetzt macht er die Augen wieder auf. „Einbruch ohne Diebstahl?", fragt er mit leicht erhobener Stimme. „Da steckt doch mehr dahinter." Die Falten in seiner Stirn werden tiefer.

„Davon ist Kommissar Gorja auch überzeugt."

Es klopft an der Tür. Jenny kommt mit einer Dame in weißer Uniform und schwarzer Tasche herein. „So, Herr Gruber, jetzt werden wir alles überprüfen und Sie waschen. Frau Terium wird mir dabei helfen", sagt sie, lächelt mich kurz an und nickt zur Tür. „Sie können gerne im Flur warten, Frau Graf. Da steht ein Stuhl. Es dauert nur eine Viertelstunde."

Ich nicke, stehe auf, verlasse das Krankenzimmer und vertrete mir kurz die Beine. Dann lasse ich mich in einen braunen Ledersessel fallen. Mir gegenüber an der weißen Wand hängen Bilder von Voralpenlandschaften. Das ist meine Welt. Hier bin ich aufgewachsen. *Allein. Ohne Menschen. Mit einer Frau, die mich wie eine Sklavin benutzt hat.* Als ich zwanzig war, habe ich kurz darüber nachgedacht, mein Leben mit Mama zu erforschen, aber ich habe es nicht getan, auch nicht auf Druck von Martha. Wenn ich an meine Zeit mit Mama denke, bricht in mir das Chaos aus. Auch heute noch.

Wieder nehme ich den Duft des Rasierwassers wahr, der Max Gruber umgibt. Der Geruch scheint aus der Garderobe zu kommen. Ich stehe auf und suche die Quelle des Geruchs. Es ist die Jacke eines Mannes. Ich rieche an dem Stoff und bin mir sicher: Das habe ich schon einmal gerochen, früher. War das in der Klinik? Nein, das kann nicht sein. Da roch alles nach Desinfektionsmittel. Damals konnte ich solche Nuancen nicht wahrnehmen. Aber wann dann? Es ist, als ob sich etwas in mir bewegt. Es ist da, ich spüre es, aber ich kann es nicht erreichen.

Die Zimmertür schwingt auf. Jenny macht die Plastiktüte mit der Windel zu.

„Herr Gruber ist wieder sauber. Sie können jetzt zu ihm. Aber nur, um sich zu verabschieden. Frau Terium sagt, dass er sehr erschöpft ist."

„Kann ich wiederkommen, Jenny?"

„Aber sicher."

Ich gehe zurück ins Zimmer. Zu dem Geruch von abgestandenem Urin hat sich der Geruch von Fäkalien gesellt. Er hat sich also kurz vorher auch in die Hose gemacht. Nein, so will ich nicht sterben. Diese Demütigung erspare ich mir.

Max Gruber nickt freundlich. Es ist ihm sichtlich unangenehm. Der arme Mann.

Ich gehe zu ihm und streichle kurz seine Schulter. „Ich komme wieder, Herr Gruber. Ich danke Ihnen für die Informationen. Und für die köstlichen Brombeeren. Die haben mir wieder Appetit gemacht."

Ein Lächeln huscht über sein Gesicht. „Bis bald, meine liebe Flora, mein Blumenmädchen", sagt er leise, dreht sich wieder zum Fenster und schaut in den Park. „Und pass gut auf dich auf", flüstert er mir noch zu, als ich schon auf dem Weg zur Tür bin.

Pass gut auf dich auf...

Fünf Worte, nicht aus Sorge, sondern als Warnung.

Ich spüre, dass mich die Angst wieder erbarmungslos heimsucht, wie ein zerschmetternder Schmerz.

KAPITEL 16

Anton Schäuble, Mühlau
Mittwochvormittag, 10. Juli 2019

Der Duft der Tomatenpflanzen, die neben mir an den Bambusstangen in Anton Schäubles Garten emporranken, dringt mir in die Nase. Ich kann kaum glauben, dass der Mann, der mir gegenübersitzt, schon in den Neunzigern ist. Im Rathaus von Mühlau erfuhr ich den Namen des Dorfältesten: Anton Schäuble, der einst Bürgermeister von Mühlau und ein Aktenfreak gewesen war. Vielleicht hatte er eine Akte über Grafenloch angelegt.

Anton Schäuble nimmt seine Baskenmütze ab, zieht ein rotes Taschentuch aus seiner Latzhose und wischt sich den Schweiß von der Stirn.

„Sie möchten Informationen über den Hof Grafenloch?" Schäuble mustert mich mit wachem Blick. Wie ein Falke, durchdringend und doch distanziert. „Was genau wollen Sie denn wissen, Frau Graf?", fragt Schäuble, geht auf eine Holzbank neben den rankenden Tomaten zu und holt eine Flasche Wasser aus einer blauen Kühlbox. Dann bittet er mich, Platz zu nehmen.

„Wie ich zum Hof Grafenloch komme und ob Sie die Frau gekannt haben, die im Sommer 1988 bei der Luegsteinhöhle ermordet wurde."

Anton Schäuble runzelt die Stirn. Seine schwarzen Kulleraugen blicken wachsam aus dem braunen, faltigen Gesicht. „Und warum wollen Sie das wissen?"

„Sie war meine Mutter."

„Ihre Mutter? Aber wo haben Sie denn gelebt? Bei Ihrem Vater?"

„Nein, ich habe auch auf dem Hof gewohnt. Als meine Mutter umgebracht wurde, war ich gerade vierzehn Jahre alt. Die Polizei hat mich damals ins Tal gebracht."

Anton Schäuble schüttelt den Kopf. „Das verstehe ich nicht. Sie haben dort allein mit ihrer Mutter gelebt? Und was war mit der Schule?"

„Ich bin nicht zur Schule gegangen, ich war bis zu meinem 14. Lebensjahr Analphabetin."

Er nimmt einen Schluck aus der Wasserflasche. „Das überrascht mich. Darüber stand nichts in der Zeitung."

„Mir wurde gesagt, dass die Polizei meine Anwesenheit aus Sicherheitsgründen geheim gehalten hat."

„Das machen sie manchmal." Er seufzt. „Gut. Ich zeige Ihnen den Weg. Er ist schwer zu finden, wenn man sich hier nicht auskennt." Er überlegt einen Moment. „Ich glaube, dass ich Ihre Mutter manchmal mitgenommen habe, wenn sie auf den Markt ging. Sie war klein und blond, richtig?"

„Ja, das stimmt." Ich versuche mir vorzustellen, wie Mama sich benommen hat, wenn sie unter Menschen war. Unter den Teufeln, die sie sonst immer gemieden hat.

Schäuble seufzt wieder. „Damals wusste ich nicht, dass sie auf dem Hof Grafenloch lebte. Das ist mir erst nach ihrem Tod klar geworden, als die Polizei mit einem Foto ihrer Mutter hier war und sich erkundigte, ob sie jemand kannte. Bis dahin dachte ich, sie gehört zu dieser Hippie-Kommune am Luegsteinsee – wegen der bunten Kräutersäckchen. Die hat sie auf dem Markt verkauft. Diese Hippies trugen oft bunte Kleider."

Die Kräutersäckchen. Ich reibe mit dem Daumen über meinen Zeigefinger. Als würde ich den Stich der Nadel wieder spüren und den Schmerz entfernen wollen. Hunderte Säckchen habe ich genäht. Oder vielleicht Tausende? Und schon als Kind damit angefangen. Es war meine Arbeit nach dem Abendessen. Mama legte die Stoffstücke in mein Zimmer. Ich durfte erst schlafen, wenn alle Säckchen fertig waren. Wenn ich meine Arbeit nicht beendet hatte, bekam ich am nächsten Tag nichts zu essen. Bei schlechtem Licht zu nähen, fiel mir schwer. Oft konnte ich mich vor Erschöpfung kaum auf den Beinen halten, aber die Angst vor dem Verhungern war stärker als die Müdigkeit. Ich habe buchstäblich genäht, bis ich vor Erschöpfung umgefallen bin.

„Die Gewürzmischungen Ihrer Mutter waren sehr beliebt, Frau Graf."

Ich kann nicht antworten.

„Sie hatte Säckchen gegen Erkältungen, Bauchschmerzen, Gicht, sogar gegen Nervenzusammenbrüche", fährt Schäuble fort. „Für jedes Zipperlein ein Säckchen. Das muss sie von David Weibach gelernt haben."

David Weibach? „Den Namen habe ich noch nie gehört."

„Das war ein Arzt aus Bad Urach. Während des Krieges hat er sich mit anderen Juden im Grafenloch versteckt. Nach der Kapitulation kehrte er in seine Heimat zurück, konnte sich dort aber nicht mehr einleben. Jeden Sommer machte er hier Urlaub. Mitte der siebziger Jahre ließ er sich dauerhaft im Grafenloch nieder. Anfang 1980 erlitt er beim Einkaufen in Rosenheim einen Herzinfarkt. Er brach mitten auf dem Platz zusammen. Wir dachten, er sei der letzte Bewohner von Grafenloch, aber das war ein Irrtum. Das war Ihre Mutter."

„David Weibach..." Ich wiederhole seinen Namen. War das der Mann mit der schwarz behaarten Hand, der mich zu den Waldbeeren geführt hat? Die Erinnerung ist vage, aber sie drängt sich mir auf.

„Sagt Ihnen der Name Max Gruber etwas, Herr Schäuble? Er war Hauptkommissar bei der Kripo."

„Natürlich. Max ist hier geboren und aufgewachsen. In einem Dorf mit zweihundert Seelen kennt man jeden."

„Kannte Max Gruber auch den Weg zum Hof?"

„Davon gehe ich aus. David Weibach war mit Max Eltern befreundet. David hat sicher Geschichten über Grafenloch erzählt, wenn er die Grubers besucht hat."

„Und Christian Reichelt? Kennen Sie den auch?"

„In der Tat", antwortet er. Ein Lächeln huscht über sein Gesicht. „Wie viele Namen werden es noch?"

„Entschuldigung. Ich möchte nur noch etwas über Max Gruber und Christian Reichelt wissen."

„Und warum, wenn ich fragen darf?"

„Mir fehlen Bruchstücke aus meiner Vergangenheit. Ich habe das Gefühl, dass mir beide Männer die fehlenden Teile meines Vergangenheitspuzzles nicht geben wollen. Max

107

Gruber war damals der ermittelnde Kommissar, der den Tod meiner Mutter untersuchte, Christian Reichelt war der Psychiater, der mich nach Grafenloch in der psychiatrischen Klinik in Prien behandelt hatte."

Schäubles glänzende schwarze Augen mustern mich weiterhin aufmerksam.

„Hm", sagt er nach kurzem Schweigen. „Christian Reichelt kenne ich auch. Wie schon erwähnt, in einem Dorf mit zweihundert Einwohnern kennt man jeden. Vor allem, wenn man Bürgermeister ist, was ich damals war, als die beiden hier aufgewachsen sind."

„Was können Sie mir über die beiden Männer sagen?"

„Sie waren gute Freunde. Selbst nach dem Unfall waren sie unzertrennlich."

„Welcher Unfall?"

„Als sie Mitte zwanzig waren, bestiegen sie einmal an Himmelfahrt das Hocheck. Sie hatten ein paar Tage frei, aber zum Klettern war es im Grunde noch zu früh. Es lag noch Schnee und Max hatte keine Lust. Aber Christian war leichtsinnig und bestand darauf. Das Ganze nahm kein gutes Ende. Auf einem schmalen Pfad entlang der Schlucht rutschte Christian im Schnee aus. Zehn Meter tief blieb er stecken. Max gelang es, ihn zu befreien, doch während der Rettungsaktion löste sich über ihm ein Felsbrocken und stürzte auf ihn. Er verlor zwei Finger und brach sich mehrere Rippen. Wie durch ein Wunder schafften es beide ins Tal. Max verbrachte danach mehrere Wochen im Krankenhaus. Er hatte innere Blutungen. In der Folge fiel er durch seine Prüfungen und verlor ein Jahr seines Studiums."

„Oh…!"

Ich pflücke eine rosa Tomate vom Strauch und drücke sie gegen meine Handfläche. Christian Reichelt war nervös, als ich ihn besuchte. Max hatte ihm das Leben gerettet. So etwas kann Schuldgefühle auslösen. Hat Dr. Reichelt mich deshalb behandelt? Wollte er sich meinetwegen bei Max revanchieren? Aber weswegen? Ich kannte keinen von beiden, bis ich gefunden wurde. Hat Mama die Männer auf dem Markt in Mühlau oder Rosenheim getroffen?

„Wo haben Christian Reichelt und Max Gruber im Juni 1988 gewohnt? Wissen Sie das zufällig? Lebten sie damals hier?" Schäuble schüttelt den Kopf. „Nein, beide sind in den 1970er Jahren weggezogen. Christian ist mit seinen Eltern nach Oberaudorf gezogen. Sein Vater hatte dort Arbeit gefunden. Max ging auf die Polizeihochschule in Sulzbach-Rosenberg. Fast alle unsere Jugendlichen sind damals in die Stadt gezogen. Sie kamen nur im Sommer zurück. Die Häuser blieben im Besitz der Familien und wurden als Ferienhäuser genutzt."

„Das Geburtshaus von Max Gruber ist also noch in Besitz der Familie?"

„Ja", antwortet er. „Seine Tochter kommt einmal im Jahr und verbringt meistens den ganzen August dort. Sie lebt und arbeitet in München."

Ich halte mir die Tomate an die Nase. „Wissen Sie, dass Max Gruber unheilbar krank ist?", frage ich.

„Ja, das weiß ich. Er war vor ein paar Wochen kurz hier. Ich soll mit dem Pfarrer über seine Beerdigung sprechen. Er möchte auf dem Friedhof in Mühlau begraben werden."

Mein Blick fällt auf die romanische Kirche von Mühlau, deren Spitze in der Ferne über dem Dorf thront. *Doktor Glück* bekommt seine letzte Ruhestätte in dem Dorf, in dem er geboren wurde. Es muss schön sein, einen Ort zu haben, an dem der Duft der Vergangenheit Geborgenheit vermittelt. Vor allem, wenn der Tod naht. *Wo ist mein Platz?* Ich richte meinen Blick in die Ferne auf das Hocheck und folge den zerklüfteten Linien der Berge. Das Hochgebirge am Westrand der Voralpen ist meine Heimat. Unter den Menschen bin ich immer der Passant geblieben, der von außen hereinschaut.

„Wo ist der Hof?"

„Ich zeige es Ihnen." Der alte Bergführer steht mit erstaunlicher Leichtigkeit auf, klappt die Kühlbox zu und stellt sie unter die Bank. „Der Hof der Grubers liegt auf dem Weg zum Grafenloch."

KAPITEL 17

Auf dem Weg nach Grafenloch
Mittwochvormittag

Ich bleibe stehen, wische mir den Schweiß von der Stirn und blicke von einem Felsvorsprung auf den Weg hinunter, dem ich seit einer Stunde folge. Außer Anton Schäuble ist weit und breit niemand zu sehen. Und doch ist da etwas – ich bin nicht allein, ich fühle mich verfolgt. Vorsichtig streiche ich mit der Hand über mein Jagdmesser, das in der Halterung an meinem Gürtel hängt. Ich muss wachsam bleiben. Die Sonne steht fast am höchsten Punkt, die Temperatur steigt. Die Grillen zirpen immer schneller. Zeit, etwas zu essen und zu trinken. Ich setze mich auf einen Felsblock und greife nach meiner Wasserflasche. Ich bin fast oben. In der Ferne liegen ein paar Dörfer wie beige-rote Farbtupfer in der Landschaft. Dahinter die Berge. Die Vegetation ist dieselbe wie am Grafenloch: Korkeichen, Kiefern und Ginster, Alpenglöckchen. Sogar der Geruch ist identisch: würzig, mit einem Hauch von Wildrosen. Ich bewege mich leicht nach rechts und schaue hinunter. Der Pfad, dem ich soeben gefolgt bin, ist an mehreren Stellen von Brombeeren überwuchert. Ich habe sie so weit wie möglich gemieden und das Messer nur benutzt, wenn es nicht anders ging. Ich will keine leicht zu verfolgende Spur hinterlassen.

Noch schnell einen Schluck Wasser, dann stecke ich die Flasche in meinen Rucksack und überprüfe, ob mein Jagdmesser noch an seinem Platz ist. Mein Handy hat keinen Empfang mehr, es bringt nichts, Max Gruber zum x-ten Mal anzurufen, in der Hoffnung, dass er dieses Mal abnimmt. Ich muss warten, bis ich wieder im Tal bin. Als ich mit Anton Schäuble auf dem Hof der Familie Gruber ankomme und sehe, wie das Holz für den Winter so seltsam an der Wand gestapelt ist, kommt mir plötzlich eine Erinnerung aus meiner Kindheit in den Sinn. Die Bilder sind so klar und deutlich wie in einem Film, der vor meinem inneren Auge abläuft. Es begann mit einem grellen Licht, das mich blendete, sodass ich die Augen schließen musste, als ich die Tür zu unserem Haus öffnete. Unsere Welt hatte sich in der Nacht in Weiß getaucht. Mit dem Schnee veränderte sich auch mein Bewegungsradius. Ich konnte seltener am Wasserfall spazieren gehen, denn die Wege waren glatt und unpassierbar geworden, und das Wetter war im Winter noch unbeständiger. Schneestürme bildeten sich blitzschnell und nahmen einem die Sicht. Ich war besonders auf der Hut vor Erfrierungen, denn ich wusste, wie schnell meine Hände und Füße das Gefühl verloren, wenn ein eisiger Wind einsetzte. Mit dem Schnee änderte sich auch meine Orientierung. Die Wellen in der Landschaft, die ich sonst gut unterscheiden konnte, glichen sich plötzlich, ebenso die schneebedeckten Tannen und Felsformationen. So blieb ich nach dem ersten Schnee stets in der Nähe unseres Hofes und wartete auf den Frühling. Nur einmal bin ich im Winter bis zur Baumgrenze hinaufgestiegen, wo die hohen Tannen wuchsen. Das hat mich fast umgebracht. Ich muss etwa 13 Jahre alt gewesen sein und befand mich in einem Wachstumsschub. Ich war schon größer und stärker als meine Mutter.

Es geschah am Ende eines beispiellos langen und harten Winters, als uns das Holz zum Kochen und Heizen ausging und die Tage und Nächte bitterkalt waren. Das Wasser im Brunnen war gefroren, sodass kein Wasser mehr aus dem Hahn kam. Ich musste Eis hacken und es auskochen, um Trinkwasser zu bekommen. Unsere Panik wuchs, als der Holzstapel immer kleiner wurde und schließlich zur Neige ging. Wir mussten Holz sammeln, sonst würden wir erfrieren. Aber Mutter konnte nicht mitkommen. Sie war seit Tagen krank. Sie aß nichts mehr und schlief ohne Unterbrechung. Ich machte mir Sorgen, denn zum ersten Mal halfen ihr die Kräuter nicht, gesund zu werden. In den kurzen Momenten, in denen sie wach war, gab sie mir mit fast unhörbarer Stimme Anweisungen. Als ich ihr sagte, dass wir kein Holz mehr hätten, wies sie mich an, Holz zu holen. Sie sagte mir, wo ich suchen sollte: dort, wo die immergrünen Kiefern standen. An dieser Stelle hatte sie im Sommer einen Holzvorrat geschlagen, die Stämme aber nicht zum Hof getragen, sondern in einem Windschutz nahe einer Klippe liegen lassen.

Draußen blies mich der eisige Wind fast um. Der Himmel war blau, aber im Osten zogen Wolken auf. Ich hievte den leeren Holzkorb auf meinen Rücken, zog die Lederriemen fest, packte die beiden Weidenkörbe und blickte nach oben, zu den weißen Gipfeln, zu der welligen Linie in der Ferne, wo der Wald mit den hohen Tannen begann. Als die Sonne ihren höchsten Stand erreicht hatte, ging ich in den dichten Wald hinein. Ich setzte mich eine Weile hin und holte ein paar Nüsse aus meiner Jackentasche. Der Wind war rau und heftig. Ich aß und schaute zu den Bergen hinüber. Ein weißer Nebel zog vom Westen heran. Die Gipfel waren kaum zu erkennen. Angst machte sich in meinem Magen breit. Ein Schneesturm kündigte an. Ich sprang auf, stopfte mir die Nüsse in den Mund und eilte kauend in den Wald. Den Holzstapel fand ich sofort, zerkleinerte die größeren Stücke, füllte meine Weidenkörbe und verließ den Wald. Auf dem Weg schaute ich immer wieder nach oben. Die Fichten bewegten sich im Wind, der Himmel verdunkelte sich. Als ich den Wald verließ und den Weg hinunterging, wehten dicke Schneeflocken und bildeten einen weißen Vorhang, sodass ich nicht erkennen konnte, wo ich war. Der eisige Wind zerrte an meinem Mantel. So sehr ich mich auch anstrengte, ich roch nichts außer dem Holz und hörte auch keine Tiergeräusche. Der starke Wind dämpfte alles. Ich drehte mich um die eigene Achse und suchte nach der Sonne, denn sie war immer mein fester Orientierungspunkt. Doch auch sie versteckte sich. In welche Richtung sollte ich gehen? Meine Sicht war gleich null. Ich wusste nur, dass unser Hof irgendwo da unten war. Also musste ich runter. Die Hochebene war riesig und hügelig. Jeder Hang konnte der Anfang eines Abgrunds sein. Und ich konnte nicht einfach absteigen, denn kein Tal glich dem anderen. Ich konnte auch im Tal der Felsen landen, wo die Jäger mit ihren Hunden waren. Ohne Schnee konnte ich die Vegetation im Felsental schon von Weitem riechen, ich erkannte den Beginn der Felsenwelt immer an der Abweichung des Graus, aber in dieser weißen, windigen Ebene gingen meine Orientierungspunkte verloren. Mein Herz klopfte heftig und mein Instinkt sagte mir, dass ich in großer Gefahr war. Der Holzkorb lastete schwer auf meinem Rücken

und meine Arme schmerzten unter dem Gewicht der Weiden-
säcke.

Mein Magen knurrte und mein Mund war trocken, meine
Hände und Füße vor Kälte fast taub. Ich musste zurück auf den
Hof. Sollte ich aus Versehen im Felsental landen, konnte ich
auch dort überleben. Ich hatte immerhin mein Jagdmesser.
In gebückter Haltung begann ich den Abstieg. Der frisch gefallene Schnee knirschte unter meinen Füßen und gab mir
Halt. Ich machte einen Schritt nach dem anderen und leckte
mir zwischendurch die Flocken von der Jacke. Nach einer
Weile wurde der Weg steiler, holpriger, der fallende Schnee
feiner und meine Sicht besser. Rechts von mir standen nied-
rige Büsche. Ich strich den Schnee von den Ästen und erkannte
Stechginster und Steineichen. Links von mir lag ein weißer Abgrund. Die Konturen gaben mir ein vages Gefühl des Wieder-
erkennens. Ich war in die richtige Richtung gegangen. Dies war
nicht die Felsenwelt, sondern das Tal zu unserem Hof. Froh,
instinktiv die richtige Wahl getroffen zu haben, begann ich
noch schneller zu laufen. Ein großer Fehler, denn nach einer
weiteren Kurve rutschte ich aus. Der schwere Korb ließ mich
nach links kippen. Ich verlor das Gleichgewicht und fiel hin. Ich
erinnere mich, wie ich über den Schnee rutschte, wie Zweige
an meinen Händen vorbei glitten und ich gegen etwas prallte.
Meine Welt wurde schwarz. Was dann geschah, habe ich nie
ganz verstanden…

Ich erfror nicht, sondern wachte in unserem Hof auf. Mein Bett
stand nicht mehr in meinem Zimmer, sondern in unserer
Wohnküche neben dem Herd, neben Mamas Bett, das sie
selbst aus ihrem Zimmer zum Herd geschleppt hatte, als sie
merkte, dass sie krank wurde. Ich richtete mich auf und sah
mich in der Wohnküche um. Mama lag auf der Seite und
schlief. Ihr Gesicht war nicht mehr so rot, ihr Atem ging gleich-
mäßig. Neben ihr auf dem Nachttisch stand eine Flasche mit
einem weißen Getränk, das ich noch nie gesehen hatte. Mein
erster Gedanke war, dass ich aus einem schlechten Traum
über eine weiße, geruchlose Welt erwacht war. Ich versuchte
aufzustehen und stöhnte. Mein ganzer Körper schmerzte.

Besonders mein Nacken und mein Kopf. Ich hob mein Nachthemd hoch und sah die vielen blauen Flecken. Ich hob meine Füße über die Bettkante, stieg aus dem Bett, stolperte ein paar Schritte zu unserem Ofen und berührte ihn. Er war warm. Mein Korb stand daneben. Mit vielen anderen Holzscheiten, die ich nicht dorthin gelegt hatte. Sie waren seltsam gestapelt. So hatte ich das noch nie gemacht. Wie war das möglich? Meine Jacke hing an der Garderobe. Das Futter hatte einen Riss. Schritt für Schritt ging ich zur Tür und öffnete sie. Helles Licht ließ mich die Augen zusammenkneifen. Der frisch gefallene Schnee glitzerte in der Sonne. Ich bückte mich, um den Eimer mit Eis anzuheben, und sah die Schritte. Ich ging in die Hocke und hielt meine Hand neben sie. Die Schuhe, aus denen diese Schritte kamen, waren groß und gehörten definitiv nicht zu Mama und mir. Es war der Abdruck eines Schuhs, wie ihn der böse Mann immer trug. Die Füße des Monsters hatten genau diese Form, aber der böse Mann war tot. Das wusste ich. Aber von wem waren dann diese Fußabdrücke? Von einem neuen Teufel? Schnell schloss ich die Tür. Ängstlich versuchte ich, den Geruch des Wesens zu schnuppern, das in unserem Haus gewesen war, denn dass jemand im Haus gewesen war, das stand fest. Ich schnüffelte im ganzen Haus und entdeckte den Geruch schließlich an zwei Stellen: an Mamas Gesicht und Haaren und an meinem Mantel. Sogar der Stoff war von dem Geruch durchtränkt. Es roch nach etwas, das ich nicht einordnen konnte. Er kam nicht von den Bäumen, Blumen und Pflanzen, die ich kannte, auch nicht von unseren Tieren. Es musste von der Stelle kommen, an der ich mit meinem Korb im Schnee ausgerutscht war. Eine Art Harz? Ich wusste es nicht. Heute weiß ich, dass ich Ingwer und das Harz des Elemi-Baumes gerochen habe.

Auf jeden Fall war da ein fremder Geruch an Mama und an meinem Mantel. Ein Geruch, der nicht in unsere Welt gehörte. Ich stand mitten im Zimmer, starrte Mama an, verstand nichts mehr. Ein fremdes Wesen war in unser Haus eingedrungen, hatte mich gerettet, mein Bett in die Wohnküche geschleppt und das Holz neben dem Herd aufgestapelt. Woher kam dieses Wesen? Aus der Welt der Teufel? Ich wollte es wissen, griff nach meinem Mantel und zog ihn mühsam über mein Nachthemd. Dann schlüpfte ich mit zitternden Fingern in meine Schuhe, schloss die Tür auf, trat hinaus und folgte, vor Schmerz stolpernd, den grauen Fußspuren. Sie endeten vor dem Tunnel, wo die Welt des Teufels begann. Ich starrte eine Weile in das schwarze Loch und wusste nicht, ob ich den Tunnel betreten sollte, aber die Angst vor dem, was mich in der Welt des Teufels erwartete, hielt mich davon ab. Ich kehrte um.

Mama war schon wach, als ich in die Küche kam. Als ich ihr meine Geschichte erzählte, sagte sie, das sei alles nur Einbildung und ein Albtraum, wie die Flasche mit dem weißen Trank, die es nie gegeben habe. Ich glaubte Mama, denn ich kannte das Phänomen der Lüge nicht.

Als ich vor einer Stunde das gestapelte Holz auf dem Hof der Familie Gruber sah, drängte sich mir ein Gedanke auf. War es Max Gruber, der mir an diesem bitterkalten Wintertag das Leben gerettet hatte? War es sein Geruch, der an meinem zerrissenen Mantel hing und den ich gestern in seinem Hausflur roch? War er es, der Mama die Medizin gebracht hatte?

Und noch etwas traf mich wie ein Blitz. Woher wusste Max Gruber, dass ich am 27. Juni 1988 gerade 14 Jahre alt geworden war?

KAPITEL 18

Auf dem Weg nach Grafenloch
Mittwochvormittag

Bis Ella letzten Samstag in mein Leben trat, war mein genaues Geburtsdatum unbekannt. In meinem Pass steht der 27. Juni 1974, ein Datum, das von den Behörden gewählt wurde, als mein offizielles Verwaltungsleben begann. Es hängt mit dem Tag zusammen, an dem ich in Rosenheim als Findelkind registriert wurde und mit einer Schätzung meines Alters am Tag der Registrierung.

Während meiner Zeit in Grafenloch wusste ich nichts von der Existenz eines Geburtstages oder eines Geburtsdatums. Ich wusste nicht einmal, dass es Tage, Monate und Jahre gibt. Ich hatte kein Zeitgefühl, kannte nur die Jahreszeiten, den Sonnenaufgang und Sonnenuntergang. Ich hatte auch keinen Nachnamen. Ich kannte nur meinen Vornamen: *Flora*. Schließlich war das der Name, den meine Mutter immer rief, wenn ich etwas für sie tun sollte. Meinen Nachnamen bekam ich ein Jahr nach Mamas Ermordung nach dem Findelkindgesetz. Bei der Wahl meines Nachnamens wurde nach dem Gesetz ein Wort gewählt, das einen Bezug zu dem Ort hatte, an dem ich gefunden wurde. Die Behörde wählte *Graf*, weil ich auf dem Grafenloch-Hof aufwuchs.

Woher wusste Gruber, dass ich am 27. Juni 1988 gerade 14 Jahre alt geworden und am 27. Juni Geburtstag habe? Wenn ich wieder im Tal bin und Empfang habe, werde ich versuchen, den Ex-Kommissar noch einmal anzurufen.

Als ich mich wieder umdrehe, stolpere ich über einen spitzen Stein und kann gerade noch das Gleichgewicht halten. Ich bücke mich, um mir den Knöchel zu reiben, und stelle fest, dass sich das Markenzeichen von der Sohle meines Schuhs gelöst hat. Beim Versuch, das Plastikteil zu entfernen, fällt mir etwas Glänzendes auf. Ich löse die Schnürsenkel, ziehe den Schuh aus und untersuche die Sohle. Das glänzende Etwas erinnert an eine SIM-Karte und befindet sich direkt unter dem Logo.

116

Mir stockt der Atem. Ein Chip! Ich zucke zusammen und schnappe nach Luft. Der Einbrecher hat einen Peilsender in meine Sachen eingebaut, damit er mich verfolgen kann, damit er weiß, wo ich bin und was ich vorhabe. Mein Haus wurde nur zur Show verwüstet. Deshalb wurde auch nichts gestohlen. *Scheiße! Verdammte Scheiße!* Warum verfolgt mich jemand? Was hat das alles zu bedeuten? Wer jagt mich? In der Natur jagt man ein Lebewesen nur, wenn man es angreifen, töten und fressen will. So ist es auch mit den Menschen. Bis auf das Fressen. Wenn jemand hinter mir her ist, dann ist der Zweck dieses Chips offensichtlich: mich an einem Ort zu töten, wo es keine Zeugen gibt. *Verdammt! Ein Peilsender in meinen Wanderschuhen.*

Mit einem Ruck drehe ich mich um und werfe einen Blick auf den Weg, den ich gerade heraufgekommen bin. Nichts zu sehen. Der Mistkerl ist ein paar Hundert Meter hinter mir, starrt seelenruhig auf seinen Bildschirm und folgt mir auf Schritt und Tritt. Ich halte an, er hält an. Er schlägt dort zu, wo die Geröllhalden beginnen. Ich habe den Schutz des Waldes noch nicht verlassen.

Ich betrachte meine Kleidung. Habe ich noch etwas an, das gestern im Haus war und auch einen Peilsender haben könnte? In Windeseile ziehe ich mich aus und untersuche meine Hose, meine Bluse, meine Windjacke, meinen BH, meine Unterhose, meine Socken. Nichts. Ich nehme den Wanderrucksack und schaue hinein. In einer Seitentasche steckt ein zweiter Peilsender. Außer mir vor Wut ziehe ich mich wieder an.

Und jetzt? Die Polizei?

Ich hole mein Handy aus dem Rucksack und überprüfe das Display. Kein Empfang. Keine Hilfe. Ich bin auf mich allein gestellt. Was nun? Zurückgehen? Nein. Es gibt nur einen Weg, und der führt nur zu ihm. Vielleicht durch die Strauchheide? Das geht auch nicht. Die Formation auf dem flachen Boden ist zu dicht und die Höhe zu uneben, um einen guten Weg nach unten zu finden. Also etwas anderes. Ich erkunde meine Umgebung. Ich bin nicht weit vom Grafenloch entfernt. Die Veränderung des Waldes ist noch nicht zu sehen, aber ich rieche einen süßlichen Duft, also nähere ich mich den Kastanien und dem fruchtbaren Grafenloch. Nach den ersten Laubbäumen sollte ich laut Schäuble den Tunnel erreichen. Dann gilt es, auf den Verlauf des Baches zu achten. Wenn dieser eine leichte Linkskurve macht, liegt hinter einem großen Felsbrocken und einem stacheligen Brombeerstrauch der Eingang zum Tunnel. Von Anton Schäuble habe ich auch erfahren, dass der Weg, den ich jetzt gehe, etwa hundert Meter nach der Biegung in unwegsames Geröllgelände übergeht. Die Juden und Widerstandskämpfer, die sich im Grafenloch versteckten, sind zuerst ein Stück diesen Hang hinaufgestiegen und haben dort angeblich etwas fallen lassen. Die Fährtenhunde der Nazis liefen dort oft schneller und blieben dann an einem Bergsee stehen, der einen Kilometer von der Schuttmauer entfernt war. Die Nazis gingen davon aus, dass die Flüchtlinge den See mit dem Boot überquert hatten. Niemand dachte daran, an der Biegung nachzusehen, und auch die Hunde fanden an der Biegung ihre Spur.

Ich werde den Schutthang im Eiltempo erklimmen, die beiden Chips in den See werfen, zurück zum Bach und durch den Tunnel zum Grafenloch laufen. Als erfahrene Bergwanderin habe ich seit frühester Kindheit eine ausdauernde Kondition. Nur wenige können so schnell klettern wie ich. Das und mein Vorsprung sollten dafür sorgen, dass ich vor meinem Verfolger wieder im Tunnel bin. Denn ich werde verfolgt, da bin ich mir sicher. Das sagt mir mein zitternder Körper.

Ich beschleunige meinen Schritt und erreiche das fließende Gebirgswasser. Dort ziehe ich Schuhe und Strümpfe aus und wate etwa zehn Meter durch das eiskalte Wasser. Meine Füße kribbeln. Nach dem Felsblock ziehe ich die Schuhe wieder an, verstecke mich hinter die Brombeersträucher und entdecke plötzlich eine schmale Öffnung in der Felswand. Sie sieht eher aus wie ein Riss im Berg als wie etwas, das einmal ein Eingang gewesen sein muss. Ich gehe ein paar Schritte hinein. Hier kann man gerade noch stehen, aber ich habe das Bedürfnis, mich zu ducken.

Das ist also der Tunnel, die Verbindung zwischen der Teufelswelt und dem Grafenloch, aber am Ende ist kein Licht. Es scheint, als gäbe es danach nichts mehr. Diesen Tunnel durchquert man nicht spontan. Man muss genau wissen, wo er ist, wenn man ihn finden will. Man betritt diesen Tunnel nur, wenn man weiß, was auf der anderen Seite ist. Ich trete einen Schritt zurück und schaue noch einmal in das schwarze Loch. Nein, hier geht niemand einfach so hinein. Der Mann, der mich aus dem Schnee gerettet hat, war nicht nur an diesem Wintertag im Grafenloch. Er war aus einem Grund hier. Jemand, der hierherkommt, will etwas. Nur was?

Dasselbe gilt für den Menschen, der jetzt den Weg zum Grafenloch hinaufsteigt. Warum legt jemand Peilsender in meine Sachen? Andreas Gorja macht sich Sorgen um meine Rolle als Zeugin im Prozess gegen den Pharmakonzern Arbamed. Die Firma hatte Nebenwirkungen eines beliebten Verhütungsmittels verschwiegen, das bei jungen Frauen zu Lungenembolien führte. Ich habe das während meiner Doktorarbeit herausgefunden, konnte es aber erst im vergangenen Jahr endgültig beweisen. Nach meiner Aussage vor Gericht hat das Unternehmen einen erheblichen Teil seines Börsenwertes verloren. Jetzt warten wir auf das Urteil, das jede Woche fallen kann. Die Frage ist, was Arbamed macht, wenn sie verlieren. Mein Anwalt sagt, dass sie auf jeden Fall Berufung einlegen werden. Ich denke, wenn Arbamed mich liquidieren wollte, hätten sie das letztes Jahr vor meiner Aussage tun können. Der Stein ist auf jeden Fall ins Rollen gekommen. Die Informationslawine über die Manipulationen breitet sich in Windeseile aus und ist nicht mehr aufzuhalten. Mein Tod wird Arbamed nicht mehr von Nutzen sein. Oder doch? Habe ich etwas übersehen? Vielleicht ein juristisches Detail, das bei einer Berufung wichtig wäre? Nein, das halte ich für unwahrscheinlich. Schließlich wurde nicht nur in mein Haus eingebrochen, sondern auch in Ellas Auto. Und das am selben Tag. Vielleicht hat Ella mit ihren Nachforschungen über Mamas Vergangenheit eine schlafende Bestie geweckt.

Ich schaue noch einmal in den Tunnel. Dort, hinter diesem schwarzen Loch, hat Mama fast zehn Jahre lang wie eine Kollaborateurin im Krieg gelebt. Aber warum? Weil sie wegen Mordes gesucht wurde, sagt Ella. Aber sie wurde gefunden und getötet. Vielleicht finde ich auf dem Hof Grafenloch Hinweise.

Vielleicht sehe ich mit meinen erwachsenen Augen Dinge, die meinen Kinderaugen verborgen geblieben sind. Vielleicht erinnere ich mich sogar an den dunklen Moment, als ich an der Stelle stand, an der Mama getötet wurde.

Ich wende mich vom Tunnel ab und lausche. Gerade eben, oben auf der Geröllhalde, habe ich durch mein Fernglas tatsächlich eine Gestalt in der Tiefe gesehen, die den Weg zum Grafenloch hinaufklettert. Eine knappe Dreiviertelstunde habe ich gebraucht, um über den Schutthang zum Bergsee zu gelangen, die Chips ins Wasser zu werfen und dann über die linke Flanke zum Tunnel abzusteigen. Ich bin mit Höchstgeschwindigkeit geklettert. Mein Verfolger wird länger brauchen. Er weiß nicht, wo ich bin, wenn er über die breite Geröllhalde den Bergsee erreicht. Er weiß nur, dass mein Signal vor einer knappen Stunde verschwunden ist. Zumindest vermute ich das. Ein Chip und das Element Wasser vertragen sich nicht. Nun muss er am Bergsee raten, in welche Richtung ich gelaufen bin. Wahrscheinlich nach rechts, denn auf dieser Seite ist ein Weg. Links ist nichts mehr. Mit etwas Glück nimmt er also den rechten Weg, geht um den See herum und ist dann mindestens zwei Stunden unterwegs, bevor er auf dem Rückweg wieder zum Tunnel kommt. Ich kann also eine Stunde auf dem Hof bleiben. Aber zuerst warte ich ab, ob er wirklich bis zum Geröllhang weitergeht und nicht doch noch zum Tunnel kommt.

Wenn ja, bedeutet das, dass irgendwo unter meinen Sachen noch ein Chip ist und ich ihn töten muss. Ich schnappe mir mein Messer, schleiche hinter den Felsen und bringe mich in die ideale Position, um ihn von hinten anzugreifen.

Ich stecke meine Nase in die Luft und warte.

KAPITEL 19

Grafenloch

Mittwochnachmittag

Angespannt umklammere ich mein Jagdmesser. Schweiß rinnt mir den Nacken herunter. Es ist eine Frage der Konzentration. Als Kind saß ich während der Jagd oft in einer ähnlichen Position und wartete auf meine Beute. Ich kann ihn – ich gehe davon aus, dass es ein Mann ist – noch nicht sehen. Es ist auch schwierig, ihn zu riechen, denn ich hocke hinter einem Felsen und die leichte Brise weht über mich hinweg in Richtung Pfad. Der Duft der blühenden Schafgarbe überwiegt. Mein Geruch geht darin unter. Sollte er also in diese Richtung kommen, wird er meinen Geruch nicht wahrnehmen können. Ich konzentriere meine Sinne und...

Da! Ich höre ihn! Etwa hundert Meter entfernt. Er schiebt Büsche beiseite und stapft über das karge, trockene Gras. Seine Schritte haben einen gleichmäßigen Rhythmus, sein Gang ist kräftig, aber schwerfällig. Bei den Kastanienbäumen wird er nicht langsamer. Er weiß demnach nicht, dass hier der Tunnel ist. Sonst würde er stehen bleiben und in den Bach treten. Er folgt dem Weg, wie ich es vermutet habe. Die Schritte werden lauter. Jetzt ist er an der Biegung... Ich halte den Atem an, warte, lausche und atme erleichtert auf. Er bleibt auf dem Weg. Das Rascheln und das Knarren werden leiser, der Abstand zum Tunnel wieder größer. Dann verändert sich das Geräusch seiner Schritte. Er ist jetzt oben auf der Geröllhalde. Als das Knirschen der Steine nicht mehr zu hören ist, stehe ich auf und dehne meine verkrampften Muskeln. Es überrascht mich, dass er nichts von der Existenz dieses Tunnels weiß und auch den Zugang zum Grafenloch nicht kennt. Er ist einfach dem Peilsignal gefolgt.

Typisch Mensch. Sie verlassen sich völlig auf Geräte. Jedenfalls bedeutet diese Tatsache, dass er sich nicht mit meiner Vergangenheit beschäftigt hat. Sonst hätte er gewusst, dass hier der Eingang zum Grafenloch ist.

Ein Hubschrauber nähert sich. Reflexartig ducke ich mich ins Gebüsch und warte, bis er vorübergeflogen ist. Als das Dröhnen verstummt, stehe ich wieder auf und straffe die Schultern. Ich habe keine Zeit zum Grübeln. Ich muss zum Hof. Es ist fast ein Uhr. Mir bleibt höchstens eine Stunde, um unseren Hof zu durchforsten, dann muss ich absteigen, wenn ich ihm aus dem Weg gehen will. Ich lausche ein letztes Mal. Nichts. Ich drehe mich um und betrete den Tunnel.

Meine Füße halten inne, meine Hände lassen die Riemen des Rucksacks los. Ich blinzle. Nach dem langen Weg durch den endlosen engen, dunklen Tunnel blendet mich plötzlich grelles Licht. Den Duft von Grafenloch nahm ich wegen des Geißblattes wahr, noch bevor ich das Gehöft sehen konnte. In der Nähe des Tunnels wächst noch immer der riesige Strauch. Beim Vorbeigehen berühre ich die schönen weißen Blüten und schnuppere ihren süßen Duft. Seltsam, dass mich dieser Geruch nicht mehr erschreckt. Früher warnte er mich, wenn ich mich der Gefahrenzone näherte und umkehren musste, denn hinter dem Tunnel lag die Welt der Teufel. Mama sagte, dass man sich in der Natur besonders vor den Menschen in Acht nehmen sollte, die schön sind. *„Lass dich niemals von der Schönheit berauschen. Oft ist die schönste Blume die tödlichste."*
Ich schaue mich um und erkenne das Seil, das zur Tunnelglocke führt. Wenn jemand durch den Tunnel ging, warnte uns die Glocke. Ich vermute, dass sie während des Zweiten Weltkrieges installiert wurde, um die Menschen in ihrem Versteck rechtzeitig vor unerwünschten Besuchern zu warnen. Es ist schon seltsam, dass sie nach mehr als 30 Jahren immer noch funktioniert, aber als ich weiterging, legt sich meine Verwunderung. Warum auch nicht? Es war wohl kaum jemand hier gewesen, nachdem sie mich weggebracht hatten. Wer hätte also den Mechanismus beschädigen können?
Die Gerüche und Geräusche sind anders als auf der anderen Seite des Tunnels. Die Geräusche werden durch die hohe Einbuchtung, in der das Grafenloch liegt, noch verstärkt. Wie in einem Theater dominieren die hohen Töne, in diesem Fall der Gesang der Vögel und das Zirpen der Grillen. Mein Blick findet

den Pfad durch die Bäume. Er ist ziemlich zugewachsen. Ich nehme mein Messer und schlage eine Schneise. Nach wenigen Metern bleibe ich stehen und drehe mich um. Hinter mir ist der Pfad zum Tunnel wieder frei. Es ist seltsam, am Eingang zu stehen, von dem ich einst dachte, er sei das Tor zum Bösen. Ich stecke das Messer in den Gürtel und versuche mich daran zu erinnern, wer ich war, als meine Angst vor den Teufeln alles verschlang, aber diese Person scheint verschwunden zu sein.

Erstaunlich, wie mich der Ortswechsel und der Kontakt mit den Menschen verändert haben. Jene Flora, die 1988 durch den dunklen Tunnel getragen wurde, war eine andere als die, die jetzt hier steht.

Ich blicke auf meine Bergstiefel und stampfe auf den Boden. Hier ist mein Leben in zwei Teile zerbrochen: Hier war mein Leben ohne Menschen und jenseits des Tunnels ist mein Leben unter Menschen. Zwei Extreme. Und doch ist der Himmel hier ähnlich blau wie dort. Ohne es zu merken, spüre ich, wie die Tränen hinter meinen Augen brennen. Jenseits des Tunnels leben keine Teufel. Ganz im Gegenteil. Dort lebt ein Engel: Martha. Dieser süße Schatz, der mich aufgefangen hat und seit dreißig Jahren über mich wacht.

„Du warst die Hexe, Mama! Du warst der Teufel!", flüstere ich und trete gegen einen Felsbrocken. Tränen laufen mir jetzt über die Wangen. Ich kauere mich an einen Felsen.

„Ich verstehe es nicht, Mama!", schluchze ich. „Warum? War ich nicht lieb? Ich habe dir doch gehorcht, war folgsam, habe alles getan, was du gesagt hast. Ich habe Dehnungsstreifen auf dem Rücken von den schweren Lasten, die ich tragen musste, Narben am ganzen Körper und die Wunden meiner Seele sind noch immer nicht verheilt. Hörst du?"

Schwarze Punkte werfen Schatten auf das graue Pflaster unter mir. Hinter mir raschelt es. Mit einem Ruck springe ich auf, drehe mich um und greife nach meinem Messer. Ein kleines hellbraunes Reh schaut mich an und stürmt mit einigen Sprüngen auf die Strauchheide zu.

Ich schüttle den Kopf. Das Tier hat Glück. Hier gibt es keine Jäger. Grafenloch ist eine Welt ohne Menschen. Eine freie Welt, ohne eine teuflische Mutter. Ich hätte damals auch frei sein können, wenn ich den Mut gehabt hätte, nicht ihren unsinnigen Geschichten Glauben zu schenken. Warum habe ich mich so einschränken lassen? In allem, selbst in der Freude. Jahrelang verfolgte mich die Frage, wie es möglich war, dass ich mich freiwillig in eine von Teufelsmärchen umzäunte Fantasiewelt einsperren ließ. Ich glaubte fest an ihre Wahrheiten, die sich aber als Lügen erwiesen. Als ich unter Menschen war, wurde das Misstrauen mein ständiger Begleiter. Ich suchte in jeder Geschichte nach den Lügen. Und wie sich herausstellte, waren sie überall, die Lügen, nur nicht bei Martha. Sie ist ehrlich. Ihre Liebe zu mir ist echt. Aber auch Martha kann mich nicht davor bewahren, mich unter Menschen unwohl zu fühlen. Immer wieder begegne ich den Lügen in ihren Wahrheiten. Menschen lassen sich leicht verführen. Sie wollen den Verkündern der Wahrheit glauben und sehen nicht, dass sie nur ein Ziel haben: Macht! Wie Mama auch nur ein Ziel hatte: die Macht über mich. Ich blicke wieder zum Tunnel. Hier endete meine Fähigkeit, zu glauben. Ich seufze und gehe weiter in Richtung unseres einstigen Zuhauses.

Nach einigen Minuten zügigen Gehens nähere ich mich dem Weinberg. Vor mir liegt ein welliger Hügel mit hohem Unkraut. Ein paar Schritte weiter liegt unser Gemüsegarten. Auch er ist überwuchert. Die Brombeeren sind aus der Strauchheide vorgedrungen. Nur die Terrassenstruktur ist noch zu erkennen. Ich habe Mama wieder vor meinem inneren Auge. Wie sie zwischen den Reihen der Erdbeerpflanzen hockt, mit ihren schlanken Fingern die reifen Früchte pflückt und in einen Korb legt. Ihre langen blonden Haare trug sie immer zu einem Zopf geflochten. Nur von der Seite konnte man deutlich erkennen, dass auf der rechten Seite etwas nicht stimmte. Der Rand ihres Ohres war halbmondförmig und seltsam zerklüftet. Sie sprach nie darüber, sofern sie überhaupt mit mir sprach.

Ich komme an dem Wasserbecken vorbei, in dem wir unsere Wäsche gewaschen haben. Das Betonbecken ist voller Laub. Daneben steht ein verrosteter Kessel. Darin habe ich früher nach ihrer Menstruation ihre blutgetränkten Stoffbinden und die Laken gekocht.

Mir wird bewusst, dass ich erst vorgestern erfahren habe, dass dieser Waschplatz von den Bergleuten vor uns gebaut wurde. Damals habe ich mir keine Gedanken über das Warum der Dinge gemacht. Auch das änderte sich, als ich unter den Menschen lebte. Ich habe gelernt, Fragen zu stellen. W-Fragen! Warum, wer, wie, wo, was? Es hat mich nicht glücklicher gemacht, denn auf die meisten W-Fragen bekomme ich ohnehin keine Antwort. Schließlich weiß niemand, warum meine Mutter mich behalten und Ella weggegeben hat. Ohne W-Fragen ist es ruhiger in meinem Kopf.

Mit dem Zeigefinger streiche ich über den sandigen Beton des Waschbeckens. An diesem Waschplatz habe ich keine Fragen gestellt. Ich tat nur, was mir aufgetragen wurde. Meine Hände waren immer rot vom kalten Bergwasser. Stundenlang rührte ich die Wäsche mit einem langen Stock von links nach rechts und von oben nach unten.

Besonders lange war ich mit ihren Binden beschäftigt. Ihr kochendes Blut roch ein wenig wie die Brühe, die Martha manchmal aus Rindfleisch zubereitet, bevor sie Gewürze hinzufügte. Das Waschen der Bettwäsche war harte Arbeit. Ich musste es immer an dem Tag machen, an dem *der böse Mann* uns wieder verließ. Mama eilte dann sofort zu ihrem Bett, zog alle Laken ab und brachte sie in die Waschküche. Sie zündete das Feuer an, fügte Seife in den Kessel hinzu und befahl mir, die Laken auszukochen.

Ich habe mich in den vergangenen Jahren oft gefragt, warum sie vor diesem Monster die Hure spielte. Bezahlte sie so ihre Miete? Oder wusste das Monster etwas über sie, was sonst niemand wissen sollte? Noch solch eine W-Frage. Ich habe viele W-Fragen über Mama und wünschte, es gäbe sie nicht.

Ich schaue durch die vom Wind wiegenden Kastanienblätter in den blauen Himmel. Damals hatten die Tage für mich keine Namen und die Stunden keine Zahlen, und doch gab es einen gleichmäßigen Rhythmus. Ich seufze und spüre, wie sich etwas in mir regt. Der Gedanke an Mama macht mich immer wieder wütend.

Noch hat die Glocke nicht geläutet. Mein Verfolger ist also noch auf dem Schutthang. Ich drehe mich um und folge dem Weg zum Bauernhaus.

Es sieht kleiner aus, als ich es in Erinnerung habe. Das Dach scheint in Ordnung zu sein. Die Schieferplatten liegen ordentlich übereinander. Kein Wunder, wenn man bedenkt, wie schwer Schiefer ist, aber Grafenloch liegt windgeschützt, das macht den Unterschied. Das Gemäuer ist nicht so gut erhalten. Eine Seite ist von grünem Efeu überwuchert. Das muss entfernt werden, sonst ist das Dach gefährdet. Die Bank ist auch noch da, aber mit Unkraut überwuchert. Seit dreiundzwanzig Jahren hat hier niemand mehr gewohnt.

Martha hat sich trotzdem erkundigt, wer heute der rechtmäßige Eigentümer ist. Es ist ein älterer Herr aus Rosenheim.

„Der Vorbesitzer war Kulturanthropologe, Flora", erzählte Martha. „Als er verschwand, war er 53 Jahre alt. Damals forschte er in einer Höhle am Schwarzenberg nach prähistorischen Behausungen. Ein Jahr später wurde er für tot erklärt, weil er nicht gefunden wurde. Die Polizei vermutete, dass er sich in einem unbekannten Tunnel aufgehalten hatte, der über ihn eingestürzt sein muss."

Martha trieb ein Foto von ihm auf. Der vermisste Besitzer entpuppte sich als jener böse Mann, den Mama beglücken musste. Er hatte etwas von einem Ork, mit seinen braungelben Zähnen, der pockennarbigen Haut und dem strähnigen Haar. Ich vertraute Martha mein Geheimnis an...

„Verdammt!", rief Martha entsetzt. „Oh Flora, das ist echt Scheiße!"

Ich beruhigte sie. „Niemand wird je erfahren, dass *ich* ihm die Kehle aufgeschlitzt habe."

„Stimmt", sagte Martha. „Und sollten sie diesen Mistkerl finden, können wir immer noch sagen, dass deine Mutter ihn getötet hat. Niemand glaubt, dass ein dreizehnjähriges Mädchen einem Mann die Kehle aufschlitzt. Und wenn doch – der Fall ist sicher verjährt."

Mord verjährt nicht. Martha. Damals wusste ich das nicht.

Ich seufze und schaue mich um. Grafenloch erinnert mich an die Feenwelt aus dem Film Herr der Ringe, den Martha und ich im Kino gesehen haben. Beeindruckend. Besonders die ekligen Orks hatten es mir angetan. Sie ähnelten den Teufeln, wie ich sie mir als Kind in meiner Fantasie vorgestellt hatte.

Mit dem Messer bahne ich mir einen Weg durch das Unkraut zum Bauernhaus. Die Fensterläden sind verschlossen. Jemand muss das getan haben, wahrscheinlich um das Haus zu schützen. Wer wohl? Die Polizei? Plötzlich zögere ich. Will ich das Haus wirklich betreten?

Vor allem im Haus spürte ich Mamas Druck und ihren Einfluss. Ich hatte sogar Angst. Draußen konnte ich immer weglaufen, wenn sie wütend wurde. Drinnen ging das nicht. Besonders schlimm war es im Winter. Stundenlang musste ich mich in meinem Zimmer einschließen, weil Mama mich nicht sehen wollte, und ich durfte auch nicht sprechen, außer wenn sie mich etwas fragte. Meine Stimme wollte sie einfach nicht hören. Eigentlich durfte ich gar nicht existieren. Das hat sie immer gesagt, wenn sie high war.

Aber ich existiere, Mama! Du bist tot und ich lebe! Ich bin ein flatternder Schmetterling und nicht mehr diese Larve, die in einer Zimmerecke hockt. Ich kann dieses Haus ohne Angst betreten und verlassen, denn ich bin ein freier Mensch. Du kannst mich nicht mehr einsperren und es gibt auch keine Teufelswelt jenseits des Tunnels.

Trotz meiner erbärmlichen Kindheit will ich ihn sehen, meinen Larvenkokon.

Ich will wissen, ob es noch etwas gibt, wovor ich Angst haben muss.

KAPITEL 20

Grafenloch

Ich atme tief durch und drücke die Türklinke nach unten. Die Tür klemmt ein wenig, aber sie lässt sich öffnen. Ich trete ein und bleibe einen Moment stehen.

Das Haus riecht anders. Der Geruch von Erde dominiert. Früher war es der Geruch des Holzofens, der sich nach einem Jahrhundert des Heizens in den Wänden festgesetzt hatte.

Ich öffne die Fensterläden und schaue mich um. Das Haus ist weitgehend trocken, obwohl ich riechen kann, wie die Feuchtigkeit durch den Lehmboden aufsteigt. Ansonsten hat sich erstaunlich wenig verändert. Die Frühlingskräuter hängen noch immer zum Trocknen an der Decke. Sie sind jetzt die Domäne der Spinnen.

Ich öffne den hohen Gewürzschrank, der die Hälfte des Raumes einnimmt. Die Gläser stehen in Reih und Glied auf den Regalen. Sie sind nicht beschriftet, denn Mama wusste genau, wie jedes Kraut aussieht und riecht, so wie ich. Seltsam! Die Polizei hat alles an seinem Platz gelassen.

Der Blick aus dem Fenster über der Arbeitsplatte ist unvergleichlich. Berggipfel, soweit das Auge reicht, wie im Märchen. Ich drehe mich um, gehe in mein Schlafzimmer und öffne auch dort die Fensterläden. Mein Bett, der Tisch, der Stuhl, alles steht noch an seinem Platz, aber alles ist mit einer dicken Staubschicht überzogen. Auch hier kriecht der Schimmel vom Boden an den Wänden hoch, sein Geruch beherrscht den Raum. Ich fahre mit der Hand durch einige große Spinnweben, ihre Fäden fühlen sich kalt auf meiner Haut an. Ich setze mich auf das Bett.

An der Steinwand hängt nur ein einziger Gegenstand: ein Eichenkreuz mit einem Jesus aus Bronze. Früher habe ich oft den Mann betrachtet, der an dieses Holz genagelt war. Ich weiß noch, wie ich Mama fragte, wer das sei. „Jesus", antwortete sie und blockte weitere Fragen ab. Mama war Buddhistin. Ich vermute, sie stand unter dem Einfluss des alten Mannes mit den schwarzen Haaren, der im ersten Jahr bei uns in Grafenloch gewohnt hatte: *David Weibach.*

Ich stehe auf, gehe zu Jesus und reibe den Staub von seinem Körper. Die Bronze wird wieder sichtbar und auch sein mitfühlender Blick. In der Schule habe ich im Religionsunterricht gelernt, wer Jesus war. Vieles habe ich nicht verstanden. Für mich als Kind aus der rauen Wildnis gab es Erde, Luft, Wasser und Feuer. Zusammen schufen sie eine Natur, die Nahrung hervorbrachte und uns im Winter warmhielt. Und wie konnte aus der Rippe eines Adams eine Martha entstehen? Ich konnte diese Geschichte nicht mit den vielen Kaninchen und Hühnern in Einklang bringen, die ich geschlachtet hatte. Gut, unsere Hähne liefen noch ein paar Meter, nachdem ich ihnen den Kopf abgeschlagen hatte, aber aus diesem Kopf konnte ich kein neues Huhn züchten. Die Lehrerin seufzte bei jeder Frage und versuchte, mir zu antworten. Aber alles, was sie sagte, führte zu einer neuen Frage. Nach einer halben Stunde sagte sie: „Entweder du glaubst oder du glaubst nicht, Flora."

Ich begriff, dass es Menschen gab, die am selben Ort lebten, aber in verschiedenen Realitäten. Abends fragte ich Martha nach Gott.

„Nun", sie stocherte in einer gegrillten Aubergine, „es gibt viele Götter auf dieser Erde, Flora, und jeder glaubt, dass sein Gott der einzig wahre ist. Dann verschließen sie sich vor anderen Gedanken."

Sie schob sich die Aubergine in den Mund und deutete mit der Gabel zum offenen Wohnzimmerfenster. „Schau mal, mein Mädchen. Was meinst du, was passiert, wenn wir das Fenster zur Terrasse schließen und nicht mehr öffnen?"

Ich überlegte kurz und genoss den Duft von frisch gegrilltem Gemüse. „Dann kommt keine frische Luft mehr rein und wir ersticken."

„Genau, Kleines! Also halte das Fenster deines Denkens immer offen und lass neue Gedanken herein."

Ich habe Marthas Rat immer befolgt, nicht alles geglaubt und immer die andere Seite der Wahrheit gesucht. Schon deshalb denke ich heute ganz anders als damals, als ich hier wohnte.

Die Tür zu Mamas Zimmer ist angelehnt. Das Schloss ist aufgebrochen. Von der Polizei? Unbehaglich drücke ich sie weiter auf. Mamas Zimmer war tabu und immer abgeschlossen. Ich betrete den dunklen Raum, taste mich zum Fenster vor, schiebe die Vorhänge beiseite und öffne die Läden. Licht fällt herein. Meine Mutter hatte einen Blick auf unseren Gemüsegarten und den Weg zum Tunnel. Neben den Vorhängen hängen zwei Holztafeln mit wogenden Blumen, die mit Henna gemalt sind. Alle Linien fließen ineinander und scheinen miteinander verbunden zu sein. Wunderschön. Wer hat das gemacht? Ich nehme ein Schild von der Wand und suche nach einem Namen. Nichts.

Ich drehe mich um. Nein, das kann nicht sein! Bücher! Ihr Zimmer ist voller Bücher! Sie konnte also lesen! Fassungslos blicke ich auf das Bücherregal, das fast eine ganze Wand einnimmt, und rieche an den Einbänden. Papier, das nach Schimmel riecht. Meine Mutter hat Bücher gelesen. Rechts an der Wand steht ein Bett mit Moskitonetz. Außerdem ein kleiner Holzofen, ein bequemer Sessel mit einer Gaslampe und ein Beistelltisch, auf dem auch ein aufgeschlagenes Buch liegt. Das hat sie also an dem Tag gelesen, an dem sie ermordet wurde! Neugierig nehme ich das Buch in die Hand und betrachte den Einband: das Buch der Nächte von Sylvie Germain. Ich blättere zur ersten Seite und lese die Beschreibung. Es ist ein Roman aus dem Jahr 1984, sie hat ihn also selbst gekauft oder geschenkt bekommen, was bedeutet, dass sie mit der Welt der Menschen verbunden war.

Ich werfe das Buch aufs Bett und drehe mich um. An der anderen Wand steht ein Schreibtisch mit einem bequemen Ledersessel davor. Auf dem Schreibtisch liegen ein Kerzenständer, eine Petroleumlampe, Bleistifte, Buntstifte, ein Notizblock, Briefumschläge und zwei graue Aktenordner. Was für ein schönes, geschmackvoll eingerichtetes Zimmer! Aber sie konnte also auch schreiben! Ich nehme einen Ordner von ihrem Schreibtisch und blättere darin. Es ist ihr persönliches Gewürznotizbuch! Alphabetisch hat sie von jeder Pflanze eine genaue Zeichnung angefertigt und beschrieben, wie man sie verwendet, wann man sie erntet, wie man sie zubereitet und aufbewahrt. Dazu eine Liste der Kräuter, mit denen man sie mischen kann, mit Mengenangaben, Risiken und Nebenwirkungen. Mit wachsendem Staunen blättere ich Seite um Seite. Sie beschreibt nur Pflanzen aus den hohen Voralpen, nur die Arten, die sie hier gefunden hat. Was für eine Klosterarbeit! Nicht einmal an der Universität München gibt es eine so gut dokumentierte Übersicht. Ich wusste zwar, dass meine Mutter eine Leidenschaft für Kräuter hatte, aber dass ihr Wissen so umfassend ist, war mir neu.

Ich greife nach meinem Rucksack, öffne ihn, ziehe meine Windjacke heraus, binde sie mir um die Hüfte und stopfe die beiden Mappen in den Rucksack. Zum Lesen habe ich jetzt keine Zeit. Das werde ich mir zu Hause genauer ansehen.

Was hat sie eigentlich gelesen? Das Bücherregal ist bis unter die Decke vollgestopft. Sie hatte Hunderte von Büchern und die Sammlung war sehr vielfältig. Mehr als die Hälfte waren Werke großer Philosophen. Sie las Nietzsche, Descartes, Konfuzius, Buddha, Sokrates, Sartre, Rousseau und viele andere. Links von den Philosophen stehen berühmte Romane und Nachschlagewerke über Pflanzen und Kräuter. Titel in mehreren Sprachen. Und all die Jahre dachte ich, sie hätte aus Rückständigkeit aus mir eine Analphabetin gemacht. Der Gedanke schmerzt sehr.

Was hatte Martha behauptet? *„Deine Mutter hatte einen niedrigen IQ. Sie wusste nicht, was sie tat."*

Bullshit! Mama war klug! Sie hat komplizierte philosophische Bücher gelesen. Sie hat geschrieben. Sie wusste also, was sie tat. Ich lehne mich an die Wand. Ich kann es kaum glauben. Meine Mutter war nicht behindert. Sie beschrieb Kräuter und las nachts Werke der großen Philosophen und Literaten. Und sie machte mich zur Analphabetin! Sie tat es absichtlich, denn den Schlüssel zu diesem Zimmer trug sie um den Hals oder versteckte ihn irgendwo – jedenfalls unerreichbar für mich. Sie hatte sogar einen Ofen, hatte es warm im Winter, während ich in meinem Zimmer frieren musste.

Und da war sie wieder, meine unbändige Wut, nur brachialer. Mit einer groben Bewegung stieß ich den Leuchter vom

131

Tisch. Das Eisen scheppert hart auf den Steinboden. Ich werfe den Stuhl um und stolpere aus dem Zimmer. Ich muss hier raus!

Draußen angekommen, laufe ich auf den Tunnel zu, bleibe kurz stehen und lausche, ob ich im dunklen Gang Schritte höre. Nichts. Alles ist still. In der Ferne ist das Rauschen des Flusses zu hören. Ich eile zum Ufer, wo ich früher Forellen gefangen habe. Wut begleitet mich. Ich erreiche den Felsen, auf dem ich immer gesessen habe. Links von mir ist der Wasserfall. Ich bleibe stehen und lasse das Rauschen auf mich wirken. Der süße Duft der Schmetterlingsbäume erfüllt mich, aber er vertreibt nicht meine Wut. Ich erinnere mich, wie meine Mutter mir erklärt hat, wie man Köder herstellt. Sie machte es für sich selbst, sie mochte Fischgerichte. Und während ich hier auf einem unbequemen Felsen darauf warten musste, dass eine Forelle anbiss, saß sie zu Hause auf ihrer Bank und las ein Buch oder malte Kräuterbilder. Ich war ihr Sklave! Gefesselt an diesen Ort durch ihre Erzählungen von einer bösen Welt jenseits des Tunnels.

Als Kind stand ich oft in diesem Fluss. Die Strömung zerrte an meinen Beinen und zwang mich, mich an einem Ast festzuhalten, um das Gleichgewicht zu halten. Ich zählte, wie oft ich die Luft anhielt. Ein Wettkampf mit mir selbst. Ich konnte zählen. Wer hatte mir das beigebracht? Jedenfalls nicht meine Mutter. Sie brachte mir nur praktische Dinge bei. Alles, was uns half, hier zu überleben, und deshalb auch in ihrem Interesse war. Von dem Moment an, als sie mich weckte, bis sie mir abends einen Teller mit Essen ins Zimmer stellte, arbeitete ich wie betäubt.

Ich nehme einen Stein und werfe ihn in den Fluss. Ich muss diese Wut loswerden, aber ich weiß nicht wie. Woher kam dieser Hass gegen mich? Jahrelang habe ich mich damit getröstet, dass sie es nicht besser wusste, dass sie zurückgeblieben war, aber das war sie nicht. Das ist das Schlimmste. Ich muss meine Kindheit neu definieren. Sie wusste genau, was sie mir antat. Ihre Folter bestand aus Vernachlässigung und Zwangsarbeit. Sie hat mich nie geschlagen, aber sie hat mich gefoltert, indem sie mich nicht berührte, mich nicht ansah, mich Dinge tun ließ, die ich verabscheute, mir die Zahnbehandlung verweigerte, mich einsperrte, mich frieren ließ, mir regelmäßig das Essen verweigerte, sodass ich unterernährt war, mir Angst machte... Aber warum? Das will ich wissen. Ich greife nach einem Ast und reiße ihn aus der Korkeiche. Will alles zerschlagen, das Haus anzünden, zuerst ihr gemütliches Zimmer.

„Du warst ein Monster!", schreie ich und balle die Faust in der Luft. Christian Reichelt hatte recht. Dieser Besuch bringt nur Unglück. Das Gute hier ist die Natur. Sie hat mich gerettet. Plötzlich fällt mir auf, dass ich die Tunnelglocke hier nicht höre. Schnell laufe ich wieder Richtung Hof. Das Rauschen des Wasserfalls ist schon leiser geworden. Bevor ich den Weg nach unten betrete, schaue ich, ob ich den Mann sehe. Nein. Nichts. Ich will weiter hinabsteigen, aber etwas hält mich auf. Der Blick von hier oben auf unseren Hof hat etwas mit mir gemacht. Ich habe ihn vor dem *schwarzen Moment* gesehen. An dem Tag, an dem meine Mutter ermordet wurde, war ich den ganzen Vormittag am Fluss fischen. Als die Sonne am höchsten stand, bekam ich Hunger und ging mit meinem vollen Eimer nach Hause. Doch da war ein Gefühl, das mich innehalten ließ, etwas, das mich warnte. Ich erinnere mich: Büsche raschelten, Äste brachen und der Wind wehte einen seltsamen Geruch in meine Richtung. Etwas bewegte sich auf mich zu. Der Geruch war weder tierisch, noch stammte er von Blumen oder Pflanzen. Sofort duckte ich mich ins Gebüsch, weg vom Weg, und spitzte die Ohren. Der Geruch wurde stärker. Ich schnupperte daran. Und auf einmal kannte ich ihn wieder. Es war der Geruch, den ich an meinem Wintermantel gerochen hatte, nachdem ich in den Schnee gefallen war. Der Fremde war wieder da! Mein Körper bebte unkontrolliert. Ich bewegte mich und stieß aus Versehen meinen Eimer mit den Fischen um. Die Tiere sprangen auf die glühenden Steine und schnappten nach Luft. Ich griff zum Messer und schnitt ihnen blitzschnell die Kehle durch, denn ich wusste, dass mich ihr Keuchen verraten könnte. Während ich die toten Fische zurück in den Eimer legte, gingen mir schaurige Geschichten von Teufeln durch den Kopf, die in der Welt jenseits des hohen Felsens lebten. War das der Gestank eines Teufels? Hatte er so gerochen? War der Teufel bei Mama gewesen und nun auf dem Weg zurück in seine Welt hinter unserem Berg? Der seltsame Geruch wurde stärker, und jetzt waren auch Schritte zu hören. Ich duckte mich noch tiefer ins Dickicht und hörte vor Angst zitternd, wie jemand in etwa zehn Metern Entfernung an mir vorbeiging. Der Teufel war tatsächlich auf dem Weg zum Tunnel. Als der Geruch verflogen war und die Geräusche der Natur sich wieder normalisiert hatten, kroch ich aus dem Gebüsch, stand auf und rannte so schnell ich konnte, in Richtung unseres Hauses.

Das Letzte, woran ich mich erinnere, ist, dass ich in den Hof rannte und mein Herz in meinen Ohren zu pochen begann.

KAPITEL 21
Polizeiinspektion Rosenheim
Mittwochnachmittag

Der Warteraum der Polizeiinspektion Rosenheim erinnert mich an das Wartezimmer unseres Hausarztes in Ebbs: Möbel aus den 70er-Jahren, graubraun gefliester Boden, vergilbte Jalousien vor den Fenstern, eine schwarze Anzeigetafel mit Vermisstenanzeigen, Fahndungsfotos und Teamankündigungen. Ich bin direkt von Grafenloch zu Andreas Gorja gefahren, um mit ihm das weitere Vorgehen zu besprechen. Mit Martha habe ich noch nicht informiert. Sie flippt aus, wenn sie von den Peilsendern erfährt. Ella habe ich gebeten, auf einen möglichen Verfolger zu achten, mit der Begründung, dass wir uns so ähnlich sehen und sie deshalb ins Visier dieser Typen geraten könnte. Über Grafenloch, den Peilsender und meinen Verfolger habe ich geschwiegen. Gut möglich, dass mein Telefon abgehört wird. Mein Anwalt hat mich letztes Jahr davor gewarnt, als ich mich entschloss, gegen die Firma Arbamed auszusagen. Er riet mir, vorsichtig zu sein und mich weder am Telefon noch per WhatsApp oder E-Mail zum Prozess zu äußern. Diesen Rat habe ich beherzigt. Ella hat mir versprochen, vorsichtig zu sein.

Ich greife zum Telefon und wähle die Nummer von Max Gruber. Dieses Mal meldet sich jemand.

„Ja, hallo?" Die Frauenstimme klingt nervös.

„Hier ist Flora Graf. Ich möchte Max Gruber sprechen."

„Das ist leider nicht möglich. Herr Gruber liegt im Krankenhaus in Prien. Für weitere Informationen wenden Sie sich bitte an das Krankenhaus."

Ich zucke zusammen. „Gestern war doch noch alles in Ordnung mit ihm."

„Dazu darf ich leider nichts sagen. Sie können sich im Krankenhaus erkundigen. In ein paar Stunden wissen die sicher mehr."

Verdammt, ausgerechnet jetzt will ich mich nach meinem Geburtsdatum und seinem Aftershave erkundigen. Verärgert beende ich das Gespräch.

„Frau Graf?" Andreas Gorja bittet mich herein.

Wir setzen uns, sehen uns an. Lächeln still. Die Atmosphäre zwischen uns hat sich verändert, sie ist intimer geworden. Wieder fällt mein Blick auf seine rechte Hand.

„Ich denke oft an Ihre Hände." Die Worte entfallen mir unwillkürlich.

„Wie bitte?"

Ich tippe mir an die Wange. „Sie waren der erste Mensch, der mich berührt hat. Damals in Grafenloch. Als sie mich gefunden haben."

„Ach..."

„Auf eine sanfte Art berührt, meine ich. Es war so schön, dieses Streicheln über meine Wange. Ich war total überrascht. Mama hat mich noch nie so liebevoll berührt. Sie kamen aus dem Tunnel und waren keine Teufel. Mama hat mir immer erzählt, dass die Wesen hinter dem Tunnel Dämonen sind."

Andreas räuspert sich, zieht die Hände zurück und schiebt sie unter den Tisch. „Sie dachten, wir wären Teufel?" Seine Stimme ist leise. Seine bernsteinfarbenen Augen wandern von mir zur Tür und wieder zurück, als fürchte er, seine Kollegen könnten unser Gespräch mitbekommen.

„Ja. Dieses Streicheln meiner Wange hat den Rest meines Lebens bestimmt. Das war der positive Beginn meines Daseins unter Menschen."

„Gibt es für Sie eine andere Existenz?" Sein Blick ist aufmerksam. „Welche andere Welt wäre das?"

„Meine Welt in Grafenloch, mein Leben ohne Menschen."

„Ja, Sie haben recht", sagt er leise. „Das Leben dort oben ist anders. Es ist intensiver und bewusster. Im Grunde lebt man in der Einsamkeit der Berge länger. Nicht an Jahren, meine ich, sondern an Zeit. Wenn man ruhiger lebt, kommen einem die Stunden länger vor."

Unsere Blicke treffen sich. Er sagt genau das, was ich schon lange denke und was mich bewogen hat, in mein einsames Haus am Rande von Mühlbach zu ziehen.

Ich lächle. „Ja, da oben ist die Welt eine andere... Ich war heute zum ersten Mal seit fast dreißig Jahren wieder in Grafenloch. Deshalb bin ich auch hier. Ich wurde verfolgt. In meinen Schuhen und in meinem Rucksack waren Peilsender."

Seine Körperhaltung verändert sich in Sekundenschnelle. Er setzt sich gerade hin, ist plötzlich ganz Kommissar. Er drückt auf den Knopf seines Computers auf dem Stahltisch und beginnt, gezielte Fragen zu stellen. Ich erzähle ihm die Details.

„Das habe ich befürchtet, Frau Graf."

„Warum?"

„Ich habe mir heute Morgen die Aufzeichnungen der Sicherheitsfirma angesehen. Der Mann verhielt sich nicht wie ein Einbrecher, wie man ihn sonst auf Überwachungsbildern sieht. Seine Kleidung, sein durchtrainierter Körper und seine kontrollierten Bewegungen erinnern eher an jemanden mit militärischem Hintergrund: Er reagierte stoisch, als der Alarm losging. Er arbeitete leise."

„Darf ich die Aufnahmen sehen? Vielleicht ist das der Mann, der mich verfolgt hat. Ich sah ihn schräg von oben und aus der Ferne. Ich konnte sein Gesicht nicht sehen, weil er eine Mütze gegen die Sonne trug, aber das macht nichts. Ich erkenne die Leute auch daran, wie sie sich bewegen. Jeder hat seinen eigenen Gang. Das gilt auch für den Mann auf dem Weg zum Grafenloch."

Andreas schaut mich nachdenklich an, dann tippt er etwas in die Tastatur und dreht den Bildschirm zu mir. „Voilà."

Ich beuge mich vor und studiere das Bild. Ein muskulöser Mann in Sturmhaube, Jeans, Weste, Handschuhen und Nike-Turnschuhen läuft über die Kieselsteine zu meinem Haus, kommt an die Haustür und drückt sie auf. Meine Hände werden feucht und ein flaues Gefühl in der Magengegend macht sich breit.

„Das ist derselbe Mann." Ich deute auf den Monitor. „Seine Statur, sein kontrollierter Gang, die Verlangsamung seiner Schritte, die etwas steifen Armbewegungen und die Neigung seines Kopfes. Er ist hellhäutig. Hier sieht man es nicht, weil er lange Ärmel, Handschuhe und eine Sturmhaube trägt, aber in den Bergen habe ich es gesehen. Ich schaute auf ihn hinunter.

137

Er trug ein T-Shirt. Seine Hände und Arme waren von der Sonne gebräunt. Er ist auf keinen Fall Asiate oder dunkelhäutig. Auch kein nordeuropäischer Rothaariger oder Blonder. Eher ein süd- oder osteuropäischer Typ." Ich wische mir die Handflächen an der Hose ab. „Schade, dass der Wind in seine Richtung blies, als er auf den Felsen kam, hinter dem ich saß. So konnte ich seinen Geruch nicht wahrnehmen."

Andreas zieht kurz die Augenbrauen hoch.

„Ich erkenne Menschen am besten an ihrem Geruch", erkläre ich. „Das habe ich in den Bergen gelernt. Sie riechen wie ein Farnwald nach einem Sommerregen."

Andreas lacht. „Entschuldigung", sagt er und fängt sich wieder. „Ein Wald voller Farne. Die riechen übrigens wunderbar da oben! Vor allem nach dem Regen, wenn die Sonne wieder scheint. Dann dampft der Wald wunderbar." Mit leuchtenden Augen dreht er den Computerbildschirm wieder in seine Richtung.

Ein Moment der Stille tritt ein. Wir schauen uns an. Woran wird er jetzt denken? An den Wald im Grafenloch? Oder an seine Arbeit? Er senkt den Blick.

„Gut." Mit einer Grimasse blickt er auf die defekte Klimaanlage. „Leider sitzen wir jetzt nicht im kühlen Wald. Lassen Sie uns die Fakten notieren, Frau Graf, danach können wir wieder an die frische Luft gehen."

Seine Worte holen mich sofort zurück in die Realität der Verfolgung. Ich streiche über den Stahltisch. Er ist kühl, trotz der Hitze im Raum.

„Wer könnte meinen Tod wollen? Denn dieser Mann auf dem Weg... Man verfolgt niemanden ohne Grund in die Berge. Und der Prozess im letzten Jahr... Ich kämpfte seit Jahren gegen den Machtmissbrauch der Pharmaindustrie und gegen korrupte Regierungsbeamte. Sie hätten mich längst töten können."

„Wir haben die Drohmails und Ihre Aussage gegen den Pharmariesen Arbamed durchgesehen", antwortet er. „Und dann ist da noch der Mord an Ihrer Mutter, der nach dreißig Jahren wieder aktuell zu sein scheint. Deshalb sind Sie zu mir gekommen, um den Fall neu aufzurollen. Wir haben einen professionellen Einbruch in Ihr Haus, wir haben Peilsender, einen Verfolger in den Bergen und einen Einbruch in das Auto Ihrer Zwillingsschwester."

Andreas blättert ein wenig in seinen Notizen, überfliegt die Zeilen und blickt auf. „Es ist so, Frau Graf. Im Rahmen der strafrechtlichen Ermittlungen untersuchen wir zunächst das Motiv und die Umstände. Wenn ich diese beiden Dinge nebeneinander stelle, dann ist da zum einen Ihr öffentlicher Kampf gegen die Pharmaindustrie. Insbesondere die Schärfe, mit der Sie die Arbamed-Gruppe angegriffen haben, ergibt ein Motiv. Ihre Recherchen und Aufdeckungen von Missständen zeichnen das Bild eines geld- und machtorientierten Unternehmens ohne Moral. Die Aktien von Arbamed befinden sich im freien Fall, seit Sie sich entschlossen haben, gegen sie vorzugehen und auszusagen. Und es geht um viel Geld. Außerdem verfügen diese Leute über die finanziellen Mittel, um Profis anzuheuern, die in Häuser einbrechen, Peilsender anbringen und Menschen verfolgen. Das sind Umstände, die Menschen zu Tätern machen. Hinzu kommen Droh-E-Mails und Angriffe auf den Ruf in den sozialen Medien. Unsere IT hat festgestellt, dass das von Moskau aus gesteuert wird. Es ist schon außergewöhnlich, so etwas zu organisieren. Dazu braucht man gute Verbindungen. Multinationale Unternehmen haben diese Verbindungen. Aber die hinterlassen immer Spuren."

Ich schlucke. „Hm…"

„Wegen des Motivs und der Spuren werde ich zuerst Arbamed unter die Lupe nehmen", fährt er fort. „Ein Zusammenhang mit dem Mord an Ihrer Mutter ist weniger offensichtlich, aber durchaus möglich. Auch hier gibt es also ein Motiv. Der Mord an Ihrer Mutter ist ein Cold Case. Der Mörder wird zu dem Schluss kommen, dass es gute Chancen gibt, einen ungelösten Mord aus dem Jahr 1988 wieder aufzurollen, da Mord nicht verjährt. Vielleicht befürchtet er, dass neue Erkenntnisse ans Licht kommen, weil man sich plötzlich an Dinge erinnert. Aber ich sehe keinen Zusammenhang mit dem Mord, den Ihre Mutter im Alter von 14 Jahren in Bad Urach begangen hat. Das ist 44 Jahre her. Zu klären wäre auch, wer die Mittel und

Kontakte hat, einen Einbruch und eine Verfolgungsjagd zu finanzieren."

Mein Blick wandert über den grauen Fliesenboden, der von schwarzbraunen Streifen durchzogen ist. Es ist ein besonderer Farbton: hell mit einem Hauch von Dunkelheit. Einmal, an einem klaren, sonnigen Herbstmorgen, als ich nahe der Baumgrenze Holz sammelte, ließ ich meinen Blick über die Hochebene schweifen. Die frisch verschneiten Gipfel ragten aus dem Morgennebel. Ich konnte nicht sehen, was unter dem Dunst lag, und ich konnte nichts riechen. Zu stark war der Geruch der Nadelbäume. Ich hörte nur in der Ferne das Heulen der Hunde. Wenn ich die Hunde hörte, musste ich sofort nach Hause kommen, sonst würden mich die Teufel holen. Ich spitzte die Ohren und folgte dem Geräusch. Das Heulen war weit weg, es gab keinen Grund, in Panik nach Hause zu laufen.

Nicht anders verhält es sich mit der potenziellen Bedrohung durch die Pharmariesen. Die Droh-E-Mails fühlen sich nicht wie eine akute Gefahr an. Aber die Gefahr ist da. Das Unglück biss mich wenig später unerwartet in die Wade, als ich beim Abstieg auf einen losen Felsbrocken trat, unter dem eine giftige Natter kroch. Ich merkte sofort, dass es kein trockener Biss war, denn das Gift der Schlange breitete sich bereits in meinem Körper aus. Dort, auf dem steilen Pfad, schaute ich mit wachsender Panik auf die Rückseite meines Beines und stellte unter Tränen fest, dass es unmöglich war, es auszusaugen. Ich ließ den Holzkorb fallen und stürzte den Berg hinunter. Bald hatte ich höllische Schmerzen an der Wunde, mein ganzes Bein schwoll an, mir wurde übel und ich bekam schreckliche Magenkrämpfe. Als ich auf dem Hof ankam, musste ich mich übergeben. Meine Mutter sah sofort, was los war, und brachte mich in mein Zimmer, wo ich mich mit hochgelegten Beinen hinlegen musste. Noch vor Sonnenuntergang spuckte ich Blut, zitterte am ganzen Körper und hatte Halluzinationen. Ich war auf dem Weg ins Jenseits – ein schwarzer Adler hob mich mit seinen gelben Krallen hoch, krächzte und trug mich höher und höher dem Licht entgegen.

Ich erholte mich, war aber bis zum nächsten Frühjahr geschwächt. Während meiner Doktorarbeit an der Universität

München erforschte ich das Gift der Aspisviper und fand heraus, dass ich den Biss ohne ein Antiserum nicht überlebt hätte, da ich heftig auf das Gift reagierte. Als ich bewusstlos in meinem dunklen Zimmer lag, entschied meine Mutter, dass ich weiterleben müsse, und verabreichte mir ein Antiserum. Ich habe ihre Entscheidung nie verstanden. Jetzt weiß ich, warum sie mich gepflegt hat: Sie konnte meinen schwer arbeitenden Körper nicht schonen. Sie hätte selbst Tag und Nacht arbeiten müssen. Sie hätte keine Zeit zum Lesen und Schreiben. Und ich vermute, sie wusste genau, dass auch sie allein in Grafenloch nicht überleben konnte.

Der Biss machte mich auf die Gefahr aufmerksam, die unter der Oberfläche lauerte. Und das bin ich immer noch. Auch hier, auch jetzt. Die Gefahr kommt nicht von den Pharmariesen. Ich spüre sie. Mein Instinkt sagt mir, dass die Gefahr mit Ella gekommen ist. Meine Schwester ist auf der Suche nach unserer Mutter auf einen losen Stein getreten und hat die Viper geweckt.

„Woran denken Sie, Frau Graf? Sie sind plötzlich so still."

Ich blicke auf und sehe Andreas in die Augen. „Der Einbruch und die Verfolgungsjagd haben etwas mit meiner Mutter zu tun. Das spüre ich. Aber die Antwort liegt nicht hier, sondern in Bad Urach. Dort ist 1973 etwas vorgefallen. Hier gibt es nur die winselnden Hunde, Herr Gorja. Aber in Bad Urach gibt es eine giftige Natter, und die versteckt sich unter einem Stein. Ella ist auf diesen Stein getreten, als sie anfing, Fragen zu stellen."

Andreas Gorja sieht mich nachdenklich an. „Ich bin auch von einer Natter gebissen worden", flüstert er. „Beim Klettern am Hocheck. An einer Stelle, wo ich sie nicht erwartet habe. Ich habe nicht richtig hingesehen. Aber ich hatte Glück. Es war ein Trockenbiss. Sonst hätte ich nicht überlebt. Ich war allein da oben."

„Dann haben wir beide Glück gehabt", sage ich.

Seine Augen bohren sich in meine. Wieder spüre ich dieses seltsame Gefühl der Verbundenheit mit diesem Mann.

Er wendet sich wieder dem Bildschirm zu, seine Finger gleiten über die Tastatur. „Zuerst vermessen wir Ihr Haus, Ihr

Büro, Ihr Auto und das Haus Ihrer Mutter. Es würde mich nicht wundern, wenn all diese Orte inzwischen mit Peilsendern ausgestattet sind. Dasselbe gilt für Ihr Telefon und Ihren Laptop. Wir müssen davon ausgehen, dass sie gehackt wurden. Ich rate Ihnen, Ihr Telefon und Ihren Laptop nicht zu benutzen, bis wir das überprüft haben. Ich werde auch intern besprechen, wie wir Sie persönlich schützen können. Das Verfahrensproblem ist, dass zwischen den Droh-E-Mails und heute 13 Monate liegen. Ein Jahr lang geschah nichts, die Drohung wurde nicht wahr gemacht. Außerdem wissen wir nicht mit Sicherheit, ob dieser Eindringling für die Peilsender verantwortlich ist. Es kann gut sein, dass sie schon länger da sind."

„Aber ich will keine Überwachung", widerspreche ich mit erhobener Stimme und schiebe meinen Stuhl zurück. „Ich will keine Leute um mich herum haben!"

Andreas reagiert gelassen. „Wie gesagt, Frau Graf, noch ist nichts entschieden. Wir schauen uns alles in Ruhe an. Vielleicht hören Sie ja von einem Kollegen aus Prien. Ich habe ein paar Tage frei." Er lächelt. „Klettern am Hocheck." Er schiebt mir eine Karte über den Tisch. „Hier sind ein paar Telefonnummern, die Sie anrufen können."

„Danke." Eine leise Enttäuschung überkommt mich. Noch einen Polizisten will ich nicht. Ich vertraue Andreas.

„Und mit wem klettern Sie?", frage ich.

„Ich klettere alleine."

Siehst du. Er liebt das Bergsteigen. Und er geht allein. Ich klettere auch lieber allein. Für das Hocheck braucht man Klettererfahrung, der ist echt hart. Nicht zu vergleichen mit dem Aufstieg zum Grafenloch heute. Ich rutsche auf dem Stuhl hin und her. Ich will in meiner Bewegung nicht eingeschränkt sein, ich will keine Menschen um mich haben. Nicht einmal virtuell. Aber genau das geschieht, wenn man weiß, dass man Peilsender in seinen Sachen hat. Zum Glück benutze ich mein Handy und meinen Laptop nicht so oft, sodass Hacker damit nicht viel anfangen können. Bei Martha ist das anders. Ihr Samsung ist mit ihrer Hand verwachsen. Sie macht alles damit. Wer ihr Gerät hackt, dringt in den intimsten Teil ihres Wesens ein. Und auch Ella ist ein Handy-Freak. Auch bei ihr muss ich die Technik überprüfen lassen!

„Kann ich auch einen Peilsender-Tester haben?"

„Sicher. In Ihrem Fall würde ich mich an Ihren Sicherheitsdienstleister wenden. Mit dieser Firma haben Sie eine sehr gute Wahl getroffen. Ich bin sicher, dass sie Ihnen qualitativ hochwertige Geräte zur Verfügung stellen können. Ich würde auch um einen Crashkurs in Sachen Unsichtbarkeit bitten. Wenn Sie diesen Rat befolgen..."

Ich lächle. „Es ist schwer, einen Fuchs zu finden, der weiß, dass er verfolgt wird."

Als ich die Polizeistation verlasse, spüre ich sofort eine Veränderung. Die Sonne kriecht endlich mit langen Fingern über die Berge und wirft lange, dunkle Schatten über das Tal. Da! Ich versuche, das Zittern meiner Beine zu kontrollieren, als ich die kleine, zierliche, blonde Frau vor dem Schaufenster sehe. Sie hat mir den Rücken zugewandt, aber ihr Gesicht spiegelt sich in der Scheibe. Ich sehe, dass sie sich nicht für die Auslagen interessiert. Misstrauisch starren mich ihre finsteren Augen an.

Das kann nicht sein, nein, das kann nicht sein.

„Mama...?" Ein Flüstern. „Mama?"

Panik durchfährt mich wie ein elektrischer Schlag. So sehr ich auch glauben will, dass es einen logischen Grund geben muss, ich kann meine Beine nicht dazu bringen, sich vorwärtszubewegen und auf sie zuzugehen. Ich schließe die Augen. Als ich sie wieder öffne, sehe ich im spärlichen Licht hinter dem Schaufenster eine Bewegung. Vor dem Fenster ist niemand, aber etwas wurde auf das Schaufenster gekritzelt. Ich trete näher.

Manche Teufel lauern nicht unter dem Bett.

Ich beiße mir auf die Lippe, schmecke das Blut. Ich will nur weg, laufe atemlos davon.

Mama lebt? Die Wunden meiner Seele platzen auf.

TEIL 3

Die Suche nach dem Verlorenen
Ella

Ich habe die Schritte zu spät bemerkt, Flora.
Erst, als ich um die Ecke bog.
Erst, als ich mich umdrehte.
Ich lief einfach weiter,
überhörte die seltsamen Geräusche an der Tür.
Ich lauschte nur den Schritten.
Wie gut, dass ich dir diese E-Mail geschrieben habe.

KAPITEL 22

Bahnhof Metzingen

Samstagvormittag, 13. Juli 2019

Ich drücke die rote Hörertaste meines Handys und trenne die Verbindung. Max Gruber liegt immer noch auf der Intensivstation. Er darf noch keinen Besuch empfangen. Auch Telefonieren ist nicht erlaubt.

Bevor ich das Handy wieder einstecke, checke ich noch einmal WhatsApp. Noch immer keine Nachricht von Ella. Eigenartig. Normalerweise bekomme ich gegen Mittag eine Nachricht von ihr. Vielleicht hat sie es nicht für nötig gehalten, weil wir uns ohnehin gleich sehen. Sie bat mich, nur bis Metzingen zu fahren, weil sie dort einen Termin mit einem Kunden hatte. Ich schaue aus dem Fenster, als der Zug einfährt. Die Türen öffnen sich, die Fahrgäste strömen auf den Bahnsteig und schauen sich erwartungsvoll um. Ich sehe fröhliche Menschen, die von Verwandten, Freunden oder Bekannten begrüßt werden. Auch Ella wird mich gleich umarmen. Trotzdem spüre ich eine gewisse Unruhe.

In den vergangenen Tagen habe ich viel über Lauschangriffe, Stalking und digitale Unsichtbarkeit gelernt und wurde auf den neuesten Stand gebracht. Zum Glück wurden mein Laptop und mein Handy nicht gehackt.

„Wer nicht auf der digitalen Autobahn fährt, wird auch nicht angegriffen", murmelte der IT-Spezialist der Sicherheitsfirma, der meine Geräte überprüfte. Allerdings waren in meinem Golf und in Marthas Porsche Peilsender angebracht. Marthas Villa hingegen war sauber. Ihr Haus ist bestens gesichert. Vor fünf Jahren hat sie sogar einen drei Meter hohen Zaun um ihren Garten ziehen lassen, nachdem die Süddeutsche Zeitung über den Erfolg der Floresse GmbH berichtet hatte.

„Wo Geld ist, sind auch Diebe, Flora", sagte sie an dem Morgen, als zwei Bagger die Einfahrt hinunterfuhren, bereit, einen metertiefen Graben um das Grundstück auszuheben. Schon am nächsten Tag war der Stahlzaun einbetoniert. Martha mag keine halben Sachen.

Wie ich vermutet habe, war sie außer sich vor Wut, als sie von den Peilsendern hörte. Ein Grund mehr, meinen Verfolger nicht zu erwähnen.

Nicht, dass sie noch einen Herzinfarkt bekommt.

Martha organisierte auch einen Crashkurs bei ATS Security, der mit horrenden Zusatzkosten verbunden war, und schloss sich mir an. Das Training fand in München in einem schalldichten, funkfreien Raum statt. Martha erwies sich als Naturtalent in Sachen digitaler Unsichtbarkeit. Unsere Lehrerin war beeindruckt von der 70-Jährigen. Ich bekam keine Komplimente, nur ein sündhaft teures Gerät in der Größe eines Handys, das die Signale fast aller modernen Systeme erfassen kann. Später werde ich als erstes Ellas Auto überprüfen.

Ich habe auch viel an die Frau vor dem Schaufenster gedacht. Martha hat nur laut gelacht, als ich ihr davon erzählte. „Nur eine Person, die deiner Mutter ähnlich sah, Flora", sagte sie. „Deine Mutter ist tot! Ich habe dir prophezeit, dass dir dieses Herumschnüffeln in der Vergangenheit nicht gut tut. Also lass es!"

Ella hat sich ähnlich geäußert. „Tot ist tot und bleibt tot." Sie weiß, dass sie vorsichtig sein muss, aber sie weiß nicht, warum. Wir haben uns darüber immer nur oberflächlich unterhalten. Heute werde ich das nachholen.

Ich halte es für ausgeschlossen, dass mir jemand nach Metzingen gefolgt ist, im Hinblick auf die neuen Maßnahmen, die ich zu Hause ergriffen habe. Im Zug wäre mir das aufgefallen. Bei Ella ist das etwas anderes. Meine Instinkte täuschen mich nicht: Ich bin mir sicher, dass bald eine neue Jagd beginnen wird.

Ella hat sich nur verspätet. Während ich mich ein wenig strecke, fällt mein Blick auf ein riesiges Werbeplakat für den Münchener Zoo mit zwei Klammeraffen. Ich kenne diese Tiere. Als ich im Herbst 2010 mit Gabor in Yucatán lebte, waren sie eine ständige Plage. Sie drangen in unsere Hacienda ein und fraßen unser Essen. Ihr Geruch war beißend. Gabor dagegen roch wunderbar.

Bei einer Führung durch seinen Kräutergarten, wo er mir die Maya-Medizin erklärte, verliebte ich mich in ihn. Wir gingen unter einem Bogen aus Kakaobäumen hindurch und er erzählte mir von der Heilkraft des Kakaos. Dann pflückte er einige Früchte, schnitt sie auf und gab mir eine weiße Bohne mit Fruchtfleisch. Während ich das süße Fruchtfleisch kaute, wurde es ganz still um mich herum. Ich blickte in seine funkelnden, schwarzen Augen. Die lebhaften Geräusche der Subtropen traten in den Hintergrund. Wir befanden uns in einer Blase unter Wasser und trieben aufeinander zu. Ich nahm seinen Finger mit dem tätowierten Streifen und strich über die schwarze Linie. Gabor sagte etwas in seiner Maya-Sprache und umarmte mich. Alles in mir sagte ja.

Ich beschloss, in Mexiko zu bleiben und von Gabor zu lernen. Er brachte Frieden in meine Gedanken. Aber unser Glück dauerte nur drei Monate. Er starb Dezember 2010 am Strand an Herzversagen.

An die chaotischen Tage nach seinem Tod erinnere ich mich nur bruchstückhaft, wie an Szenen aus einem Film. Ich war fassungslos. Innerhalb von vierundzwanzig Stunden war Martha zur Stelle, erledigte den Papierkram und brachte mich nach Hause.

In den Voralpen angekommen, wurde ich mit einer seltsamen Wahrheit konfrontiert. Gabors Tod hatte mich vor der schwersten Entscheidung meines Lebens bewahrt. Denn tief in mir hatte ich schon während unserer letzten gemeinsamen Woche an unserer Zukunft gezweifelt. Meine Zweifel hatten zum Teil mit Gabor zu tun. Ich begriff, dass er nicht nur mein Mentor war, sondern auch ein Mensch mit all seinen Grenzen. Ich entdeckte, dass in mir mehr Kraft steckte als in ihm. Mein Geist war freier als seiner, ich dachte weniger in Grenzen. Aber noch mehr als um das Gleichgewicht unserer Beziehung sorgte ich mich um die flache tropische Welt, in der er lebte. Ich vermisste die würzigen Düfte der Voralpen, ich sehnte mich nach dem weiten Blick von meinem Berg. Vor allem sehnte ich mich nach der Stille, nach dem Alleinsein. Gabor lebte in Gemeinschaft, unter Menschen. Er brauchte sie. Menschen waren die Basis seines Glücks. Ich hingegen konnte sie nicht ertragen. Sie waren überall: in unserem Haus, in unserem Garten, auf der Straße, am Meer, und wohin ich auch schaute, wohin ich auch ging – überall waren Menschen. Ich roch sie. Sah sie. Hörte sie. Fühlte sie. Ich konnte ihnen nicht entkommen. Wie ein Junkie auf der Suche nach einem Schuss suchte ich die Stille, einen Ort, an dem ich allein sein konnte, ohne Menschen, ohne ihre Geräusche. Aber ich fand sie nicht. In den Voralpen akzeptierte ich meine Stille und saß stundenlang allein auf meiner Bank und blickte auf die Berggipfel. Dort spürte ich auch zum ersten Mal, dass ich nicht mehr allein war. Mein weiser Gabor hatte mich auf meine Alm begleitet. Sein Kind wuchs in mir heran.

Benjamin war seinem Vater so ähnlich, er war ein echter Maya. Seit seiner Geburt war mein kleiner Junge meine ganze Welt. Er war ein Teil von mir. Er schenkte mir eine Freude, wie ich sie noch nie erlebt hatte. Meine Liebe zu ihm war vollkommen, es gab nichts Wichtigeres in meinem Leben als ihn. Ich ließ ihn keine Minute allein, konnte ihn stundenlang anschauen und in Glück schwelgen. Ständig streichelte ich ihn und drückte seinen kleinen nackten Körper an meinen. Ich genoss es, wenn er an meinen Brüsten saugte, die herrlich nach Milch dufteten. Wir reagierten wunderbar aufeinander.

Aber mein kleiner Junge starb und nichts konnte mich auf das Ausmaß der Leere vorbereiten, die sein Tod in mir hinterließ. Nach der Einäscherung hörte ich auf zu essen und starrte in die Ferne zum Hocheck. Der magische Berg winkte mir zu. Ich packte meinen Rucksack und mein Zelt und machte mich mit Benjamins Urne auf den Weg zum Hocheck – in eine Welt, die mich als Kind vor einer verstörten Mutter beschützt hatte und in dem der Wind immer da sein und mich immer streicheln würde. Der Wind und die Berge würden nicht sterben. Sie würden stets bei mir sein, mich niemals verlassen.

Aber Martha fand mich und brachte mich zu den Menschen zurück. Es war ihre Idee, Gabors Arbeit fortzusetzen und eine Organisation zu gründen, die sich für die Kräutermedizin einsetzt und die gegen die Macht der Pharmaindustrie kämpft. Da bin ich aufgewacht, denn das war es, was Gabor gewollt hätte: mein einzigartiges Talent für eine bessere Medizin einzusetzen. Martha begleitete mich zum Notar und gemeinsam gründeten wir *Floresse*.

Ich setzte meine ganze Energie darauf, die bekannteste Kräuterapothekerin Deutschlands zu werden, denn nur als Beste würde ich genügend Aufmerksamkeit für meine Botschaft bekommen. Ich hatte Erfolg und gewann sogar einen Preis. Martha freute sich über meinen Erfolg, aber weniger über die Publicity, die damit einherging. Sie sagte, berühmte Menschen ziehen unangenehme Menschen an. Deshalb mied sie in diesen Tagen die Medien.

Ich denke nicht an die Presse. Ich tue, was ich tun muss: Gabors Arbeit fortsetzen.

Der körperliche Schmerz über den Verlust meiner Männer ist geblieben. Vor allem die dunkle Leere, die Benjamins Tod in mir hinterlassen hat, lastet jeden Tag auf mir und dämpft andere Gefühle. Manchmal singe ich meinem Benjamin in der Urne Lieder vor, wie damals, als er noch an meiner Brust gesaugt hat. *Ah-oh… Ah-oh… Singen* macht die Leere kleiner.

„Wie fühlt sich Leere an?", hat mich Ella einmal gefragt.

„Du kannst mein Leben mit Wein vergleichen, der wie Wasser schmeckt. Ich bin immer noch da. Ich lebe noch, aber alles ist ohne Geschmack", antwortete ich. Ella nahm mich in die Arme und weinte mit mir. Ich lehnte mich später an ihre Schulter und sagte ihr, dass ich in den Bergen immer noch Momente habe, in denen ich manchmal wieder schmecke. Die Erhabenheit der Natur füllt meine Leere.

Der Bahnsteig A leert sich allmählich. Ich warte bereits eine halbe Stunde. Wähle noch einmal Ellas Nummer. Wieder meldet sie sich nicht.

Mein Koffer, in dem sich mein Jagdmesser befindet, das ich in letzter Zeit aus Sicherheitsgründen immer bei mir trage, steht neben mir. Ich nehme ihn und gehe mit schnellen Schritten auf die sich öffnenden Schiebetüren zu. Mein Blick schweift über die Bahnhofshalle, aber Ella entdecke ich nicht. Ich gehe schneller, gehe an zahlreichen Menschen vorbei und suche in ihren Gesichtern nach Ella. Ich schaue in der Toilette nach, rufe nach ihr, aber sie antwortet nicht.

Ich wasche mir meine feuchten Hände, blicke in den Spiegel. Finstere Augen sehen mich an. Ich erkenne nicht, ob es ein

Mann oder eine Frau ist. Das Gesicht ist blutüberströmt. Fassungslosigkeit zwingt mich in die Knie, lässt mich an Ort und Stelle zusammenbrechen. Mein ganzer Körper pocht vor Angst, meine Hände zittern, meine Lungen und mein Herz schmerzen.

Eine Tür wird geöffnet.

„Kann Ich Ihnen behilflich sein?", fragt ein junger Mann. „Soll ich einen Arzt verständigen?"

Ich schüttle den Kopf, schließe die Augen. Vor meinem geistigen Auge erscheint der Hof Grafenloch. Ich begreife, dass es eine Halluzination war, verstehe aber noch nichts von alldem, nur dass eine dunkle Vergangenheit sich mir aufdrängt.

Nach einer Stunde verlasse ich den Bahnhof und sehe nur noch das Gebäude vor dem blauen Himmel. In meinem Kopf wütet die Angst. Ich halte mir die Hände auf die Ohren, um das Hämmern meines Herzens nicht zu hören. Doch das Hämmern wird schlimmer. Wie die Trommel eines Todesmarsches.

KAPITEL 23

Weingut Wagner, Bad Urach
Samstagnachmittag, 13 Juli 2019

Ich folge den Anweisungen des Navigationssystems und fahre die schmale Straße hinauf, die zum Weingut führt. Das Anwesen – eine ehemalige Tuchfabrik – liegt abgeschieden, umgeben von Wiesen, Wäldern und Weinbergen.

Als ich aus dem Mietwagen steige, schlägt mir die Sommerhitze ins Gesicht. Deutschland ächzt seit Tagen unter einer Hitzewelle.

Mit zitternden Beinen richte ich mich auf und betrete den von alten Mauern umgebenen Innenhof. Ich fürchte mich vor dem, was mich erwartet, und versuche mich zu konzentrieren, um nicht in meiner Angst gefangen zu bleiben. Die ländliche Idylle mit den Gänsen auf der Wiese, dem Bauerngarten und den Obstbäumen überrascht mich: Ella und ihr Mann schöpfen aus der Natur, respektieren sie.

Auf dem Weg nach Bad Urach habe ich vergeblich versucht, Ella über Handy und Festnetz zu erreichen. Wo ist sie nur?

Das stattliche Haupthaus ist aus Bruchstein, das Tor aus Schmiedeeisen, die Fenster mit den Butzenscheiben sind beige gestrichen. Im Innenhof nehme ich den leicht modrigen Geruch wahr, der hier seit Jahrhunderten zwischen den Ziegeln in das Kopfsteinpflaster gesickert sein muss. An der Tür des Haupthauses bückt sich ein großer, hagerer Mittfünfziger mit zerzausten grauen Haaren und füttert eine gestreifte Katze, die ihn kokett umkreist. Er trägt braune Bermudashorts und darüber ein ebenso braunes T-Shirt.

Ich erkenne ihn von dem Foto, das Ella mir auf ihrem Laptop gezeigt hat. Es ist Leo Kaplan, der Ehemann meiner Schwester. Etwas zögerlich gehe ich auf ihn zu. Das Pfeifen in meinen Ohren hat aufgehört, aber die Angst ist geblieben. Angst vor dem, was er mir sagen wird. Leo kommt auf mich zu. Die Gabel, mit der er gerade das Katzenfutter aus der Dose geholt hat, hält er wie einen Lutscher in der Hand.

„Flora ...?", sagt er. Es ist mehr eine Feststellung als eine Frage. „Freut mich sehr. Ich bin Leo. Wo ist denn Ella?" Er sieht mich verständnislos an. „Sie wollte dich doch abholen. War sie nicht am Bahnhof?"

Ich schüttle den Kopf. „Nein. Ich habe sie überall gesucht, sogar immer wieder vergeblich angerufen und eine Stunde gewartet."

Wir gehen auf das Wohnhaus zu. Leo stellt die Dose mit dem Katzenfutter zwischen die knallroten Geranien, die das Fensterbrett zieren. „Das ist merkwürdig. Ich versuche auch schon seit einer Stunde, Ella zu erreichen." Jetzt perlt Feuchtigkeit von seiner Stirn. Es ist der Schweiß der Angst. Seine Augen werden feucht. „Als ich gegen halb zehn mit den Jungs den Hof verlassen wollte, kam sie auf uns zu. Sie sagte, sie hätte noch eine Verabredung, bevor sie dich abholt. Ich fragte sie, mit wem, aber da klingelte ihr Handy. Es war ein Kunde für eine Weinprobe, wie ich aus ihren Antworten schließen konnte. Dann ist sie ins Haus gegangen, wahrscheinlich, um die Reservierung im Büro noch einmal einzutragen. Das macht Ella immer sofort." Er wischt sich den Schweiß von der Stirn. „Hast du wirklich den ganzen Bahnhof abgesucht?"

Ich nicke.

„Dann müssen wir sofort zur Polizei!", ruft er. „Vielleicht ist sie auf der Autobahn verunglückt. Die können ihr Handy orten." Seine Stimme bricht. Er greift nach seinem Handy und tippt eine Nummer ein.

Meine Beine werden weich. Ich halte mich am Blumenkasten fest und rieche die Geranien. Es sind starke, widerstandsfähige Blumen. Ella ist auch stark. Vielleicht hat sie nur einen Platten und der Akku ihres Handys ist leer. Ich muss Vertrauen haben und darf nicht in Panik geraten.

„Ich habe ein Gerät, mit dem man nach Peilsendern im Haus suchen kann", sage ich und breche ein paar verwelkte Geranien am Stiel ab. „Ich habe das Gerät auf Empfehlung der Polizei gekauft, weil ich Peilsender im Haus, im Auto, in den Schuhen und im Rucksack hatte. Die Polizei verdächtigt eine Pharmafirma, aber es könnte auch etwas mit meiner Mutter zu tun haben. Darf ich kurz euer Haus überprüfen?"

Leo hat immer noch das Telefon am Ohr und schaut mich verwirrt an.

Mit gehetzter Stimme fragt er eine Lydia, ob sie sofort kommen könne, er müsse dringend weg. Lydia kommt, wie ich seiner Antwort entnehme. Er beendet das Gespräch und schaut mich erschrocken an.

„Wie bitte? Du hattest Peilsender in deinen Sachen?" Er läuft nervös auf und ab. „Das ist furchtbar!"

„Ja, aber mein Handy und mein Laptop wurden zum Glück nicht gehackt. Ella habe ich noch nichts gesagt, weil die Polizei mir geraten hat, sie unter vier Augen zu informieren, falls sie auch abgehört wird. Das wollte ich am Bahnhof tun."

„Komm! Ich verstehe zwar nichts von alldem, aber sobald unsere Hilfe da ist, gehen wir sofort zur Polizei. Wenn unser Haus verwanzt ist, können wir das auch gleich melden."

Er schnappt sich das Katzenfutter und stürmt ins Haus. Ich nehme das Messgerät und folge ihm.

Weder im Haus noch an seinem Auto gibt es verdächtige Anzeichen. Alles sieht sauber aus.

„Seltsam. Ich war überzeugt, dass der Einbruch bei mir etwas mit der Vergangenheit meiner Mutter zu tun hatte. Das hätte bedeutet, dass ich auch bei Ella Spuren hätte finden müssen. Aber nein ..."

Leo ist nicht erleichtert. Sein hagerer Körper wirkt angespannt. „Unser Grundstück ist gut gesichert, Flora. Das habe ich letztes Jahr nach einem Einbruchsversuch während unseres Skiurlaubs machen lassen. Die Täter wurden später verhaftet. Das waren betrunkene Jugendliche aus Bad Urach, keine Profis. Das war unser Glück. Wenn dort das Tor zu ist, hat man von außen den Eindruck einer Festung."

Er deutet auf die meterhohe Mauer, die den Innenhof umgibt. „Wir schließen das Tor jede Nacht und schalten die Alarmanlage ein. Auch im Haus gibt es eine Alarmanlage. Und Gäste kommen hier nicht rein. Wir empfangen sie außerhalb der Mauern – in unserer Weingrotte. In den vergangenen Tagen gab es keine Gelegenheit, in unser Haus einzubrechen und Abhörgeräte zu installieren. Es sind Ferien, da war immer jemand zu Hause. Die Jungs waren da, wir hatten ihre Freunde zu Gast. Und mein Bruder war zu Besuch. Bis gestern Abend hatten wir ein volles Haus."

„Und Ellas Auto?"

„Das steht immer neben meinem." Er zeigt auf den leeren Platz neben seinem Peugeot.

„Was für ein Auto fährt sie?"

„Einen Volkswagen. Das ist unser Firmenwagen."

Leos Blick fällt auf die Straße, die zum Haus führt. Ein Bus nähert sich dem Weingut. Sein Mund verzieht sich zu einer Linie. „Das sind die Gäste aus Düsseldorf. Der Lions-Club. Ein wichtiger Kunde, sagt Ella."

Er schaut auf die Uhr. Seine Kleidung ist mittlerweile durchgeschwitzt. Er ist sichtlich nervös. „In zehn Minuten kommt unsere Hilfe. Sie kann die Gruppe übernehmen. Dann werde ich direkt zur Polizei gehen. Die müssen etwas wissen!"

„Ich fahre sofort hin und erzähle ihnen alles, was ich weiß."

„Gut, je schneller etwas geschieht, desto besser. Vielleicht hat sie nur Pech mit dem Auto." Verzweiflung schwingt in Leos Worten mit.

Ich greife zum Handy und google die Adresse der Polizei Bad Urach. Dabei fallen mir einige Whatsapp-Nachrichten von Ella ins Auge.

Die vorletzte Nachricht erregt meine Aufmerksamkeit: *Ich fahre zu Pfarrer Köster. In Mamas Mappe lag ein vergilbter Umschlag mit der Adresse des Pfarrhauses. Darin eine Kopie ihres Passes und ein Schulfoto. Außerdem weiß seine Tante Beatrix eine Menge. Ich werde dich auf den neuesten Stand bringen.*

Zuerst habe ich ihre Nachricht kaum beachtet, weil ich dachte, ich würde alles erfahren, wenn ich ankomme, aber jetzt ist jede Nachricht ein Hinweis.

„Kennst du Pfarrer Köster?", frage ich Leo.

„Ja, das ist der Pfarrer von Bad Urach, der Gemeinde, zu der ihre Mutter gehörte. Ella hat ihn gestern Abend besucht."

„Hat sie etwas gesagt?"

„Nein, ich habe mir das Fußballspiel angesehen und Ella ist gleich ins Bett gegangen. Ich nehme an, es hat etwas mit ihrer Mutter zu tun. Sie hat mir erzählt, dass sie etwas herausgefunden hat. Ich habe nicht gefragt, was es war. Es war gerade ein Tor gefallen, verstehst du. Scheiße!"

Leo hat Tränen in den Augen. Meine Angst nimmt zu, aber ich darf nicht schwach werden.

„Dann fahre ich jetzt erst mal zur Polizei und dann zum Pfarrer nach Bad Urach."

„Kommst du wieder?", schallt es schrill über den Parkplatz. „Ella hat gesagt, du möchtest nicht bei uns übernachten."

„Stimmt, ich muss immer eine Weile allein sein, wenn ich unter Leuten war. Ich schlafe im Hotel. Übrigens, wie ist deine Handynummer?"

Ich greife nach meinem Handy und tippe seine Nummer.

„Wir telefonieren", rufe ich ihm zu, eile zum Auto und steige ein.

Ich blicke in den Rückspiegel. Mein Gesicht schimmert geisterhaft weiß. Der Schock sitzt tief. Als ich glaube, ein Geräusch gehört zu haben, blicke ich zum Haus. Leo steht am Küchenfenster und beobachtet mich, sonst ist da nichts.

Nur der Wind spielt mit der leeren Dose Katzenfutter, die über das Kopfsteinpflaster rollt.

KAPITEL 24

Pfarrhaus Bad Urach
Samstagabend, 13. Juli 2019

Die sedierenden Heilkräutertabletten wirken, meine Ängste lassen nach, aber die Nebenwirkungen sind heftig. Es ist, als hätte ich mehrere Anisschnäpse auf einmal getrunken. Ich hätte nach dem Besuch bei der Polizei nicht drei Tabletten nehmen sollen. Eine Überdosis. Dumm gelaufen! Als Pharmazeutin hätte ich es wissen müssen. Aber sie waren ja noch in meiner Tasche. Ich habe sie letzte Woche aus dem Labor geholt, zusammen mit ein paar anderen Dragees, die in der Testphase sind. Die peruanischen Kräuter, aus denen ich die Kapseln hergestellt habe, wurden vor zweitausend Jahren verwendet, um Jungfrauen, die den Göttern geopfert werden sollten, die Angst zu nehmen. Der Schamane, der mir das Rezept verriet, erzählte mir, dass die Mädchen singend die Steinstufen zum Tempel hinaufstiegen, um sich dann freiwillig auf den Opferblock zu legen. Ich glaubte ihm. Die ersten Ergebnisse waren vielversprechend. Verdammt, ich hätte nicht drei Tabletten nehmen sollen.

Der Besuch bei der Polizei war Zeitverschwendung. Für eine Vermisstenanzeige sei es noch zu früh, hieß es. Die meisten Leute kehrten innerhalb von vierundzwanzig Stunden nach Hause zurück. Ich fragte nach der Akte meiner Mutter aus dem Jahr 1973. Man sagte mir, sie sei im Archiv, aber man würde mich benachrichtigen. Schließlich hinterließ ich meine Handynummer und meine E-Mail-Adresse. Vielleicht hat Leo als Ehemann mehr Glück.

Ich steige aus und schaue mich um. Niemand ist mir nach Bad Urach gefolgt. Ich wende mich dem stattlichen Gebäude zu, das laut Navi das Pfarrhaus sein muss. Die helle Abendsonne lässt die Ziegel blutrot leuchten. Das Gebäude steht auf einem kleinen ummauerten Platz und macht einen heimeligen Eindruck.

Rechts neben der Eingangstür stehen ein paar Eschen, ebenfalls auf dem Friedhof und gegenüber der Kirche, die wie das Pfarrhaus Ende des 19. Jahrhunderts erbaut wurde.

Mit unsicheren Schritten gehe ich zum Eingang und drücke die Klingel. Ich halte meine Nase in die Luft und rieche das frisch gemähte Gras. Der Geruch der Natur beruhigt mich ein wenig. Ich muss Ella finden, im Kampfmodus bleiben! Sonst brenne ich vor Kälte und mein Leben wird ein roter Aufruhr aus Dunkelheit werden. Mein Kiefer verkrampft. Ich reibe ihn, bis sich die Zähne voneinander lösen. Hinter der Tür ertönt das dumpfe Geräusch eines klappernden Schlüssels.

Dann steht ein etwa fünfzigjähriger Mann in der Tür. Er hat die gleiche schlanke Statur wie Leo, nur sein Haar ist weißgrau meliert. Seine vorstehenden Zähne fallen sofort ins Auge, als er freundlich lächelt, seine Ohren sind riesig und sehen aus wie Griffe, mit denen man seinen Kopf festhalten könnte. Kein Wunder, dass er mich an meinen Lieblingshasen *Blubby* erinnert.

„Frau Kaplan!" Seine Stimme klingt vorwurfsvoll. „Sie kommen zu spät. Wir waren um fünf verabredet."

Ich starre ihn an, für einen Moment fehlen mir die Worte.

„Frau Kaplan? Geht es Ihnen nicht gut?"

Ich schaue auf seine Lippen, die sich bewegen. *Blubby* verwechselt mich, er hält mich für Ella.

„Ich bin nicht Ella. Ich bin Flora. Ihre Zwillingsschwester aus Bayern."

Irgendwas muss ich jetzt tun, aber ich weiß nicht, was. Verdammte Pillen.

Der Mann streckt seine Hand aus und sagt etwas. Ich höre es nicht. Fasziniert betrachte ich die Haare an seinem Arm, wie schön sie in der Sonne glänzen. Wie Blubbys Fell! Als wir uns die Hände schütteln, bemerke ich ein weißes Etwas um seinen Hals. Oh ja, *Blubby* ist ein Pfarrer! Oh... ich schnuppere. Jetzt rieche ich seinen Schweiß. Er ist würzig und erinnert mich an frisch zerdrückte Wacholderbeeren. Er riecht nicht nach Kirche. Wie angenehm.

„Ich bin Martin Köster. Nennen Sie mich bitte Martin. Sie sind zweifellos Ihr Zwilling, die Ähnlichkeit ist verblüffend." Er schaut mich irritiert an.

„Sie haben also mit Ella gesprochen?" Ich schaue an die Decke, die sich mir wie eine heftige Brandung präsentiert. Meine Zunge fühlt sich schwer an.

„Nur kurz. Sie ist gestern Abend auf den Parkplatz gefahren, als ich in die Kirche wollte." *Blubby* zeigt auf den Turm gegenüber dem Pfarrhaus. „Sie wollte etwas Privates mit mir besprechen, aber ich musste zur Abendmesse. Wir waren für heute Nachmittag, fünf Uhr, verabredet, aber sie ist nicht aufgetaucht."

„Ella ist seit heute Morgen verschwunden", bringe ich mühsam hervor.

Martin zuckt zusammen. „Verschwunden?"

Während er spricht, tritt Martin ein paar Schritte zurück. Er trägt Sandalen... logisch, ein Pfarrer trägt Jesuslatschen, er ist kein Hase. Mein Blick wandert über den schwarz-weiß gefliesten Boden und bleibt an meinen Turnschuhen hängen. *Guck mal! Das sind deine Füße.* Ich stehe also hier und fliege nicht durch die Luft. *Warum nicht?*, frage ich mich und kichere.

Der Boden bewegt sich, die Fliesen springen hier und da aus den Fugen, während über mir die Brandung tobt.

„Sind Sie Pastor Köster?", frage ich.

„Ja, habe ich schon gesagt. Was kann ich für Sie tun?"

Seine Antwort kommt von weit her. Als stünde er am anderen Ende eines Tunnels und spräche in das Loch hinein. Ich muss mich konzentrieren, aber da ist etwas mit den Wänden. Sie schwanken, oder bin ich es? Ich reiße mich zusammen.

„Ella und ich untersuchen den Mord an unserer Mutter." Meine Zunge verhält sich seltsam.

„Oh."

„Ella hat mich kontaktiert", ich zeige auf mein Handy, „weil sie einen Umschlag mit dem Logo des Pfarrhauses gefunden hat."

Blubby blinzelt und murmelt etwas vor sich hin.

Ich greife mir an die Beine. Sie sind noch da, aber ich spüre sie nicht mehr.

„Ella wurde adoptiert. Unsere Mutter war Ambra Mahler."
Ich stütze mich an der Flurwand ab, um das Gleichgewicht zu halten. „Unsere Mutter wurde 1938 in den Voralpen ermordet. In dem Umschlag war eine Kopie von Mamas Pass. Und ein Foto aus ihrer Schulzeit. Er war an Frau Wagner, Ellas Mutter, adressiert." Meine Zunge gehorcht nicht mehr. „Es ... Betrug ... deshalb bin ich ... hier. Der Umschlag. Deshalb. Ihre Tante Bea..."

Vergeblich suche ich mit meinen Händen Halt. Die Wand kippt um. *Blubby* packt mich an den Schultern. Ich rieche wieder zerdrückte Wacholderbeeren.

„Ich schlage vor, Sie setzen sich einen Moment. Dann reden wir in meinem Büro weiter. Ist das in Ordnung?"

Ich nehme seinen Arm und kichere. „Ja, Blubby."

KAPITEL 25

Pfarrhaus Bad Urach
Samstagabend

Ich klappe meinen Laptop auf und schalte ihn ein. Während er hochfährt, umgibt mich der Geruch einer eingemauerten Vergangenheit. Räume, die in den 60er-Jahren gebaut wurden und lange ungenutzt waren, haben ihren eigenen Geruch. Eine Mischung aus verbranntem Kunststoff und altem Schweiß. Ich glaube, das liegt an den Materialien, die damals verwendet wurden. Sie verbreiten besonders an heißen Tagen seltsame Ausdünstungen.

Die Wohnung der ehemaligen Haushälterin befindet sich im Erdgeschoss in einem Anbau, der durch einen schmalen Gang mit dem Pfarrhaus verbunden ist. Da ich mich noch nicht um ein Hotel kümmern konnte, bot mir der Pfarrer diese Wohnung an.

Die etwa 30 Quadratmeter sind zweckmäßig eingerichtet: Kochnische, Bett, Schrank, Tisch, Stuhl, Dusche und Toilette. Die chemischen Gerüche nehmen mir den Atem. Ich stehe auf und gehe zum Fenster. Soll ich es ganz öffnen? Das Fenster ist jetzt in der sicheren Kippstellung. Ein Angreifer kann hier kaum eindringen. Ich zögere. In den Bergen weiß ich, worauf ich achten muss, wenn mir jemand folgt, aber hier nicht. Hier sind zu viele Geräusche.

Der Raum ist schlicht wie mein Haus in Mühlbach. An den weiß gestrichenen Wänden hängen nur ein Kruzifix und ein Bild mit Engeln, die auf einer Wolke sitzen und auf eine Wüstenlandschaft mit einer betenden Madonna schauen. Ich berühre kurz den Jesus – es ist eine exakte Kopie des Jesus von Grafenloch. Vielleicht stammt er aus einer Massenproduktion. Auch Pfarrer Köster hat ein ähnliches Kruzifix und seine Räume sind ähnlich schlicht eingerichtet.

Martin Köster ist ein freundlicher Mensch. Ich fühlte mich wohl in seiner Nähe. Ich erzählte ihm von den berauschenden Kräuterdragees, worauf er mir vorschlug, mich für eine Weile aufs Sofa zu legen. Ich schlief sofort ein, und als ich nach einer Stunde wieder aufwachte, brachte er mir eine Flasche Wasser, Kaffee und Brot mit Erdbeermarmelade. Seine Fürsorge tat mir gut.

Als die berauschende Wirkung der Gewürze nachließ, sprachen wir über den Umschlag aus dem Pfarrhaus, den Ella unter den Sachen ihrer Mutter gefunden hatte. Martin erzählte mir, dass Roswitha Wagner in den 80er-Jahren im Kirchenvorstand von Bad Urach war. Wahrscheinlich hatte sie einen Stapel Briefumschläge mitgenommen und für andere Dinge verwendet. Martin konnte in seinen Akten keine Verbindung zwischen einer Ambra Mahler und dem Pfarrhaus finden. Er wusste auch nicht, was Ella ihn über seine Tante Beatrix fragen wollte.

Nach dem Sandwich hat er mich Flora genannt. Ich traue mich noch nicht, ihn beim Vornamen zu nennen, außer in Gedanken. Etwas hindert mich daran, ihm näher zu kommen.

Martin hat sich sehr für meine Kindheit in Grafenloch interessiert. Einmal nannte ich ihn im Rausch Blubby, worauf er die Augen verdrehte und mich lächelnd ansah. Ich verzichtete auf eine Erklärung. Menschen mögen es nicht, wenn man sie mit Tieren vergleicht, es sei denn, es ist ein Löwe oder ein Bär. Das finden sie cool. Aber ein Hase?

Wir sprachen über mein Leben in den Voralpen. Dass ich bis zu meinem 14. Lebensjahr in der Wildnis aufgewachsen war und kaum Kontakt zu anderen Menschen hatte, faszinierte ihn ungemein. Es wunderte ihn nicht, dass ich ab meinem 15. Lebensjahr in der Schule so schnell aufholte und die Universität mit Leichtigkeit abschloss. In der Natur habe ich gelernt, mich auf das Wesentliche zu konzentrieren. „Für den digitalen Menschen von heute, der von Reizen überflutet wird, ist das sehr schwierig", sagte Martin.

Ich öffne meinen E-Mail-Account. Unter den Nachrichten ist eine von Martha, die mich bittet, unserem Buchhalter per E-Mail die formelle Genehmigung für die Modernisierung unserer Fabrik in Ebbs zu geben. Da ich seit zwei Tagen nicht auf seine Mail geantwortet habe, sei er launisch geworden, schreibt Martha. Die Floresse GmbH interessiert mich im Moment nicht und der Buchhalter schon gar nicht. Unser Managementteam kommt auch eine Weile ohne mich aus. Während meiner Abwesenheit ist Martha de facto die Chefin. Sie weiß, was zu tun ist.

Ich scrolle weiter und zucke zusammen. Unter den Mails ist auch eine von Ella, die sie gestern Abend um 23.18 Uhr abgeschickt hat: *Ich habe gestern das Archiv der Dettingen Nachrichten durchforstet und einige Zeitungsartikel gefunden. Nur kurz, weil ich morgen früh raus muss und müde bin. Mehr, wenn ich dich vom Bahnhof abhole! Aber ich muss noch schnell etwas loswerden. Du wirst es nicht glauben, Flora, aber unsere Mütter kannten sich! Sie waren befreundet! Sie haben sich Briefe geschrieben! Morgen mehr. Küsschen und gute Fahrt.*

Ich starre einen Moment auf ihre Worte.

Unsere Mütter kannten sich. Sie waren befreundet! Sie haben sich Briefe geschrieben!

Aber das kann doch nicht sein? Mama und Roswitha Wagner waren miteinander befreundet? Geografisch wäre es möglich, sie wohnten beide in Bad Urach, aber der Altersunterschied war zu groß. Roswitha war 1973 fünfunddreißig, meine Mutter vierzehn. Warum haben sie sich Briefe geschrieben? In Mamas Zimmer in Grafenloch lagen tatsächlich Briefumschläge auf dem Tisch. Für wen waren sie bestimmt? Und wie kamen die Briefe zu uns? Wusste Roswitha, wo Mama und ich wohnten? Hatte Kommissar Gruber sie damals gefunden und ignoriert? Noch eine Frage, die ich ihm stellen muss, wenn er nicht mehr auf der Intensivstation liegt. Worüber haben Mama und Roswitha Wagner gesprochen? Über Ella und mich? Mütter reden über ihre Kinder. Roswitha hat Ella von ganzem Herzen geliebt. Sicher hat sie meiner Mutter von Ella erzählt. Aber wusste sie auch von mir? Gut möglich. Schließlich hatte sie den Artikel aus Rosenheim aufgehoben. Das wäre schrecklich! Sie hätte mich Mama wegnehmen sollen.

Ich muss diese Briefe lesen. Hat Ella sie gefunden?

Frische Luft, ich brauche frische Luft! Ich stehe auf, schiebe die Gardine beiseite, öffne trotz meiner Bedenken das Fenster und spähe in die Nacht. Mein Herz schlägt heftig, ich atme tief ein und aus. Mein Blick verschleiert sich, ich schließe die Augen. In Gedanken steigt Nebel hinter den Grashügeln auf. Er verwandelt die saftigen Wiesen in die geisterhaften Weiden von Grafenloch, zieht über die Rosen hinweg und umhüllt den Garten. Plötzlich blitzt drüben an der Esche für einen Moment ein Licht auf. Nein, da ist nichts, es sind nur die Nachwirkungen der Kräuterdragees. Jetzt ist es wieder still, totenstill. Meine Augen zucken unter den Lidern. Ich fühle mich wie ... ja, wie damals in dem dunklen Keller von Grafenloch. Mein Herz rast.

Schnell schließe ich das Fenster und lege mich aufs Bett. Mein Körper wird von heftigem Zittern geschüttelt. In meinen Schläfen beginnt es dumpf zu pochen. Die Gegenwart holt mich wieder ein. Der Nebel lichtet sich. Leise verlasse ich in Gedanken Grafenloch.

Unsere Mütter kannten sich. Sie waren befreundet! Sie haben sich Briefe geschrieben!

KAPITEL 26

Pfarrhaus Bad Urach
Samstagabend

Ellas E-Mail enthält noch einige Anhänge. Ich öffne die erste PDF-Datei. Es ist ein ganzseitiger Zeitungsartikel vom 3. Oktober 1973 mit dem Foto einer Scheune am Waldrand. Oben rechts ist ein weiteres, kleineres Bild, das einen südeuropäisch aussehenden Mann in den Vierzigern zeigt. Er hat große braune Augen, die freundlich in die Kamera blicken. Ich öffne die zweite PDF-Datei. Es ist wieder ein Zeitungsartikel, aber kürzer. In der Mitte ist das Schulfoto von Mama eingefügt, das Ella mir letzten Samstag in Rosenheim gezeigt hat.

Verdammt! Ich will nicht allein sein, wenn ich mir das alles ansehe. Ich klappe den Laptop zu und verlasse barfuß die Wohnung in Richtung Pfarrhaus. Das Wohnzimmer ist leer, auch in der Küche ist niemand. Wo ist *Blubby*? Ich gehe die Treppe hinauf. Auf dem Treppenabsatz brennt Licht unter der Tür des zweiten Zimmers rechts. Ich öffne sie.

Martin Köster liegt auf dem Bett und liest in einem Buch. Der weiße Kragen liegt auf der Kommode neben dem Bett. Nur ein zerwühltes Laken bedeckt hier und da seinen nackten Oberkörper.

Wie schön, er sieht aus wie ein ganz normaler Mensch.

Ich gehe zu ihm und lege meinen Laptop auf sein Bett. „Du musst mir helfen, Martin!"

„Flora! Hat man dir nicht beigebracht anzuklopfen?"

„Tut mir leid! Doch, aber manchmal vergesse ich es. Nächstes Mal klopfe ich an." Ich schiebe ihm den Laptop zu. „Ich kann das nicht alleine lesen. Wer weiß, was da alles steht!" Ich setze mich aufs Bett.

„Flora!" Jetzt wird er lauter. „Verlass sofort mein Zimmer! Geh einfach ins Wohnzimmer. Mit deinem Laptop! Dann komme ich gleich nach, und wir gehen die Artikel in Ruhe durch. Mit einem Notizblock daneben. Okay?"

Ich starre auf seine Beine. Sie sind sehr dicht behaart. Wie das Fell eines Luchses. Er schämt sich oder ist verlegen. Gefühle, die mir fremd sind. In der Natur kennt man sie nicht.

„Es ist doch nicht schlimm, nackt zu sein."

„Raus! Sofort, Flora!", ruft er, dreht sich auf die andere Seite des Bettes und steht auf. Er zieht das Laken um seinen Körper.

„Okay." Ich schnappe mir meinen Laptop und verlasse sein Zimmer.

Wir setzen uns an den Wohnzimmertisch. Das orientalische Tischtuch riecht nach Mottenkugeln. Martin hat sich angezogen, trägt wieder seinen weißen Kragen und schaut mich nicht an, wohl weil ich ihn im Adamskostüm bewundern durfte.

„Wir bleiben beim Du", sagt Martin. „Das macht die Sache einfacher."

Es überrascht ihn, dass Roswitha Wagner und meine Mutter befreundet waren. Andererseits kann er sich kaum vorstellen, dass Roswitha von mir wusste, denn vor ihrem Schlaganfall war sie eine starke Frau und ein liebenswerter Mensch.

„Der Artikel über dich war in der Ausgabe vom August 2018. Vielleicht war Roswitha in den Sommerferien in Bayern im Urlaub. Vielleicht hat sie dich zufällig in der Zeitung gesehen und war erstaunt über deine Ähnlichkeit mit Ella. Du darfst keine voreiligen Schlüsse ziehen, Flora", sagt Martin. „Ich habe übrigens alle Artikel gelesen."

„Und was schreiben sie?"

Er beugt sich leicht vor und berührt den Bildschirm. „Im ersten Artikel steht, dass am 2. Oktober 1973 die vierzehnjährige Ambra Mahler den zweiundvierzigjährigen italienischen Gastarbeiter Mateo Ganteri erstochen hat."

Ich nicke. „Ella hat es mir erzählt. Ihre Mutter hatte den Artikel aufgehoben."

„Stört dich das nicht, Flora?", fragt Martin.

Ich zucke mit den Schultern. „Zuerst war ich schockiert. Aber wir wissen nicht, warum Mama den Mann erstochen hat. Vielleicht hat er sie bedroht."

Ich grüble. Schließlich ist es mir mit dem finsteren Mann vom Grafenloch ähnlich ergangen. Ich habe mich auch bedroht gefühlt, als er auf mich zukam. Er wollte mich vergewaltigen, das habe ich seinem Blick entnommen. Es hieß, er oder ich. Er hat mich unterschätzt und in dem jungen Mädchen nicht die erfahrene Jägerin gesehen. Er war leichter zu erlegen als der tollwütige Keiler einige Wochen zuvor.

Ich lockere die Schultern, um die Spannung im Nacken zu lösen. Es ist merkwürdig, aber ich habe kein schlechtes Gewissen. Ich habe getan, was jedes Wesen in den Bergen tun würde: mein Leben verteidigen. War es bei Mama auch so? Wollte Ganteri sie vergewaltigen?

„Wo hat meine Mutter diesen Mann getötet?"

Martin schaut mich unergründlich an. „In einer Scheune am Waldrand, einen Kilometer von hier entfernt."

Er gibt den Ort in Google Maps ein und fährt mit dem Mauszeiger über einen grauen Punkt. „Hier ist die Scheune. Also ganz in der Nähe. Zwei Zeugen sind damals kurz nacheinander an der Scheune vorbeigegangen: Der 23-jährige Peter Herbach, der bei seinem Vater in Bad Urach zu Besuch war, ging spazieren und hörte in der Nähe der Scheune ein seltsames Geräusch. Als er die Scheune betrat, sah er gerade noch, wie Ambra dem Mann in den Rücken stach. Der andere Zeuge war Salomon Dreessen, ein Bauer, der in der Nähe einen Hof besaß."

Martin lehnt sich zurück. „Ich kenne die Enkelin von Salomon Dreessen. Sie heißt Veronika und war in der Grundschule in meiner Klasse. Ich weiß noch genau, wie wir Kinder nach den Weihnachtsferien zusammengerufen wurden und der Direktor uns mitteilte, dass Veronika ihren Großvater am Strick in der Scheune baumeln sah. Wir durften ihr nichts davon erzählen. Wer es doch tat, wurde bestraft. Natürlich hielt sich niemand an dieses Verbot, wir waren viel zu neugierig. Und dann ging plötzlich in Bad Urach das Gerücht um, Salomon Dreessen habe sich nicht umgebracht, sondern sei ermordet worden. Warte ... ich schaue mal unter der Jahreszahl nach."

Martin zieht einen Aktenordner aus einem hohen Schrank. „Salomon Dreessen ist am Dienstag, dem 25. Dezember 1973, gestorben. Beerdigt wurde er aber erst am 11. Januar 1974."

„Ist das wichtig?"

Er legt den Ordner zurück in den Schrank. „Keine Ahnung. Vielleicht wegen der Feiertage, vielleicht waren weitere gerichtsmedizinische Untersuchungen nötig und die Leiche wurde erst später von der Polizei freigegeben."

„Vielleicht hat sein Tod etwas mit dieser Geschichte zu tun. Es geschah fast drei Monate nach dem Vorfall mit Mama. Hm, und Sie haben gehört, dass er getötet wurde?"

Martin zuckt mit den Schultern. „Ich erinnere mich kaum daran. Ich war noch ein Kind und weiß nicht, ob es einen Zusammenhang mit dem Mord an Mateo Ganteri gab. Aus dem, was ich hier lese, schließe ich, dass Salomon erst in die Scheune kam, als alles vorbei war. Er sagte aus, dass er auf der Bank vor seinem Hof saß, als er ‚das zierliche, blonde Mädchen' den Hügel hinunterradeln sah. Hinter der Kurve sei sie aber nicht mehr aufgetaucht und er habe gedacht, sie sei gestürzt. Er schaute nach, sah aber kein Mädchen. Er fand nur ihr Fahrrad auf dem Grünstreifen. Er sagte auch aus, dass er Geräusche im Schuppen gehört habe und dass er Mateo Ganteri tot aufgefunden habe. Das rostige Messer lag neben dem bewusstlosen blonden Mädchen. Peter Herbach stand über das Mädchen gebeugt. Herbach rief die Polizei und Salomon wartete auf deren Eintreffen. In diesem Moment kam das Mädchen wieder zu sich und konnte fliehen. Salomon sagte der Zeitung, er sei leider zu alt gewesen, um sie zu verfolgen."

„Steht da etwas über das Motiv? Zum Beispiel, warum Mama den Mann umgebracht hat?"

„Nein. Es wurde vermutet, dass ‚der Italiener' sie vergewaltigen wollte oder es schon getan hatte." Martin seufzt und reibt sich die Augen. Er sieht müde aus. „Die Italiener kamen damals aus den armen Regionen Süditaliens nach Deutschland, um in den Bergwerken zu arbeiten", fährt er fort. „Auf einer Kirmes lernte Mateo Ganteri seine Frau Anna kennen. Als die Zechen im Westen geschlossen wurden, zogen sie nach Bad Urach. Sie bekamen zwei Töchter. Schau mal, hier ist ein Foto von ihm."

Ich beuge mich über den Bildschirm. Ganteri ist ein freundlicher Mann mit einem ovalen Gesicht, dunkler Haut, tiefschwarzem, glattem Haar und braunen Augen. Er ist der

Prototyp eines Südeuropäers. *Was er wohl in der jungen Ambra gesehen hat?*

„Und was steht da über Mama?"

„Dass ihre Fingerabdrücke auf dem Messer waren. Das steht in einem zweiten Artikel, der einige Wochen später erschien. In diesem Artikel kommen mehrere Personen anonym zu Wort. Eine Person vermutet, dass Ambra den Mann provoziert haben könnte, um ihn dann zurückzuweisen, als er mehr von ihr wollte. Eine Mitschülerin von Ambra sagte, sie sei ein seltsames, sehr schüchternes Mädchen gewesen. Sie hatte keine Freunde und aß in den Pausen immer allein im Klassenzimmer. Sie ging auch nie in die Schülerdisco. Ihr Klassenlehrer bestätigte, dass Ihre Mutter keinen Kontakt zu ihren Mitschülern hatte. Er nannte sie eine hochintelligente Einzelgängerin. Den schweren Stoff des Gymnasiums bewältigte sie mühelos. Besonders brannte sie für Biologie."

Ich starre auf den Bildschirm. Mama war also seltsam, lieber allein und klug. Eine gute Analyse. Ich bin auch lieber allein und klug, sagen meine Mitarbeiter bei Floresse. Aber ich bin sicher nicht seltsam, sondern anders. Ich höre mein eigenes Kichern, das durch meinen Kopf schwirrt. Na ja, vielleicht ein bisschen zu viel *anders*. Ella und ich haben die gleiche DNA, aber sie ist normal und gesellig.

Wo ist Ella? Ich muss sie finden. Ich greife nach meinem Handy, um zu sehen, ob ich eine Nachricht von ihr bekommen habe. Nichts. Funkstille.

Der Druck in meinem Bauch steigt wieder.

KAPITEL 27

Pfarrhaus Bad Urach
Samstagabend

„Flora ...?"

Martin deutet auf den Bildschirm. „Hier steht übrigens auch, dass Ambra ein Waisenkind war. Ihre Mutter Sarah war unverheiratet und alleinerziehend. Sie hat sich das Leben genommen, als Ambra 13 Jahre alt war. Deine Mutter lebte vorübergehend bei einer Pflegefamilie in Bad Urach, als Mateo Ganteri ermordet wurde."

„Warum Pflegefamilie? Gab es keine Verwandten?"

„Nein. Deine Großmutter Sarah war Jüdin, Flora. Sie war die einzige ihrer Familie, die den Krieg überlebt hat. Sarahs Eltern und ihre Schwester wurden 1943 nach Auschwitz deportiert und dort sofort nach ihrer Ankunft vergast. Sarah entkam dem Holocaust und kehrte erst im Dezember 1945 nach Bad Urach zurück. Wo sie sich während des Krieges aufgehalten hat, geht aus dem Artikel nicht hervor. Sarah war neununddreißig, als deine Mutter geboren wurde."

„Vergast in Auschwitz ... das wusste ich nicht. Wie schrecklich."

Die grausamen Bilder, die ich als Siebzehnjährige in der Schule sehen musste, sind mir noch in lebhafter Erinnerung. Ich will sie auch jetzt nicht sehen, weil ich mich dann übergeben muss, wie damals in der Schule.

Ich muss an etwas anderes denken. *An etwas anderes. An etwas anderes! Aber woran? An Mamas Vater. Ja, an Großvater. Wer war das?*

„Steht in dem Artikel, wer Mamas Vater war?"

„Nein." Martin Köster lässt den Cursor über das Gesicht meiner Großmutter gleiten. „Unverheiratete Mütter hatten es damals im streng katholischen Bad Urach nicht leicht, Flora. Unverheiratet schwanger zu werden, war damals eine Schande für die Schwangere und ihre Familie. Dass deine Großmutter ihr Kind behalten hat, zeugt von Mut. Viele unverheiratete

Schwangere kamen zur Entbindung in ein Heim oder zu weit entfernten Verwandten. Ihre Kinder wurden oft zur Adoption freigegeben. Die Mütter, die ihr Kind behielten, wussten, dass sie ihren Lebensunterhalt außerhalb der Gemeinschaft verdienen mussten. Das bedeutete Armut und Einsamkeit. Mutter und Kind waren praktisch Ausgestoßene. Deine Großmutter Sarah muss ein schweres Leben gehabt haben, Flora, und auch deine Mutter muss die Ablehnung der Gesellschaft gespürt haben. Kinder sind grausam zu denen, die anders sind. Ich frage mich, wie Ambra den Selbstmord ihrer Mutter verkraftet hat."

Meine Großmutter Sarah hat sich umgebracht...

Mein Blick fällt auf die Madonna an der Wand, sie steht auf einem Berg und betet. Graue Wolken ziehen über sie hinweg. Auch ich stand einmal auf einem Berg, nach der Einäscherung von Benjamin, auf einem Felsvorsprung am Hocheck. An diesem Tag zogen graue Wolken über die Berggipfel, soweit ich sehen konnte. Und es wehte ein starker Wind, der fanatisch an meinen Kleidern zerrte und mich ins Jenseits befördern wollte. Aber ich sprang nicht – Martha zuliebe. Mit ausgebreiteten Armen und geschlossenen Augen stand ich im Wind, bereit für meine Reise, als ich plötzlich eine seltsame Wärme spürte. Ein Sonnenstrahl brach durch die Wolken und schien mir ins Gesicht. Es war, als ob jemand meine Wange streichelte. Ich öffnete die Augen und spürte, dass ich noch eine Weile hierbleiben musste. Dass ich mit meinem Schmerz leben musste, weil ich mit meinem Kummer kein neues Elend heraufbeschwören durfte. Denn plötzlich begriff ich, dass ich für Martha das war, was Benjamin für mich war: der Sinn des Lebens.

„Vielleicht hat deine Großmutter nur eine Tablette zu viel genommen, um einzuschlafen", sagt Martin. Seine sanfte Stimme bringt mich zurück ins Wohnzimmer, zum Computerbildschirm mit dem Foto meiner Mutter. „Vielleicht hat deine Oma an Schlaflosigkeit gelitten. Wenn das lange anhält, wirst du verrückt."

Das Leder des Sessels schmiegt sich an meine Oberschenkel. „Sprichst du aus Erfahrung, Martin?"

„Nein. Aber mein Bruder hat unter Schlaflosigkeit gelitten. Es war furchtbar. Nun, morgen spreche ich mit Konstantin Reben. Er ist Professor für Kulturwissenschaften, der für die Hochschule Reutlingen die Geschichte der Juden in Hessen und Bayern während und nach dem Zweiten Weltkrieg erforscht hat. Professor Reben hält derzeit Vorlesungen über die Rolle von Baden-Württemberg im Zweiten Weltkrieg. Er wurde in der Zeitung zitiert, als es um die Herkunft deiner Großmutter Sarah ging. Vielleicht weiß er, in welchen Archiven ich weitere Informationen über deine Großmutter finden kann."

Martin öffnet die dritte PDF-Datei und liest sie noch einmal. Meine Gedanken wandern zu dem Foto meiner Mutter. Sie war von Geburt an eine Ausgestoßene, das Kind einer alleinerziehenden jüdischen Mutter, ohne Familie. *Allein...*

Mama hat das Leben gelebt, das für sie bestimmt war – und doch hat sie es anders gelebt. Sie brach mit der Gesellschaft und ließ sich von ihr nicht ausgrenzen. In der Einsamkeit der hohen Voralpen schuf sie sich ihre eigene heile Welt, alles andere war die Welt des Teufels. Ob Großmutter Sarah Mama die Geschichte ihres Lebens während des Zweiten Weltkriegs erzählt hat? Von der Vergasung ihrer Familie in Auschwitz? Von den Monstern, die dort arbeiteten? War ich für Mama auch ein Teufel? Ein Stück ,*Verwerflichkeit'* aus einer dämonischen Welt, aus der eine teuflische Saat hervorgegangen war? Wurde ich deshalb gequält, missbraucht, bestraft und isoliert? Und wer war mein Vater?

Die Kuckucksuhr schlägt einmal, der kleine Vogel kommt aus seinem Versteck und stört meine Gedanken.

Martin tippt mit dem Finger auf den Bildschirm. „Schau, das ist ein Interview mit Frau Ganteri und ein Foto von ihr, ihrem Mann und ihren beiden Töchtern."

Ich trete näher an den Bildschirm und sehe eine süße Familie am Eingang ihres Hauses. Mateo Ganteri ist viel kleiner als seine Frau. Mit einem Arm hält er seine große blonde Frau fest, mit dem anderen zieht er seine beiden kleinen Töchter an sich. Ich schätze, die Mädchen sind etwa zehn Jahre alt. Sie sehen ihm ähnlich, haben dunkle Haare, dunkle Haut und fröhliche braune Augen wie er. Mateo Ganteri blickt glücklich lächelnd in die Kamera. Auch die anderen Familienmitglieder lächeln. Das Bild berührt mich. Anna Ganteri muss eine Leere gespürt haben, als ihr dieser fröhliche Mann genommen wurde. Ich kann mir nicht vorstellen, dass er ein 14-jähriges Mädchen vergewaltigt hat. Oder ist das Foto eine Fälschung? Hat er allen etwas vorgemacht? Darin sind die Menschen gut, das habe ich zu Genüge erfahren.

„Ich kenne Anna", sagt Martin Köster. „Sie wohnt noch in Bad Urach und kommt jeden Sonntag in die Kirche. Sie muss jetzt so um die 80 sein. Eine schöne Frau, die nie wieder geheiratet hat und schwört, dass ihr Mann kein Pädophiler war. Er war ein guter Ehemann, ein guter Vater, sagt sie immer wieder. Er hätte einem jungen Mädchen nie etwas angetan. Warum Ambra Mahler ihn umgebracht hat, ist ihr ein Rätsel."

Ich gähne, plötzlich bin ich todmüde. Ich lehne mich zurück und versuche, meine Gedanken zu ordnen. Noch immer bin ich davon überzeugt, dass Ellas Verschwinden etwas mit Mamas Geschichte zu tun hat. Schließlich hatte Ella einen Termin in Bad Urach, weil sie etwas über Mama herausgefunden hatte. Mit wem war Ella dort verabredet? Ich muss buchstäblich ihrer Spur folgen und herausfinden, was 1973 vorgefallen ist.

Morgen früh werde ich drei Personen aufsuchen: Salomon Dreessens Familie, Peter Herbach und Anna Ganteri. Vielleicht kann ich nach 46 Jahren etwas von ihnen erfahren. Anna Ganteri wohnt in Bad Urach. Vielleicht lebt Peter Herbach auch noch. Er war 1973 dreiundzwanzig Jahre alt und wäre heute Ende sechzig.

„Kennst du zufällig Peter Herbach?", frage ich.

Martin schüttelt den Kopf. „Nein, aber meine Patentante kannte ihn gut. Nachdem ich diese Artikel gelesen habe, nehme ich an, dass Ella mit mir über meine Patentante und ihre Arbeit auf Hendrik Herbachs Schlösschen sprechen wollte. Meine Tante war dort viele Jahre lang Haushälterin. Hendrik Herbach ist Peters Vater. Sein Gut liegt in der Nähe von Bad Urach. Was aus den Herbachs geworden ist, weiß ich nicht." Er lehnt sich leicht zurück.

„Wie ist das Verhältnis zu deiner Patentante?", frage ich.

„Gut. Ich besuche sie einmal im Monat", antwortet Martin.

„Hat sie schon mal über ihre Zeit bei den Herbachs gesprochen?", frage ich.

„Nein, noch nie. Und ich frage sie auch nicht nach ihrer Arbeit. Meine Tante nahm ihren Beruf sehr ernst. Diskretion war ihr Markenzeichen. Das ist es übrigens immer noch. Sie hat auch nie geheiratet. Wir reden über andere Dinge, wenn ich bei ihr bin. Über Bücher, die wir lesen, über die Gesellschaft. Meine Tante ist körperlich gebrechlich, aber geistig noch sehr rege. Sie lebt jetzt in einem Pflegeheim in Dettingen. Wie Roswitha Wagner."

Mein Gehirn läuft auf Hochtouren. Roswitha Wagner lebt im selben Pflege- und Altenheim wie Beatrix Rösner! Vielleicht hat Ella Frau Rösner besucht und sich nach den Herbachs erkundigt. Vielleicht hat sie von ihr keine Antwort bekommen, vielleicht hat Ella gehofft, von Pfarrer Köster mehr zu erfahren.

Zu oft ein *vielleicht*.

„Da war doch was mit den Herbachs", sagte Martin plötzlich. „Ich habe in der Zeitung etwas darüber gelesen. Aber das ist schon eine Weile her" Er dreht den Laptop zu sich und tippt etwas ein. Dann scrollt er durch zahlreiche Einträge.

„Hier. In einem Buch über einflussreiche Baden-Württemberger Familien taucht der Name Herbach auf." Er klickt auf einen Text.

Ich nicke und denke an den Zeitungsartikel über meine Mutter. Ich kann nicht glauben, dass meine Mutter einen Menschen umgebracht hat. Mama war Botanikerin. Ich habe einem Lebewesen die Kehle durchgeschnitten, nicht sie. Eine Tat, über die ich nie sprechen werde. Mama zog es vor, keine Tiere zu töten, die in ihrer Nähe waren und die sie berühren konnte. Schon als Kind habe ich unsere Ziegen, Kaninchen und Hühner geschlachtet. Sie ging immer weg, um es nicht sehen zu müssen. Aber sie konnte mit dem Messer umgehen. Sie hat mir alles beigebracht.

„Ich verstehe das alles nicht, Martin. Warum sollte meine Mutter einen alten Mann töten? Als 14-jähriges Mädchen? Sie hat doch Körperkontakt gemieden.'

„Ich weiß auch nicht, was vorgefallen ist, Flora. Mich interessiert nur, wohin sie gegangen ist und wann sie schwanger wurde."

Martin klickt noch einmal auf die Geschichte von Mateo Ganteri. „Du hast mir erzählt, dass Ella am 17. Juni 1974 geboren wurde. Eine Zwillingsschwangerschaft ist normalerweise etwas kürzer als eine Einlingsschwangerschaft. Wenn ich jetzt acht Monate zurückrechne, sind wir ungefähr beim 2. Oktober 1973. Deine Mutter ist an diesem Tag geflüchtet. Sie ist damals schwanger geworden und muss hier in der Nähe entbunden haben. Ambra hat sich hier versteckt und jemand hat ihr geholfen. Vielleicht Ellas Pflegeeltern? Die wussten bestimmt Bescheid. Deine Mutter und Roswitha Wagner waren befreundet, das hast du mir vorhin erzählt. Und Roswithas Vater, Josef Söder, hat als Hausarzt die Geburtsurkunde von Ella unterschrieben, obwohl er genau wusste, dass seine Tochter Roswitha am 17. Juni 1974 kein Kind zur Welt gebracht hat. Dies geht auch aus der Blutgruppenanalyse hervor, die Ella von ihrem Hausarzt erhielt. Ella wurde am Tag ihrer Geburt in Bad Urach angemeldet. Dort wurden auch alle Vorsorgeuntersuchungen durchgeführt. Deine Mutter kam erst später nach Grafenloch. Die Frage ist: Wo hat sie bis zu ihrem Umzug gewohnt? Und wer hat ihr geholfen und warum? Außerdem frage ich mich, wer dein Vater ist."

„Ich glaube nicht, dass Mateo Ganteri mein Vater ist", bedeute ich. „Schau dir seine Töchter an. Und seine Frau – sie ist blond, aber die Mädchen sind eine Kopie von ihm. Wenn er mein Vater wäre, wäre ich dunkler und kleiner. Auf dem Foto ist er auch kleiner als seine Frau. Ich habe eine hellere Haut als meine Mutter und meine Haare sind blonder. Außerdem bin ich einen Kopf größer als sie. Und ich habe grüne Augen. Eine Frau mit blauen Augen und ein Mann mit braunen Augen haben kaum eine Chance, ein Kind mit grünen Augen zu bekommen. Nein, mein Vater war groß, hatte hellblonde, lockige Haare und grüne Augen. Da bin ich mir ziemlich sicher."

„Du hast recht. Du siehst gar nicht aus wie dieser Mateo. Aber das bedeutet nichts. Manchmal prägen die Großeltern das Aussehen ihrer Enkel, und in deinem Fall wissen wir nichts über das Aussehen deiner Großeltern."

„Das stimmt. Aber ich bin mir sicher, dass Mateo Ganteri nicht mein Vater ist. Dafür sieht er auf dem Foto zu glücklich aus."

Martin lächelt. Seine Hasenzähne geben ihm etwas Verletzliches.

Jetzt gähnen wir beide. *Blubby* legt seinen Stift neben den Notizblock und klappt den Laptop zu. „Es reicht für heute, Flora. Wir haben hinreichend spekuliert und gehen jetzt schlafen. Ich bin müde. Es ist Sonntag und ich muss in ein paar Stunden die Messe halten."

Sonntag... Noch immer kein Lebenszeichen von Ella.

Ein Dorn im Herzen.

KAPITEL 28

Weingut Wagner
Sonntagmorgen, 14. Juli 2019

Ellas Arbeitszimmer liegt im ersten Stock, mit Blick auf die sanften, bunten Hügel. Das Fenster ist geöffnet. Die Wiese, auf die ich blicke, ist frisch gemäht, eine leichte Brise weht den Duft von Gras herein. Ich gähne und reibe mir die Augen. Die Nacht war kurz. Gegen vier Uhr wachte ich auf und dachte sofort wieder an Ella. Mir fiel keine vernünftige Erklärung für ihr Verschwinden ein, jeder Gedanke machte mich noch panischer.

Leo geht es ähnlich, er sieht schlecht aus, ist kreidebleich und seine Hände zittern. Er war gestern Abend bei der Polizei und hat Ella als vermisst gemeldet. Die Kriminalpolizei in Bad Urach wird jetzt aktiv. Auch ich werde auf eigene Faust nach Ella suchen. Wenn man agiert, bleibt weniger Raum für Angst.

Leo und ich suchen nach Hinweisen. Ellas Zimmer ist kein einfacher Ausgangspunkt, denn es ist vollgestopft mit Nippes. Es war früher ihr Zimmer, und der ganze Schnickschnack aus ihrer Kindheit ist noch da. Ich staune über mindestens 20 große, schlanke Puppen aller Rassen, gekleidet in allen Farben des Regenbogens. Neben ihnen steht ein graues Ding, das wie ein Fernglas aussieht. Ich schaue in den Tubus, tausende funkelnde Glassplitter tanzen vor meinen Augen. Wie schön. Seufzend lege ich das Spielzeug zurück ins Regal und konzentriere mich auf das Bücherregal. Ich nehme einige Bücher heraus. Auf den Umschlägen sind Bilder von Jugendlichen in abenteuerlichen Situationen. Ich drehe mich um. Auf einem schmalen Tisch stehen Malutensilien und Parfümflaschen, offensichtlich eine Sammlung aus der Jugendzeit.

An einer Wand hängen gerahmte Fotos von Ella und ihren Pflegeeltern. Auf einem größeren Farbfoto trägt Roswitha Wagner lächelnd einen Hut und hält einen Blumenstrauß in der Hand. Ich schätze sie auf Mitte vierzig. Eine auffallend schöne Frau mit schwarzen Augenbrauen, blauen Augen, hohen Wangenknochen und vollen, knallrot geschminkten Lippen. Ich trete näher an das Bild heran und spüre, wie es mich im Nacken kitzelt. Diese Frau war also eine Freundin meiner Mutter, denn sie haben sich Briefe geschrieben. Gegensätze ziehen sich an, scheint es, denn sie ist ein ganz anderer Typ. Ich glaube, ich habe sie schon einmal gesehen, aber wo war das? Ich nehme den Rahmen von der Wand und schaue auf die Rückseite. In mädchenhafter Handschrift steht da: *3. April 1988, Mama 50!* Damals lebte ich noch in Grafenloch und hatte bis 1990 kaum andere Menschen getroffen, geschweige denn diese Frau. Das muss später gewesen sein. Aber wann? Und wo? Schließlich bin ich erst mit 20 verreist. Nein, ich muss mich irren. Wahrscheinlich habe ich das Foto auf Ellas Laptop gesehen. Wir haben uns an diesem Abend viele Fotos angeschaut.

Mein Blick gleitet weiter über die Fotowand. Auf fast allen Bildern ist Ella von ihren Adoptiveltern oder Freunden umgeben. Nur auf zwei Fotos ist sie allein zu sehen. Auf einem muss sie etwa sieben Jahre alt sein. Sie trägt ein weißes Ballkleid, weiße Schuhe, weiße Strumpfhosen und einen Kranz aus weißen Rosen auf ihren Locken. In ihren Händen hält sie einen kompakten Strauß weißer Rosen. Auf dem Bild daneben trägt sie wieder ein hübsches Kleid, dieses Mal Himmelblau. In der Hand hält sie eine lange Kerze mit rosa Schleife. Auf diesem Foto ist sie um einige Jahre älter. Zwölf vielleicht? Viele Schnappschüsse sind in den Ferien entstanden. Sie baut eine Sandburg am Meer, reißt am Eiffelturm die Arme hoch, radelt durch einen Birkenwald, feiert Partys mit Freunden. Und immer sind ihre Eltern dabei. Vor ihr, hinter ihr, neben ihr. Ella lächelt auf allen Fotos, ihre Augen strahlen.

Etwas bewegt sich in mir. Ein Gefühl, das ich nicht genau einordnen kann. Ihre Kindheit war so anders als meine. Ich glaube nicht, dass ich als Kind jemals so ausgelassen gelacht habe wie Ella. Ich habe Freude empfunden, aber nicht so wie sie. Nicht überschwänglich. Nicht ausgelassen. Meine Freude war eher in Momenten des Friedens in der Natur, wenn ich weit weg von Mama auf dem weichen Moos lag, den Bauch voll hatte und die warmen Sonnenstrahlen auf meiner Haut spürte.

Oder die Zärtlichkeit, die ich empfand, wenn ich durch den Wald ging, die blühenden Mimosen roch und das Ende des langen, kalten Winters förmlich in mich aufsaugte. Oder wenn ich an einem heißen Sommertag barfuß auf meinem Felsen stand und fanatisch mit den Tramontanen kämpfte. Hätte ich ihr Leben gewollt? Hier auf diesem Weingut? Bei Herrn und Frau Wagner, die ihre kleine Tochter mit Liebe und Fürsorge überschütteten? Die alle Sorgen von ihr fernhielten? Angst kannte Ella in ihrer Kindheit nicht. Das hat sie mir erzählt. Sie hatte eine unbeschwerte Kindheit, und das merkt man ihr an. Ich bin mit Angst aufgewachsen. Oder vielleicht ist Bedrohung das treffendere Wort. In der Wildnis der Voralpen war sie immer und überall.

Das Gefühl der Leere wird stärker. Ella hat Liebe bekommen. Ich schniefe. Ella war nicht im dunklen Keller eingesperrt. Sie musste nicht ihr Lieblingskaninchen schlachten und essen. Sie musste nicht arbeiten. Auf den Bildern einer lächelnden Ella sehe ich die Wahrheit viel schärfer als letzten Mittwoch in Grafenloch: Mama hat mich auf subtile Weise gequält. Sie hat mich bestraft. Aber wofür? Und warum genau musste ich bei ihr bleiben und Ella durfte hier leben, umgeben von Liebe? Manchmal hatte ich das Gefühl, dass sie mich wütend machen wollte, dass ich etwas Unbedachtes tun würde, damit sie mich noch härter bestrafen konnte. Aber ich war ein Kind und wurde nicht wütend. Ich bettelte um Zuneigung, und dafür bestrafte sie mich noch härter.

Ich bekomme keine Luft mehr, halte mich fest wie in einer Umarmung und schlucke heftig.

„Flora, alles in Ordnung?" Leo steht hinter mir und berührt kurz meine Schulter.

„Ja." Ich wende mich von den Bildern ab, um den Rest des Zimmers meiner Schwester zu erkunden. Ich muss sie finden!

„Hier stand früher ihr Bett." Er zeigt auf den weißen Schreibtisch.

Es ist eine langweilige Dissonanz in dem verspielten Raum. Zwei schwarze Ladekabel schlängeln sich über den weißen Schreibtisch.

„Lädt sie hier ihren Laptop und ihr Handy auf?", frage ich.

„Ja, sie arbeitet hier oder am Empfang. Im April hat sie sich einen Laptop gekauft, den sie überallhin mitnehmen kann."

„Ich weiß. Sie hatte ihn dabei, als sie mich in Mühlbach besucht hat. Wo ist ihr Laptop jetzt?", frage ich.

Leo verzieht kurz das Gesicht. „In ihrer Tasche, glaube ich. Sie hat ihn immer dabei."

Ich ziehe den Stuhl unter dem Schreibtisch hervor und setze mich darauf, so wie Ella es getan haben muss. Sie hat sich graue Ordner mit Abkürzungen angesehen. Ich vermute, dass es sich um Verwaltungskürzel handelt. Ein Ordner fehlt, er liegt auf dem Schreibtisch.

„Was bedeuten diese Abkürzungen?" Ich zeige auf die schwarzen Buchstaben BVH.

„Bauvorhaben Höhle", erklärt er. „Das ist der Ordner, in dem wir alles aufbewahren, was mit der Höhle neben unserem Hof zu tun hat. Dort haben wir 2010 den Weinkeller mit Verkostungsraum gebaut. Ellas Eltern nutzten die Höhle nur, um Heu zu lagern. Eigentlich ist es keine Höhle, sondern ein Steinbruch. Hier wurde früher Mergel abgebaut. Aus dem Material ist der Hof entstanden. Unter unserem Hof gibt es ein kilometerlanges Labyrinth von Gängen. Überreste von jahrhundertelangem Bergbau."

„Stollen? Kann man da von der Höhle aus hinkommen?"

„Ja, aber nur mit einem Schlüssel. Wir haben vor der Höhle einen Stahlzaun aufgestellt, damit sich die Gäste nicht verirren, wenn sie den Gang betreten."

„Und wo ist der Schlüssel?"

„Einer hängt an Ellas Schlüsselbund, einer liegt in ihrer Schreibtischschublade und einer hängt an einem Schlüsselhaken in der Küche."

„Du hast gesagt, dass die Renovierung 2010 stattgefunden hat. Das war vor neun Jahren. Warum liegt der Ordner dann hier auf deinem Schreibtisch?"

„Keine Ahnung", antwortet Leo nachdenklich. Er öffnet den Ordner und blättert darin. „Vielleicht hat es etwas mit der Steuerprüfung zu tun. Wir hatten eine Betriebsprüfung und da gab es Fragen zu unseren Investitionen in die Höhle. Wir mussten Belege vorlegen. Ella hat sich letzte Woche um die Finanzen gekümmert."

Ich lehne mich zurück und lasse ihr Zimmer noch einmal auf mich wirken. Hier hat sie also die meiste Zeit ihres Lebens verbracht. In diesem Zimmer. Ich schaue durch das offene Fenster. Heute riecht es hier nach frisch gemähtem Gras. Wie hat es hier am Freitagabend gerochen, als der Geruch von Ella dominierte? Was hat sie am Freitag gemacht? Was hat sie gemacht, bevor sie ins Bett gegangen ist? Sie hat mir um 23.18 Uhr eine E-Mail geschickt. Da spukten ihr also noch ihre Recherchen im Kopf herum. Sie saß an diesem Schreibtisch. Hatte sie schon ihren Schlafanzug an? Wonach roch es? Manchmal durchdringt der Geruch eines Ortes die Kleidung eines Menschen.

„Was hatte Ella am Freitagabend um Viertel nach elf an, Leo?"

„Was meinst du?"

„Hatte sie ihren Schlafanzug an?"

Leo tritt einen Schritt zurück. Er denkt nach. Seine Augen werden wieder feucht. „Nein. Sie kam kurz vor Mitternacht zu mir, gab mir einen Kuss und fragte, ob ich auch ins Bett käme. Ich wollte aber die Sportsendung zu Ende schauen. Sie trug einen braunen Rock und eine beige Bluse."

„Wo sind der Rock und die Bluse?"

„Ich glaube, im Wäschekorb im Bad."

Ich stehe auf und verlasse den Raum.

„Zweite Tür rechts", ruft Leo.

Ich betrete das Bad, sehe einen Wäschekorb und ziehe den braunen Rock und die beige Bluse unter einem feuchten Handtuch hervor. Ich halte mir die Bluse unter die Nase und atme tief ein. Nein, ich rieche nichts Besonderes, nur das Deo. Als ich den Rock untersuche, raschelt es, ich krame in den Taschen und finde ein gelbes Post-it, auf dem sie eine Nummer notiert hat: 07123-7033280/5.

„Was ist das?", fragt Leo, der hinter mir aufgetaucht ist.

„Eine Telefonnummer, nehme ich an."

Ich gehe zurück in Ellas Zimmer, nehme meine Tasche von der Kommode, hole mein Handy und wähle die Nummer.

Sofort springt der Anrufbeantworter an. Eine Frauenstimme hat eine Nachricht hinterlassen:

„Guten Tag, willkommen bei der Julena GmbH. Derzeit können wir Ihren Anruf nicht entgegennehmen ... weitere Informationen zu unseren Dienstleistungen finden Sie auf unserer Website www.julena-gmbh.com.'

Ich gehe auf die Website und erfahre, dass es sich um eine Investmentgesellschaft handelt. Sie hat ihren Sitz in Dettingen. Unter der Überschrift: ‚Wer wir sind', lese ich, dass das Unternehmen 1993 von einem anonymen Investor gegründet wurde. Ich surfe weiter. Die Firma wirkt seriös.

„Sag mal, Leo, was hat Ella mit der Julena GmbH zu tun? Das ist eine Investmentfirma in Neuburg."

„Keine Ahnung. Ich vermute, die interessieren sich für Weinverkostungen. Wir haben hier viele Kunden aus der Region."

„Wo kann ich sehen, ob die gebucht haben?"

„Ich kann in unserem System nachsehen. Vielleicht haben sie Ella gebeten, sie zurückzurufen, denn oft interessieren sich auch Firmen für eine Weinreise. Manche machen das oft mit ihren Mitarbeitern. Bei uns läuft auch viel über Empfehlungen."

Ich nicke, stecke den gelben Zettel in meine Tasche und setze mich wieder an Ellas Schreibtisch. „Was hat Ella denn am Freitag gemacht? Weißt du das zufällig?"

„Sie hat den ganzen Tag im Büro gearbeitet und viel telefoniert. Das habe ich draußen auf dem Hof gehört. Ich habe die Fensterläden gestrichen und ihr Fenster war offen. Aber mit wem sie telefoniert hat, das weiß ich nicht. Ich habe nicht darauf geachtet."

Ich schaue auf den Schreibtisch, öffne die Schubladen, durchstöbere Formulare, betrachte den Inhalt der Ordner, finde aber nichts, was mir weiterhilft. Aber ich muss etwas finden. Ich muss aktiv bleiben. Wenn ich nichts unternehme, lasse ich Ella im Stich. Alles in mir sagt mir, dass es einen Zusammenhang zwischen Ellas Verschwinden und Mamas Vergangenheit gibt. Und ich habe gelernt, meiner Intuition zu folgen, und muss mich darauf konzentrieren. Mamas Leben hier

181

ist längst Vergangenheit und viele Menschen aus jener Zeit sind tot, aber das schreckt mich nicht ab. In der Natur sind es oft die Jungen eines Tieres, die später die Orte kennenlernen, an denen Vater oder Mutter Nahrung gefunden oder Schutz gesucht haben. Der Nachwuchs trägt die Informationen der Eltern immer in sich. Auch ich erinnere mich an alles, was ich über die Wirkung der Kräuter der Voralpen gelernt habe. Meine Kenntnisse stammen von meiner Mutter, die ihr Wissen wahrscheinlich von dem alten Mann mit den dunklen Haaren hatte. Ich streiche mit der Hand über das Fensterbrett und rieche den Duft der Kräuter. Ja, ich muss der Spur dieses Tages im Oktober 1973 folgen, an dem Mama Mateo Ganteri erstochen haben soll. Auch Ella ist dieser Spur gefolgt. Aber mit wem soll ich anfangen? Ich schaue wieder hinaus, über die hügelige Landschaft. Die Morgensonne beleuchtet das weiße Bauernhaus in der Ferne. Ich werde mit Veronika Dreessen beginnen. Sie ist die Enkelin von Salomon Dreessen, dem Bauern, der am Weihnachtstag 1973, keine drei Monate nach dem Vorfall mit Mama, tot am Balken hing. Vielleicht erinnert sich Veronika an die Vorkommnisse von damals. Vielleicht haben ihre Eltern ihr etwas erzählt? Je länger eine schmerzhafte Vergangenheit zurückliegt, desto leichter fällt es, darüber zu sprechen. *Bullshit!*

Es dauert eine Weile, bis ich meine Gedanken sortiere. Mir ist es bis heute nicht gelungen, über das Blut im Wald zu sprechen. Und über meine Wut.

TEIL 4

Ich bin verloren
Ella

Ich kann mich nicht mehr bewegen, Flora.
Alles schmerzt. Ich habe Kopfschmerzen, und mir ist ständig übel.
Das Wasserlassen schmerzt, meine Augen schmerzen, mein Körper schmerzt.
Die Geräusche der Insekten ängstigen mich und meine Gedanken sind so seltsam.
Soeben habe ich ein Insekt gegessen.

KAPITEL 29

Hotel Dreessen
Sonntag

Die Straße ist ruhig. Seit ich in die Hohlstraße eingebogen bin, in der Veronika Dreessens Hof liegt, ist mir kein verdächtiges Auto aufgefallen. Ich sollte mich also sicher fühlen, aber das tue ich nicht. Ich bin nervös. Immer wieder überkommt mich dieses mulmige Gefühl, ein mulmiges, dunkles, klebriges Gefühl. Ella ist seit vierundzwanzig Stunden verschwunden. Mein Verstand bietet mir plausible Erklärungen, wie eine Autopanne auf einer Landstraße, an. Mein Verstand denkt logisch, aber er bekommt meine Gefühle nicht in den Griff. Immer wieder treiben sie mich in die Vergangenheit meiner Mutter.

Ich parke unter einer alten Eiche und gehe zur Haustür. Die Frühstückspension von Veronika Dreessen befindet sich in einem weiß gestrichenen Gebäude mit Blick auf wogende, goldene Weizenfelder, die einen schönen Kontrast zum dunklen Waldrand in der Ferne bilden. Einzig das runde Tor an der rechten Seite des lang gestreckten Gebäudes erinnert an das ehemalige Bauernhaus.

„Sie vermietet sieben Zimmer, hat kein Personal und macht alles selbst, Flora", hat Leo mir gestern erzählt. „Das ist harte Arbeit, denn sie beherbergt überwiegend Stammgäste."

Ich klingele und warte. Kurz darauf wird die Tür von einer kleinen, rundlichen Brünetten um die fünfzig geöffnet. Veronika Dreessen sieht aus wie eine jüngere Ausgabe von Martha. *Wie süß.*

„Hey, Ella", begrüßt sie mich erfreut.

Ich schmunzele innerlich. „Ich bin Flora, Flora Graf, Frau Dreessen. Ellas Zwillingsschwester aus Bayern. Ich würde mich gerne mit Ihnen unterhalten."

Veronika Dreessen schaut mich überrascht an. „Ella hat eine Zwillingsschwester? Das wusste ich gar nicht."

„Ella hat es selbst erst vor zwei Wochen erfahren. Wir sind die Töchter von Ambra Mahler."

Veronika Dreessen mustert mich. „Hm ... womit kann ich Ihnen denn behilflich sein? Brauchen Sie ein Zimmer?"

„Nein. Ich bin hier, weil unsere Mutter vor vierzig Jahren einen Mann namens Mateo Ganteri erstochen haben soll", fahre ich fort. „Ihr Großvater Salomon war damals Zeuge. Und ein gewisser Peter Herbach. Ella und ich recherchieren über diesen Tag. Und jetzt wird meine Schwester seit gestern vermisst. Sie war auf dem Weg zu einem Termin, bei dem es um die Vergangenheit unserer Mutter ging."

Veronika Dreessen wird blass und lehnt sich gegen den Türrahmen.

„Bitte ... können wir reden?", frage ich.

„Kommen Sie, wir gehen in die Küche."

Ich setze mich an den Küchentisch, auf dem eine bunte Tischdecke liegt. Das Obstmuster erinnert mich an den Garten in Grafenloch. Rechts vom Fenster hängt ein großes gerahmtes Foto an der Wand, das zwei fröhliche Frauen um die Zwanzig zeigt. *Ihre Töchter?*

Veronika Dreessen geht zum Herd und hebt den Deckel eines Topfes. Der Duft von frischer Gemüsesuppe strömt durch den Raum. Es duftet nach Sellerie, Möhren, Kartoffeln und Rüben.

„Möchten Sie auch ein Teller Suppe?", fragt Veronika. „Ich wollte gerade essen."

„Gerne, es riecht köstlich."

Lächelnd deckt sie den Tisch und stellt den dampfenden Topf zwischen uns. Ich nehme die Kelle und fülle die beiden Teller.

Veronika setzt sich mir gegenüber. „Ella hat also eine Zwillingsschwester und ist nicht die Tochter von Roswitha und Cornelius Wagner. Das überrascht mich nicht."

„Warum nicht?"

„Da besteht keine äußerliche Ähnlichkeit zwischen Ella und dem Ehepaar Wagner. Mein Ex-Mann hat mal behauptet, Roswitha sei fremdgegangen. Ella, mit ihren grünen Augen und den goldenen Locken, könne unmöglich von dem dunkelhaarigen, stämmigen Cornelius sein, sagte er."

„Ihr Ex-Mann hat eine scharfe Beobachtungsgabe."

„Mein Ex-Mann ist ein Fremdgänger", sagte sie fröhlich. „Daher kommt seine scharfe Beobachtungsgabe. Übrigens, wollen wir ‚du' sagen? Es fühlt sich komisch an, die Zwillingsschwester einer Frau, die ich mein Leben lang kenne, so förmlich anzusprechen."

„Aber natürlich. Ich bin Flora."

„Guten Appetit, Flora." Ein Lächeln huscht über ihr rundes Gesicht. Schweigend löffeln wir die Suppe.

„Ich habe immer gewusst, dass die Geschichte meines Großvaters nicht zu Ende ist", sagt Veronika nach einer Weile. „Es gibt ein Geheimnis um seinen Tod."

Sie schiebt ihre leere Suppenschüssel zur Seite.

„Was für ein Geheimnis?"

„Großvater hat uns einen Abschiedsbrief hinterlassen."

Ich rücke meinen Stuhl näher an den Tisch.

„Die Familie hatte sich an diesem Tag um den gedeckten Tisch versammelt", beginnt Veronika. Ihre Worte klingen so leicht, als freue sie sich, ihre Geschichte über diesen ersten Weihnachtstag 1973 erzählen zu können. „Meine Mutter war gerade dabei, den Truthahn zu tranchieren, als mein Vater signalisierte, dass Großvater, der Holz für den Kamin holen wollte, noch nicht zurück sei. Großmutter ging in die Scheune und fand Großvater an einem Seil baumelnd. Als wir ihre Schreie hörten, rannte mein Vater in den Stall und ich folgte ihm. Da hing er in seinem schwarzen Anzug an dem orangefarbenen Seil. Seine Augen waren weit aufgerissen und seine Zunge hing heraus, als wollte er Großmutter mit seinem letzten Atemzug provozieren. Mein Vater rief meiner Mutter zu, sie solle die Polizei rufen. Mein Vater war schockiert, als er mich neben Großvater stehen sah. Er hielt mir die Hand vor die Augen und zog mich aus der Scheune. Aber ich hatte alles gesehen. Diese Zunge vergesse ich nie."

„Der arme Mann", sage ich leise.

„Es war unser Geheimnis, dass mein Großvater einen Abschiedsbrief hinterlassen hat", fährt Veronika fort. „Ich habe diesen Brief gefunden. Nur zwei Tage nach seinem Tod. Er lag in einem Umschlag unter Großvaters Sessel. Ich erinnere mich noch gut an seine schwungvolle Handschrift. Ich konnte damals schon lesen und ahnte, dass Großvaters letzte Worte wichtig waren. Aber es war eine zusammenhanglose Geschichte. Er schrieb, er habe den Galgen verdient, weil er das Mädchen nicht gerettet habe. Er sei ein Feigling gewesen. Unter dem Druck der Großmutter habe er sich immer der Macht gebeugt. Und nun war das arme Mädchen verschwunden. Vielleicht war sie tot? Wenn ja, dann war es seine Schuld. Er hätte der Polizei sofort die Wahrheit über den Mord an diesem Italiener sagen müssen.

Dann hätte auch die arme Frau des ermordeten Italieners weniger Leid erfahren. Er schloss mit dem Satz, dass er auf keinen Fall ein katholisches Begräbnis wolle. Er wollte nicht in die katholische Hölle."

„Pfarrer Köster hat mir gesagt, dass dein Großvater womöglich ermordet wurde."

„Oh nein! Er hat Selbstmord begangen. Das ist unser Familiengeheimnis. Großmutter riss mir den Brief aus der Hand, dann schüttelte sie mich und schrie mich an, ich solle niemandem davon erzählen. Sonst würde ich die Prügel meines Lebens bekommen." Veronika reibt sich die Wange.

„Ich habe ihr aufs Wort geglaubt. Also habe ich geschwiegen und auch meinen Eltern nichts gesagt. Großmutter hat den Brief nicht an die Polizei weitergegeben. Die Ermittler tappten noch immer im Dunkeln. Mord oder Selbstmord. Erst Jahre später erzählte mir meine Mutter, dass bei der Autopsie Alkohol im Blut meines Großvaters festgestellt worden war. Der alte Mann war oft betrunken."

„Aber dein Großvater ist katholisch beerdigt worden. Das stand im Kirchenbuch."

Veronika seufzt und schüttelt den Kopf. „Meine Großmutter hat den letzten Wunsch meines Großvaters ignoriert. Sie hatte Angst, was die Leute sagen würden, wenn sie ihn einäschern ließe. Sie wollte niemandem sagen, dass er Selbstmord begangen hat. Die Leute würden denken, sie sei schuld. So bekam Großvater gegen seinen Willen doch noch ein pompöses katholisches Begräbnis. Ganz Bad Urach saß in der Kirche und hat mit ihm gelitten. Ich habe übrigens auch nach Großmutters

Tod weiter geschwiegen. Erst als ich 1990 heiratete, kam es wieder zur Sprache. Mein Ex-Mann und ich schmiedeten Pläne für die Renovierung der Scheune und diskutierten über diesen Balken. Soll er sichtbar bleiben oder nicht? Ich wollte den Balken abdecken, denn jedes Mal, wenn ich die Scheune betrat, sah ich meinen Großvater daran baumeln. Da mein Mann den Balken behalten wollte, erzählte ich ihm von Großvaters Selbstmord und dass Großmutter die Polizei belogen hatte. Mein Ex zeigte Verständnis für ihre Entscheidung." Sie seufzt. *„Die Gesellschaft war schon immer sehr heuchlerisch*, sagte mein Mann. *Entweder man macht mit oder man ist draußen. Deine Großmutter hat mitgemacht. Das ist doch vernünftig*. Ich mochte seine Bemerkung nicht. 2014 habe ich mich von ihm scheiden lassen. Der Bastard hat sich als Schürzenjäger und Heuchler entpuppt."

„Das tut mir leid", sage ich.

„Muss es nicht. Ich bin glücklicher ohne ihn. Ich habe mein Leben geordnet. Und ich bin nicht allein. Ich habe meine beiden Töchter", sie zeigt auf das gerahmte Foto an der Wand.

„Und die Beichte?", frage ich. „Hat deine Großmutter dem Pfarrer den Selbstmord ihres Mannes gebeichtet? Das machen Katholiken doch, oder? Alle Sünden beichten?"

„Meine Großmutter bestimmt nicht!" Veronika lacht spöttisch. „Als sie im Sterben lag, erzählte sie mir, dass sie Angst hatte, weil sie jahrelang im Beichtstuhl gelogen hatte. Sie litt unter heftigen körperlichen Schmerzen, die sie ‚die Dornen der Lüge' nannte."

Veronika schöpft noch etwas Suppe in ihre Schüssel.

„Meine Großmutter war ein seltsamer Mensch. Es gab nur einen Menschen, den sie respektierte, und das war der damalige Pfarrer von Bad Urach. Die beiden kannten sich seit ihrer Kindheit, aber ich glaube, auch ihm hat sie nie die Wahrheit gebeichtet. Es war ihr peinlich, die Dettinger Polizei nach dem nicht existierenden Mörder ihres Mannes suchen zu lassen, nur weil sie Angst vor dem Gerede in Bad Urach hatte."

„Es kann also gut sein, dass meine Mutter gar nicht die Mörderin von Mateo Ganteri war?"

„Das hat sie nicht gesagt. Das ist meine Interpretation. Mein Großvater hat in seinem Abschiedsbrief erklärt, dass er über den Mord an dem Italiener gelogen und das Mädchen nicht beschützt hat. Daraus schließe ich, dass deine Mutter entweder in Notwehr gehandelt hat oder unschuldig war."

Schweigend löffeln wir unsere Suppenschüsseln aus.

„Übrigens war Großvaters Brief auch eine Anklage gegen die Herbachs." Veronika wischt sich mit einer Serviette über den Mund. „Ich weiß nicht, wie er darauf gekommen ist. Großvater hatte sich als junger Mann mit dem alten Hendrik Herbach um ein wichtiges Stück Land gestritten, das an meinen Garten grenzte. Der alte Herbach war der Vater von Peter Herbach, der Zeuge in der Scheune war. Als der Streit um dieses Stück Land ausbrach, war der alte Herbach schon steinreich. Großvater war im Recht, denn das Land gehörte ihm, aber Hendrik Herbach bestach einen Ratsherrn, um Großvater um das Land zu betrügen. Großmutter hielt ihn von einer Klage ab. Seinen Zorn hat Großvater sein Leben lang tief in sich hineingefressen."

„Pastor Köster hat mir gestern erzählt, dass die Herbachs damals sehr einflussreich waren."

„Mehr als das. Die hatten das Geld und die politische Macht. Aber am Ende seines Lebens hat es auch den alten Herbach erwischt. Sein ältester Sohn nahm sich 1974 das Leben. Wir erfuhren es an meinem zehnten Geburtstag. Ich verstand nicht, worüber die Erwachsenen so aufgeregt sprachen. Ich wusste nicht, was Homophilie ist. Mein Vater nannte den Jungen ‚eine arme Seele', die sich vor Gott verantworten muss."

Während meiner Kindheit dachte ich nie an Gott. Ich glaubte an eine Hölle hinter einem langen dunklen Tunnel, an eine Welt voller Teufel und daran, dass Hubschrauber fliegende Teufel waren, die mich suchten. Auf meine Frage, was die Teufel mit mir machen würden, wenn sie mich fänden, antwortete Mama, sie würden mir einen Stock, so dick wie eine Weinrebe, in den Hintern stecken und ihn auf und ab bewegen. Nach ihren Worten beobachtete ich beim Pinkeln immer den dünnen Strahl, der aus mir herauskam, und schauderte bei dem

Gedanken, dass man mir einen Stock, so dick wie eine Weinrebe, in ein so kleines Loch stecken könnte. Mama hatte mir in zwei Sätzen erklärt, was in der Welt des Teufels mit mir geschehen würde.

Als ich nach Mamas Tod im Krankenhaus aufwachte, steckte mir niemand einen Weinstock in den Körper. Die Monate vergingen und aus Teufeln wurden Menschen. Ich begann an Mamas *Wahrheit* zu zweifeln, lernte, dass sich Wahrheiten je nach Ort und Zeit ändern. In Indien glaubt man an andere Götter als im Iran. Vielleicht werde ich eines Tages von Martins katholischem Gott überzeugt? Dann glaube ich vielleicht, dass ich nach meinem Tod meinen kleinen Benny wieder in die Arme schließen kann, dass mein Junge und ich für immer glücklich im Himmel sein werden und die Leere verschwindet. Ich seufze. Gläubige Menschen sind glücklich. Für sie ist der Verlust eines geliebten Menschen nur vorübergehend. Für Menschen, die nicht glauben, ist der Verlust für immer.

„Wie ist deine Mutter eigentlich nach Bayern gekommen?" Veronikas Stimme holt mich zurück in die duftende Küche.

„Ich habe keine Ahnung", antworte ich. Vorsichtig führe ich die Suppenschüssel an meine Lippen und lasse die letzten Tropfen in meinen Mund gleiten. Eines Tages, so hoffe ich, werde ich auch auf diese Frage eine Antwort finden.

Draußen hört man das Gackern der Gänse. Aus dem Fenster blickt man auf weite Felder und den Wald dahinter. Eine Straße führt vorbei, verschwindet kurz hinter einem Hügel und taucht dann wieder auf.

„Weißt du, wo die Scheune ist, in der Mateo Ganteri ermordet wurde?"

„Ja, sie ist hinter diesem Hügel. Es ist ein moosgrün gestrichenes Gebäude am Waldrand. Großvater hat dort seine alten Werkzeuge aufbewahrt. In den 2000er Jahren haben wir den Stall zu einem Ferienhaus umgebaut."

Ich stehe auf, verlasse die Küche und bleibe am Gemüsegarten des Hotels stehen. Der Hügel ist mindestens einige hundert Meter entfernt. Ich drehe mich um, hinter mir, neben dem Haus, steht eine alte Bank.

Ob Salomon Dreessen hier gesessen hat, als Mama vorbei-kam?
Ich wende mich wieder der Straße zu. *Mama ist den Berg hinaufgeradelt, aber nicht wieder heruntergekommen. Salomon Dreessen wartet und macht sich Sorgen. Er beschließt, nachzu-sehen, ob sie gestürzt ist.* Ich berechne die Entfernung in Pässen. Es ist noch ziemlich weit, wenn man nicht geradeaus über die Felder geht. Ich be-trachte das knorrige Holz des Weißdorns, das das Weizenfeld umgibt. Die Hecke ist alt. Sie könnte schon 1973 hier gestan-den haben. Und durch solch eine robuste Hecke kommt man nicht einfach durch, sie ist ein ernsthaftes Hindernis. Also ist Salomon Dreessen erst zur Straße und dann den Berg hinauf-gelaufen. Zwischen dem Moment, als er Mama sah, und dem Moment, als er den Schuppen betrat und Mateo Ganteri tot vorfand, lag mindestens eine halbe Stunde. Vielleicht länger. Vielleicht eine Dreiviertelstunde?

Was sah er, als er die Scheune betrat? Aus der Erzählung von Veronika weiß ich, dass vier Personen in der Scheune waren: Mama, Mateo Ganteri, Salomon Dreessen und Peter Herbach. Tatsache ist, dass Mateo Ganteri von hinten erstochen wurde, dass Mamas Fingerabdrücke auf dem Messer waren und sie geflohen ist. Aber wer hat es getan? Das wissen nur diejenigen, die dabei waren. Über Salomon Dreessen habe ich einiges her-ausgefunden. Pastor Köster recherchiert den Hintergrund von Peter Herbach. Von Mateo Ganteri weiß ich nur, dass er eine Witwe hinterlassen hat, die noch in Bad Urach lebt.

Ich höre ein Geräusch und drehe mich um. Veronika ist mir nach draußen gefolgt.

„Sag mal, Veronika, hast du zufällig die Adresse von Anna Ganteri?"

„Natürlich", antwortet sie und geht wieder hinein.

Ich folge ihr. Da klingelt mein Handy. *Ella?* Mit zitternden Fingern greife ich nach dem Gerät. Es ist Martha.

„Meine Liebe, gibt es schon etwas Neues von Ella?"

„Nein, nichts."

„Und wie geht es dir? Du flippst doch nicht aus, Flora?"

191

„Nein. Ich habe nur schlecht geschlafen. Ich stelle Nachforschungen an."

„Nachforschungen?"

„Ja, ich rufe dich an, wenn ich hier fertig bin. Ich bin gerade im Gespräch. Okay?"

„Bis bald. Übrigens", sagt sie, „bevor ich es vergesse. Dr. Mercier hat gerade angerufen und mir das Ergebnis des DNA-Tests geschickt. Ella ist zu 99,9 % deine Zwillingsschwester."

„Das wusste ich schon." Die Angst um Ella steigt mir wieder in die Glieder.

„Jetzt weißt du es sicher. Wo bist du eigentlich?"

„Ich habe gerade mit einer sympathischen Frau eine leckere Suppe gelöffelt. Sie sieht dir sehr ähnlich, sie ist auch zu dick, genau wie du."

Hinter mir höre ich jemanden husten. Ich drehe mich um. Veronika steht ein wenig verloren in der Küche. In der Hand hält sie einen Zettel. Ihr Gesicht ist verkniffen, sie sieht verletzt aus. *Oje, sie hat verstanden, was ich über sie gesagt habe. Wie dumm von mir.*

„Ich lege jetzt auf, Martha, ich rufe dich später zurück."

Ich packe mein Handy wieder in den Rucksack. Nickend nehme ich den Zettel entgegen und reiche Veronika die Hand. „Das war meine Pflegemutter", sage ich. „Sie ist der liebste Mensch auf der Welt. Und deine Suppe war die beste, die ich je gegessen habe."

KAPITEL 30

Pfarrhaus Bad Urach
Sonntag

Das Häuschen von Anna Ganteri liegt am Ende einer ruhigen Straße, in der nur weiße Häuser stehen. Ihr Vorgarten ist gepflegt, ihr Haus auch. Auf mein Klingeln antwortet niemand. Ich stehe im Schatten eines Nadelbaums, grüble und frage mich, was ich jetzt tun soll? Zu Leo oder zum Pfarrhaus? Unschlüssig zupfe ich an den Nadeln einer Zierkiefer, als ich plötzlich hinter mir Schritte höre. Eine ältere Dame mit einem Dackel betritt den Vorgarten des Nachbarhauses. Ihr Hund schnüffelt mit wedelndem Schwanz an einem Stein. Sie bleibt kurz stehen und mustert mich mit wachen Augen. Ich gehe auf sie zu.

„Ich muss dringend mit Frau Ganteri sprechen, aber sie scheint nicht zuhause zu sein. Wissen Sie zufällig, wo ich sie erreichen kann?"

„Hm... Können Sie sich ausweisen?", fragt sie. „Heutzutage muss man als älterer Mensch besonders wachsam sein."

Ich hole meinen Ausweis aus der Tasche. Ihre krummen Finger greifen nach dem Dokument. Neugierige Augen mustern mein Foto, meinen Namen.

„Flora Graf aus Mühlbach", sagt sie. „Sie kommen aus Bayern, haben aber einen schwäbischen Akzent."

„Meine Mutter stammt aus Bad Urach. Können Sie mir sagen, wo ich Anna Ganteri finde?"

„Anna ist mit dem Seniorenklub im Urlaub, irgendwo in Süddeutschland. Sie kommt erst nächsten Freitag zurück."

„Hm ... das ist wirklich ärgerlich. Haben Sie vielleicht eine Telefonnummer, wo ich sie erreichen kann?"

„Ja, aber ich habe Anna versprochen, sie nicht weiterzugeben. Wenn Sie Ihren Namen und Ihre Rufnummer aufschreiben, werde ich Anna später anrufen und sie bitten, sich mit Ihnen in Verbindung zu setzen."

Offensichtlich habe ich es hier mit einer Prinzipienqueen zu tun. Ich ziehe einen Zettel aus der Tasche, notiere meinen Namen und meine Handynummer und reiche ihr den Zettel. Sie wünscht mir freundlich einen schönen Tag, zieht ihren störrischen Dackel hinter sich her und öffnet die Haustür.

Wieder im Auto ruft Leo an. Wir haben jetzt eine Hotline. Obwohl ich sonst nicht viel Kontakt aushalte, hilft mir im Moment das Gespräch mit einem Leidensgenossen.

„Flora, die Polizei hat gerade angerufen", sagt er mit keuchender Stimme. „Sie haben bereits mit den Ermittlungen begonnen. Das Funksignal von Ellas Telefon wurde zuletzt in der Nähe der Höllenlöcher aufgefangen. Gestern, um 9:57 Uhr."

„*Höllenlöcher*? Wo ist das?"

„Das sind gigantische Felswände kurz vor Dettingen. Aber warum ist genau dort ihr Telefonsignal ausgefallen? Sie hatte einen Termin in der Stadt Dettingen."

„Ich weiß es nicht. Vielleicht war der Akku leer?"

Mein Handy ist regelmäßig leer, weil ich zu oft vergesse, es aufzuladen.

„Vielleicht", sagt er. Zweifel schwingen in seiner Stimme mit. „Ich habe alle Reservierungen und Informationsanfragen seit der Eröffnung des Weinguts auf einen Kunden mit einer 09621-Vorwahl überprüft. Er war nicht darunter. Die Investmentgesellschaft Julena ist kein Kunde von uns und sie haben auch keine Unterlagen angefordert. Ella muss also etwas anderes über sie recherchiert haben. Über den Grund können wir nur mutmaßen. Bis später, Flora", sagt er und legt auf.

Kurz darauf klingelt mein Handy erneut.

„Ja?"

„Hallo Flora, hier ist Martin Köster. Hast du einen Moment Zeit?"

„Natürlich, Martin." Ich setze mich hinters Steuer und schließe die Fahrertür.

„Ich habe gerade mit Professor Reben gesprochen. Er hat nach meinem Anruf in seinem Archiv interessante Informationen gefunden. Die Geschichte deiner Mutter hat ihn damals fasziniert, weil ein Herbach darin verwickelt war. Das war eine bekannte und hochangesehene Familie in Bad Urach.

Außerdem kannte er deine Großmutter Sarah persönlich, weil er damals auch über die jüdische Gemeinde in Bad Urach forschte, die nach dem Krieg klein geworden war. Nach meinem Kenntnisstand lebten um 1973 nur noch ein paar Dutzend Juden in Bad Urach."

„Er kannte meine Großmutter? Was hat er über sie gesagt, Martin?"

Ich lasse den Wagen an und schalte die Klimaanlage ein. Die Hitze in diesem Käfig ist unerträglich.

„Es ist eine ziemlich lange Geschichte. Ich habe alles aufgeschrieben. Hast du Zeit, Flora?"

„Sicher." *Bitte lass es einen Hinweis auf Ella geben.*

„Nun, wie ich schon sagte, hieß deine Großmutter Sarah Mahler. Sie war die älteste von vier Kindern einer jüdischen Familie, die 1942 untertauchen musste, als ein Aufruf zum sogenannten Arbeitseinsatz in Osteuropa kam. Sarah, damals zweiundzwanzig Jahre alt, überlebte den Krieg als Einzige, weil sie an einem anderen Ort als die anderen Familienmitglieder untergetaucht war. Sarahs Eltern und ihre Schwester wurden 1943 verraten, nach Auschwitz deportiert und dort sofort nach ihrer Ankunft vergast. Erst im Dezember 1945 kehrte Sarah nach Bad Urach zurück. Doch ihr Elternhaus war von Fremden bewohnt. Sarah fand daraufhin Unterschlupf bei den Eltern von Cornelius Wagner."

Martin hält kurz inne.

„Meine Großmutter Sarah wohnte auf dem Gut Wagner? Das jetzige Haus von Leo und Ella?"

„Genau. Ellas Adoptivvater, Cornelius Wagner, heiratete Anfang der sechziger Jahre Ellas Mutter, Roswitha Söder. Oder besser: Ellas Pflegemutter."

„Und Sarah Mahler, meine Großmutter, wie ist es ihr ergangen?"

Das Auto hält die Hitze, die mich umhüllt, kaum aus. Ich drehe die Klimaanlage auf die höchste Stufe. Die kalte Luft bläst mir an die Stirn und bringt ein wenig Erleichterung. Mein Herz rast.

„1946 mietete Sarah eine Wohnung in Bad Urach und arbeitete wieder als Krankenschwester. Sie hielt den Kontakt zur Familie Wagner und besuchte sie regelmäßig."

„Hat dein Professor noch etwas über Mama gesagt? Und über meinen Großvater? Wer ist das?"

„Deine Mutter kam am 2. Mai 1950 zur Welt. Aber das wusstest du ja. Auf der Geburtsurkunde steht, dass der Name des Vaters unbekannt ist. Es gab Gerüchte in der Klinik, dass Sarah eine Affäre mit einem Chirurgen hatte."

„Einem Chirurgen?"

Martin stöhnt am anderen Ende der Leitung. „Ja, vielleicht erklärt das dein Interesse an der Pathologie."

Ich lächle. „Schon als Kind habe ich tote Tiere aufgeschnitten, um zu sehen, wie sie von innen aussehen. Erst danach kamen sie in die Pfanne."

„Hast du nie daran gedacht, Medizin zu studieren?", fragt er.

„Nein, ich habe kein Talent für die soziale Seite dieses Berufs. Kennst du den Namen dieses Chirurgen? Dann werde ich ihn mal aufsuchen. Vielleicht gibt es eine genetische Ähnlichkeit."

„Nein, das war nur ein Gerücht."

„Oh, das ist aber schade. Und wie ging es mit der Familie Wagner weiter? War Sarah nach der Geburt meiner Mutter noch einmal dort?"

„Oh ja", antwortet Pfarrer Köster. „Sie hat die Familie Wagner oft besucht. Die kleine Ambra blieb auf dem Weingut, wenn Sarah Nachtdienst hatte. Roswitha hat sich dann um deine Mutter gekümmert."

„Dann ist daraus diese Brieffreundschaft zwischen Ambra und Roswitha entstanden! Frau Wagner war also eine Art Ersatzmutter für Ambra."

„Das war sie wirklich, Flora."

„Warum ist Mama dann nach Sarahs Tod nicht auf das Weingut gezogen?"

„Das weiß ich nicht. Wir haben es auch nicht herausgefunden. Als Sarah im Juli 1972 an einer Überdosis Schlaftabletten starb, kam Ambra zu einer Pflegefamilie nach Bad Urach."

Ich sehe meine Mutter wieder vor mir: Wie sie jedes Mal wegschaute, wenn ich in ihre Nähe kam. Wie sie immer wieder vor mir weglief und die Einsamkeit suchte.

„Das muss schlimm für meine Mutter gewesen sein. Unter so vielen Fremden zu leben", entgegne ich nachdenklich.

„Aber da ist noch etwas, Flora. Nach der Ermordung von Mateo Ganteri floh Ambra höchstwahrscheinlich zur Familie Wagner. Damals wurden Suchhunde eingesetzt, um Ambra nach ihrer Flucht aus der Scheune aufzuspüren. Die Verfolgung glich einer Menschenjagd, so Professor Reben. Die Fährte endete jedoch in der Mergelhöhle der Familie Wagner, in einer Sackgasse. Die Polizei nahm Cornelius und Roswitha Wagner ins Visier. Sie wurden verhört, aber beide behaupteten, sie wüssten nicht, wo sich Ambra aufhielt."

„Heute wissen wir, dass Cornelius und Roswitha gelogen haben", flüstere ich. „Sie wussten, wo Ambra war, sonst hätten sie die neugeborene Ella nicht kurz nach ihrer Geburt abholen können."

„Das stimmt", antwortet Martin. „Aber wir wissen immer noch nicht, wo sich Ambra die ganze Zeit aufgehalten und wo sie dich zur Welt gebracht hat. Offenbar war noch ein Dritter an der Verschwörung beteiligt."

KAPITEL 31

Pfarrhaus Bad Urach
Sonntagabend

Ich öffne die Wohnungstür und stelle den Rucksack auf den Tisch. Der Raum riecht noch immer nach Plastik, obwohl ich gelüftet hatte. Ganz anders als der trockene Eichenwald, der die ehemalige Scheune umgibt, in der Mama Mateo Ganteri erstochen haben soll. Ich komme gerade von dort und habe überprüft, wie lange man zum Weingut Wagner braucht. Weniger als eine halbe Stunde über einen holprigen Feldweg, auf dem zumindest ich niemanden getroffen habe. So ähnlich muss es Mama ergangen sein, als sie vor der Polizei floh.

Mein Magen knurrt, mir wird schwindelig. Ich habe ein Dragee eingenommen, um meine Angst zu lindern. Die Kräuter wirken und ein Mordshunger kündigt sich an. Ob Blubby Martin noch etwas Essbares im Kühlschrank hat? Ich muss ohnehin mit ihm sprechen. Vielleicht hat er inzwischen mit seiner Patentante Beatrix gesprochen und etwas über Peter Herbach erfahren.

Durch den Flur des Pfarrhauses betrete ich die Küche. Es ist still im Haus. Draußen hat sich etwas verändert, die Schatten fallen anders. Nur der Wind kündigt ein Gewitter an, ich kann den Sturm riechen. Am Himmel bilden sich schon die ersten Gewitterwolken. Martin ist nirgends zu sehen. Ob er wohl schon im Bett liegt? Um diese Zeit? Nein, bestimmt nicht.

Ich mache mir ein Käsebrot und gehe die Treppe hinauf zu seinem Zimmer.

Dieses Mal klopfe ich an, aber niemand antwortet. Ich klopfe wieder. Dieses Mal lauter. Immer noch nichts. Vorsichtig öffne ich die Tür einen Spalt. Das Zimmer ist leer. Martins Bett ist unbenutzt.

Ich drehe mich um und gehe die Treppe wieder hinunter. Im Wohnbereich sind alle Zimmer leer. Trotzdem muss er im Haus sein, denn sein Auto steht auf dem Parkplatz. Auch in der

Kirche brennt kein Licht. Vielleicht macht er einen Spaziergang. Nein, nicht bei diesem Wetter.

Am anderen Ende des Ganges sind Stimmen zu hören. Ich öffne die Tür zum Büro. Martin sitzt über Papiere gebeugt an einem langen Tisch. Rechts von ihm macht sich ein junger Asiat Notizen. Er trägt einen weißen Priesterkragen. Links von ihm sitzt eine rundliche, grauhaarige Dame, ihr gegenüber vier ältere Herren. Im Raum riecht es nach abgestandenem Kaffee. Die Tapete ist blassgelb. Früher wurde hier offenbar viel geraucht. Der Tabakgeruch hängt noch in der Luft.

„Wissen Sie schon etwas über Peter Herbach?", frage ich und nehme einen weiteren Bissen von meinem Sandwich.

Mit einem Ruck springt der Pfarrer auf. „Flora! Wir sind in einer Besprechung. Außerdem habe ich dir gesagt, dass dieser Teil des Pfarrhauses nur für den Kirchenvorstand zugänglich ist."

„Tut mir leid. Stimmt", antworte ich mit vollem Mund. „Aber Ella hat für mich oberste Priorität. Was hat deine Tante gesagt?"

Die Anwesenden tauschen Blicke aus.

„Ich habe noch keine Informationen und wenn ich welche hätte, hätte ich dich sofort angerufen. Würdest du jetzt bitte unsere Besprechung nicht weiter stören?"

Ich trete einen Schritt zurück. „Ich habe vorhin am Telefon etwas vergessen zu erwähnen. Ich war heute bei Veronika Dreessen. Ihr Großvater hatte einen Abschiedsbrief geschrieben, der vernichtet wurde, weil die Leute im Dorf lästern könnten, aber das war nicht der Fall. Er fühlte sich schuldig wegen meiner Mutter. Und dann ist da noch die Sache mit den Herbachs. Ich habe alles aufgeschrieben."

Martin-Hase schaut entschuldigend in die Runde. „Einen Moment, bitte." Er kommt auf mich zu. „Können wir das bitte später besprechen, Flora? Ich habe keine Neuigkeiten und die Sitzung ist in einer halben Stunde zu Ende. Dann können wir uns gerne unterhalten."

Seine Hasenzähne rühren mich. Er sieht meinem kleinen Hasen Blubby so ähnlich. Ich streichle ihn am Arm, so wie ich früher Blubby gestreichelt habe. Martin weicht zurück, geht um mich herum zur Tür und greift nach der Klinke. Ich folge ihm. Dann fällt mein Blick auf ein vergilbtes Foto neben der Tür. Etwas regt sich in mir. Ich trete näher. Das Foto hat die Größe eines kleinen Posters und zeigt ein graues Gebäude mit mehreren Türmen. Es sieht aus wie eine Burg. Ich erstarre. Plötzlich läuft mir ein Schauer über den Rücken. Ich erinnere mich an den Geruch von Bienenwachs und Kohlsuppe. In Gedanken höre ich die Schritte eines Kindes. Sie hallen durch die hohen, gewölbten Gänge.

Flora, Flora, warte! Das ist nicht die Stimme meiner Mutter. Sie gehört einer anderen Frau. Der Raum dreht sich, die Schritte in meinem Kopf werden lauter. Ich laufe schneller. *Flora! Flora!* Benommen drücke ich mich an die Wand.

Blubby fasst mich an den Schultern. „Flora, was hast du?"

Der Geruch der Kohlsuppe verflüchtigt sich. „Du bist plötzlich so blass. Flora, was ist los?" Seine Stimme klingt besorgt.

Ich atme schwer und sehe ihn an. „Ich war schon einmal dort, in diesem Kloster", flüstere ich. „Als Kind. Ich rieche das Bienenwachs und die Kohlsuppe." Der Raum bewegt sich wieder. Mein Atem wird schneller. Ich bekomme keine Luft mehr, schließe die Augen. Andere Gerüche kommen hinzu, wie der zitronige Duft der gelben Seife, mit der ich gewaschen wurde. Oder der Geruch von Bohnerwachs, mit dem die Marmorfliesen des langen Flurs, in dem ich gespielt habe, eingerieben wurden. Meine Schritte werden immer lauter. *Klack, klack, klack.* Ich halte mir die Ohren zu. *„Nein! Ich gehe nicht mit!"*

Jemand gibt mir eine Ohrfeige. Ich erinnere mich an die frische Prellung in meinem Gesicht, an die geschwollene Lippe. Hände greifen nach mir, aber ich reiße mich los und laufe. Schneller und schneller. Ich muss raus, durch das Tor, in den Wald. Dort werden sie mich nicht finden. Ich bin gut darin, mich zu verstecken. Ich will nicht mit ihnen gehen. *Flora, Flora, komm her!* Dann packen mich starke Hände und heben mich hoch...

Ich spüre, wie die vertraute Angst in mir hochsteigt. Die Angst, die mich stets in der Nähe meiner Mutter begleitete und die sich später als mein ärgster Feind herausstellte, als ich in die reale Welt der Menschen eintrat. Die Angst, die mich nachts aus meinen Albträumen aufschrecken lässt, wenn ich das großkotzige, seelenlose Grinsen des Monsters vor mir sehe.

Jemand legt mir eine Hand auf die Schulter. „Flora!" Martins wasserblaue Augen blicken besorgt und holen mich in die Gegenwart zurück.

Schweißperlen stehen auf seiner Stirn. Sein Mund ist leicht geöffnet.

Die grauhaarige Frau steht neben mir und reicht mir ein Glas Wasser. Sie nimmt mich am Arm. Endlich lässt Martin mich los.

„Setz dich", sagt sie und greift mit der freien Hand nach einem Stuhl.

Ich setze mich, trinke. Meine Aufmerksamkeit gilt wieder dem Bild. „Wo ist das, Martin?"

„In Neuburg", antwortet er. „Das Bild hing schon da, als ich hier angefangen habe." Er nimmt das Bild von der Wand und dreht den Rahmen um. „Hier steht, dass es die Benediktinerabtei Stift Neuburg am Neckar-Fluss zeigt. Die Schwestern leben heute noch dort."

Ich zucke zusammen. „Ella war in Neuburg! Wollte sie zu diesem Kloster?"

„Wie weit ist Neuburg von Bad Urach entfernt?", frage ich. Meine Energie kehrt zurück. Ich habe eine neue Spur. In diesem Kloster ist etwas geschehen. Etwas, das mich beeindruckt hat. Sonst würde ich nicht so heftig reagieren. Und offenbar war ich damals noch sehr jung.

„Etwa 190 Kilometer über die A8."

„Gut", sage ich. „Dann fahre ich jetzt dorthin."

„Sie fahren nirgendwohin", sagt die grauhaarige Frau. Ihre Stimme klingt wie die von Martha. Herrisch und entschlossen. „Ein Gewitter zieht auf. Schauen Sie nach draußen." Sie gestikuliert zum Fenster. „Sie gefährden nicht nur sich, sondern auch andere. Außerdem ist das Kloster um diese Zeit geschlossen. Und nach einem erholsamen Schlaf werden Sie wieder klar denken können."

„In der Tat, Flora", sagt Martin. Er steht auf und stellt sich neben die grauhaarige Frau. „Du hast wieder eine von diesen

Tabletten genommen. Ich sehe es an deinen Augen. Deine Pupillen sind groß. Ich mache dir jetzt eine Tasse Tee, und dann erzählst du mir, wie dein Tag war. Hast du verstanden? Und morgen fahre ich mit dir ins Kloster. Mein Urlaub fängt gleich an. Das ist übrigens John Stevens." Er deutet auf den asiatisch aussehenden Mann. „Er wird mich die nächsten drei Wochen vertreten."

Ich greife in meine Tasche und hole den Zettel heraus, den ich heute Morgen bei Ella gefunden habe. „Sie war auch in Dettingen, das ist der Ort, in dem die Julena GmbH ihren Sitz hat." Ich schaue auf den Zettel. In der Tat!

„Dann fahren wir auch dort vorbei."

„Du möchtest mich begleiten?"

„Ja", antwortet er und öffnet mir die Tür zum Flur.

Mit Martin an meiner Seite ist alles leichter. Er ist eben doch ein wenig wie mein ‚Blubby'.

KAPITEL 32

Dettingen

Montagmorgen, 15. Juli 2019

Martin schaltet einen Gang zurück und schlängelt mit seinem Renault hinter einem Traktor her. Ich öffne das Fenster und schnuppere die frische Luft.

Unser erstes Ziel ist die Firma Julena in Dettingen. Dort möchte ich mit jemandem von Angesicht zu Angesicht sprechen. Oft kann ich an den Augen eines Menschen erkennen, ob er die Wahrheit sagt oder lügt. Anschließend geht es weiter zum Benediktinerkloster Neuburg. Dort sind wir mit der Priorin Agatha verabredet.

„Was hast du für Urlaubspläne, Martin?", frage ich, um die eingetretene Stille zu überbrücken.

„Vielleicht mache ich ein paar Tage Urlaub in Frankreich. Ich habe ein Faible für das Land und spreche fließend Französisch..."

„Hm ... ein Pfarrer im Urlaub. Ein komischer Gedanke."

„Warum?", fragt Martin.

„Das Gebet ist doch nie zu Ende."

Martin lacht laut auf. „Flora, Pfarrer ist kein Beruf, sondern eine Berufung."

Dann erzählt er mir, wie seine Beziehung zu Gott gewachsen ist. Und was seine Arbeit mit sich bringt. Ich höre ihm zu und versuche, ihn zu verstehen. So wie ich versucht habe, die Schamanen zu verstehen, mit denen ich in den vergangenen Jahren gesprochen habe. Götter haben eines gemeinsam: Sie geben den Menschen Struktur und Erleuchtung in ihrem irdischen Dasein. Götter entspringen der starken Vorstellungskraft der Menschen. Schließlich sind es die Menschen selbst, die glauben wollen, dass es jenseits dieser Welt eine andere Welt gibt, in die sie sich mit ihren Gedanken flüchten können, um Trost für ihre Ängste zu finden. Und es sind auch die Menschen, die den Priestern die Macht geben, im Namen dieser Götter über ihr Leben zu bestimmen. Ich weiß nicht, ob ich Martin darauf ansprechen soll.

„Warum lebst du eigentlich so abgelegen, Flora?", fragt er plötzlich.

„Bist du auf der Suche nach meinen Sünden, Martin?"

Er lächelt. Seine vorstehenden Hasenzähne rühren mich wieder. Er schüttelt den Kopf. „Nein, gibt es welche?"

Meine Sünden...

Ich denke an den Hals dieses Ungeheuers, den ich mit einem schnellen Schnitt meines Jagdmessers durchtrennt habe. Für jemanden wie Martin ist das Mord. Auch nach dem Gesetz. Aber die können mir nichts anhaben, obwohl Mord nicht verjährt. Niemand weiß, was ich getan habe, außer Martha und Ella.

„Über Sünden rede ich nicht."

Ich schaue wieder aus dem Fenster. Es ist heiß. Auf der Weide suchen sich Kühe ein schattiges Plätzchen unter einem einsamen Baum. Von Weitem blicken mich ihre dunklen Augen an. Der Platz ist überfüllt, bald ist es vorbei mit der Kühle.

„Und hast oder hattest du eine Beziehung?", bohrt er nach.

„Ja, eine. Mit Gabor. Wir waren nur drei Monate zusammen. Im Dezember 2010 ist er gestorben. Nach seinem Tod wollte ich keinen Mann mehr."

„Das tut mir leid, Flora."

Martin dreht sich nach rechts. „War er dein Mann?"

„Nein. Er war meine große Liebe und der Vater meines Sohnes. Gabor war ein Maya-Schamane. Wie du war er ein Mann Gottes."

„Du hast einen Sohn?" Erstaunen liegt in seiner Stimme.

Seine Frage trifft mich wie ein Stich in die Magengrube. „Ja, aber Benjamin ist auch tot." Ich presse die Fäuste gegen mein Zwerchfell und versuche, den Schmerz zu unterdrücken.

„Oh Flora, wie schrecklich. Ich entschuldige mich dafür, dass ich diese Frage gestellt habe."

Ich sehe ihn an und nicke. Er kann nicht wissen, dass seine Frage mich abermals mit der Leere konfrontiert.

Ich falte die Hände im Schoß und wechsle das Thema. „Du erinnerst mich an meinen Lieblingshasen."

Das Auto berührt die Bordsteinkante. Martin fährt unkonzentriert. Eine Weile ist es still.

„Dein Lieblingshase?", fragt er.

„Ja. Er hieß Blubby. Sein Fell war schneeweiß. Genau wie deine Haare." Ich zeige auf seinen Kopf. „Meine Mutter hat mich gezwungen, Blubby zu schlachten und zu essen. Das war in meinem letzten Winter in Grafenloch. Es war eine Art Strafe. Sie hatte herausgefunden, wie sehr ich dieses Kaninchen liebte. Mama suchte immer nach neuen Wegen, um mir weh zu tun. Dabei war sie sehr kreativ. Sie hatte mich schon früher gezwungen, Tiere zu schlachten, die ich liebte. Deshalb war ich immer auf der Hut, wenn ich einem Tier Zuneigung entgegenbrachte. Ich verstehe immer noch nicht, wie sie von meiner Liebe zu Blubby erfahren konnte. Zum Glück hatte Blubby gerade einen Wurf bekommen. Darunter war ein weißes Kaninchen. Ich nannte es auch Blubby. Dieses Kaninchen hat überlebt."

„Ich weiß nicht, was ich sagen soll, Flora."

Ich zucke mit den Schultern. „Mir geht es gut. Grafenloch ist Vergangenheit. Aber seit Ella in mein Leben getreten ist, denke ich wieder viel an meine Mutter. Ich möchte sie verstehen. Sie hat sich vor mir geekelt. So viel ist sicher."

„Oh Flora", wiederholt Martin entsetzt.

„Schade, dass ich deine Haut nicht streicheln darf, Martin. Wegen des Zölibats", sage ich lachend.

Martin stöhnt. „Weißt du etwas darüber?"

„Natürlich. Ich habe über deinen Gott nachgeforscht. Über Götter recherchieren, ja, darin bin ich gut." Ich bücke mich und ziehe meine Turnschuhe wieder an. „Die Anzahl der Häuser nimmt zu. Wir sind bald da."

„Erklär's mir, Flora!" Er setzt sich etwas aufrechter hin und umklammert den Lenker fester.

„Ich interessiere mich für Schamanen und ihre Rituale." Ich stelle meinen rechten Fuß auf das Armaturenbrett und binde meine Schnürsenkel. „Wenn ich einen Schamanen besuche, erkundige ich mich vorher nach seinem Gott. Oft glauben sie an mehrere. Am meisten fasziniert mich, warum Menschen an eine Welt glauben, die nicht die ist, in der sie leben. Und warum sie diese imaginäre Welt mit Symbolen und Metaphern ausstatten. Denk nur an dein Symbol. Die Figur Jesus. Man sieht sie überall. Sogar in meinem Zimmer in Grafenloch hängt ein Kruzifix. Und du nennst ihn das Lamm Gottes, weil er wie ein Lamm zur Schlachtbank geführt wurde und wie ein Osterlamm gestorben ist."

Er hebt überrascht die Augenbrauen. „Bei dir in Grafenloch hängt auch ein Kruzifix?"

„Ja, und es genau dasselbe Kruzifix wie das in der Wohnung. Ich vermute, die kommen aus der gleichen Fabrik."

Mein Handy signalisiert eine Whatsapp-Nachricht. Ella? Schnell greife ich zum Handy. Nein, es ist Martha. Sie meldet, dass das neue Sicherheitssystem in meinem Haus installiert wurde. Ich schicke ihr einen Daumen hoch.

„Du hast mich vorhin gefragt, warum ich so zurückgezogen lebe. Nun, die Menschen ermüden mich, Martin."

„Sie ermüden dich?"

„Ja. Sie sind unruhig und beschäftigt. Und all diese Stimmen. All diese Geräte, die Geräusche, die Informationsflut. Ich kann mich nicht daran gewöhnen. Deshalb beschränke ich den Kontakt mit Menschen auf ein Minimum. Manchmal spreche ich wochenlang mit niemandem außer Martha. Mein Psychiater schrieb 1990 in seinem Gutachten, dass ich sozial schwach funktioniere und er davon ausgeht, dass dies ein Dauerzustand sein wird."

„Du bist auf eine sympathische, lustige Art sozial schwach", antwortet Martin mit einem aufmunternden Lächeln.

„Du hältst mich für lustig? Die Leute lachen nie über das, was ich sage oder tue."

„Doch, doch. Übrigens, wie war es für dich, in München zu leben? Du hast doch dort studiert, oder?"

„München? Es war nicht so berauschend. Aber es musste sein. Ich konnte nur an der Universität in nicht-westlicher Medizin promovieren. Dort arbeitete ein Professor, zu dem ich ein gutes Verhältnis hatte. Also musste ich dorthin."

„Und was hat Martha gesagt? Dass du nach München gegangen bist?"

„Martha hat mich begleitet. Wir wohnten bei einer älteren Dame, die Martha noch aus ihrer Münchener Zeit kannte. Sie hatte eine große Wohnung in einer Seitenstraße, in der Nähe des Friedhofs. Dort gibt es wunderschöne Bäume und Pflanzen. Sie sind oft sehr alt. Und viele Gräber sind mit Blumen geschmückt. Ich habe mich dort sehr wohlgefühlt."

„Du hast also an den Blumen auf den Gräbern der Toten gerochen?"

„Ja. Vor allem die Blumen auf den Gräbern riechen sehr intensiv. Holz und Verwesung machen guten Kompost."

Martin schaut mich verwundert an. „Holz?"

„Ja, das Holz von den Särgen."

Wieder räuspert sich Martin, er fährt langsamer.

„Da sind wir." Er nickt in Richtung eines Gebäudes zu unserer Rechten. „Ich parke neben der Kirche da drüben."

Ich folge seinem Blick zu dem renovierten Herrenhaus unweit der kleinen Kirche. In Neuburg scheinen alle Gebäude aus Bruchstein zu sein, so auch das Benediktinerkloster. Ich frage mich, warum bin ich gestern so in Panik geraten? Selbst in der vergangenen Nacht habe ich vom Kloster geträumt. Nonnen haben gesungen. Dann stand ich plötzlich in einem ummauerten Garten mit üppiger Blumenpracht und riss grüne Pflanzen aus einem Beet. Unkraut? Eine Frau küsste mich auf den Kopf und lobte mich, aber es war nicht Mama. Ich glaube, ich war glücklich an diesem Ort. Bis ich hochgehoben wurde. Wessen starke Hände waren das?

Es ist seltsam, wie Erinnerung funktioniert. Jahrelang hatte ich das Gefühl, das Haus meiner Gedanken und Erinnerungen wie kein anderes zu kennen. Doch plötzlich sind da Türen, die ich noch nie gesehen habe. Geschweige denn, dass ich wüsste, was sich hinter diesen Türen verbirgt. Seit ich Ella getroffen habe, scheint es ein ganzes Stockwerk zu geben, einen geheimen Dachboden oder einen dunklen Keller, von dem ich keine Ahnung hatte.

Will ich überhaupt dorthin?

Meine Nachforschungen über die Herkunft des Klosterfotos haben nichts ergeben. Das Foto wurde im Mai 1947 aufgenommen, und die grauhaarige Dame im Pfarrhaus sagte mir, es sei eine Illusion, zu glauben, man könne herausfinden, wer das Bild dort aufgehängt habe. „Schließlich ist das Sitzungszimmer in den vergangenen siebzig Jahren von vielen Pfarrern, Kaplänen und Kirchenvorständen genutzt worden. Hier hängt so viel an der Wand, dass ich mich frage, wie das hierhergekommen ist", sagt sie und deutet auf das Foto eines süßen weißen Kätzchens.

Aber etwas nagt immer noch an mir. Meine Mutter stammte aus Bad Urach, und jetzt hängt in der Pfarrei Bad Urach ein Bild von dem Kloster an der Wand, in dem ich wahrscheinlich einmal gelebt habe. Das sind zu viele Zufälle. Wer hat um 1973 in der Pfarrei gearbeitet? Vielleicht hat jemand eine Verbindung zum Benediktiner Stift Neuburg. Martin wird dem im Archiv nachgehen.

Wir steigen aus.

Martin zeigt auf eine Bank auf der anderen Straßenseite. „Wir treffen uns dort wieder. Bist du okay, Flora?"

„Ja. Bis später."

Ich drehe mich um und gehe die Straße entlang. Eine Mutter kommt mir mit ihrem kleinen Jungen entgegen. Sie zieht ihn so fest an seinem Kragen, dass er rückwärts auf den Po fällt. Der Kleine steht auf. Eine stille Träne kullert über seine Wange. Sie wirft dem Kleinen einen seelenlosen Blick zu, der mich an meine Mutter erinnert.

Die Sonne brennt erbarmungslos auf das Dach des Herrenhauses. Dahinter steht eine große Eiche und zerhackt das Wasser des Neckars in namenlose Schattierungen.

Es ist übertrieben, Julena zu zweit zu betreten. Allein kann ich mich besser konzentrieren.

KAPITEL 33

Dettingen, Julena GmbH

Montagmorgen

Die Eingangstür der Julena GmbH ist in einem eleganten Grau gestrichen. Schon von außen sieht man, dass hier Kapital im Spiel ist. Das Gebäude wirkt kühl und distanziert, trotz des Bruchsteins. Ich straffe meinen Rücken und blicke auf den Bildschirm der Sprechanlage. Eine weibliche Stimme fragt nach meinem Namen.

„Flora Graf, Weingut Wagner."

Mit einem Klicken öffnet sich die Tür. Der Empfang duftet nach Flieder. Die junge Empfangsdame hat sich reichlich mit einem Duft eingesprüht. Mir läuft ein leichter Schauer über den Rücken.

„Guten Tag, was kann ich für Sie tun?" Die Brünette im schwarzen Kostüm lächelt professionell.

„Ich würde gerne mit jemandem sprechen, der mehr über Ihre Kontakte zum Weingut Wagner weiß."

„Weingut Wagner? Warum?"

„Das werde ich mit demjenigen besprechen, der mir Auskunft geben kann", sage ich entschlossen.

„Mal sehen, was ich für Sie tun kann. Bitte nehmen Sie Platz."

Die junge Frau steht auf und verschwindet durch die Tür hinter ihrem Schreibtisch.

Eine knallrote Bank zwischen zwei üppigen Tabakpflanzen lädt mich ein. Ich nehme Platz. Der Schnürsenkel meines rechten Turnschuhs ist aufgegangen. Als ich mich bücke, um ihn neu zu binden, weht eine leichte Brise an mir vorbei. Eine Tür wird geöffnet. Durch das dichte Laub sehe ich einen Mann in beigefarbener Leinenhose und weißem, kurzärmeligem Baumwollhemd in der Tür stehen. Er telefoniert. Der Mann ist in meinem Alter, muskulös und hat südeuropäische Gesichtszüge. Sein schulterlanges schwarzes Haar ist im Nacken zu einem Pferdeschwanz zusammengebunden. Seine Arme sind behaart. Ich vermute, dass ihm schon viele Frauen zu Füßen gefallen sind. Er spricht Französisch mit deutschem Akzent und könnte leicht eine Radiosendung mit Liebesliedern moderieren, denn er hat eine markante Stimme mit warmem Timbre. Er beendet sein Telefonat und kommt auf mich zu.

Meine Aufmerksamkeit richtet sich auf sein Gesicht, so wie ich früher in den Bergen den Kopf eines Tieres beobachtet habe. Die Emotionen beginnen bei den Augen und verzweigen sich blitzschnell zum Körper. Die Augen des Mannes verengen sich, dann scheint sein Körper zu erstarren.

Er kennt mich. Nein, nicht mich, er kennt Ella!

Ich stehe auf und gehe auf ihn zu, um etwas von seinem Geruch einzufangen. Es fällt mir schwer, denn er hat sich mit einem dominanten Aftershave eingesprüht: Fragmente von Ginkgo, Sternanis und Olivenblättern. Wieder läuft mir ein Schauer über den Rücken. In der Wildnis würde ich jetzt nach meinem Messer greifen. Er erholt sich von seiner Verwirrung und mustert mich mit einer seltenen Intensität. Es ist der Blick eines Raubtieres. Kaltblütig und berechnend, die Beute fest im Blick.

„Ich bin Jos Kubus, Geschäftsführer der Julena GmbH. Was kann ich für Sie tun, Frau Graf?"

Er ist auf der Hut, will keinen Fehler machen.

Sein Mund lächelt mich freundlich an, aber seine Augen sind kalt. In meinem Körper regt sich Widerstand. *Ich muss hier weg!*

„Wissen Sie, warum sich Ella Kaplan an Ihr Büro gewandt hat, Herr Kubus?", frage ich.

Er kommt ein Stück näher. In seinem Blick liegt Verwunderung. Sogar Verwirrung. Jetzt nehme ich auch seinen Körpergeruch wahr. Er ist säuerlich, mit einem Hauch von Schwefel.

„Der Name sagt mir nichts, Frau Graf. Von welchem Betrieb ist sie?"

„Weingut Wagner in Bad Urach."

„Kenne ich nicht. Mit diesem Weingut machen wir keine Anlagegeschäfte, Frau Graf."

„Und Weinproben für Ihre Geschäftspartner? Etwa eine Besichtigung des Weinguts?"

„Incentives werden von unserem Reisebüro in Neuburg organisiert."

Er hält meinem Blick hartnäckig stand. *Er lügt!*

„Und woher kommen Sie?", fragt er.

„Tut mir leid, dass ich Ihre Zeit in Anspruch genommen habe", antworte ich und gehe an ihm vorbei zum Ausgang. Kurz vor der Tür drehe ich mich um. Kubus schaut mir mit finsterer Miene hinterher.

Draußen angekommen laufe ich in halsbrecherischem Tempo zur Kirche, wo Martin auf einer Bank auf mich wartet. Als er mich sieht, springt er sofort auf.

„Flora. Was ist los?"

„Er kennt Ella!", rufe ich keuchend und greife nach meinem Handy. „Komm, lass uns sofort von hier verschwinden! Jos Kubus lügt."

Im Auto wähle ich Marthas Nummer. „Du musst sofort die Julena GmbH und Jos Kubus überprüfen!"

Geistesgegenwärtig, wie immer, sagt sie, dass sie sich darum kümmern wird. Dann tippe ich Leos Nummer ein und sage ihm dasselbe.

„Leo, informiere bitte die Polizei über die Julena GmbH. Sie sollen überprüfen, ob Ellas Auto in der Nähe dieser Firma gesehen wurde. An den Zufahrtsstraßen nach Neuburg gibt es bestimmt Kameras."

„Die Polizei soll gegen diese Firma ermitteln, weil du ein ungutes Gefühl hast?" Er klingt, als hätte er etwas getrunken.

„Ja!", herrsche ich ihn an. „Mensch, Leo, Ella hat doch die Telefonnummer der Firma aufgeschrieben!"

„Gut. Ich rufe sie an, Flora."

Martin sieht mich an. „Dein Ton, Flora."

„Wie ist er denn?"

„Herablassend."

„Oh..." *Wie meine Mutter.*

„Das wollte ich nicht. Ich werde mich bei Leo entschuldigen."

Trotz meiner Panik von vorhin nehme ich mir vor, noch einmal herzukommen. Ich spüre es: *Julena* ist eine vielversprechende Spur. Aber ich spüre die Gefahr, die von ihr ausgeht.

KAPITEL 34

Benediktiner Stift Neuburg
Montagnachmittag

Die Gegend entlang des Neckars gefällt mir.

„Der Name Neckar leitet sich von *Nicarus* und *Neccarus* vom keltischen *Nikros* ab, was wildes Wasser oder wilder Kerl bedeutet. Der Neckar entspringt im Naturschutzgebiet Schwenninger Moos. Wald, Wasser, Berghöhen und die malerischen, gewundenen und an vielen Stellen steilen Täler sind die besonderen Merkmale", erklärt Martin.

Manchmal ist *Blubby* ein wandelndes Lexikon. Die Landschaft erinnert mich ein wenig an die Voralpen. Nur ihr Geruch ist anders. Die steilen Talhänge werden als Weinberge genutzt. Ich liebe den fruchtig-süßen Duft der in der Hitze schwitzenden Trauben. Wir nähern uns Neuburg. Am hügeligen Horizont zeichnen sich die ersten Häuser ab.

„Was weißt du über die Geschichte des Klosters, Flora?"

„Es ist ein skandalumwittertes Kloster. Im 14. und 15. Jahrhundert beschwerten sich die Bürger über das sittenlose und weltliche Verhalten der Nonnen."

Martin grinst. „Ich wusste gar nicht, dass du dich für diesen Teil der Geschichte interessierst."

„Die Sache mit den anrüchigen Nonnen ist viel interessanter als die vielen Geschichten vom Niedergang und Wiederaufbau des Klosters."

„Wir sind fast da."

Vor uns erhebt sich eine fünfschiffige Kirche im gotischen Baustil.

„Das war ursprünglich die Klosterkirche", erklärt mir Martin. „Sie ist wegen der dort aufbewahrten Christusreliquien Ziel vieler Wallfahrten. Mit dem Kreuzgang begann man erst Mitte des 18. Jahrhunderts. Im Obergeschoss befindet sich übrigens der prächtigste Raum, der Kaisersaal, mit einem Deckengemälde von Rubens. Also, bis jetzt ist uns noch niemand gefolgt, Flora. Ich werde versuchen, abseits der Straße zu parken. So kann niemand mein Auto beim Vorbeifahren sehen." Martin sieht mich fragend an. „Gibt es schon Neuigkeiten von Martha?"

„Unser Anwalt hat gesagt, dass es eine Weile dauern wird, bis er mehr Informationen über den Laden zusammengetragen hat. Ich hoffe nur, dass die Polizei etwas unternimmt. Sie halten sich bedeckt. Das ist merkwürdig. Sie sollten uns auf dem Laufenden halten. Immerhin ist Ella seit zwei Tagen verschwunden."

„Ich weiß nicht, ob sie das wirklich müssen."

Ich zucke mit den Schultern. „Andreas Gorja würde mehr Schwung in die Sache bringen. Da bin ich mir sicher."

Martin macht mit seiner Hand eine kreisende Bewegung. „Kommt dir hier irgendetwas bekannt vor, Flora?"

Ich öffne den Sicherheitsgurt und erkunde die Umgebung. Wir fahren durch das offene Tor des Klosters und parken den Renault auf einem kleinen Kiesweg. Die Kieselsteine springen unter den Reifen hoch. Ich steige aus und lasse die Gerüche auf mich wirken. *Kommt mir etwas bekannt vor?* Keine Ahnung. Wir sind auf der anderen Seite des Gebäudes als auf dem Foto. Die Türme sind von hier aus nicht zu sehen.

Ich gehe ein paar Schritte über die Grünfläche und drehe mich um. Plötzlich bleibt mein Blick an einem kleinen weißen Tor in der grauen Steinmauer hängen, die das Klostergelände umgibt. Wie ein Magnet zieht es mich an. Ich überquere den Rasen, gehe an einer Buchenhecke vorbei und erreiche die Mauer. Am Tor befindet sich ein geschwungener Riegel, eine Art eiserner Ring. Den kenne ich! Ich greife danach. Als ich ihn herunterdrücke, scheint meine Hand die hervorstehende Spitze zu erkennen. Ich schließe die Augen. Bilder überfluten mein Gehirn...

Ich bin klein und schaue von unten auf den Riegel, ziehe ihn nach unten und spüre, wie sich die hervorstehende Spitze in meine Handfläche drückt. Die weiße Tür öffnet sich. Ich überquere die Straße ... und da sehe ich sie, auf der anderen Seite, auf dem schlammigen Feld. „Rina", rufe ich. „Warte! Ich komme mit dir!" Ich laufe über den frisch gepflügten Acker auf die Bäume zu. Der

Schlamm ist fest und nass, wie Lehm. Flora, komm, mein Liebling, ruft die Stimme aus dem Wald. Ich bin so glücklich! Ich will zu ihr, aber ich bin nicht schnell genug. Bei jedem Schritt bleibt mein Stiefel im Schlamm stecken. „Rina", rufe ich. „Warte auf mich!"

Die Vision ändert sich.

Wir sind im Wald. Ich spüre eine Hand in meiner. Wir gehen zwischen den Bäumen umher und ich schnuppere an den Pilzen. Wir suchen Steinpilze und Pfifferlinge. Der Korb ist schon halb voll. Wir gehen über weiches Moos und laufen einen Hügel hinauf. Die Buchen sind wuchtig und hoch. Rinas Hand streichelt lächelnd meinen Kopf. Immer wieder küsst sie mein Haar. Ihre blauen Augen schauen mich dabei liebevoll an. Ich rieche die grüne Seife, mit der sie ihr Gewand gewaschen hat. Wir schauen nach oben, in die Herbstsonne, die durch das bunte Laub fällt und auf unsere Gesichter scheint. Sie hebt mich hoch und küsst mich wieder, dieses Mal auf die Stirn. Ich schlinge meine kleinen Hände um ihren Hals und ihren Schleier, drücke meinen Kopf an ihre faltige Haut. Feuchtigkeit klebt an meinen Wangen.

Tränen rinnen über ihr Gesicht. Ich spüre ihre Angst...

Eine Hand berührt meine Schulter. „Erkennst du etwas, Flora? Alles okay?" Martin steht neben mir. Besorgnis liegt in seiner Stimme.

„Ja." Ich gestikuliere in Richtung des klappernden Riegels. „Ich bin als Kind durch diese Tür gegangen. Du wirst sehen, hinter dieser Mauer ist eine Straße, dann ein Feld oder eine Wiese und dahinter ein Wald. Dort war ich auch. Mit einer alten Nonne, Schwester Rina." Ich rüttele kurz am Riegel, aber das Tor ist verschlossen.

Martin sieht mich überrascht an. „Eine Nonne? Rina?"

Ich nicke und erzähle ihm, woran ich mich gerade erinnert habe.

„Komm, lass uns hineingehen", sagt er. Aus seiner Hosentasche zieht er ein weiß-blau gestreiftes Stofftaschentuch und wischt sich den Schweiß von der Stirn.

„Die Priorin kann uns sicher sagen, ob Ende der 70er Jahre eine Nonne namens Rina in diesem Kloster gelebt hat."

Die Priorin Agatha schiebt mir die beiden Fotos meiner Mutter wieder über den Tisch zu. „Als ich im Mai 1983 als Novizin in dieses Kloster eintrat, lebte Ambra Mahler schon hier. Sie war damals hochschwanger. Sie haben übrigens die gleiche Augenfarbe wie die kleine Flora." Lächelnd rührt sie in ihrem Tee. Das kräftige Aroma ihres Darjeeling-Tees erfüllt den kleinen Raum. „Ich erinnere mich, dass ich Ihre Augen ungewöhnlich fand, Frau Graf. Eine seltene Farbe."

Ich atme tief durch. „Ich war also hier untergebracht?"

Priorin Agatha blättert in den Unterlagen, die sie nach Martins Anruf aus dem Archiv geholt hat, und zieht ein Schwarz-Weiß-Foto hervor. „Natürlich. Sie kamen sogar in diesem Kloster zur Welt."

Ich starre die Priorin an. *Sie erwähnt kein zweites Baby.* Mir wird übel.

„Wussten Sie, dass Flora eine Zwillingsschwester hat?", fragt Martin.

Priorin Agatha lehnt sich ein wenig zurück und blinzelt überrascht. „Eine Zwillingsschwester? Nein, das wusste ich nicht", antwortet sie. „Wo hat sie denn gelebt?"

Martin schaut mich an. „Sie wurde kurz nach ihrer Geburt von einem Ehepaar aus Bad Urach adoptiert."

Reflexartig verschränkt die Priorin die Arme. „Flora war hier bei ihrer Mutter und ihre Zwillingsschwester bei *Fremden* in Bad Urach? Merkwürdig."

„Ja", antworten Martin und ich fast gleichzeitig.

„Das wusste ich nicht. Bei der Geburt war ich nicht zugegen. Ich dachte immer, Ambra hätte nur *ein Mädchen* geboren." Die Priorin wirkt verstört, schweigt und rührt wieder in ihrem Tee. Sie blickt nach draußen zu einem weißen Bungalow neben dem Eingangstor.

„Ihre Mutter ist nach Ihrer Geburt in das ehemalige Gärtnerhaus gezogen. Sie aber sind im Kloster geblieben. Ihre Mutter haben wir selten gesehen, Sie dafür umso öfter. Sie waren der kleine Schatten der damaligen Priorin Katharina."

„Warum bin ich nicht bei meiner Mutter geblieben?"

Die Priorin zuckt zusammen: „Ich weiß es nicht. Vielleicht wegen der Schule. Sie wurden dort mit ihrer Mutter von zwei älteren Nonnen unterrichtet. Ambra war sehr jung, als Sie zur Welt kamen. Und sie war menschenscheu. Aber Ihre Mutter hatte eine Schwäche für Tiere. Sie kümmerte sich um unsere Kaninchen und Hühner und besaß selbst einen gestreiften Kater. Den sah ich immer, wenn sie im Sommer im Gemüsegarten arbeitete. Im Winter fütterte Ambra die Vögel mit Brotkrumen."

In Grafenloch hat Mama die Vögel auch mit Brotkrumen gefüttert. Ich habe sie vor Augen, wie sie in ihrem weißen Nachthemd draußen im Hof steht, die Krümel vom Brotbrett wischt und den Kopf zu den Vögeln hebt, die zwitschernd vorbeifliegen.

„Wissen Sie, warum meine Mutter hier lebte und nicht im Ort zur Schule ging, Schwester Agatha? Mir kommt es so vor, als hätte sie sich damals vor etwas verstecken müssen."

Die Nonne zieht erstaunt die Augenbrauen hoch. „Das weiß ich nicht. Wir haben auch nicht gefragt. Natürlich ahnten wir, dass etwas Schlimmes vorgefallen war und sie nicht gefunden werden wollte. Aber wir haben geschwiegen. Wir waren überzeugt, dass Mutter Katharina einen triftigen Grund für ihre Gastfreundschaft hatte. Katharina war es auch, die Ihnen den Namen Flora gab. Es ist der Name der römischen Göttin des Frühlings. Sie sagte einmal, Sie seien für sie wie ein Frühling in ihrem Leben gewesen. Sie beide waren unzertrennlich, Sie schliefen sogar mit Katharina in einem Zimmer. In einer Wiege, die uns der Kartoffelbauer geschenkt hat."

Schwester Agatha schiebt mir ein zweites Foto über den Tisch. „Das ist Priorin Katharina. 1946, kurz nach ihrem Eintritt."

Ich nehme das Bild in die Hand und betrachte die junge Frau im Habit. Sie steht vor einer weißen Wand und blickt freundlich in die Kamera. Ihre Augen sind blass. Vielleicht blau. Ihr Haar ist unter einer Kapuze verborgen, wirkt aber durch die dunklen, geschwungenen Augenbrauen braun. Ihr Gesicht ist oval, mit hohen Wangenknochen und vollen Lippen. Sie kommt mir bekannt vor.

216

„Lass mal sehen, Flora", sagt Martin.

Ich reiche ihm das Foto.

„Eine schöne Frau", sagt er. Er gibt mir das Foto zurück.

Ich frage mich, ob das die Frau ist, die mich hochgehoben hat? Ich weiß es nicht. Die Nonne, an die ich mich erinnere, war schon älter. So alt wie Schwester Agatha jetzt. Ich erinnere mich nur an ihre Augen, die mich stets liebevoll angesehen haben. Und an ihre Stimme. Ja, vor allem an ihre Stimme. Sie erzählte mir Geschichten, während sie mich schaukelte. Das hat mir gefallen.

Neuburg. Das Feld. Die Worte. Das war hier, in Neuburg! Und Rina ist die Kurzform von Katharina. *Komm, mein Liebling...*

„Ihre Anwesenheit war übrigens ein Problem", sagt Mutter Agatha. „Kinder waren im Kloster nicht erlaubt. Aber niemand hat etwas gesagt. Die Priorin Katharina genoss in der Kongregation hohes Ansehen. Wegen ihrer guten Führung, aber auch wegen ihrer Vergangenheit. Während des Krieges war sie im Widerstand gewesen und erhielt einige Jahre nach dem Krieg vom Bundespräsidenten das Bundesverdienstkreuz. Wenn eine Schwester gegen ihre Anwesenheit war, schwieg sie aus Respekt. Schwester Katharina starb im Sommer 1979, ich habe sie also nur kurz erlebt."

„Und bis wann habe ich hier gelebt, Schwester Agatha?"

„Ihre Mutter verließ das Kloster, als Priorin Katharina unheilbar krank wurde. Wenige Tage vor ihrem Tod. Sie waren plötzlich weg. Ohne sich zu verabschieden."

„Ohne sich zu verabschieden? Warum das?" Ich bin betroffen. Als hätte ich jemanden, der gut zu mir war, absichtlich im Stich gelassen.

„Ich weiß nicht. Danach hat nichts mehr an Sie erinnert. Als wir nach dem Tod von Priorin Katharina ins Gartenhaus gingen, war alles verschwunden, was auf eine kürzliche Bewohnung hindeutete. Auch sämtliche Fotos, die Sie mit Priorin Katharina zeigten, waren weg. Jemand muss sie aus dem privaten Fotobuch der Priorin herausgerissen haben."

Martin räuspert sich. „Seltsam, warum sollte jemand deine Anwesenheit auslöschen wollen?", fragt er.

„Das haben wir uns auch gefragt", antwortet Schwester A-gatha. „Ambra hat jeden Kontakt mit uns gemieden. Sie kochte für sich im Gartenhaus und kam nur ins Kloster, um Lebensmittel zu holen. Das tat sie immer, wenn wir in der Kapelle waren. Sie kannte unseren Rhythmus genau." Schwester Agatha beugt sich ein wenig vor. „Ich möchte Ihnen etwas mitteilen, Frau Graf, etwas, das ich vor einigen Jahren entdeckt habe. Es könnte für Sie vielleicht von Bedeutung und ... schmerzlich sein."

Ich zucke mit den Schultern. „Ich toleriere alles, was mir hilft, Ella zu finden."

„Ich habe eine Nichte. Nora ist die Tochter meiner Schwester. Ich bin ihre Pflegetante und ich liebe sie. Schon in der Grundschule haben wir gemerkt, dass Nora anders ist. Sie konnte sich nicht mit den anderen Kindern anfreunden und verstand auch die Aufgaben der Lehrer nicht. Sie interpretierte Kommentare, die spielerisch gemeint waren, wörtlich. Auch Lärm und laute Geräusche erträgt Nora nicht. Davon bekommt sie Kopfschmerzen. Deshalb ist sie als Jugendliche nicht ausgegangen. Sie erträgt es auch nicht, wenn jemand sie spontan berührt. Dabei ist sie lieb und klug. Schon als kleines Mädchen konnte sie die Planeten unseres Sonnensystems aufzählen. Auch in der Schule war sie gut, vor allem in Mathematik. Die Lehrer hielten sie für hochbegabt. Recht hatten sie, denn heute studiert Nora Ökonometrie an der Universität München. Und doch stimmte etwas nicht. Was uns am meisten beunruhigte, war ihr zurückgezogenes Verhalten. Am liebsten war sie allein in ihrem Zimmer. Dort aß sie auch allein. Der Küchentisch war ihr zu voll. Ihr Magen verschloss sich, wenn sie mit anderen essen musste, sagte sie. Erst als Nora fünfzehn Jahre alt war, wurde klar, dass sie das Asperger-Syndrom hat. Eine Form von Autismus."

Die Priorin nimmt einen Schluck von ihrem Darjeeling-Tee. „Jedenfalls", fährt sie fort, „als Nora im Sommer 2010 eine Woche Urlaub bei mir im Kloster machte und durch unseren Garten spazierte, erinnerte ich mich plötzlich wieder an die menschenscheue Ambra. Ihr Verhalten war fast eine Kopie von Nora. Wo Nora ganz in die Raumfahrt vertieft war, war Ambra ganz in ihre Kräuter vertieft. Auch Ambra konnte in Gegenwart anderer Menschen nicht essen, sie ertrug es auch nicht, wenn sie jemand unerwartet berührte, hatte diese seltsame Art zu gehen und schaute einem auch nie in die Augen."

Die Wahrheit trifft mich wie eine Bombe. Ambra könnte also auch das Asperger-Syndrom gehabt haben. Plötzlich verstand ich, warum Mutter Katharina sich damals um mich gekümmert hatte. Ambra konnte vermutlich kein Baby in ihrer Nähe ertragen.

„Ich habe mich oft gefragt, wo Sie, Frau Graf, nach Ihrer Abreise gelebt haben und ob Sie bei Ihrer Mutter geblieben sind."

Martin drückt mir sanft den Arm. Ich drehe mich zu ihm um, sehe ihn aber nur verschwommen. Zaghaft wische ich mir die Tränen aus den Augen.

Martin antwortet für mich. „Frau Graf lebte bis zu ihrem 14. Lebensjahr allein mit ihrer Mutter im bayerischen Voralpenland. Sie ernährten sich von ihrem Gemüsegarten und von der Jagd. Flora besuchte keine Schule und hatte keinen Kontakt zu anderen Menschen. Ambra hat sie völlig verwahrlost."

Die Priorin führt entsetzt eine Hand an den Mund.

„Flora", sagt Martin leise.

Er weiß, dass ich nicht die Kraft habe, ihr zu sagen, dass es mir nicht gut geht. Die Lüge ist zu groß, so als würde ich ihm sagen, der Himmel sei grün und das Gras blau.

Ich stehe auf, gehe zum Fenster, öffne es. Sonnenlicht fällt herein. Ich kann mich an keinen Sommer erinnern, der so heiß gewesen ist. Aber bald wird ein Gewitter aufziehen und die Hitze abkühlen. So ist es immer.

Mama ... Mama...

Ich drehe mich wieder um, hebe den Kopf. „Ich war mein ganzes Leben lang wütend auf meine Mutter und bin es immer noch. Sie hat mich misshandelt, mich hungern lassen und mich entsetzlich gequält. Und jetzt suche ich Ella und werde mit einer Vergangenheit konfrontiert, die mir fremd ist und von der ich nichts wusste. Ella zu finden – darin liegt die verdammte Dringlichkeit der Wahrheit. Nur für meine Zwillingsschwester bin ich bereit, in diese schmerzhafte Vergangenheit einzutauchen, denn Ellas Verschwinden hat etwas mit meiner Mutter zu tun. Ich muss das tun, denn die Polizei lässt sich Zeit. Ich sehe die Polizisten vor mir, wie sie Kaffee trinken und mit den Leuten reden. Und ich will sie anschreien. Ich will sie verdammt noch mal anschreien, dass sie etwas unternehmen, dass sie ihren Arsch hochkriegen und nach Ella suchen sollen. Oder wenigstens vorgeben, als würden sie etwas tun, als würden sie sich ein bisschen kümmern."

Ich schaue wieder auf den Rasen. Eine Nonne zupft mühsam das Unkraut aus, das zwischen zwei Steinplatten wuchert.

Schwester Agatha kommt auf mich zu. „Flora...?"

Fast schnürt es mir die Kehle zu, als sie zärtlich meinen Namen ausspricht. Ich schluchze und schmiege mich an ihre Schulter.

Sie umarmt mich fest. Tränen tropfen auf ihre Schulter, ich kann sie nicht mehr zurückhalten.

Zu sehr schmerzt die Erinnerung.

KAPITEL 35

Benediktiner Stift Neuburg

Die Priorin beugt sich später vor und berührt kurz meine Hand. Sie hat schmale Finger mit manikürten Fingernägeln. Ihre Hände ähneln denen meiner Mutter. Mama hat früher immer den Zeigefinger gehoben. Er ragte stets heraus, während ihre anderen Finger gekrümmt waren. Sie analysierte die Welt immer mit gesenktem Kopf. Erst später, als ich unter Menschen lebte, bemerkte ich, dass sie sich in vielerlei Hinsicht anders bewegte. Sie hat mich nie angesehen, obwohl mir Augenkontakt wichtig ist, auch als ich mit ihr in den Bergen lebte. Ich ziehe meine Hände zurück und falte sie im Schoß. Hier ist es warm und sicher. Mama saß oft so auf der Bank vor unserem Haus. Litt sie unter dem Asperger-Syndrom? Sie war hochintelligent, aber ihr soziales Verhalten war anders. Es ist durchaus möglich.

Christian Reichelt schrieb damals in seinem Gutachten, dass ich mich zwar autistisch verhalte, aber nicht autistisch bin. Mein autistisches Verhalten sei auf eine isolierte Kindheit und das Zusammenleben mit einer Frau zurückzuführen, *die mir Zuneigung vorenthielt und kaum mit mir kommunizierte*. Seiner Meinung nach habe ich das Verhalten meiner Bezugsperson kopiert.

Ich schiebe meinen Stuhl zurück und gehe noch einmal zum Fenster. Mama wusste es also nicht besser. *Sie hat es nicht absichtlich getan. Mama war einfach so. Soll ich das glauben? Asperger-Syndrom?*

Während meines Studiums habe ich darüber gelesen und an einem Forschungsprojekt über Sinn und Unsinn einer medikamentösen Therapie teilgenommen. Dabei sprach ich auch mit Menschen mit dem Asperger-Syndrom. Sie haben mich fasziniert, sie waren ehrlich und ich war gerne mit ihnen zusammen. Deshalb fand ich es auch unfair, von einer *‚Störung‘* zu sprechen. Für mich waren und sind Menschen mit Asperger einfach anders, so wie ich anders bin. Ich fühlte mich ihnen verbunden, aber nicht, weil ich Erklärungen für das Verhalten meiner Mutter suchte. Ich habe es nicht einmal mit ihr in Verbindung gebracht, weil meine Vergangenheit mit meiner Mutter so war, wie sie war. In diesen Jahren kämpfte ich vorwiegend mit mir selbst. Ich suchte nach Beweisen für die Theorie, dass mein zurückgezogenes Verhalten erlernt und daher veränderbar sei. Das stimmte zwar, aber auf einer tieferen Ebene habe ich mich kaum verändert. Ich ziehe es immer noch vor, außerhalb der Gesellschaft zu sein. Ich kann den Lärm in der Stadt immer noch nicht ertragen, ich bin lieber allein, auch weil mich die Themen, über die die Leute miteinander reden, nicht interessieren. Bei der Arbeit schweifen meine Gedanken jedes Mal zu meinen Kräutern ab, wenn die Kollegen anfangen, über Politik, Fußball oder das Wetter zu reden.

„Aber wenn dich etwas interessiert, bist du ganz Ohr, Flora", sagte Martha einmal. „Gegenüber Menschen, die dich inspirieren, bist du kontaktfreudig, gegenüber Menschen, die dich irritieren, stumpf und kantig. Du triffst Entscheidungen. Das ist für deine Umgebung manchmal schwer zu ertragen."

Nur konnte meine Mutter keine Entscheidungen treffen, wenn es stimmt, dass sie das Asperger-Syndrom hatte. Sie konnte die Welt nur anders wahrnehmen.

Ich wende mich wieder dem Zimmer zu. Die Sonne scheint durch das Fenster und beleuchtet ein goldgerahmtes Foto: Es zeigt drei Frauen in abgenutzten Kleidern, die in den Wolken zu Jesus beten. Auch ich trug solche Lumpen und lief oft in viel zu kleinen Schuhen. Deshalb musste ich das Leder vorn aufschneiden, damit meine Zehen Platz hatten und teilweise über den Schuh hingen. Dadurch verletzte ich mich oft an den Steinen. Meiner Mutter schien das nichts auszumachen. Ihre Schuhe waren in Ordnung, manchmal waren sie sogar neu.

Verdammt! Die Priorin Agatha zeichnet das Bild eines lieben Mädchens, das gut zu den Tieren war. Ich kann diese Beschreibung immer noch nicht mit ihrem bösartigen Verhalten mir gegenüber in Einklang bringen, Asperger hin oder her. Etwas hat sie dazu gebracht, mich zu hassen. Denn Hass entsteht im Kopf, nicht im Herzen.

Ich setze mich wieder.

„Sie waren das Maskottchen des Klosters", fährt Mutter A-
gatha fort. „Sie wussten genau, wann Sie still sein mussten. Wir
alle mochten Sie von ganzem Herzen und haben Sie sehr vermisst, als Sie nicht mehr da waren. Mit dem Tod von Mutter
Katharina hat sich alles verändert."

Nicht nur für euch, denke ich verbittert und scharre mit meinen Sneakern über den Boden. Im Sommer 1979 war ich erst
fünf Jahre alt. Als ich gestern das Bild im Pfarrhaus sah, erinnerte ich mich blitzartig daran, wie ich in Panik durch ge-
wölbte Gänge gerannt bin. Dieser Korridor befindet sich hier
im Kloster. Ich bin gerade hindurchgegangen, auf dem Weg zu
diesem Zimmer. Ich erkannte sofort den Geruch von Bohnerwachs.

Plötzlich wird mir etwas klar: Ich wurde entführt! Jemand
hat mich hochgehoben und mitgenommen ... zum Grafenloch-
Hof. Mit Mama, aber ohne Ella. Ich zucke leicht zusammen, als
ich an meine Schwester denke. Wo ist sie? Hat sie etwas erfahren, dass sie in Gefahr gebracht hat?

„Mutter Katharina war schwer zu fassen. Sie hatte schon ein
Leben hinter sich, als sie mit fast 30 Jahren beschloss, sich Gott
zu weihen. Das war 1946. Sie machte gerade ihr praktisches
Jahr als Ärztin, als der Krieg ausbrach. Eine beachtliche Leistung für eine Frau in jenen Jahren. Sie wollte in die Fußstapfen
ihres Vaters treten. Er war praktischer Arzt, ebenso ihr Bruder. Ab 1941 arbeitete sie als Hausärztin in der Praxis ihres
Vaters und heiratete einen Rechtsanwalt aus Bad Urach. Gemeinsam mit ihrem Bruder und ihrer Schwester engagierte sie
sich im Widerstand. Erst nach dem Krieg wurde bekannt, dass
viele Menschen Katharina ihr Leben verdankten. Sie leitete
eine geheime Fluchtroute für Juden und Widerstandskämpfer
durch die Eifel bis ins Alpenvorland. Sie hatte Zugang zu ge-
fälschten Pässen und Gutscheinen für Lebensmittel und Kleidung. Im Sommer 1944 wurde sie jedoch verraten und verhaftet. Katharina war damals hochschwanger und wurde im
Gefängnis von der Gestapo gefoltert, aber sie verriet ihr Netz-
werk nicht. Ich vermute, sie ahnte, dass sie ohnehin erschossen werden würde."

Schwester Agatha verstummt einen Moment und sortiert Unterlagen auf ihrem Schreibtisch. Ein trauriger Schleier legt sich über ihr Gesicht. „Katharina hat für ihr Schweigen einen hohen Preis bezahlt", fährt sie fort. „Kurz nach ihrer Verhaftung brachte sie im Gefängnis eine Tochter zur Welt. Die Gestapo drohte, ihr Baby zu steinigen, wenn sie nicht reden würde. Sie schwieg und musste mit ansehen, wie ihre kleine Tochter tatsächlich an die Wand geworfen und gesteinigt wurde. Danach wurde sie in ein Konzentrationslager in Polen gebracht. Sie überlebte und kehrte nach dem Krieg zurück. Aber ihr Mann war eines der vielen Opfer eines Bombenangriffs der Alliierten. Sie wollten eine Eisenbahnbrücke zerstören, aber die Bomben fielen auf Wohngebiete in Bad Urach. Nach dem Tod ihres Mannes und ihrer Tochter ist sie in unser Kloster eingetreten."

Bad Urach, Hausarzt, grübele ich. Das kann kein Zufall sein. Gleichzeitig spüre ich eine tiefe Trauer.

Wieder streicht die Priorin mit ihren Fingern kurz über meinen Arm. „Wissen Sie, Frau Graf, Katharinas Zuneigung zu Ihnen hat ihr geholfen, wieder Lebensfreude zu finden. Nach ihrem Tod kamen viele Menschen, um Blumen auf ihr Grab zu legen. 2008 erschien eine Dissertation über den Widerstand in Bad Urach. Darin ist ihr ein ganzes Kapitel gewidmet. Sie selbst hat aber nie wieder über diese Zeit gesprochen."

Schwester Agatha kramt in ihren Papieren. „Von diesem Kapitel lasse ich Ihnen gleich eine Kopie machen. Und von dem Foto der Priorin Katharina."

„Danke."

„Katharina kannte sich mit Kräutern aus. Sie hat unseren Kräutergarten angelegt, der neben dem Küchengarten des Klosters liegt. Unsere Abtei ist in der Region sehr bekannt für die vielen Kräuter, die hier wachsen. Auch Ihre Mutter war oft im Garten. Sie war ganz besessen von Kräutern. Sie kannte alle lateinischen Namen und ihre genaue Wirkung."

Ich schaue auf. Die Priorin Katharina gab ihre Leidenschaft für Kräuter also an meine Mutter weiter, und von ihr lernte ich wiederum alles über Kräuter. Hier hat offenbar alles angefangen.

Auf dieser Seite des Klosters ist kein Kräutergarten zu sehen. Nur Ziergärten. Ich sehe die Priorin an, rieche den Duft ihres Habits. Sie wäscht ihre Kleider nicht mit grüner Seife, sondern mit dem gleichen Waschmittel wie Martha. Mit ihren frischen roten Wangen sieht sie für ihr Alter noch gut aus. *Bemerkenswert*, sie ist definitiv jenseits der 60. Auch die anderen Nonnen wirken rüstig. Das Klosterleben tut ihnen offensichtlich gut. Meine Mutter war jung, als sie starb, keine dreißig Jahre alt. Sie wurde mit vierzehn schwanger und war gerade fünfzehn, als sie Ella und mich zur Welt brachte. Ein Teenager. Jemand, der alles erleben wollte, aber sie entschied sich für ein hartes Leben in den Bergen. Und doch schien sie mit ihrem zurückgezogenen Leben in der Natur der Voralpen glücklich zu sein. Doch jetzt weiß ich, dass ihre Entscheidung für ein Leben in der Einsamkeit auch mit dem Mord an Mateo Ganteri zusammenhing. Nach ihrer Flucht aus dem Stall fand sie zuerst Zuflucht im Kloster und dann in Grafenloch. Die Priorin Katharina muss gewusst haben, dass Mama auf der Flucht war. Als Vorsteherin eines Klosters nimmt man kein fremdes Kind in die Gemeinschaft auf. Sie muss Mama gekannt haben. Oder sie kannte jemanden, der Mama kannte. Aber wie kam Mama hierher? Das Kloster liegt zwei Stunden von Bad Urach entfernt, und an diesem abgelegenen Ort kommt man nicht zufällig, schon gar nicht als 14-jähriges Mädchen, vorbei. Jemand hat Mama geholfen. Vielleicht Cornelius und Roswitha Wagner? Aber wer hat Mama in das Benediktiner Stift gebracht? Cornelius und Roswitha sicher nicht. Immerhin wurden beide kurz nach dem Mord an Mateo Ganteri von der Polizei verhört, und ich denke, dass sie auch danach noch einige Zeit unter Beobachtung standen.

„Wissen Sie, wer meine Mutter von Bad Urach in dieses Kloster gebracht hat? Im Pfarrhaus in Bad Urach hängt übrigens ein Bild von diesem Kloster."

Die Priorin schüttelt den Kopf. „Nein, aber vielleicht erinnert sich Schwester Clara daran."

„Schwester Clara?"

„Das habe ich ganz vergessen. Schwester Clara ist Krankenschwester und war damals bei der Geburt dabei, genau wie die

Priorin Katharina. Sie muss also auch wissen, dass Ihre Mutter Zwillinge geboren hat."

Ich zucke zusammen. „Können wir mit ihr sprechen?"

„Sie ist gerade im Kongo, um das Erbe ihres Bruders zu regeln. Leider hat sie kein Mobiltelefon, aber sie ruft regelmäßig auf dem Festnetz an. Wenn sie sich meldet, werde ich sie bitten, Sie anzurufen."

„Wann hat sie das letzte Mal angerufen?" Ich zücke einen Zettel und schreibe meine Nummer auf.

„Heute Morgen."

„Es kann also noch ein paar Tage dauern, bis sie sich meldet?"

„Ja. Aber sie hat ihren Rückflug schon gebucht und wird Ende der Woche wieder hier sein."

Ich lehne mich gegen die Holzauflage meines Stuhls und denke nach. Mein Blick fällt auf Martins Notizbuch. Er hat sich die ganze Zeit Notizen gemacht und hat mehrfach das Wort Neuburg unterstrichen.

Martin blickt von seinem Notizbuch auf. „Wie war der weltliche Name der Priorin Katharina?", fragt er.

„Katharina Söder", antwortet Schwester Agatha und blättert kurz in ihrer Mappe. „Sie wurde 1917 in Bad Urach geboren."

Mir stockt der Atem. *Söder?* Das ist doch der Geburtsname von Ellas Mutter!"

„Ella wurde laut dieser Urkunde in Bad Urach geboren", ergänzt Martin. „Ihr Großvater war Josef Söder. Er war der Hausarzt, der diese sogenannte Geburtsurkunde unterschrieben hat!" Er sieht mich an. „Da haben wir die Verbindung, Flora. Schwester Katharina war die Tante von Roswitha Wagner, geborene Söder, Ellas Pflegemutter. Ich rufe später meinen Kollegen in Bad Urach an und erkundige mich nach der Abstammung der Familie Söder." Er setzt ein Ausrufezeichen. „Jetzt wissen wir auch, wie das Klosterfoto ins Pfarrhaus gekommen ist. Durch Roswitha Wagner!"

Ich nicke und denke an das Foto der schönen Roswitha, wie sie an ihrem fünfzigsten Geburtstag lächelt. „In Ellas Zimmer hängt ein Bild der jungen Roswitha. Die Ähnlichkeit ist verblüffend."

Martin blättert wieder in seinen Aufzeichnungen.

„Was meinst du?", frage ich.

„Wir wissen schon viel mehr über die Vergangenheit deiner Mutter und wir wissen jetzt auch, wie Ella zu Cornelius und Roswitha und Ambra ins Kloster kam. Ein Verwandter aus Bad Urach hat sie dorthin gebracht oder Mutter Katharina hat sie abgeholt. Aber ich sehe keinen Zusammenhang zwischen dem Aufenthalt deiner Mutter in diesem Kloster und dem Verschwinden deiner Schwester."

Ich seufze und spüre, wie die Angst wieder in mir aufsteigt.

„Ich weiß es auch nicht. Und wir wissen auch nicht, warum Mama mich behalten und Ella weggegeben hat."

„Da ist noch etwas, das mich interessiert, Flora", sagt er. „Wusste Roswitha von dir oder nicht? Wusste sie, dass Ambra Zwillinge geboren hat oder nicht?"

„Ich kann mir nicht vorstellen, dass sie es wusste. Das passt nicht zu dem Bild, das Ella von ihr gezeichnet hat. Wenn sie es gewusst hätte, wäre sie zu mir gekommen. Sie kannte Ambra und ihre psychischen Grenzen. Sie haben sich Briefe geschrieben, das weiß ich von Ella. Man lässt doch nicht die Zwillingsschwester seiner Tochter allein und ohne menschlichen Kontakt aufwachsen bei einer Frau, die ihr Kind offensichtlich hasst?"

„Das könnte man meinen. Aber eines darfst du nicht vergessen." Er klappt sein Notizbuch zu. „Cornelius und Roswitha haben nach deutschem Recht ein Verbrechen begangen. Juristisch gesehen haben sie 1974 ein Baby gestohlen und Urkundenfälschung begangen. Sie hätten Ella auch wieder verlieren können, wenn Ambra es böse mit ihnen gemeint hätte. Mit einem Gefängnisaufenthalt als Bonus."

Ich bin zu verblüfft, um zu antworten. „Und wo bin ich in dieser Geschichte?"

Schwester Agatha hustet kurz und schaut mich sanft an.

Hinter meinen Augen brennen wieder die Tränen.

KAPITEL 36

Der Anruf
Montagnachmittag

Die unebene Straße auf dem Weg nach Bad Urach lässt Martins alten Renault Mégane rumpeln. Das Geräusch erinnert mich an meine erste bewusste Autofahrt. Ich war fünfzehn und hatte ein Jahr in der Psychiatrie verbracht. Es war Sommer und verdammt heiß, als Christian Reichelt mir eines Morgens mitteilte, dass ich nun bereit sei, die Welt außerhalb der Anstaltsmauern zu erkunden. Martha würde mich begleiten. Der Psychiater hatte mich gut auf das Kommende vorbereitet, aber wie schnell die Bilder während der ersten Autofahrt an mir vorbeizogen, hätte ich mir nicht träumen lassen. Ich konnte das Gesehene nicht festhalten. Es war weg, bevor ich es verarbeiten konnte. Meine Augen waren vierzehn Jahre lang darauf trainiert worden, Details zu sehen, jetzt musste ich lernen, Zusammenhänge zu erkennen, Bilder sofort zu erfassen und wieder loszulassen. Das war anstrengend und ermüdend.

Außerdem war es eigenartig, in einem Auto zu sitzen. Marthas metallic grauer Golf war neu, ich konnte das kochende Plastik riechen. Martha öffnete die Türen, bis der Luftzug die Hitze aus dem Auto blies. Währenddessen schaute ich nach oben, die Brise zog Schlieren in den blauen Himmel. Das Hocheck lag in der Ferne, aber sein Gipfel war deutlich zu erkennen. Und plötzlich vermisste ich die Berge, vermisste einen Spaziergang über das weiche Moos in den Tannenwäldern und den Geschmack frisch gepflückter Brombeeren. Aber am meisten fehlte mir der frische Wind. Ich sehnte mich so sehr danach, den Wind zu spüren, dass es schmerzte. Tränen liefen mir über die Wangen, während ich weiter auf das Hocheck starrte.

„Sollen wir dorthin fahren, Flora?", fragte Martha und zeigte auf den Gipfel.

Ich nickte energisch und stieg wortlos ein. Martha öffnete mit mir das Fenster und zeigte mir, wie man den

Sicherheitsgurt an- und abschnallt. Dann setzte sie sich ans Steuer und startete den Wagen. Vorsichtig fuhr sie aus der Parklücke. Da mir die Fahrbewegungen fremd waren, griff ich nach dem Schalthebel, um mich abzustützen. Martha fuhr schnell und nahm die Kurven zügig. Die rasanten Bilder, die an mir vorbeizogen, verwirrten mich völlig. Schon nach wenigen Minuten hatte ich Mühe, das Gleichgewicht zu halten. Mir wurde übel. Martha hielt sofort auf dem Seitenstreifen an, ich stieg aus und spuckte die Spaghetti aus, die ich vor einer Stunde gegessen hatte. Karotten und Paprikastücke landeten auf meiner Bluse. Martha kam zu mir und wiegte mich in ihren Armen.

„Ganz ruhig, mein Kleines", sagte sie. Ich schloss die Augen, legte meine Hände um ihren Hals und drückte mein Gesicht in ihr Haar. Ich roch mein Erbrochenes, aber Martha schien es nicht zu stören, sie strich sanft über meine Locken.

Ein Auto nach dem anderen fuhr an uns vorbei. Nach einer Weile ließ Martha mich los, griff nach einem Taschentuch und wischte mir mit einem sanften Lächeln den Mund und die Bluse ab.

„Du musst bei mir bleiben, Martha", sagte ich und streichelte ihren Arm. „Du darfst mich nicht wegschicken."

„Niemals, mein Schatz." Sie drückte mich noch fester an sich, als könnte ich ihr beim nächsten Windstoß entgleiten…

Ich seufze und betrachte die endlose sanfte Landschaft, an der wir vorbeifahren. Seit heute Nachmittag weiß ich, dass die andere Frau, die mir so liebevoll den Kopf gestreichelt hat, Priorin Katharina war. Ob sie wohl wusste, dass Mama mir keine Liebe geben konnte? Dass Mama mich in den Voralpen von der Welt isolieren würde?

Mein Telefon klingelt. *Ella?* Schnell hole ich das Handy aus meinem Rucksack.

„Flora Graf. Hallo?" Meine Stimme überschlägt sich.

„Frau Graf? Hier ist Anna Ganteri. Ich habe von meiner Nachbarin gehört, dass Sie mich dringend sprechen wollen."

229

Anna Ganteri! Endlich! „Ich bin mit Pfarrer Köster auf dem Weg nach Bad Urach. Darf er zuhören?" Ich stolpere über meine Worte.

„Natürlich", antwortet sie.

Ich schalte auf Lautsprecher.

Anna Ganteri unterhält sich kurz mit Martin, aber ich unterbreche den Small Talk und komme gleich zur Sache.

„Ich bin die Tochter von Ambra Mahler, dem 14-jährigen Mädchen, das Ihren Mann erstochen haben soll. Ich möchte wissen, was an diesem Tag vorgefallen ist."

Martin sieht mich von der Seite an. *War ich wieder zu direkt? Hätte ich sensibler sein sollen?* Auch Martha weist mich immer wieder darauf hin.

Am anderen Ende der Leitung ist es kurz still.

„Sind Sie noch da, Frau Ganteri?", frage ich.

„Ja. Die kleine Ambra hat die Flucht überlebt und eine Tochter bekommen?"

„Sie hat Zwillinge bekommen, Frau Ganteri. Zwei Töchter. Ella und ich kamen im Juni 1974 in einem Kloster in Neuburg zur Welt. Mich hat sie behalten. Ella ist zu Cornelius und Roswitha Wagner gekommen. Sie kennen das Ehepaar vom Weingut Wagner. Ella ist letzten Samstag verschwunden. Sie recherchierte gerade, was am 2. Oktober 1973 vorgefallen war."

Wieder ist es still am anderen Ende der Leitung.

„Hallo, Frau Ganteri? Warum melden Sie sich nicht?"

Martin schüttelt den Kopf und blickt mürrisch auf die Straße.

„Weil … ich es nicht verstehe. Ella ist die Tochter von Ambra Mahler? Das kann doch nicht sein! Cornelius und Roswitha haben Ella abgöttisch geliebt. Sie war ihre kleine Prinzessin. Ihr Ein und Alles. Und jetzt sagen Sie, Ella war nicht ihre Tochter? Das kann ich nicht glauben. Das muss ein Irrtum sein."

„Das ist kein Irrtum", antworte ich entschieden. „Wir haben einen DNA-Test machen lassen und die Übereinstimmung ist hundertprozentig. Auch ein Bluttest hat ergeben, dass Cornelius und Roswitha nicht Ellas Eltern sind."

Ich sehe Martin an. Sein Mund ist ein schmaler Strich.

„Aber wie kann das sein?", fragt Frau Ganteri nach erneutem Schweigen.

„Ganz einfach. Die Wagners haben Ella illegal bekommen und dann die Papiere gefälscht. Auf dem Papier wurde Ella am 17. Juni 1974 in der Praxis ihres Großvaters Josef Söder in Bad Urach geboren und am selben Tag im Bad Uracher Standesamt angemeldet. Ambra wurde Anfang Oktober 1973 schwanger. Der 2. Oktober käme in Frage."

Martin stößt mir jetzt gegen den Arm und sieht mich wütend an.

„Na, von meinem Mann ist sie bestimmt nicht schwanger geworden", entgegnet Frau Ganteri mit scharfer Stimme.

„Das behaupte ich auch nicht, Frau Ganteri", antworte ich schnell. „Ich glaube nicht, dass Ihr Mann mein Vater ist. Ihr Mann war klein, hatte glattes schwarzes Haar und dunkle Augen. Meine Mutter war auch klein, aber dunkelblond, mit weißer Haut und blauen Augen. Ich bin 1,80 m groß, habe grüne Augen und blonde, lockige Haare. Mein leiblicher Vater hatte nordeuropäische Gene."

„Oh nein, mein Mann kann nicht Ihr Vater sein", ruft Anna Ganteri jetzt wütend. „Er hat mich aufrichtig geliebt. Ich war sein Ein und Alles. Und er war meine Welt. Deshalb habe ich nie wieder geheiratet."

Dann bricht ihre Stimme. Sie weint, ich weine auch, denn mit einem Mal denke ich an Gabor und Benjamin und sehe auch Anna Ganteris Leere. Ich wische mir das Gesicht ab, ich darf mich jetzt nicht gehen lassen. *Ich muss stark sein, ich muss Ella finden. Das hat Priorität. Nicht trauern. Nicht weinen. Später...*

„Darf ich Sie noch etwas fragen, Frau Ganteri?"

„Ja", schluchzt sie.

„Woran erinnern Sie sich?"

„An alles", stößt sie aus.

Am anderen Ende der Leitung atmet Anna Ganteri schwer. „Mein Mateo kam von der Arbeit nach Hause. Das Abendessen war fast fertig. Unsere beiden Töchter spielten mit den Kaninchen im Garten. Ich bat Mateo, etwas frisch gemähtes Heu von Dreessens Wiese zu holen, damit die Tiere sauberes Heu in

231

ihren Käfigen haben. Die Wiese war gerade gemäht worden, also konnte er das Heu einfach in seine Tasche packen. Und es musste an diesem Tag sein, denn für die Nacht war ein Gewitter angesagt."

Anna Ganteris Stimme verändert sich, als würde sie jeden Moment wieder weinen. „Mateo nahm sein Fahrrad und die große Sporttasche, in die er immer das Heu packte, und fuhr zwei Kilometer bis zum Waldrand, aber er kam nicht mehr zurück."

Wieder fängt sie an zu weinen. Ihr Schmerz dringt durch den Hörer.

„Er wurde wegen dieser dummen Kaninchen getötet", schluchzt sie. „Verstehen Sie? Mein Mann wollte doch nur das Heu holen und zurückradeln. Wir wollten gerade zu Abend essen. Es war der Höhepunkt seines Tages. Mit seinen zwei Töchtern am Tisch zu sitzen. Aber er kam nicht zurück. Er muss etwas in der Scheune gehört haben, denn dort lag das frisch gemähte Gras. Er ging hinein und bekam ein Messer in den Rücken. Ich bin mir ziemlich sicher, dass es dieser Herbach war. Nicht dieses Mädchen."

Ich richte mich auf und greife nach meinem Notizbuch. „Peter Herbach?", frage ich. „Sie halten ihn für den Mörder Ihres Mannes?"

„Salomon Dreessen hat es mir erzählt", antwortet sie. „Nach der Messe am Weihnachtsmorgen. Wenige Stunden bevor er ermordet wurde. Die Gläubigen versammelten sich auf dem Kirchplatz, um sich frohe Weihnachten zu wünschen. Ich tat es nicht. Ich wollte nicht in diese verlogenen Augen schauen. Sie dachten, ich sei die Frau des italienischen Kinderschänders. Also ging ich mit meinen Töchtern direkt nach Hause. Es war kalt und nieselte. Das erste Weihnachtsfest ohne meinen Mateo. Salomon Dreessen kam zu mir. Gleich nach der Kirche. Er war betrunken und unsicher auf den Beinen. Er packte mich an den Schultern und erzählte mir unter Tränen eine etwas wirre Geschichte. Aber ich erinnerte mich an jeden Satz und schrieb ihn später auf. Er erzählte mir, was in der Scheune geschehen war. Immer wieder kam er auf den jungen Herbach zu sprechen. Wie er über die kleine Ambra gebeugt stand, als

Salomon die Scheune betrat. Ambra lag auf dem Lehmboden und rührte sich nicht. Mateo lag halb auf ihr. Die Hand des jungen Herbach lag neben der von Ambra und neben dem Messer. Er hielt ein Tuch in der Hand. Der junge Herbach zuckte zusammen, als er Salomon sah, und sagte, er sei eben in die Scheune gegangen und habe gesehen, wie das Mädchen meinen Mann erstochen habe. Das sei nicht wahr, sagte Salomon. Der junge Herbach habe gelogen, denn er habe mindestens zehn Minuten in der Scheune zugebracht und sei blutüberströmt gewesen. Salomon hatte die Scheunentür im Auge behalten, als er sich ihr näherte. Niemand war hineingegangen. Was also hatte der junge Herbach die ganze Zeit in der Scheune gemacht? Doch Salomon schwieg, als die Polizei eintraf. Etwas war seltsam an dem jungen Herbach. Etwas, das ihm Angst machte. Dieser Mann war der Teufel. Und er war der Sohn des mächtigen Hendrik Herbach. Er würde Salomon zerquetschen, wenn er seinen Sohn anklagte. Und Salomon konnte ohnehin nichts beweisen. Die Herbachs würden ihn für verrückt erklären. Und die Leute auch. Ein alter Mann, verwirrt und oft betrunken. Das würden sie sagen. Und es stimmte. Er war oft betrunken wegen seiner Frau. Nur wenn er trank, konnte er sie ertragen. Aber nicht an diesem Nachmittag. An diesem Nachmittag in der Scheune war er nüchtern. Als der junge Herbach die Polizei rufen wollte, versuchte er, das Mädchen zu wecken. Es gelang ihm. Er sagte ihr, sie solle fliehen. Der junge Herbach würde sie für den Tod meines armen Mateo verantwortlich machen, war sich Salomon sicher. Ambra konnte sich nicht bewegen, denn Mateo lag noch halb auf ihr. Als er den toten Mateo von ihr schob, sah er das Blut. Ihr Kleid war hochgerissen. Ihre Hose war zerrissen. Ihr Unterleib war voller Blut. Alles war mit Blut bedeckt. Für Salomon war es klar. Ambra war vergewaltigt worden. Ihr Hals war rot. Der junge Herbach hatte sie offensichtlich erwürgen wollen. Auch ihr Gesicht blutete, aber die kleine Ambra schien nichts zu spüren. Sie sagte nichts. Sie stand auf, stolperte aus der Scheune und verschwand Richtung Bad Urach. Draußen begann es zu regnen. Ein Gewitter zog auf. Er hörte einen Blitz in den Wald einschlagen. Der Knall ließ den Boden unter seinen Füßen erzittern. Da wusste es Salomon. Dass es den Teufel gibt. Anna Ganteri hustet und schweigt einen Moment. „Salomon Dreessen hat es mir erzählt. An jenem Weihnachtstag. Wissen Sie, Betrunkene und Kinder sagen die Wahrheit. Jetzt kennen Sie die Wahrheit."

Oh mein Gott. Mama wurde brutal vergewaltigt, wenn die Geschichte des betrunkenen Salomon Dreessen stimmte. Mama war fast noch ein Kind. Sie stotterte und hatte weder Freunde noch Familie, was sie besonders verletzlich machte. *Ein begabtes Mädchen* schrieb ihre Lehrerin in der Zeitung. Wer war dieser Peter Herbach? Wie sah er aus? Wenn ich ihm ähnlich sehe, bin ich das Ergebnis einer Vergewaltigung. Das will ich wissen! Aber als ich gestern seinen Namen gegoogelt habe, wurde mir kein Foto angezeigt. Wo bekomme ich ein Foto her? Vielleicht von Beatrix Rösner, der Tante von Martin?

Plötzlich bildet sich vor uns ein Stau. Die Autos vor uns bremsen und weichen nach links aus. Auch Martin tritt stark auf die Bremse. Ich schieße nach vorn und greife nach dem Türgriff. Im Schritttempo fahren wir an einer Unfallstelle vorbei. Das vordere Auto steht auf dem Kopf, das andere liegt auf dem Grünstreifen dahinter.

„Mehr weiß ich nicht, Frau Graf", tönt es plötzlich wieder aus dem Hörer.

„Ich habe die Geschichte von Salomon gleich aufgeschrieben. Damit ich nichts vergesse. Mein Gedächtnis ist hervorragend und ich erinnere mich an alles von damals. Wirklich an alles!"

Martin setzt sich leicht auf. Er hört aufmerksam zu und man merkt, dass ihn die Geschichte berührt. Noch immer hat er die Lippen zusammengepresst.

„Kennt die Polizei Salomons Version der Geschichte?", frage ich.

„Ja, natürlich. Als ich am zweiten Weihnachtsfeiertag erfuhr, dass Salomon Dreessen ermordet worden war, bin ich sofort zur Polizei gegangen. Ich sprach noch einmal mit Friedrich Krekel. Das war der Polizist, der mich zwei Monate zuvor wegen meines Mateo verhört hatte. Er hat mich schlecht behandelt.

Offensichtlich hasste er Italiener und hielt mich für eine ‚gefallene' Frau, weil ich einen ‚Itaker' geheiratet hatte. Das waren seine Worte. Aber er war mir gleichgültig. Ich sagte ihm, er solle Peter Herbach überprüfen. Aber er tat es nicht. Friedrich Krekel warf mich stattdessen aus seinem Büro mit den Worten, dass die Geschichte von Salomon das Geschwätz eines Betrunkenen sei. Und insbesondere solle ich aufhören, die Familie Herbach zu beschuldigen. Sonst würde es einen Prozess wegen Verleumdung geben. Das war reine Erpressung. Hendrik Herbach hatte gute Verbindungen.

Das alles steht übrigens in dem Buch über bedeutende schwäbische Familien, das letztes Jahr erschienen ist. Darin wird die Familie Herbach sauber filetiert. Aber kein Wort über meinen Mateo und die kleine Ambra, versteht sich. Die ist unter einem ihrer vielen Teppiche verschwunden. Lesen Sie das Buch. Über die Herbachs und ihre Verbindungen zur Politik. Wohin ist Ihre Mutter geflohen?", fragt Anna Ganteri.

„Zuerst ins Benediktinerkloster Neuburg und dann in die bayerischen Voralpen."

„Wie ist sie dorthin gekommen?"

„Das wissen wir nicht."

„Wie geht es ihr? Lebt sie noch?"

„Nein. Meine Mutter wurde im Juni 1988 ermordet."

„Wie bitte? Sie wurde auch ermordet? Von wem?" Anna Ganteris Stimme überschlägt sich.

„Das wissen wir nicht", sage ich.

Wieder schweigt Anna Ganteri. Länger als zuvor. Woran denkt sie? An ihren Mann?

„Ich muss auflegen, Frau Graf. Meine Freundinnen winken mir draußen zu. Aber Sie haben meine Nummer. Rufen Sie mich an, wenn Sie noch Fragen haben."

„Das werde ich. Vielen Dank", sage ich. „Einen schönen Tag noch."

Wie idiotisch das nach unserem Gespräch klingt, merke ich zu spät. Die Verbindung ist bereits unterbrochen.

Martin schaut in den Spiegel. Draußen heulen die Sirenen der Krankenwagen. Annas Worte klingen noch in meinem Kopf. Mein Magen zieht sich zusammen.

Ich schließe die Augen und sehe meine Mutter vor mir, wie sie brutal geschlagen und verletzt zum Weingut Wagner stolpert. Wie sie mit einem riesigen Bauch durch den Kräutergarten des Klosters läuft, wie sie Zwillinge zur Welt bringt.

Sind Ella und ich Vergewaltigungskinder? Hasste sie mich deshalb so sehr? Ein emotional verletzliches Mädchen, das spontane Berührungen nicht ertragen konnte, wurde auf grausame Weise vergewaltigt.

Oh mein Gott! Mama ... Oh Mama ...

KAPITEL 37

Weingut Wagner, Bad Urach
Montagabend

Martin hat Leos Einladung zum Abendessen abgelehnt. Er will seine Patentante besuchen und sie um ein Foto von Peter Herbach bitten. Ich bin gespannt, ob seine Patentante ihm etwas über die Familie Herbach erzählen kann.

Nach dem Essen wollen Leo und ich den Mergelsteinbruch erkunden. Im Oktober 1973 berichtete eine Zeitung, dass Polizeihunde in der Höhle Spuren von Mama gefunden hätten.

Sie muss zu Fuß dorthin gegangen sein, denn ihr Fahrrad stand neben dem Schuppen. Ich möchte den Ort sehen, wo Mama sich versteckt hat.

In der Küche duftet es köstlich. Leo steht am Herd, er sieht müde aus.

„Ich habe später noch eine Weinprobe, wir haben nicht viel Zeit, Flora", sagt er. „Aber die Arbeit in der Firma lenkt mich etwas ab. Ella würde mir nie verzeihen, wenn ich die Gäste vernachlässigen würde."

Ich deute auf den Herd. „Du liebst das Ursprüngliche, das Klare und Authentische. Das ist gut, das ist auch die Basis unseres Denkens."

Er lächelt. „Ella sagt immer: Gutes Essen ist die Grundlage allen Glücks. Guter Wein auch!"

„Ich liebe Pesto, aber mein Magen rebelliert, Leo, er ist wie zugeschnürt. Ich bekomme keinen Bissen runter."

„Deine Schwester würde mir noch weniger verzeihen, wenn ich mich nicht um dich kümmern würde. Du bist ganz blass um die Nase und solltest etwas essen."

„Wenn Ella wieder auftaucht, geht es uns beiden besser."

Er nickt. „Sie wird wieder auftauchen. Du wirst sehen."

„Das hoffe ich, denn das flaue Gefühl in meinem Magen scheint sich in meinem ganzen Körper auszubreiten. Ich werde mich vor dem Abendessen noch etwas frisch machen."

Auf dem Treppenabsatz im Flur blicke ich durch das hohe Fenster in die hügelige Landschaft und entdecke einen Schatten neben dem Hoftor. Ein Mann steht in der Nische der Mergelsäule. Der Schatten war schon da, als ich ankam, aber er war kleiner, sodass ich ihn nicht beachtet habe. Jetzt steht die Sonne tiefer und die Linien der Figur sind länger. Ich bezweifle, dass es ein Spaziergänger ist. Es ist eher die Haltung eines Jägers, der geduldig seine Beute beobachtet, bevor er angreift.

Meine Hand schnellt instinktiv zur Hüfte, aber ich greife ins Leere. Der Gürtel mit dem Jagdmesser steckt noch im Rucksack. Wer ist dieser Typ? Was macht er hier? Ist es jemand, der Böses im Schilde führt?

Seit ich den Peilsender in meiner Ausrüstung gefunden habe, bin ich vorsichtiger denn je. Warum hält sich jemand stundenlang an der Mergelsäule auf? Ich nehme mein Handy, zoome ihn heran und erschaudere. Der Mann ist plötzlich ganz nah und groß vor meiner Linse. Er trägt eine dunkle Jeans und ein hellblaues Hemd. Sein Gesicht ist glatt, die Haare braun und kurz geschnitten. Ich kann ihn nicht riechen, aber die Tatsache, dass er eine Zigarette raucht, bedeutet, dass er sich sicher fühlt, dass er beobachtet, ohne eine unmittelbare Gefahr zu erwarten. Ich mache mehrere Fotos. Das Ergebnis ist hervorragend, er ist deutlich zu erkennen.

Ich betrete wieder die Küche. „Leo, da draußen beobachtet uns jemand!"

Wir laufen beide aus dem Haus.

Als der Mann uns hört, dreht er sich um. Unsere Blicke treffen sich. Sofort macht er kehrt und steigt auf der Beifahrerseite in einen wartenden kupferfarbenen BMW. Der Wagen rast davon und verschwindet aus unserem Blickfeld.

Mein Herz rast. „Die waren zu zweit, Leo!"

Ich schicke Martha die Fotos und das Kennzeichen des BMWs und bitte sie, den Besitzer des Wagens ausfindig zu machen. Dann schaue ich mir die Bilder des rauchenden Mannes noch einmal an. In meinem Kopf lasse ich sein Aussehen, seinen kontrollierten Gang, die Bewegung seiner Arme und die

Neigung seines Kopfes Revue passieren. Ich balle die Fäuste. Mein Verfolger am Grafenloch hat ein Gesicht bekommen. Nur ... wen hat er hier beobachtet? Ella oder mich? Fluchend drehe ich mich um und gehe zur Nische, in der der Mann geraucht hat. Sein Geruch hängt noch in der Luft, er ist sehr spezifisch: Tabak, dominiert von Calambac, einem seltenen und kostbaren asiatischen Weihrauchholz. Auf dem Pflaster zähle ich mindestens zehn Zigarettenstummel, die mit schwarzem Löschpapier umwickelt sind. Ich ziehe ein Papiertaschentuch aus der Hosentasche, hebe ein paar Kippen auf und betrachte sie genauer. Es sind keine westeuropäischen Zigaretten. Ich falte das Taschentuch zusammen, drehe mich um und gehe zurück ins Haus.

Plötzlich rast mein Herz.

„Leo, der Typ hat russische Zigaretten geraucht. Ich kenne den Geruch. Es war auf einem Naturheilkundetreffen in London vor einem halben Jahr. Wir saßen abends mit allen Referenten beim Essen. Ein russischer Arzt neben mir zündete sich nach dem Dessert eine dünne schwarze Zigarette an. Ich empfand den Geruch als seltsam und erkundigte mich nach der Sorte. Den Markennamen habe ich vergessen, aber nicht den Geruch."

Leo zieht fragend die Augenbrauen hoch. „Ja. Und?"

„Der Typ trug ein orientalisches Rasierwasser und rauchte eine russische Zigarette. Es würde mich nicht wundern, wenn er aus einer der ehemaligen islamischen Sowjetrepubliken käme. Er und sein Kumpel sind nicht zufällig hier, Leo. Sie haben einen Auftrag."

„Aber welchen?"

„Das werden Martin und ich herausfinden."

Ich greife zum Telefon. „Ich werde Andreas Gorja darüber informieren, was hier vorgefallen ist. Martha anzurufen, reicht jetzt nicht mehr, Leo."

KAPITEL 38

Die Höhle

Montagabend

Der Wagen des Kurierdienstes fährt die Einfahrt hinunter. Die Zigarettenstummel sind auf dem Weg in die Gerichtsmedizin zur DNA-Analyse.

Unweit der Höhle entspringt ein Wasserfall. Das Wasser stürzt hier siebenunddreißig Meter über eine Tuffsteinkante ins Tal. Mit so einem Naturschauspiel habe ich hier nicht gerechnet. Leo öffnet die Tür der Kalksteinhöhle, die in den unterirdischen Weinkeller führt. Wir steigen hinab in einen quadratischen Verkostungsraum. Es ist erstaunlich ruhig und kühl hier unten.

Ich bleibe einen Moment stehen und lasse den von kerzenförmigen Wandleuchten erhellten Raum auf mich wirken. Er erinnert mich an den Keller in Grafenloch. Ich schätze, dass es hier nicht wärmer als zwölf Grad ist. Der Kontrast zur Hitze ist gewaltig. Ich bekomme eine Gänsehaut, nicht nur von der Temperatur, sondern auch von der Feuchtigkeit in den sandigen Wänden. Anders als im Keller von Grafenloch riecht es hier nach verschüttetem Wein, was erträglicher ist als der Geruch von Desinfektionsmitteln und Chlor.

Steinerne Tische und Stühle, eine Bühne für Aufführungen und eine kleine Bar bilden das Interieur. Hinter der Bar befindet sich ein etwa zwei Meter breites Eisentor, dessen Gitterstäbe in einer Spitze enden.

„Wohin führt das Tor?", frage ich und deute auf das gähnende schwarze Loch dahinter.

„Zu einem unterirdischen Gangsystem. Es gibt einen großen, breiten Gang, der ein paar hundert Meter weiter am anderen Höhleneingang endet. Hier hat Ellas Vater die Heuballen gelagert, die er durch den Stollen zum Weingut transportiert hat. Unsere Gruppen können vor der Weinprobe eine Führung durch diese Höhle buchen. Ich erzähle ihnen dann die Geschichte des Mergels und zeige ihnen die Kapelle."

„Es gibt eine Kapelle in der Höhle?"

„Ja, sie wurde kurz nach der Französischen Revolution errichtet. Dort haben Ellas Vorfahren während der Besatzung im
Zweiten Weltkrieg die Messe gelesen." Er schaut auf die Uhr.
„Unsere Gäste halten es für interessant, die Geschichten über
unsere Kriegsvergangenheit zu hören. Aber ich halte mich lieber im Hauptgang auf. Der gilt als sicher."

„Und was liegt rechts und links von diesem Gang?"

„Noch kilometerlange Seitenstollen, aber da war ich noch
nie. Laut Bergamt sind sie einsturzgefährdet. Und es gibt dort
Fledermäuse, die unter Naturschutz stehen. Ich weiß nicht genau, wo sie hinführen, wahrscheinlich sind es Sackgassen. Ella
hat einen Plan vom Labyrinth."

Ich berühre das Gittertor. „Hm. Kommt man von hier aus zu
dem anderen Eingang?"

„Ja."

„Ist dieser andere Eingang offen?"

„Nein. Früher war er offen. Wir haben ein neues Tor eingebaut. Der Schlüssel passt in beide Schlösser."

„Als Mama hierher geflüchtet ist, könnte sie durch den Eingang auf der Wiese in die Höhle gekommen sein."

„Hm ... Aber sie muss eine Taschenlampe gehabt haben.
Vielleicht stand auch eine Petroleumlampe am Eingang. Unten
gibt es kein Licht. Nach zehn Metern sieht man die Hand vor
den Augen nicht mehr."

„Aber sie war in der Höhle. In einem Zeitungsartikel steht,
dass die Polizeihunde in der Höhle deutliche Spuren von
Mama gefunden haben. Nur haben sie sie nicht gefunden. Die
Spur verlief im Sande."

„Das wäre nicht das erste Mal. Mein Schwiegervater war voll
von Kriegsgeschichten. Eine seiner Lieblingsgeschichten war
der vergebliche Versuch der Nazis, in der Höhle versteckte Juden aufzuspüren. Schon damals gingen sie mit Suchhunden
hinein, fanden aber keine Verstecke. An der Kapelle haben die
Hunde die Fährte verloren."

Leo steckt den Schlüssel ins Schloss. Das schwarze Loch
zieht mich magisch an.

„Können wir durch den Gang zum anderen Eingang gehen?"

„Klar, aber dann nehme ich eine Taschenlampe mit", antwortet Leo. An der Bar zieht er eine Schublade auf. „Hey, wie kann das sein? Beide Lampen sind weg."

Ich sehe ihn fragend an.

„Vielleicht hat Ella sie genommen und sie nicht zurückgelegt", murmelt er irritiert. „Oder die Gäste haben sie mitgenommen, aber ich weiß nicht, warum."

„Sind immer zwei Lampen in der Schublade?"

„Ja, eine Handlampe und eine Taschenlampe. Schließlich darf man nie mit nur einer Lampe in die Höhle gehen. Wenn die Batterie leer ist, findet man hier nicht mehr raus."

„Kann es sein, dass Ella kurz vor dem Aufbruch in die Höhle gegangen ist?"

„Nein, das glaube ich nicht. Ich wüsste auch nicht, warum. Es war keine Führung geplant." Er klopft an die Tür. „Ich nehme an, sie hat sie nicht zurückgelegt. Wahrscheinlich sind sie im Auto. Wenn du kurz wartest, hole ich eine Ersatzlampe aus dem Keller."

Kurz darauf kommt Leo mit zwei Fackeln zurück. „Komm, lass uns gehen. Ich habe nur eine Stunde, dann kommen die Gäste."

Das Tor öffnet sich quietschend. Ich folge Leo und dem Lichtkegel. Je weiter wir uns vom Keller entfernen, umso muffiger riecht es. An den Wänden sind alle möglichen Motive eingeritzt oder mit schwarzer Kohle gemalt. Die meisten Bilder wirken fast kindlich. Nach der Höhe zu urteilen, vermute ich, dass Ella sie gemalt hat, als sie noch klein war.

„Da hinten ist die Kapelle", sagt Leo nach ein paar Minuten. Er richtet seine Taschenlampe auf eine Mauer links vor ihm. „Hier endete die Fährte der Spürhunde der Nazi."

Ich verschränke die Arme und zittere. Es ist kalt hier. Leo hält an und leuchtet in eine halbrunde Nische, die tatsächlich wie eine Kapelle aussieht. Ein Altar und ein Taufbecken sind in den Mergel gehauen. Rechts und links davon stehen Leuchter, davor Bänke, ebenfalls aus Mergel. Auf dem sandigen Boden sind viele Fußspuren zu sehen.

Ich richte den Lichtkegel meiner Taschenlampe auf den Boden. „Woher kommen diese Fußspuren?"

„Von unseren Gästen. An dieser Stelle halte ich immer an und erzähle von den Menschen, die sich hier während des Krieges versteckt haben."

An den Wänden hängen sechs Bilder, die den Leidensweg Jesu darstellen. Die Zeichnungen sind mit zart gemalten Blumenranken verbunden. Die geschwungenen Linien kommen mir bekannt vor.

„Wann wurden diese Zeichnungen gemacht?"

„Im Zweiten Weltkrieg. Von einem Widerstandskämpfer, der sich mit seiner Familie in der Höhle versteckt hatte."

„Hat er den Krieg überlebt?"

„Ja. Die Familie konnte nach Bad Urach und später nach Bayern fliehen. Den Rest des Krieges verbrachten sie an einem abgelegenen Ort in den Voralpen."

„Was?" Plötzlich fällt mir ein, wo ich diese schwungvollen Blumenranken gesehen habe. In Mamas Zimmer, auf Holz gemalt! Die Familie ist von hier nach Grafenloch geflüchtet. Ich drehe mich um und schaue in den Flur. Das alles hier ist die Verbindung zwischen der Familie von Cornelius Wagner und der Priorin Katharina, die Juden und Widerstandskämpfern zur Flucht verholfen hatte.

Katharina kannte die Wagner-Familie. Ellas Großmutter stammte aus Bad Urach, wo die Priorin Katharina geboren wurde und aufwuchs. Durch den Krieg kam der Kontakt mit der Familie Wagner zustande. Aber warum hat Mama Ella weggegeben und mich behalten? Und wer hat Mama damals ins Kloster zur Priorin Katharina gebracht? Cornelius und Roswitha wurden von der Polizei observiert und verhört, nachdem die Suchhunde hier eine Spur von Mama gefunden hatten. Wer war der Dritte im Bunde? Roswithas Vater Josef Söder? Schließlich war er es, der neun Monate später als Hausarzt eine gefälschte Geburtsurkunde für Ella ausstellte. Ich seufze und leuchte in den dunklen Tunnel, der rechts von der Kapelle beginnt. „Was ist da hinten, Leo?"

„Einer der vielen Seitenstollen."

„Können wir da rein?"

„Nein, der ist einsturzgefährdet. Siehst du den ganzen Schotter da? Der stammt von früheren Einstürzen."

Ich leuchte mit der Taschenlampe in den Sand und entdecke Schuhabdrücke. „Da ist aber jemand in den Stollen gegangen, Leo!" Ich zeige auf die Schritte.

„Es gibt immer Leute, die nicht hören wollen", sagt er und seufzt. „Es ist schwer, zwanzig Leute im Auge zu behalten."

Ich lasse den Lichtkegel über die Kapelle gleiten. Sie sieht immer noch gepflegt aus, sogar ein Palmenzweig steht in einem Zinnkrug. Ich berühre die Pflanze kurz. Die Blätter des Buchsbaums sind noch nicht vertrocknet. Der Zweig wurde vermutlich nach dem Palmsonntag in die Vase gestellt.

„Gibt es hier noch Gottesdienste, Leo?"

„Nein, aber Roswitha ist regelmäßig in die Kapelle gegangen."

„War sie sehr gläubig?"

Leo stellt sich neben mich. „Ja, aber auf eine zurückhaltende Art. Sie hat Ella ihre Ansichten nicht aufgezwungen. Roswitha war eine wunderbare Frau. Sehr weltgewandt für jemanden ihrer Generation. Aber gehen wir weiter. Ich muss gleich zur Gruppe." Er dreht sich um.

Ich zögere. Etwas hält mich hier. Ich schaue noch einmal in die Kapelle. Sie ist ein Gebetsraum, aber kein Ort zum Leben. Wo haben die Menschen hier geschlafen? Wo immer ich in den Bergen war, habe ich mir ein Nest gebaut, einen sicheren Ort zum Ausruhen. So machen es die Menschen, wo immer sie sind. „Wo haben die Schutzsuchenden denn geschlafen? Wo haben sie gegessen, Leo?"

„Keine Ahnung. Ich glaube hier."

„Das glaube ich nicht." Ich berühre die steinerne Kirchenbank. „Das ist kein Nest. Hier kann kein Mensch leben, Leo. Außerdem ist das kein sicherer Ort. Das ist ein Durchgangsstollen. Du hast doch gesagt, dass die Suchhunde der Nazis die Versteckten nicht gefunden haben. Das heißt, es muss hier irgendwo ein sicheres Versteck geben."

„Ich kenne ihr Versteck nicht. Mein Schwiegervater hat mir auch nie davon erzählt."

Ich blicke den Gang neben der Kapelle hinunter. Das dunkle Loch zieht mich an. Ich gehe darauf zu und beleuchte den Boden. Ich halte meinen Schuh neben dem Fußabdruck. Mein

Fuß ist kleiner. Die Fußspuren könnten die eines Mannes sein. Ich folge der Spur, sie endet nach etwa zwanzig Metern in einer Sackgasse, unweit einer Wand mit Mergelfragmenten. Ich starre die schwach beleuchtete Wand an, fühle mich eingeengt und lehne mich zurück. Mir wird kalt, die Decke scheint einzustürzen. Ich kann nicht mehr stehen. Die Wände umschließen mich, kommen auf mich zu. Angst und Panik ergreifen mich wieder. Ich werde sterben, denn Mama kommt nicht zurück. Ich will nicht im Keller sterben. Hier ist es so dunkel. Mein Körper beginnt, unkontrolliert zu zittern. Ich habe Durst. Mein Herz klopft in meinen Ohren. Ich schreie...

Hände packen mich an der Schulter und schütteln mich. Eine Stimme. „Flora, was ist los?"

„Ich bin gefangen", rufe ich. „Ich komme hier nicht raus! Ich habe Durst."

„Du bist nicht gefangen." Leo zieht an meinem Arm. „Manche Leute bekommen hier Klaustrophobie. Komm, wir gehen zum Ausgang."

Ich lasse mich von ihm zum Licht ziehen. Nach wenigen Minuten sind wir draußen. Leo öffnet das Gittertor. Ich trete hinaus und blinzle gegen das Licht. Langsam beruhigt sich mein Atem. Ich bin nicht im Keller von Grafenloch. Ich gehe ein paar Schritte und genieße die Aussicht: eine endlose Weite, in der Ferne die Erms, ein Fluss, der sich durch die Landschaft schlängelt. Rund um das Tor wuchert das Unkraut. Auch die ehemaligen Karrenspuren sind überwuchert, lassen aber noch ihre Umrisse erkennen. Es ist höllisch heiß.

„Wird es gehen?", fragt Leo besorgt.

„Ja." Ich drehe mich zum Höhleneingang. Das schwarze Loch zieht immer noch an mir. Ich will zurück, da ist etwas. Ich spüre es.

„Flora, bist du sicher, dass alles in Ordnung ist?"

Ich nicke.

„Wohin führt der Feldweg da rechts?"

„Zum Fluss. Das ist eine beliebte Mountainbike-Strecke. Unser Nachbar nutzt ihn, um mit seinen landwirtschaftlichen Fahrzeugen zu seinen Weiden zu kommen." Er dreht sich um und zeigt nach oben. „Wenn du in diese Richtung gehst und dann rechts abbiegst, kommst du wieder zu unserem Hof. Zuerst gehst du an ein paar Häusern vorbei. Wenn du nach links gehst, kommst du zum Haus von Veronika Dreessen."

„Wenn du dem Feldweg folgst, kommst du dann auch zu der Scheune, in der Mateo Ganteri ermordet wurde?"

„Ja."

Mein Blick folgt dem Weg, über dem sich ein Dach aus Ästen wölbt. Wer hier geht, ist für die Umgebung unsichtbar.

Den Weg an den Häusern vorbei zum Hof Wagner hat sie sicher nicht gewählt. Ich wende mich wieder dem Eingang zu, gehe ein paar Schritte in die Höhle hinein und starre die Wände an. Neben dem Eingang hängt eine Petroleumlampe.

Leo nimmt sie von der Wand. „Das ist ein altes Modell aus den 50er Jahren, glaube ich. Da ist noch Petroleum drin", sagt er und wiegt die Lampe in den Händen. „Damit war Licht am Eingang. Aber das macht auch Sinn. Sonst konnte man da ja kaum Heu lagern."

„Das bedeutete, dass Mama auch Licht hatte, als sie hierher geflüchtet ist."

„Ja. Alles deutet darauf hin, dass deine Mutter die Höhle auch gut gekannt haben muss."

„Sie war auch Ellas Mutter, Leo", sage ich leise.

Als ich das Weingut verlasse, ist der Himmel schwarz. Die Dunkelheit hier gehört zu den Dingen, an die ich mich noch gewöhnen muss. Hier ist die Dunkelheit eher ein Zustand als eine Tatsache. Sie ist nicht so allgegenwärtig und ausgedehnt wie in den Bergen.

Ich brauche einen Moment für mich, fahre auf einen Parkplatz, der etwas abseits der Straße in den Wald gegraben wurde, und grübele wieder über meinen Verfolger. Aussteigen kommt nicht infrage, die Gegend macht nicht wirklich einen vertrauenswürdigen Eindruck – die Glühbirnen der Parkplatzbeleuchtung sind durchgebrannt. Ich öffne das Handschuhfach und greife nach der überdimensionalen Taschenlampe, die ich für Notfälle dabeihabe.

Als ich sie herausziehe, höre ich ein Klicken. Ich schalte die Lampe ein und leuchte auf den Boden der Beifahrerseite. Der

Schein fällt auf etwas Metallisches. Instinktiv greife ich danach, spüre die kalten Glieder. Fast hätte ich aus Gewohnheit gelächelt, aber dann fällt mir ein, dass ich meine Armbanduhr nicht abgelegt habe. *Es ist Ellas Uhr.*

Ich lasse sie durch meine zitternden Hände gleiten. Die Zeiger stehen still. Wie lange liegt sie schon im Handschuhfach? Ist das ein perfides Spiel meines Verfolgers? Irgendwann hat er sie in mein Auto gelegt. Ich schließe das Auto nicht immer ab.

Im Dunkeln, im Auto sitzend, nur mit einer Taschenlampe, überkommt mich wieder dieses seltsame Gefühl, kriecht mir den Rücken hoch.

Es ist die Dunkelheit da draußen, die von allen Seiten näher kommt, meine Angst und Ellas Uhr, die nur darauf zu warten schien, von mir gefunden zu werden.

Alles war gut, bis Ella kam, die Frau mit meinem Gesicht. Ich wähnte mich in Sicherheit, allein in meinem Haus in den Voralpen.

Was auch immer ich spüre, das sich mir nähert, es ist immer schon da gewesen. Ellas Armbanduhr, die in meinem Auto lag, ist eine Warnung, da bin ich mir sicher.

KAPITEL 39

Pfarrhaus Bad Urach
Montagabend

Die Fakten sortieren sich selbst neu.

Ich stolpere wie benebelt in das Pfarrhaus. Als ich die Wohnzimmertür öffne, atmete ich schwer, bin Sekunden später wacher als wach, zittere und wanke.

„Flora?"

Martin legt seine Hand auf meinen Arm. Er führt mich zu einem Stuhl. „Beruhige dich bitte. Was ist passiert?" Er zieht wortlos einen Stuhl heran und setzt sich mir gegenüber. Ich erzähle ihm alles und lege Ellas Uhr auf den Tisch.

„Sie steht still, Martin. In der Regel bedeutet das nichts Gutes."

„Sie könnte die Uhr aber auch abgenommen und in dein Handschuhfach gelegt haben, Flora."

„Warum sollte sie das tun?"

„Weil sie defekt war. Und dann hat Ella sie einfach vergessen."

„Hm…. Vielleicht hast du recht und ich sehe schon Gespenster."

Der kleine rote Vogel der Kuckucksuhr kommt wieder aus seinem Stall und ruft zehnmal *Kuckuck*. Draußen ist es immer noch sehr heiß. Ich empfinde das Wetter in dieser Gegend wegen der hohen Temperatur und Luftfeuchtigkeit als unangenehm. Zu Hause bläst der Herbstwind bereits die Kühle von den Bergen ins Tal. Die klamme Hitze hier macht es mir schwer, mich zu konzentrieren.

Martin runzelt die Stirn. „Hat Martha noch etwas in Erfahrung gebracht?"

„Sie hat den Polizeibeamten kontaktiert, der letztes Jahr die Sache mit den Droh-E-Mails untersucht hat. Er versucht herauszufinden, wer mich beschattet. Martha hat ihm die Fotos gemailt. Die Polizei in Bad Urach wertet alle anderen Spuren aus. Dort wird auch die DNA bestimmt."

„Und die Polizeiinspektion Rosenheim?"

„Andreas Gorja ist in den Bergen unterwegs, was vermutlich bedeutet, dass er keinen Empfang hat."

„Aber du kannst dich doch an seine Kollegen wenden?"

„Nein", entgegne ich entschieden. „Ich weiß nicht, wem ich noch trauen kann und wem nicht. Vor nicht allzu langer Zeit gab es dort einen Korruptionsskandal. Gorja vertraue ich."

Ich schließe die Augen und versuche, ihn und Bilder von der Alm oberhalb von Grafenloch näher heranzuziehen, dort, wo ich früher die Ziegen grasen ließ und es im Sommer kühl ist.

„Meine Tante Beatrix weiß nicht, wo sich Peter Herbach momentan aufhält, Flora."

„Oh." Enttäuscht tupfe ich mir mit einem Papiertaschentuch den Schweiß aus dem Nacken.

Martin greift nach seiner Aktentasche, die neben ihm auf dem Stuhl liegt.

„Herbach verschwand im März 1993 spurlos. Meine Tante war erst bereit, mit mir über die Familie Herbach zu sprechen, als ich ihr von Ellas Verschwinden und meinem Verdacht auf einen Zusammenhang mit den Ereignissen rund um den Tag der Ermordung von Mateo Ganteri erzählte. Sie hat mir ihre Mappe mit den Zeitungsartikeln über die Familie Herbach überlassen." Er beugt sich verschwörerisch vor. „Ich finde allmählich Gefallen an der Schnüffelei. Peter Herbach kam 1950 als zweiter Sohn des wohlhabenden Notars Hendrik Herbach zur Welt. Anders als sein älterer Bruder trat Peter nach seinem Jurastudium nicht in die Notariatspraxis ein. Seine Mutter starb im Sommer 1964 an den Folgen ihrer Magersucht, da war Peter 14 Jahre alt. Nach ihrem Tod hatte Peter Konzentrationsprobleme und riss einige Male zuhause aus. Aber Hendrik Herbach kümmerte sich rührend um den Jungen, Peter fing sich wieder." Martin schaut von seiner Mappe auf.

Ich zucke mit den Schultern. „Was sollen wir denn *damit?*"

Er ignoriert meine Worte. „Peter schloss sein Studium mit ‚*Summa cum laude'* ab. Er spezialisierte sich auf Strafrecht und gründete 1979 seine eigene Kanzlei. Als Strafverteidiger war er sehr erfolgreich und zählte schon bald die schweren Jungs und ihre Bosse zu seinen Mandanten. Auch in Bad Urach genoss er hohes Ansehen. Von einer festen Beziehung wusste niemand. In Bad Urach wurde aber gemunkelt, dass Peter sich regelmäßig mit blonden, jugendlichen Prostituierten traf. Das Gerücht hielt sich aber hartnäckig – bis 1993, als ihn eine 18-jährige drogensüchtige Prostituierte anzeigte."

Martin blättert jetzt durch die Zeitungsartikel. Er nimmt einen ganzseitigen Artikel mit einer fett gedruckten Überschrift in die Hand, in der Peter Herbach erwähnt wird.

„Darf ich mal sehen?" Ohne Martins Antwort abzuwarten, greife ich nach dem Ausschnitt. Unter dem Artikel befinden sich zwei Bilder. Auf dem größten Bild posiert ein schlankes blondes Mädchen in einem schwarzen Kleid zwischen einem Mann und einer Frau in gepflegter Kleidung. *Ihre Eltern?* Auf dem kleineren Bild liegt dasselbe Mädchen in einem Krankenhausbett, aber jetzt mit Verbänden um den Kopf.

„Hier steht, dass die achtzehnjährige junge Frau aus Bad Urach 1993 Peter Herbach wegen schwerer Körperverletzung und Vergewaltigung angezeigt hat. Das Mädchen wurde brutal zusammengeschlagen und hatte bleibende Folgen davongetragen. Dem Polizeibericht zufolge hat er Zigarettenstummel auf ihren Brustwarzen ausgedrückt, ihr ein blaues Auge verpasst, in die Lippen gebissen, ein Ohrläppchen abgeschnitten und mit einem Feuerzeug ihre Fußsohlen verbrannt. Zu guter Letzt hat er sie während der Penetration gewürgt, was zu schweren Verletzungen des Kehlkopfes führte. Der Fall erregte großes Aufsehen, doch Peter Herbach leugnete die Tat. Er sagte, dass man einer Drogenabhängigen kaum glauben kann."

Martin schiebt seine Lesebrille nach oben, greift zu seiner Tasse Tee und nimmt einen Schluck. Ich zupfe Flusen aus der hochflorigen Tischdecke. Sie sind überall. Mit schnellen Bewegungen schaffe ich es, einen ganzen Haufen zu entfernen. *Sie müssen weg. Und zwar alle!*

„Alles okay, Flora?" Martin legt seine Hand auf meine zupfenden Finger.

„Ja." Ich ziehe meine Hand zurück. „Erzähl mir mehr."

„Trink erst mal etwas!"

Ich gehorche, leere das Teeglas in einem Zug.

„Diese Geschichte fand in den Medien große Beachtung", fährt Martin fort. „Vor allem, weil Peter Herbach zur gleichen Zeit einen berüchtigten Kriminellen verteidigte, der im Dezember 1992 nach einem missglückten Banküberfall einen Polizisten erschoss."

Ich sehe mir noch einmal das Foto der drogensüchtigen Prostituierten an. Sie ist erst achtzehn, als sie missbraucht wird, sieht aber auf dem Foto viel jünger aus, eher wie ein zwölfjähriges Schulmädchen. Sie hat praktisch keinen Busen und wirkt neben ihren Eltern zerbrechlich. Meine Kehle schnürt sich zu.

„Worüber denkst du nach, Flora?"

Ich stehe auf. „Meine Mutter kam mir nur bis hier." Ich deute auf eine Stelle unter meinem Busen. „Sie war klein und zierlich, hatte jugendliche Brüste und trug keinen BH. Eine Kindfrau…"

Martin sieht mich nachdenklich an. Hinter seinen Augen braut sich etwas zusammen. Auch er steht auf, geht zur Anrichte, zieht eine Schublade auf und holt eine Packung Papiertaschentücher heraus. Er setzt sich wieder an den Tisch und schiebt mir die Packung zu. „Stecke sie ruhig ein, Flora." Für einen Moment blitzen seine Hasenzähne auf.

„Danke. Was geschah dann?" Ich setze mich wieder hin und öffne das Päckchen.

Martin schiebt seine Lesebrille wieder ein wenig höher auf die Nase und nimmt den nächsten Artikel zur Hand. „Hier steht, dass die Prostituierte ihre Anzeige eine Woche später zurückgezogen hat", antwortet er. „Sie habe sich geirrt, sagte sie aus. Es sei ein anderer Mann gewesen, der Herbach sehr ähnlich sah. Ihre Eltern bestätigten die Geschichte ihrer Tochter. Kurze Zeit später starb das Mädchen an einer Überdosis. Das hat mir meine Tante erzählt, denn *das* stand nicht in der Zeitung."

„Das arme Mädchen." Ich tupfe mir die feuchten Augen.

„Meine Tante verfolgte die Berichterstattung genau", fährt Martin fort. „Sie war beunruhigt, denn sie erinnerte sich an den Vorfall mit deiner Mutter. Aber Peter Herbach wurde im Mordfall Mateo Ganteri nie als Beschuldigter vernommen. Im

Gegenteil, er war der Hauptzeuge. Deine Mutter wurde aufgrund seiner Aussage wegen Mordes gesucht. Schon damals hatte meine Tante arge Zweifel. Ihre Bedenken wurden noch verstärkt, als einige Jahre später bekannt wurde, dass Friedrich Krekel, der Kommissar, der den Mord an Mateo Ganteri untersuchte, befangen war und niemals die Ermittlungen hätte leiten dürfen. Warum er das war, konnte meine Tante nicht sagen. Aber was Beatrix aus der Fassung brachte, war das Foto der jungen Prostituierten. Sie sah Peter Herbachs Mutter, die in seiner Jugend an Magersucht gestorben war, verblüffend ähnlich." Er blickt kurz zu mir auf.

„Erzähl bitte weiter", sage ich und zerknülle das Taschentuch zu einem Knäuel.

„Meine Tante hat Peter zuletzt im März 1993 gesehen. Er besuchte das Anwesen kurz nach dem Tod von Hendrik Herbach, entließ das Personal und bot das Schlösschen zum Verkauf an. Sechs Monate später löste er seine Anwaltskanzlei in Bad Urach auf. Er beauftragte eine Agentur mit der Abwicklung seiner Angelegenheiten und reiste mit unbekanntem Ziel ab. Beatrix hat nie wieder etwas von ihm gehört. Die Presse stürzte sich auch auf diese Geschichte und spekulierte in der Berichterstattung über sein rätselhaftes Verschwinden. Ein weiterer Artikel erschien in der Zeitschrift *Stern*, die ein Foto von Peter Herbach auf ihrer Titelseite zeigte. Danach ließ die Aufmerksamkeit für ihn nach."

„Hast du das Foto?" Ich fange wieder an, Fussel von der Tischdecke zu zupfen. Martin nimmt die Zeitschrift in die Hand und schiebt sie leise in meine Richtung. Das Foto ist eine Nahaufnahme des markanten Gesichts eines Mannes mit weißblonden Locken. Ich schaue in grüne, eiskalte Augen. Die Luft ist plötzlich sehr dick. Mein Leben bricht auseinander, wie das Glas auf der Tischdecke, das zu Boden fällt, als ich zusammenzucke. Von einem Moment zum anderen ist alles, was schön war, verschwunden. Dieser Mann hat *ihre* Nase und *ihre* Stirn und *ihre* weiß-blonden Locken – *ihre* Augen. Ich habe *Ellas Vater* gefunden.

„Ich glaube, er ist *dein* Vater, Flora", sagt Martin. „Du siehst ihm verblüffend ähnlich." Er nimmt seine Lesebrille ab und reibt sich die Augen. Um uns herum herrscht eine beklemmende Stille und tiefe Traurigkeit. Die Gefahr wird zu etwas anderem, abgetrennt und unnahbar: ein Monster.

Tränen rinnen mir über die Wangen, ich schlucke heftig. „Ja." Ein Flüstern.

Mein Gehirn schwillt durch die Hitze an und drückt gegen meinen Schädel. So kommt es mir vor. Mama war erst vierzehn Jahre alt, als sie auf grausame Weise vergewaltigt und gefoltert wurde. *Ihr Unterkörper war blutverschmiert,* hat Salomon Dreessen der Witwe Ganteri nach der Beerdigung erzählt. Mama war noch Jungfrau, hatte Probleme mit Berührungen und mit menschlichem Kontakt. Das machte sie besonders empfindsam.

Oh, Mama.

Ich drücke mir ein neues Taschentuch auf die Augen.

Wie hat sie es geschafft, damit fertig zu werden? Weil sie aufrecht geblieben ist?

Mama hat weder Selbstmord begangen, noch ist sie in der Psychiatrie gelandet. Sie zog sich in die einsamen Voralpen zurück und schuf sich eine gute Welt und eine Welt des Teufels. Sie hat überlebt, aber dem Teufel ist sie nie entkommen, denn sie hatte Ella und mich. Für Mama waren wir die Töchter des Teufels. Und ich war in ihren Augen sein Geist, der unbemerkte Floh im Pelz der Ratte, der die Pest in sich trägt.

Ich bin das Kind des Teufels.

KAPITEL 40

Pfarrhaus Bad Urach
In der Nacht

Ich lausche den Geräuschen der Nacht. Anders als auf meiner Alm in Mühlbach rasen in der Ferne Autos vorbei und dröhnen Flugzeuge über mich hinweg. Die Geräusche der Menschen beunruhigen mich auch noch nach all den Jahren. Sie geben mir das Gefühl, ihnen entfliehen zu müssen. Auch jetzt wieder. Aber ich muss versuchen einzuschlafen. Da ich unter Menschen bin, spukt es nachts oft in meinem Kopf. Vor allem, wenn ich nicht in meinem eigenen Bett in Mühlbach liege. Ich drehe mich auf den Rücken, meine Fantasie geht wieder mit mir durch. Meine Gedanken wandern wieder zu jenem sonnigen zweiten Oktober 1973 und zur Scheune, nur einige Kilometer von hier entfernt. Ein blonder Hüne drang in eine Scheune ein und vergewaltigte und quälte auf bestialische Weise ein vierzehnjähriges Mädchen. Was war in diesen Mann gefahren? Woher kam dieser Trieb in ihm? Und warum ausgerechnet Mädchen, die seiner Mutter so ähnlich sahen? War das Böse schon immer in ihm oder wurde er zum Höllenfürsten gemacht? Tiere tun so etwas nicht; sie kämpfen mit Artgenossen, um ihren Sexualtrieb zu befriedigen. In den Bergen habe ich so etwas jedenfalls noch nie gesehen.

Meine Mutter war mit ihrem Fahrrad zur falschen Zeit am falschen Ort unterwegs. In meinem Kopf entstehen fieberhaft Bilder zu den Geschichten, die ich gehört habe, aber ich will sie nicht sehen. Ich ziehe an der Schnur neben meinem Bett, das Licht geht an. Vor mir erscheint das Bild der Engel, die auf einer Wolke sitzen und auf eine Wüstenlandschaft herabblicken. Die sandigen Buckel gehen in grüne Hügel über, in der Ferne sind ein Wald und ein verfallener Stall zu sehen. Die Sonne scheint. Das Wetter ist herrlich. Nein, ich will nicht an diese Scheune denken! Ich drehe meinen Kopf in Richtung der hageren Jesusfigur, die zu meiner Linken hängt. Selbst er verwandelt sich in ein zierliches blondes Mädchen auf einem Fahrrad.

Ich will nicht daran denken und schließe die Augen, aber die Visionen kommen immer näher...

Es ist ein schöner Herbsttag und da ... da ist Ambra. Sie radelt den Weg neben Veronika Dreessens Wiese hinauf. Ihr Fahrrad quietscht. Ihre kleinen, zarten Hände umklammern den Lenker. In allem ist sie noch ein Mädchen. Sie lächelt auf ihre eigene, zurückhaltende Art. Sie ist froh, eine Weile draußen zu sein, auf ihrem Fahrrad, in der Natur, in der weiten Landschaft, ohne Menschen. Mit tiefen Atemzügen atmet sie den öligen Duft des fallenden Laubs ein und nähert sich dem höchsten Punkt. Sie hebt den Kopf und die warme Herbstsonne scheint ihr ins Gesicht. Sie denkt an ihre verstorbene Mutter Sarah. Der Himmel kündigt bereits das nahende Gewitter an. Ambra weiß, dass sie weiterradeln und vor dem Wolkenbruch bei ihrer Pflegefamilie sein muss. Die Herbsttropfen tragen bereits die Kälte des kommenden Winters in sich, aber jetzt spürt sie noch den warmen Wind, der ihren Körper umschmeichelt. Sie tritt schneller in die Pedale. Sie ist allein und glücklich. Für eine Weile sind da keine sprechenden Menschen, die sie beunruhigen. Sie ist frei. Sie lauscht in die Stille und spürt die rhythmische Bewegung ihrer Beine. Sie radelt und radelt und rast jetzt den Hügel hinunter.

Doch plötzlich ist da ein Mann. Unten, vor der Kurve. Er ist groß, hat weißblonde Locken und steht mitten auf der schmalen Straße. Sie will um ihn herumfahren und schneller werden, bevor es wieder bergauf geht, aber der Mann ist wie ein Hindernis. Er springt ihr vors Fahrrad. Ambra bremst und kommt hart gegen den Mann zum Stehen. Mit einem Ruck reißt er sie vom Rad. Seine Finger krallen sich um ihren Arm. Sie verkrampft sich. Sie will seine Haut nicht auf ihrer spüren. Ihre Haut brennt. Sie schreit, will sich losreißen, doch er packt sie mit beiden Händen. Er lacht hässlich und genießt ihre Widerstandsversuche. Seine umklammernden Hände tun ihr weh. Ambra schreit, aber der Mann steckt seine großen Finger in ihren Mund. Sie will zubeißen, aber es geht nicht. Die Finger stecken zu tief in ihrem Hals. Sie muss würgen, da packt er sie noch fester, schiebt ihr Fahrrad in den Grünstreifen und schleift sie über die Wiese. Sie wehrt sich, aber der Mann ist zu groß, zu stark. Ihr Kopf reicht nur bis zu seinem Bauchnabel. Er drückt sie in einen Schuppen. Ambra fällt hart auf den Lehmboden, ist benommen von dem Sturz. Der Boden ist uneben. Steine drücken sich ihr in den Rücken. Sie riecht rostige Werkzeuge und den Gestank von Holzwürmern. Mit einer schnellen Bewegung legt sich der Mann auf sie und drückt sie mit seinem enormen Gewicht zu Boden. Ambra windet sich unter seinem Körper. Sie wehrt sich, aber er gibt ihr eine Ohrfeige. Für einen Moment ist sie fassungslos. Ihre Wange glüht. Er drückt seine linke Hand noch fester auf ihren Mund. Mit der rechten Hand hält er ihr die Arme über den Kopf. Ein scharfer Schmerz schießt ihr in den Nacken. Seine rechte Hand ist über ihrem Gesicht. Sie atmet immer schneller durch die Nase, nur um Luft zu bekommen. Die Angst trübt ihr Denken. Sie riecht seinen säuerlichen Schweiß, hört seinen Herzschlag. Sie kann nicht mehr fliehen. Sie ist gefangen. Plötzlich ist seine Hand nicht mehr auf ihrem Mund, sondern an ihrem Kleid. Er reißt es auf. Seine Finger fahren über ihren Bauch, gleiten unter ihr Höschen, und mit einer groben Bewegung schiebt er sie in sie hinein. Alles in ihr zieht sich zusammen. Mit dem Knie drückt er ihre Beine auseinander und reißt ihr Höschen auf. Ambra schreit laut, aber er dämpft ihre Schreie mit seinem Mund. Die Hand kommt zurück. Er steckt ihr den Finger in den Mund. Und plötzlich ist seine Zunge da. In ihrem Mund. Sie schmeckt seinen Speichel und würgt. Seine Zunge schlängelt sich an ihrer entlang. Sie muss sich übergeben, aber sie kann nicht. Sie will ihr Gesicht wegdrehen, aber er lässt es nicht zu. Er raubt ihr den Atem. Diese Hilflosigkeit verstärkt ihre Angst. Der Mann ist so viel größer als sie. Sein riesiger Körper erdrückt ihren. Sie riecht seinen fauligen Atem, seinen alten Schweiß. Und plötzlich ist da dieser reißende Schmerz, als sein Penis sie durchbohrt. Ein Schmerz, der mit jedem Stoß stärker wird. Ambra schreit auf, doch ihre Schreie verstummen hinter seiner Hand. Er knurrt. Sein ganzes Gewicht lastet auf ihr. Er stößt härter und tiefer, dreht sie um und dringt in ihren Po ein. Der Schmerz wächst und breitet sich in ihrem Rücken und ihren Beinen aus. Ein spitzer Stein bohrt sich in ihre Brust. Ambra spürt ihre Füße nicht mehr. Er dreht sie wieder um, dringt wieder brutal in sie ein. Während seine Stöße härter und härter werden, schlägt er sie. Sein Körper krümmt sich, dann bricht ein Urschrei aus seinem Mund. *Und plötzlich ist er still, einen Moment lang, dann bewegt er sich wieder, und sie sieht das Messer. Sie kann sich nicht mehr dagegen wehren und nicht abwenden, was jetzt kommt. Die Gewissheit, dass sie das Schlimmste noch vor sich hat, nimmt ihr jede Hoffnung. Es blitzt vor ihren Augen auf, dann spürt sie einen scharfen Schmerz in ihrem Ohr. Und wieder ist sein Mund da. Er beißt ihr in die Lippe. Sie schmeckt Blut. Es rinnt ihr die Kehle hinunter. Sie schluckt. Wieder das Blitzen des Messers. Jetzt auf ihrem Bauch. Sie schreit gegen die Hand auf ihrem Mund an. Der Schmerz ist jetzt anders, an anderen Stellen. Ambra versucht, den Kopf zu bewegen, sieht das Feuerzeug. Ihre Augen folgen der Flamme zu ihrer rechten Brustwarze. Der Mann lächelt. Er genießt ihren Schmerz. Ambra muss etwas gegen den Schmerz unternehmen. Er ist unerträglich. Sie krümmt ihren Körper. Sie reckt und streckt sich unter dem Gewicht des Mannes. Der Schmerz ist überall und der Geruch von verbranntem Fleisch steigt ihr in die Nase. Ihr Widerstand bricht. Plötzlich sind sie da, die Tränen. Sie trüben ihre Sicht. Der Mann greift ihren Kopf und dreht ihn zu sich. Sie blinzelt, will das Monster nicht sehen, aber etwas zwingt sie, ihn anzusehen. Ambra schreit. Sie spürt, wie sie zerbricht. Die Augen des Mannes fangen ihre ein. Sie sind hellgrün, wie bei einem Kater. Sie nehmen Kontakt auf. Er schaut sie intensiv an. Es ist, als würde sein Wesen sie durchdringen. Sein Kern ist kalt. Angst schießt ihr in den Magen. Ambra weiß, was passieren wird, noch bevor sich seine Hände um ihren schlanken Hals legen. Er drückt zu und starrt ihr weiter in die Augen, während sie nach Luft schnappt und das Leben fast aus ihr weicht. Sie weiß, wer er ist. Der Teufel. Er ist böse. Der Teufel drückt zu und lacht. Der Teufel ist ekstatisch. Der Teufel zieht sie in seine Hölle. Der Teufel lässt sie nie mehr los. Die Hölle ist ewig. Ambra ist sich sicher. Der Teufel wird immer bei ihr sein.*

Mein Körper zittert. *Ich bin das Kind eines Monsters. Ich bin das Kind des Teufels.*

Mit dem Laken wische ich mir die Tränen aus dem Gesicht, setze mich aufrecht hin und greife nach dem Glas Wasser auf dem Nachttisch. Ich versuche, einen klaren Kopf zu bekommen.

Ich habe mal einen Artikel eines Wissenschaftlers gelesen, der die DNA mit einer Schachtel Buntstifte verglich. Aber das Leben bestimmt, welche Bilder man malt und welche Farben man oft oder seltener benutzt, schrieb er. Wie wahr.

Der Mann, der meine Mutter geschwängert hatte, gab mir grüne Augen, eine gerade Nase, eine hohe Stirn, blonde Locken, einen langen, schlanken Körper und viele Talente. Genau die gleichen Eigenschaften gab er auch Ella. Und doch bin ich ein anderer Mensch geworden als meine Schwester. Wir haben beide die gleichen Buntstifte bekommen, aber ich zeichne damit anders als sie. Das Leben hat unsere Unterschiede geformt. Dasselbe gilt auch für dieses Monster. Es hat beschlossen, sein Leben lang Mädchen zu vergewaltigen und zu quälen. Er hat das mit seinen Buntstiften gemacht. Ich mache andere Dinge mit meinen. Ich bin nicht der Teufel, der er war. Und Ella schon gar nicht! Verdammt, ich muss sie finden! Ich muss ihr sagen können, was ich jetzt weiß.

Ich kann und möchte das nicht alleine durchstehen.

KAPITEL 41

Dienstagnachmittag, 18. Juli 2019

Enttäuscht beende ich das Gespräch mit der Klinik. Max Gruber wurde von der Intensivstation auf eine normale Station verlegt, aber er ist noch zu schwach, um mit mir zu sprechen. Ich solle es später versuchen, sagte die Krankenschwester. Dann wird er in der Lage sein, mir zu sagen, woher er weiß, dass ich im Juni Geburtstag habe. Ich muss wissen, ob er der Mann war, der mich als Kind aus dem Schnee gerettet hat und wie er zu Mama stand.

Seufzend starte ich das Auto, verlasse den Parkplatz des Altenheims und fahre durch die herrlichen Alleen stadtauswärts Richtung Bad Urach. Es ist ein schönes Städtchen, aber selbst hier lauern Gefahren. Während der Fahrt achte ich auf jedes kupferfarbene Auto, das hinter mir fährt oder mich überholt. Kein Zweifel, der Mann, der mich schon im Grafenloch verfolgt hat, ist immer noch da. Nicht ohne Grund hat er mir bei Leo aufgelauert.

Wegen einer Umleitung staut sich der Verkehr. Ich bin erschöpft, die kurze Nacht und der Besuch bei Roswitha Wagner machen sich bemerkbar.

Die Begegnung mit der alten Dame hat mir nichts gebracht, außer einem Gefühl der Hilflosigkeit. Die sterile Art und Weise, wie alte Menschen in diesem Heim bis zu ihrem Tod gepflegt werden, hat mich erschüttert. Jetzt verstehe ich Martha ein wenig besser. Sie will auf keinen Fall in ein Altersheim, sie tritt stets immer aufs Gaspedal, wenn wir an einem Altersheim vorbeifahren. Ich musste Martha versprechen, dass ich ihr eine verheißungsvolle Kräuterreise ins Jenseits schenke, wenn sie den Verstand verliert und zur Gemüsepflanze mutiert. Dieses Versprechen bereitet mir keine Kopfschmerzen. Martha hat einen lächelnden Tod verdient.

Vorhin war ich versucht, Roswitha eine solche Reise zu schenken, denn Ellas Pflegemutter erwartet zweifellos ein langsamer, qualvoller Tod. Sie saß in einem Rollstuhl mit Stützen, die ihren Körper in Position hielten. Aber ihre Augen hatten Seele. Sie weiteten sich, als sie mich sah. Einen Augenblick später liefen ihr Tränen über die Wangen. Wen hatte sie erkannt? Mich oder Ella?

„Der Schlaganfall hat nur ihre körperlichen Funktionen und ihre Sprache beeinträchtigt, nicht aber ihr Denkvermögen, Frau Graf", sagte die diensthabende Krankenschwester. „Roswitha ist noch hundertprozentig bei Verstand und durchaus in der Lage zu kommunizieren. Sie hat in den Monaten nach dem Schlaganfall eine eigene Sprache entwickelt."

Doch so sehr ich mich auch bemühte, aus der Kombination von Gesten, Blinzeln und Lauten, die die alte Dame von sich gab, konnte ich keinen sinnvollen Hinweis entnehmen. Als ich mich jedoch nach Ella erkundigte, lag ein Anflug von Panik in ihrem Blick. Roswitha stieß immer wieder die gleichen Laute aus: ein ‚ö' und dann ein ‚l'. Dabei zitterte ihr Körper. Sie schrie so laut, dass die Schwester herbeieilte und mich bat, zu gehen.

„Frau Wagner könnte wieder einen Schlaganfall bekommen", sagte sie und begleitete mich hinaus. „Ella war am Freitagabend hier und der Besuch dauerte länger als sonst. Mutter und Tochter ‚kommunizierten' fast drei Stunden miteinander. Dann ging Ella: weinend und völlig aufgelöst. Seitdem geht es Roswitha nicht gut. Sie war nachts unruhig und hat mehrmals den Alarmknopf gedrückt."

„Wissen Sie, worüber die beiden ‚geredet' haben?"

„Nein, tut mir leid."

Hat sie Ella von ihrer Brieffreundschaft mit Mama erzählt und ihr gesagt, wo die Briefe sind?

Ich habe sogar die Polizei auf diese Briefe aufmerksam gemacht, aber sie haben sich bislang nicht dazu geäußert. Ich hoffe, dass Martha heute Abend mehr weiß.

Allerdings hat mir die von Martha beauftragte Wirtschaftsdetektei heute Morgen einen Bericht über Jos Kubus gemailt. Kubus ist ein erfolgreicher Manager, seit 2006 Geschäftsführer und Gesellschafter der Julena GmbH und ein wahrer Frauenheld, ohne Frau und Kinder. Sein Name taucht in zwielichtigen Immobiliennetzwerken in Berlin und auf den Internetseiten der großen politischen Parteien auf. Er füllt so manche Wahlkampfkasse mit dubiosen Konstruktionen. *Jos Kubus sei ein äußerst gefährlicher Mann.*

Mein Bauchgefühl war also richtig. Aber ich verstehe immer noch nicht, was ihn mit dem Verschwinden von Ella verbindet und warum ich ihn verärgert habe. Und *wie* und *warum* sie ihn ausfindig gemacht hat?

Ich gähne wieder. In der Nacht habe ich mich hinter meinen Laptop verkrochen und unter Tränen einige Zeit damit verbracht, Studien über Vergewaltigungstraumata zu lesen. Ich fand nichts über die Auswirkungen einer Vergewaltigung auf jemanden mit Autismus. Vielleicht war diese Vergewaltigung die Quelle ihres Hasses auf mich. Vielleicht wollte Mama mich für diese Tat bestrafen. Aber warum musste ich *dafür* büßen? Und warum ließ sie Ella ein normales Leben führen? Obwohl ich es immer noch nicht verstehe, hat sich seit gestern etwas in mir verändert. Jetzt, wo ich weiß, was Mama angetan wurde, lässt meine Wut nach. Martin hat heute Morgen gesagt, dass ich am Anfang der Vergebung stehe. Ich bin noch nicht so weit, ich brauche Zeit, um zu verstehen, was geschehen ist.

Als ich Martha gestern Abend anrief, um ihr zu sagen, dass ich die Identität meines leiblichen Vaters herausgefunden und ihr von seinen Verbrechen berichtet habe, war sie ungewöhnlich ruhig, bis sie mich fragte, was dieses Wissen mit mir mache. Ich würde doch nichts Verrücktes tun? In ihrer Stimme schwang Angst mit. Eine Angst, die bei ihr immer aufkommt, wenn es um meine Vergangenheit mit meiner Mutter geht. Sie fragte mich auch, ob ich jetzt nach meinem leiblichen Vater suchen würde. *Und ob! Ich will diesen Teufel kennenlernen.*

Die Ampel springt auf Rot. Ein paar Jugendliche überqueren die Straße. Sie sprechen nicht miteinander, haben Ohrstöpsel in den Ohren und blicken apathisch ins Leere. Körperlich sind sie hier, aber in Gedanken woanders. Die Leute an der Bushaltestelle starren auf ihre Handys. Autos biegen ab. Die Straße ist grau, die Häuser trist. Ein einzelner Baum wurzelt im Beton. Nur die Werbetafeln sind bunt wie die Displays der Handys, auf die die Wartenden starren. Sie leben in einer virtuellen Welt, in der sie sogar brutale Kriegsspiele spielen und sich

Pornos ansehen. Was macht diese virtuelle Welt mit ihrem Geist, ihrem Denken und ihren Gefühlen? Was nehmen sie mit ins wirkliche Leben, wenn sich ihre Augen vom Bildschirm lösen und ihre Umgebung betrachten? Weckt sie in ihnen die Lust auf Sex und Gewalt, so wie bei meinem Vater der Hunger nach Sex und Gewalt gewachsen war?

Wieder frage ich mich, ob sein Verhalten etwas mit seiner Mutter zu tun hat? Mein Vater ist nicht der einzige Täter, das weiß ich. Als ich gestern Abend im Internet nach Informationen über die Folgen von Vergewaltigungen junger Mädchen suchte, wurde mir bei all den schrecklichen Beispielen sexuellen Missbrauchs von Kindern übel. *Das ist die Welt des Teufels!* Meine Mutter hatte recht. Es gibt Momente, in denen ich mich nach den Voralpen sehne, nach der Einsamkeit. Ohne Menschen, mit dem Wind als Liebhaber und umgeben von der Natur. Tiere vergewaltigen und quälen keine Kinder. Menschen sind Bestien, sie wollen besitzen, was andere haben. Manchmal sind es Statussymbole, aber allzu oft ist es die Gier nach Macht über andere durch Gewalt, Missbrauch und Liebesentzug.

Ich schaue in den Rückspiegel. Meine Wangen sind rot vor Hitze.

Ein rothaariges Mädchen mit braunen Ledersandalen läuft an mir vorbei in Richtung Bushaltestelle. Im Wartehäuschen neben ihr hängt die Werbung eines Möbelhauses. Darauf ist ein Lampenschirm aus Leder zu sehen. Die Nazis haben Lampenschirme aus der Haut von Juden hergestellt. Ich war schockiert, als ich das hörte. Mit siebzehn sah ich im Unterricht Bilder von Konzentrationslagern, während der Lehrer uns den Aufstieg des Nazi-Regimes erklärte. Ein paar Stunden zuvor hatten wir einen Vortrag über die Inquisition der katholischen Kirche gehört, gefolgt von der Französischen Revolution und der Guillotine. Und wie das französische Volk die Hinrichtungen genoss, wie es applaudierte, wenn wieder ein Kopf in den Korb rollte. Das war die Welt des Teufels! Ich beobachtete meine Klassenkameraden und verstand plötzlich, dass der Teufel auch in ihnen lebte. Und diese Teufel konnten sich jederzeit zeigen. Ein einziger Satan genügt, um das Denken in ihren Köpfen umzuprogrammieren, und sie würden ihm wieder hinterherlaufen.

Ich stand damals auf, rannte aus der Klasse, ging nach Hause, packte ein paar Sachen in meinen Rucksack und verließ das Haus, hinterließ aber eine Nachricht für Martha. Ich wollte nicht mehr unter Menschen sein. Wollte zurück in meine alte Welt hinter dem Tunnel und würde es schaffen. *Allein!*

In den vergangenen drei Jahren hatte ich viel gelernt. Ich war stärker geworden. Es war September, ich konnte noch eine Weile von Äpfeln, Brombeeren, Pflaumen und den ersten Walnüssen leben. Dann würde ich, wie meine Mutter, in Rosenheim Kräuter verkaufen, um Getreide, Kerzen und Petroleum zu kaufen. Ich musste nur in die richtige Richtung gehen und unser Haus zu finden. Entschlossen machte ich mich auf den Weg. Der Gipfel vom Hocheck war mein Orientierungspunkt. Irgendwo musste es sein. Auf dem Weg nach oben traf ich am dritten Tag einen schmächtigen englischen Hippie. Er lebte in einem moosbewachsenen Wohnwagen in der Nähe vom Kreutsee. Während wir gemeinsam aßen, erzählte ich ihm vom Teufel. Er hörte mir zu und riet mir, ein Gegengewicht zu schaffen. Ich solle meine Talente entwickeln, um mir einen Platz in der Welt zu erobern, so feindlich sie mir im Moment auch erscheinen mochte. Hatte ich nicht eine Vorliebe für Kräuter? Vielleicht lag meine Berufung darin, die Welt und die Natur wieder ein bisschen näher zusammenzubringen. Zum Abschied umarmten wir uns, und ich befolgte seinen Rat.

Ich ging zurück zu Martha. Auch weil ich unser altes Haus nicht mehr fand.

KAPITEL 42

Weingut Wagner
Dienstagabend

Seit heute Nachmittag stürzt der Regen in Strömen vom Himmel und fließt wie ein Fluss die Straße hinunter. Ich bin froh über meinen gemieteten Mercedes. Die heftigen Sturmböen können ihm kaum etwas anhaben. Mein Auto würde klappern und nur mit Mühe die Spur halten. Ich steige aus, ziehe mir die Regenjacke über den Kopf und eile zum Tor.

Während ich warte, drehe ich mich kurz um. Obwohl mir niemand gefolgt ist, habe ich das Gefühl, beobachtet zu werden. Vielleicht kauert jemand im Gebüsch? Rund um das Gut gibt es jede Menge davon, und bei diesem Wetter ist die Sicht schlecht. Die Sprechanlage quietscht.

„Ich bin's, Flora.“

Mit einem Klicken öffnet sich das Tor. Leo ist misstrauisch geworden. Schnell betrete ich den Hof, schließe das Tor und gehe mit schnellen Schritten auf das Haupthaus zu. Leo steht schon in der Haustür. Ich eile in den Flur und ziehe den nassen Mantel aus. Wasser tropft auf die grauen Fliesen.

Leo sieht erbärmlich aus. Die Furchen in seinem Gesicht sind tiefer geworden, seine Haut ist grau. Seine Augen sind trüb. Die Angst um Ella hat ihre Spuren hinterlassen.

„Ich schlafe schlecht, Flora.“ Es klingt wie eine Entschuldigung. „Ich wache immer wieder panikartig auf. Diese Ungewissheit macht mich krank und so fühle ich mich auch: krank.“

„Du warst doch beim Hausarzt, was hat er gesagt?“, frage ich.

„Er hat mir Beruhigungstabletten verschrieben, aber die machen mich apathisch.“

Als ich das Wohnzimmer betrete, fällt mir auf dem Tisch sofort ein Buch auf. Leo reicht es mir. „Das hat Ella wohl wegen der Vergangenheit deiner Mutter gekauft. Es handelt von den berühmten Familien in dieser Gegend im Laufe der Jahrhunderte. Der Autor ist ein pensionierter Journalist. Er stammt aus

Bad Urach, wohnt aber heute in Dettingen. Er kannte die Familie Herbach persönlich. Das habe ich dem Vorwort entnommen. Ella hat seine Adresse aufgeschrieben."

„Vielleicht hat sie diesen Journalisten besucht? Dettingen...? Ist das weit von hier?"

„Nein, etwa eine knappe halbe Stunde. Die Adresse liegt in einem großen Waldgebiet. Sein Anschluss hat eine nicht registrierte Nummer."

„Dann fahre ich jetzt nach Dettingen. Es ist Dienstagabend. Bei dem Wetter ist er sicher zu Hause."

„Würdest du?" Leo holt tief Luft, er klingt besorgt. „Vorhin kam im Fernsehen eine Meldung, dass der Ort nach zwei Tagen Starkregen von Hochwasser bedroht ist."

Ich stehe auf. „Ich habe keine Angst vor Naturgewalten, Leo", sage ich. „Ich bin mit extremen Wetterbedingungen aufgewachsen."

KAPITEL 43

Dettingen

Dienstag, am späten Nachmittag

Schwere Wolken verdunkeln das letzte Licht des Tages. Im Schritttempo fahre ich den schmalen Feldweg hinunter. Vor mir schwappt Wasser über die Straße. Der Fluss ist schon über die Ufer getreten. Mit meinem Auto wäre ich weitergefahren, aber mit dem Mercedes traue ich mich nicht. Wie tief die Strömung ist und ob der Wagen das Wasser unter sich bewältigen kann, lässt sich nicht abschätzen.

Bis zu Eberhard Kramers Haus sind es zu Fuß etwa zweihundert Meter. Das ist machbar.

Ich parke am Waldrand und steige aus. Die Nacht hat längst ihr schwarzes Gewand ausgebreitet. Im Dunkeln erscheint der Weg noch schmaler, der Himmel fällt tiefer auf mich herab. Sofort peitscht mir der Wind dicke Regentropfen ins Gesicht. Bäume und Sträucher rücken zusammen, als wollten sie der Naturgewalt trotzen, die Nacht bricht früh herein. Ich atme tief durch und rieche den vertrauten Duft des feuchten Laubwaldes.

Dann drehe ich mich kurz um, überblicke den Karrenweg und schultere meinen Rucksack. In der Eile habe ich vergessen, den Wagen vor der Abfahrt zu scannen, aber mein Handy ist im Flugmodus, sodass mich sowieso niemand orten kann.

Mit dem Jagdmesser bewaffnet, gehe ich vorsichtig den Weg entlang, der zum Haus des Journalisten führt. Nur die Taschenlampe im Handy spendet Licht. Das Wasser des Baches, der den Weg überflutet hat, steht mir jetzt bis zu den Knöcheln und durchnässt meine Turnschuhe. Ich folge dem Weg weiter bergauf, komme nur langsam vorwärts, denn ich bin unendlich müde. Der Schlafmangel fordert seinen Tribut.

Der Wind wird stürmischer, der Regen stärker. Kurz vor mir blitzt eine weiß getünchte Fachwerkwand auf, ich nähere mich dem Haus. Schweißgebadet steige ich die letzten Meter des unebenen Weges hinauf. Unter meinen Füßen liegt Kies, auf dem ich leicht ausrutschen könnte. Jetzt, wo es bergauf geht, habe ich noch genügend Halt, aber später muss ich vorsichtiger sein. In meinen Ohren dröhnt das Rauschen der tosenden Wassermassen und ich rieche den aufgewirbelten Schlamm des reißenden Flusses. Nach wenigen Minuten zügigen Gehens erreiche ich das Haus. Kein Licht zu sehen. Ob der Journalist schon schläft?

An der Haustür ist keine Klingel angebracht, sodass ich mit der Faust gegen die Tür hämmere und dann einen Schritt zurücktrete, um zu sehen, ob irgendwo Licht brennt. Nichts. Ich hämmere noch einmal, jetzt kräftiger. Immer noch nichts. Eberhard Kramer scheint nicht zu Hause zu sein. Seufzend drehe ich mich um und gehe Schritt für Schritt den gleichen Weg zurück zum Auto, jetzt bergab. Das nasse Geröll glitzert gefährlich im diffusen Licht. Als ich mich dem dunklen Wald nähere, lässt mich etwas innehalten. Ich schnuppere. *Calambac!* Weihrauchholz, wie kann das sein? Es ist der Tabak des Mannes, der mir am Weingut aufgelauert hat.

Die Richtung, aus der der Geruch kommt, ist bei dem böigen Wind nicht so leicht auszumachen. Alles deutet auf den Wald hin! Mit einer schnellen Bewegung ziehe ich mein Messer aus dem Gürtel. Der Geruch wird stärker. Er muss direkt hinter mir sein! Mit einem Ruck drehe ich mich um und steche zu. Mein Messer trifft ins Leere. Der Mann zuckt zurück, rutscht auf den glitschigen Steinen aus und fällt nach hinten. Ich höre den dumpfen Aufprall seines Körpers. Regungslos bleibt er auf dem Boden liegen. Regen prasselt auf ihn nieder. Sein Messer ist ihm beim Sturz aus der Hand gerutscht und glänzt in der Dunkelheit. Ich trete es mit dem Fuß beiseite. Keuchend gehe ich ein paar Schritte zurück und halte mein Messer bereit.

Wenn er mich noch einmal bedroht, schneide ich ihm die Kehle durch!

Mit der linken Hand greife ich nach meinem Handy, schalte die Taschenlampe ein und richte sie auf sein Gesicht. Ja, das ist er. Seine braunen Augen starren leblos gen Himmel. Regentropfen rinnen über seine vollen Lippen. Er hat sich den Kopf an einem Markierungspfahl aufgeschlagen. Ich gehe um ihn herum, bleibe an seinen Unterschenkeln stehen und trete mit der Schuhspitze gezielt gegen sein Schienbein. Er rührt sich nicht. Ist er tot? Oder stellt er sich nur tot?

Noch einmal trete ich gegen sein Schienbein, jetzt höher, fester. Immer noch keine Reaktion. Ich beuge mich vor und greife nach seinem rechten Handgelenk. Kein Puls! Auch an seinem Hals ist kein Pulsieren zu fühlen.

Der Bastard ist tot!

Ich atme tief durch und frage mich, ob jemand etwas gesehen hat? Nein, fast unmöglich. Kein Aufschrei, kein Geräusch. Auf der höher gelegenen Hauptstraße in der Ferne fahren bei diesem Wetter auch keine Autos, und hier gibt es weit und breit keine Häuser, also auch keine Zeugen.

Soll ich seine Taschen durchsuchen?

Nein, lass es!

Und sein Auto? Wo steht es?

Verdammt! Bei Leo Wagner waren sie zu zweit. Einer saß im Auto. Ist das jetzt wieder der Fall und hat ihn der andere in einiger Entfernung von hier abgesetzt? Vielleicht wartet der Typ in der zwei Kilometer entfernten Gaststätte oben auf dem Berg. Der Parkplatz war ziemlich voll. Ich sollte sofort unter meinen Mercedes kriechen und nach dem neuen Tracker suchen.

Ich wende mich dem Toten zu. Ein Gerichtsmediziner wird bald feststellen, dass die Todesursache der Sturz war. Es gab keinen Körperkontakt mit mir oder meinem Messer. Außer dort, wo ich seinen Puls ertastet habe. Schnell nehme ich etwas Laub und reibe die Haut ab, die ich berührt habe. Soll ich die Polizei verständigen oder mich einfach davonschleichen?

Fieberhaft denke ich über meine Situation nach. Niemand außer Leo weiß, dass ich hier war. Die Spuren, die ich hinterlassen habe, sind unbedeutend. Das ist ein Fußweg, da sind Fußspuren normal. Meine Haare sind zu einem Zopf geflochten und von meinem Kapuzenpullover verdeckt. Mein Handy ist ausgeschaltet. Was sonst? Ich schwanke ein wenig. Das Auto! Unauffällig steht es zwischen den Bäumen, unvorstellbar, dass ich auf einer Landstraße geblitzt wurde. Die Frage ist, was der Partner dieses Mannes tun wird, wenn sein Kumpel nicht zurückkommt. Wahrscheinlich wird er hierherkommen und ihn suchen, aber vermutlich erst nach einiger Zeit. Ich weiß nur nicht, ob und wie schnell er merkt, dass das Signal des Peilsenders bald verschwindet. Das wird ihn alarmieren.

Der Wind frischt auf. Solange es dunkel ist, wird hier niemand auftauchen. Ich gehe das Risiko ein, sage nichts und fahre sofort zum Pfarrhaus. Leo rufe ich später an und sage ihm, ich hätte es mir überlegt und bin nicht nach Dettingen gefahren. Ich habe keine Lust, in polizeiliche Ermittlungen hineingezogen zu werden. Ella zu finden, ist meine Priorität.

Mit zitternden Knien gehe ich zu meinem Auto. Der Kerl wollte mich wahrscheinlich schon auf der Fahrt nach Grafenloch abstechen und hat sich eine zweite Chance gegeben. Aber warum so umständlich? Warum hat er mich nicht gleich erschossen? Hätte er eine Pistole genommen, wäre ich längst tot.

Ich verstehe das nicht.

Mit zitternden Fingern hole ich den Schlüssel für den Mercedes aus meinem Rucksack und schließe die Tür auf.

KAPITEL 44

Pfarrhaus, Bad Urach
Dienstag auf Mittwoch

Draußen prasselt der Regen unaufhörlich gegen die Fenster. Der Schlamm muss inzwischen über den toten Körper meines Angreifers geschwappt sein. In den Voralpen hätten ihn längst die Gänsegeier zerfleischt. Schon bald wird der Bastard auf einer Stahlplatte mit einer Aussparung für den Blutabfluss liegen, wo ihn ein Gerichtsmediziner aufschneiden wird. Es sei denn, sein Partner holt ihn ab. Ich frage mich ohnehin, was dieser tun wird? Die Arbeit des Toten fortsetzen und einen neuen Plan aushecken, um mich zu beseitigen? Ich vergewissere mich noch einmal, dass Tür und Fenster des Appartements fest verschlossen sind, dann gehe ich durch die Verbindungstür ins Pfarrhaus.

Im Wohnzimmer ertönt das fast beruhigende Ticken der Kuckucksuhr. Es ist kurz vor Mitternacht. Martin knipst gerade das Licht aus, offenbar will er zu Bett gehen.

„Leo hat mir ein Buch über die Baden-Württemberger Großfamilien gegeben", sage ich. „Ella hat es kurz vor ihrem Verschwinden gelesen."

Martin nimmt mir das Buch aus der Hand, wirft einen Blick auf das mehrseitige Inhaltsverzeichnis und runzelt die Stirn. „Schade, der Autor hat eine thematische Gliederung gewählt. Außerdem gibt es kein Namensregister. So kann ich nicht in einem Rutsch zu den Herbachs blättern. Das wird eine Weile dauern, Flora."

„Wann kannst du mit dem Lesen beginnen?"

„Gleich morgen früh. Ich bin jetzt müde. Ich schlafe schon seit einigen Nächten schlecht."

Jetzt fällt es mir auch auf. Unter seinen wasserblauen Augen haben sich dunkle Ringe gebildet, die vorher nicht vorhanden waren.

„Wo bist du eigentlich gewesen?", fragt er und zeigt auf meine nasse Hose.

Ich zögere. Wenn er die Wahrheit kennt, könnte der Moment kommen, in dem er sich entscheiden muss, ob er sie weitergeben wird. Vor diese Entscheidung darf ich ihn nicht stellen, denn mit jeder Lüge stirbt ein Teil seiner Seele. Als Priester tut er gut daran, sie intakt zu halten. Schließlich gebietet ihm sein Gott, nicht zu lügen.

„Ich war spazieren", sage ich.

„Spazieren? Mitten in der Nacht, bei diesem Wetter?"

„Ja, ich habe keine Angst vor Regen." Ob das wohl eine Lüge ist? Schließlich bin ich doch zu Fuß gegangen – von meinem Auto zum Haus des Journalisten und zurück. *Hm...*

Die Kuckucksuhr macht ihr markantes, rasselndes Startgeräusch. Gleich wird sich der kleine Vogel zeigen. Ich gehe auf die Uhr zu und warte, dass sich das Türchen öffnet. Martin lacht leise hinter mir.

„Ich mag diesen kleinen Vogel so sehr!"

„Sieht ganz danach aus. Gute Nacht, Flora, machst du bitte das Licht aus?"

„Gute Nacht, Martin", antworte ich, ohne mich umzudrehen, und schaue dem kleinen Vogel zu, der sich jetzt zeigt und seinen Kuckuck zum Besten gibt.

In meinem Appartement spüre ich nur noch meine Erschöpfung. Selbst die Angst hält mich nicht mehr wach.

Als ich den Wasserhahn im Bad aufdrehe, fällt mir ein, dass ich Martha anrufen muss. Als ich noch bei ihr wohnte, saß sie vor dem Schlafengehen an meinem Bett, streichelte meine Hand und fragte mich, was mein schönster Moment des Tages gewesen sei. Auf meinem weichen Kissen liegend, kramte ich in meinen Erinnerungen und fand ihn immer wieder. Oft war es der Duft einer Blume, manchmal ein Sonnenuntergang oder bestimmte Kräuter, die ich gekostet hatte. Selbst das Streicheln einer Katze oder eines Hundes bescherte mir manchmal den schönsten Moment eines Tages. Selten war er mit Menschen verbunden, mit einer Ausnahme: die Zeit mit Gabor und Benjamin. Damals war mein kleiner Sohn mein täglicher Lichtblick.

Nach dem Erzählen beugte sich Martha zu mir herunter, gab mir einen innigen Kuss auf die Stirn und verließ mein Zimmer mit den Worten: „Schlaf gut, mein Schatz!" Dann schlief ich mit dem schönsten Moment des Tages ein.

Nachdem ich in mein Haus in Mühlbach gezogen war, telefonierten Martha und ich fast jeden Abend vor dem Schlafengehen. Wir sprachen über meinen schönsten Moment des Tages, auch wenn ich mich am anderen Ende der Welt befand und Martha früh morgens oder mitten in der Nacht anrief. Diese Tradition haben wir dreißig Jahre lang beibehalten. Es gab nur eine Unterbrechung: Damals, als ich nach Benjamins Tod durch die Voralpen wanderte, aber auch da suchte ich jede Nacht in Gedanken nach dem schönsten Moment. Und seltsamerweise fand ich ihn. Martha hat mich gelehrt, dass man auch im Leid einen Funken Glück finden kann. Selbst in den vergangenen Tagen ist mir das gelungen, wenn auch mit Mühe, denn die Angst um Ella hat alles infiziert.

Ich greife nach meinem Handy und sehe sofort, dass ich mehrere Anrufe von Martha verpasst habe.

„Flora, endlich! Wo warst du denn?" Martha klingt besorgt.

Ich schalte das Telefon auf Freisprechen und erzähle ihr von meinem Tag, während ich in mein Nachthemd schlüpfe. Martha hört mir aufmerksam zu. Sie hegt ein tiefes Misstrauen gegenüber der Polizei und ist davon überzeugt, dass meine Entscheidung, die Behörden wegen des Toten in Dettingen nicht einzuschalten, richtig war. Als ich mich ins Bett lege und das Laken über mich ziehe, fragt sie mich nach meinem schönsten Moment.

„Dem kleinen Vogel in der Kuckucksuhr zuzuhören."

„Oh, wie schön! Ein kleiner Holzvogel. Nun denn. Schlaf gut, mein Schatz."

„Du auch, Martha", antworte ich mit geschlossenen Augen, höre wieder das Klappern der Kuckucksuhr und lächle.

In meinem Traum erklingt eine eindringliche Melodie. Sie ist noch weit weg, aber sie nähert sich Grafenloch. Sie hallt durch den Tunnel. Die Klänge kommen aus der Welt der Teufel. Ich blicke in die bernsteinfarbenen Augen von Andreas Gorja. Sein grau meliertes Haar glänzt in der Sonne. Er liegt auf mir und lächelt mich an. Sanft streichelt er meine Wange und haucht leise meinen Namen. „Floraaaa. Floraaaa." Wie der Wind ihn mir manchmal zuflüstert, wenn ich durch den Wald mit seinen himmelhohen Tannen gehe.

Ich schließe die Augen und konzentriere mich auf Andreas zärtliche Berührung. Seine Hand wandert in meinen Nacken und streichelt eine Stelle hinter meinem Ohr. Die Sommersonne brennt erbarmungslos und bringt unsere Körper zum Schwitzen. Seine nackte Haut schmiegt sich an meine. Die Locken auf seiner Brust erregen mich.

Ich seufze und genieße das süße Prickeln. Langsam streicht er mit seinen Lippen über meine Haut. Ich strecke mich. Lippen fühlen sich anders an als streichelnde Finger. Weicher, feiner, intensiver. Die Melodie wird lauter und lauter. Sie klingt jetzt über Grafenloch...

Ich öffne die Augen und sehe keinen Andreas. Er ist verschwunden und meine Welt ist plötzlich dunkel.

Bitte nicht, Mama, ich will nicht in den Keller.

Ich kann nichts mehr erkennen. Alles ist schwarz. Die Dunkelheit erdrückt mich...

Mit einem Schrei wache ich auf. Das durchdringende Geräusch ist direkt neben mir. Mein Handy meldet einen Anruf um vier Uhr morgens. Enttäuschung überkommt mich. Ich bin nicht in den Voralpen, kein Andreas, der mich liebkost. Ich drücke auf die grüne Hörertaste.

„Hallo?"

„Guten Morgen, hier ist Andreas Gorja."

„Andreas...? Ich habe gerade von dir geträumt!"

„Oh..."

„Ja, du hast auf mir gelegen und meine Wange gestreichelt."

„Oh...", wiederholt er und räuspert sich.

Ich schaue auf die Uhr. Es ist vier Uhr morgens. „Wenn ich von dir träume, darf ich dich dann duzen?"

„Natürlich."

„Warum rufst du mich mitten in der Nacht an?"

„Ich konnte erst heute Nacht meine Mailbox abhören, Flora."

Wie schön, er nennt mich beim Vornamen.

Andreas räuspert sich wieder. „Ich spreche von der Nachricht über das Verschwinden deiner Schwester Ella. Und von deiner Geschichte über den Mann im Haus deines Schwagers. Ich habe sofort meinen Urlaub abgebrochen und bin zur Dienststelle nach Rosenheim gefahren. Dort habe ich einen Bericht unserer Ermittlungsabteilung in meinem Postfach gefunden. Deshalb rufe ich dich an."

Plötzlich bin ich hellwach. Am anderen Ende der Leitung rumpelt es. Ich sehe ihn vor mir, wie er in diesem düsteren Gebäude sitzt, in diesem feuchten Raum, an diesem grauen Schreibtisch, im schwachen Licht der hässlichen Leuchtstoffröhre, mit dem künstlichen Wind, der durch sein graubraunes Haar weht. Gestern war er noch beim Klettern. Was für ein Kontrast.

„Max Gruber war der Letzte, der die Akte deiner Mutter im Archiv eingesehen hat. Kurz vor seiner Pensionierung. 2008, also zwanzig Jahre nach dem Mord im Grafenloch. Das ist an sich schon merkwürdig, aber alles deutet darauf hin, dass Gruber bei diesem letzten Besuch die Akte mitgenommen und eine leere Mappe zurückgelassen hat. Und noch etwas: Am 25. Juli 1988 wandte sich Gruber an seinen Vorgesetzten und riet ihm, der Suche nach dem Brandstifter, der für die vielen Waldbrände verantwortlich war, Priorität einzuräumen. Die Kapazitäten würden nicht ausreichen, um beide Fälle zu bearbeiten. Bei der Aufklärung des Mordes an deiner Mutter habe es in vier Wochen keine Fortschritte gegeben. Ihre Identität sei trotz internationaler Fahndung nicht bekannt, berichtete er seinem Vorgesetzten.

Aus den Akten geht aber hervor, dass Max Gruber die Daten deiner Mutter nicht weitergegeben hat. Es gab auch keine internationale Fahndung! Auch das Mädchen, das bei der Toten gefunden wurde – also du, Flora – konnte seinem Bericht nach keine Hinweise geben. Ich zitiere: *Sie spricht nicht, und laut dem behandelnden Psychiater hatte das Kind noch nie Kontakt zu Menschen.*

Gruber riet seinem Vorgesetzten, sein Team solle sich ganz auf den Brandstifter konzentrieren. Sein Vorgesetzter stimmte sofort zu, da die Polizei unter Druck stand. Eine Woche zuvor hatte es in der Nähe von Rosenheim einen Brand mit mehreren Toten gegeben, die Bevölkerung war verängstigt und forderte Maßnahmen. Es ist traurig zu sagen, aber eine ermordete Frau aus dem Voralpenland faszinierte niemanden. Der Brandstifter wurde einen Monat später gefasst. Max Gruber erntete dafür viel Lob. Danach wurde sein Team in die Fremdenverkehrsorte geschickt, wo in jenen Jahren große Hotels gebaut wurden. Auch die Zahl der Campingplätze nahm weiter zu. Die Polizei war dem Ansturm der Touristen nicht gewachsen. Die Kollegen mussten zeitweise aushelfen. Als die Hochsaison vorbei war und die Touristen abreisten, gab es neue Prioritäten. Der Fall deiner Mutter war jedenfalls kein Thema mehr."

„Doktor Glück, mein Beschützer, weiß also etwas?"

„Doktor Glück? Du meinst Max?"

„Ja." Ich erkläre ihm, warum ich Max Gruber in Gedanken so genannt habe.

„Max hat dich also in der Psychiatrie besucht? Und er hat dir Früchte aus den Bergen mitgebracht? Erstaunlich."

Schweigen. Andreas tippt etwas in seinen Computer.

Ich stelle mein Handy auf Lautsprecher und beginne, mich anzuziehen.

„Max weiß viel mehr, Flora. Das Problem ist, dass er im Sterben liegt. Ich habe eben mit dem Krankenhaus telefoniert. Er wird morgen früh ins Hospiz Eden nach Prien verlegt. Ich hoffe, dass ich dann mit ihm sprechen kann, denn er ist offensichtlich das Bindeglied in dieser Geschichte. Und ich glaube auch, dass der Einbruch in dein Haus, die Verfolgungsjagd und das Verschwinden deiner Schwester mit dem Mord an deiner Mutter zusammenhängen. Oder mit dem, was 1973 in Bad Urach vorgefallen ist. Wir können hoffen, dass Max uns angesichts seines nahenden Endes die Wahrheit sagen wird."

„Ich glaube, er wird sich mir gegenüber mehr öffnen, weil er mich mag", erwidere ich. „Gruber hat mich Blumenmädchen genannt."

„Ich kann mir vorstellen, dass es ihm schwerfallen wird zu schweigen, wenn du an seinem Bett stehst und ihm von Ellas

Verschwinden berichtest. Persönlicher Kontakt ist oft von Vorteil."

„Das denke ich auch." Ich packe ein paar Sachen in die Reisetasche. „Ich könnte in vier Stunden in Prien sein. Mein Mietwagen – ein komfortabler Mercedes - kommt mir jetzt sehr gelegen, dem trete ich in den Arsch!"

„Bist du nicht zu müde?", fragt Andreas. Besorgnis schwingt in seiner Stimme mit.

„Nein, ich hatte einen wunderbaren Traum."

KAPITEL 45

Autobahn Richtung Prien
In der Nacht von Dienstag auf Mittwoch

Hinter Bad Urach lädt die Autobahn um diese Zeit zum Rasen ein. Es macht Spaß, den Mercedes regelmäßig auf 180 km/h zu beschleunigen. Gelegentlich schaue ich in den Rückspiegel, aber in der Dunkelheit kann ich kaum erkennen, ob ich verfolgt werde. Die Scheinwerfer sehen alle gleich aus. Später, wenn die Sonne aufgeht, werde ich mehr wissen. Inzwischen ahne ich auch, warum mein Angreifer mich lieber erstochen als erschossen hätte. Offenbar sollte mein Tod nicht wie eine gezielte Liquidierung aussehen, was nur Fragen nach den Hintergründen des Mordes aufwirft und die Polizei schnell dazu bringt, in meiner Vergangenheit nach einer Verbindung zwischen einem möglichen Täter und mir zu suchen. Nur verwirrte Menschen oder Affekttäter benutzen ein Messer. Die Polizei würde einen Messermord für einen Zufallstreffer halten, zumal der Mann immer wieder versucht hat, sich an mich heranzuschleichen und mich an einem abgelegenen Ort zu töten.

„Ein solcher Angriff wird nicht als vorsätzlicher Mord gedeutet, sondern wie der Amoklauf eines verängstigten Einsiedlers oder eines verzweifelten Patienten im Wochenendurlaub", sagte Martha. „Du wärst dann einfach zur falschen Zeit am falschen Ort gewesen. Akte geschlossen. Clever, das muss man dem Mistkerl lassen. Im Moment kannst du nur abwarten, was sein Komplize vorhat, Flora."

Jedenfalls bin ich vorbereitet, frage mich aber, ob ich die Sache doch mit Andreas besprechen soll.

Ich fühle mich erstaunlich gut, weil ich das seltsame Gefühl habe, mich der Wahrheit zu nähern, und damit dem Ort, an dem ich Ella finden kann. Während der Fahrt erinnere ich mich an meine Kindheit in der Reichsabtei Neuburg, an das windumtoste Grafenloch, an meine Momente in der Natur. Nur selten denke ich an die Zeit danach, an meine ersten Jahre unter Menschen. Nur die Zeit mit Gabor und später mit meinem kleinen Benjamin drängt sich mir auf, wobei der Schmerz der Leere die Gedanken an meine beiden Männer immer wieder begleitet. Alle anderen Episoden meines Lebens erscheinen mir von geringem Wert. Meine Schulzeit, meine Universitäts- und Berufsjahre, sie sind nur vage Momente in meiner Erinnerung, als hätte ein anderer Mensch diese Lebensabschnitte gelebt.

Wenn ich über die Menschen nachdenke, wundere ich mich oft über ihre Entfremdung von der Natur und ihre Gier nach materiellen Dingen. Vor allem nach dem Tod von Benjamin wollte ich in die Berge zurückkehren, bin aber wegen Martha im Tal geblieben. Ihre Liebe ist das Band, das mich hier hält.

Auch Ella ist der Natur entfremdet und braucht Dinge wie Kleidung, Geräte, Cremes, Make-up, Möbel, Urlaub. Das habe ich sofort erkannt, als sie bei mir in Mühlbach war. Und es hat mich nicht überrascht. Ella ist in einer Welt aufgewachsen, in der diese und andere Dinge das Glück bringen sollen. In ihrem Zimmer bekam ich einen Hauch vom Paradies der Dinge zu sehen. Ihr Leben hat sie zu der Frau gemacht, die sie heute ist. Aber wer ist diese Frau? Es gibt noch so viel, was wir nicht voneinander wissen. Langsam ergreift mich wieder die Angst. Nein! Sie jetzt nicht zulassen, weiterfahren und meine Gedanken verdrängen.

Ich nähere mich München. Seit meinem Abschluss war ich nicht mehr dort. Martha war damals völlig aus dem Häuschen, als ich in dem barocken Saal meinen Doktortitel erhielt. Sie war so glücklich und stolz. Sie benutzte dieses Wort oft: *stolz*. Jahre zuvor hatte sie ebenfalls strahlend in der ersten Reihe gestanden, als ich als Zweiundzwanzigjährige in einem überfüllten Saal mein Diplom erhielt.

„Das wilde Kind aus den Bergen ist gezähmt", sagte der Schuldirektor, der meine Vergangenheit nur vage kannte. Vom Mord an meiner Mutter wusste er nichts. Er dachte, ich hätte bis zu meinem fünfzehnten Lebensjahr in einer ‚Hippie-Kommune' in den Voralpen gelebt und sei nicht unterrichtet worden. Dabei hatte Martha später für mich den Unterricht organisiert. Oft Einzelunterricht, sodass ich in acht Jahren die gesamte Schule bis zum Abitur durchlief. Der Schuldirektor machte meinen Erfolg zu seinem. Er nannte mich *sein Blumenmädchen*. Von seiner Rede bekam ich nicht viel mit, weil ich das Gefühl hatte, dass mich jemand beobachtete. Von der Bühne aus ließ ich meinen Blick über die Menschen im Saal gleiten und suchte nach einem Augenpaar, das mich musterte. In der zweiten Reihe trafen sich unsere Blicke. Es war ein junger Mann, der mich mit freudiger Verwunderung ansah. Er hatte bernsteinfarbene Augen, ein herzförmiges Gesicht und leicht gelocktes braunes Haar. Neben ihm saß ein Mädchen, das ihm ähnlich sah und das kurz darauf ebenfalls auf die Bühne musste, um ihr Diplom entgegenzunehmen. Ich kannte sie nicht. Nach der Zeremonie wollte ich mich auf die Suche nach dem jungen Mann machen, aber Martha packte mich am Arm und zog mich aus dem Saal. Offensichtlich war sie über die Geschichte des Direktors über meine Vergangenheit in einer Hippie-Kommune verärgert und wollte weiteren Fragen der Anwesenden aus dem Weg gehen.

Erst jetzt, nach all den Jahren, wird mir klar, dass es Andreas bernsteinfarbene Augen waren, die mich damals so erstaunt angesehen hatten. Er sah auf dieser Bühne keine Frau aus einer Hippie-Kommune. Er sah das verängstigte Blumenmädchen aus Grafenloch.

Ich seufze. Eine süße Sehnsucht ergreift mich. Ich will wieder berührt werden. Nicht von Martha, nicht vom Wind, sondern von Andreas. Wie ein Mann, der weiß, wie sich die Haut unter einer zärtlichen Liebkosung anfühlt.

Auf dem Beifahrersitz holt mich mein Handy in die Realität zurück.

„Flora!", schreit Martha mich an, „ich habe gerade deine Nachricht gelesen. Was zum Teufel machst du? Mitten in der Nacht nach Mühlau fahren."

Ich höre, dass sie auf der Toilette sitzt. Ihr großes Badezimmer hat eine hohe Decke, sodass ihre Stimme hohl klingt. Martha hat also während des nächtlichen Pinkelns wieder auf ihr Handy geschaut. Das macht sie immer: Im Dunkeln durch die Online-Nachrichten scrollen, während sie auf den letzten Pipi-Tropfen wartet. Und dann ist sie so wach, dass sie nicht mehr in den Schlaf findet. Martha ist ein Nachrichtenjunkie. Wir unterhalten uns oft über ihre Nachrichtenbesessenheit, die Tag und Nacht anhält. Ihr Drang, nichts vom Elend der Welt zu verpassen, macht sie müde und depressiv. „Martha, ein Geist, der dich mit Elend erfüllt, wird unglücklich", sage ich ihr immer wieder. Aber sie kann nicht anders. Martha ist süchtig.

„Und warum hast du dir diesen dicken Mercedes gemietet?", fragt sie. „Dafür fehlt dir die Fahrpraxis! Du weißt nicht, was so ein Auto kann."

„Woher weißt du, dass ich einen Mercedes fahre?"

„Die Bestätigung von Avis ist bei Floresse eingegangen. Du hast die Firmenkreditkarte für dein privates Vergnügen benutzt."

„Tut mir leid. Ich verwechsle diese Plastikdinger immer."

„Ich schenke dir demnächst ein knallrotes Etui, dann weißt du, welches Plastikteil zu Floresse gehört!"

Ich lächle. Meine überdrehte Martha verliert nie ihren Humor.

„Aber sag mal, warum fährst du nun mitten in der Nacht? Hältst du dich auch an die Geschwindigkeitsbegrenzung?"

„Ich fahre sicher, Martha. So wie du mit deinem Porsche sicher fährst."

„Dann fährst du viel zu schnell! Verdammt, Flora. Du wirst einen Unfall haben. Und dann? Denkst du dann auch an mich? Was soll ich dann machen? Ohne dich?"

„Die Autobahn ist leer!"

„Hm... Was hat der Polizist gesagt?"

Ich fasse Andreas Geschichte über Max Gruber zusammen. „Ich hoffe, den alten Mann noch vor seinem Tod sprechen zu können. Vielleicht weiß er etwas, das mich zu Ella führt."

Martha schweigt. Ich sehe sie vor mir, wie sie auf dem Töpfchen sitzt. Wie ein Teil ihres riesigen Hinterns über der Toilette hängt, wie ihre großen, schlaffen Brüste in ihrem zeltartigen Schlafanzug herunterhängen. Wie ihre braunen Augen auf den Marmorboden starren, während ihr kreatives Gehirn nach Lösungen für Probleme sucht.

„Wer sagt, dass Ellas Verschwinden mit dem Mord an deiner Mutter zusammenhängt?"

„Alles deutet darauf hin. Und ich spüre es."

„Du spürst es. Hm", erwidert sie mit der üblichen Ironie in der Stimme. „Aber ich gehe mit dir zu Max Gruber. Zwei hören mehr als einer."

„Oh nein!", entgegne ich entschlossen. „Das möchte ich nicht. Dann übernimmst du wieder das Gespräch und der Mann traut sich nicht, etwas zu sagen. Andreas Gorja meint auch, ich solle allein gehen. Ich werde seinen Rat befolgen."

Martha schweigt wieder. Im Hintergrund ist das Geräusch der Toilettenspülung zu hören.

„Hast du das letzte Tröpfchen herausgepresst?", frage ich.

„Ja."

„Und jetzt legst du dich wieder zum Schlafen hin?"

„Nein! Ich werde mit dir bis zum Sonnenaufgang plaudern. Das wird dich wachhalten. Ich will sicher sein, dass du nicht auf der dunklen Autobahn einschläfst."

Ich lächle und fühle mich warm. Martha bietet mir aus der Ferne einen Kokon der Geborgenheit.

„Ich liebe dich, Martha. Ich bin so froh, dass es dich gibt."

„Und ich liebe dich, mein Schatz", flüstert sie. „Du bist mein Ein und Alles, Flora. Aber das weißt du ja."

„Und jetzt kannst du dich wieder hinlegen, Martha. Es wird schon hell, und ich muss anhalten, um zu tanken."

Plötzlich ist die Angst wieder da, begleitet von einem seltsamen Gefühl.

Ist Martha auch in Gefahr?

KAPITEL 46

Autobahn A 99
Mittwochmorgen, 17. Juli 2019

Nach einem kurzen Stopp steige ich wieder ins Auto. Ich schlucke den letzten Bissen eines süßen Brownies hinunter, wische mir den Mund ab, zerknülle die Serviette und werfe sie zusammen mit den leeren Wasserflaschen auf den Boden. Der Parkplatz ist voll mit bis zu hundert Lastwagen, in denen Männer in Käfigen schlafen.

Ich schaudere, starte aber dennoch den Wagen und fahre auf die Autobahn, die nach einer ruhigen Nacht immer dichter befahren wird. Die Sonne geht auf. Dass ich mich den Voralpen nähere, zeigen mir die rosafarbenen Töne des Morgens, die im Süden viel heller leuchten. Gerade als ich das Radio einschalten will, klingelt mein Telefon wieder.

„Flora?", fragt eine Frauenstimme. Im Hintergrund höre ich die Durchsagen verschiedener Flüge.

„Ja", antworte ich.

„Hier ist Schwester Clara vom Benediktiner Stift Neuburg."

„Wie schön, dass Sie anrufen."

„Ich freue mich auch, von dir zu hören. Ich darf doch du sagen? Du warst als Kind unser Sonnenschein. Ich warte auf meinen Rückflug und wollte mich kurz melden. Unsere Priorin Agatha hat mir erzählt, dass du wissen möchtest, wer Ambra im Oktober 1973 ins Kloster und wer dich und deine Mutter im Juli 1979 in die Voralpen gebracht hat."

„Richtig."

„Ich habe gehört, dass Ella verschwunden ist." Sie holt tief Luft. „Nun, deine Mutter wurde damals von Josef Söder, dem Bruder der Priorin Katharina, in unser Kloster gebracht. Er kam oft zu Besuch. Am 14. Juli 1979 holte dich dann die Tochter von Mutter Katharinas Schwester ab, die in München lebte. Mutter Katharina war damals unheilbar krank und wollte vor ihrem Tod die Angelegenheiten regeln und alles in Ordnung bringen, denn schließlich konntest du und deine Mutter nach dem Tod der Priorin nicht mehr im Kloster bleiben. Ihr solltet an einen sicheren Ort in den Voralpen gebracht werden."

„Aber an diese Reise kann ich mich nicht erinnern."

„Du warst völlig überfordert, als wir dich von Mutter Katharina trennten. Und deine Mutter hat dir Angst gemacht. Du hast dich immer geduckt, wenn du sie gesehen hast. Deshalb haben wir dich vor der Abreise mit einer Kräuterkapsel betäubt."

„Ich hatte Angst vor meiner Mutter?"

„Ja." Im Hintergrund ertönt die Ansage für einen Flug nach London.

„Was weißt du über die Vergangenheit deiner Mutter, Flora?", fährt sie fort. In ihrer Stimme liegt eine gewisse Vorsicht, als wolle sie mich auf etwas Unangenehmes vorbereiten.

„Ich weiß, dass Mama vergewaltigt und wegen Mordes gesucht wurde."

„Es war eine äußerst brutale Vergewaltigung, aber wir haben nie erfahren, wer der Täter war. Ambra war ein ganz besonderes Mädchen. Sie nahm ihre Umgebung anders wahr als wir, war sensibler."

„Ja", sage ich. „Das hat Priorin Agatha auch angedeutet."

„Diese Vergewaltigung, die Schwangerschaft – all das hat Ambra dazu gebracht, dich negativ zu sehen. Aber da war noch etwas. Ambra litt nach der Geburt an einer schweren Wochenbettpsychose. Die Krankheit hielt lange an. Deine Mutter war verwirrt, hatte Halluzinationen und verlor völlig den Kontakt zu ihrer Umwelt. Am schlimmsten waren die wahnhaften Momente. Sie hielt dich für ein Kind des Teufels und glaubte, es sei ihre Pflicht, dich zu töten. Nur so könnte sie die Menschheit vor Satan retten. Wir hatten einige üble Erlebnisse mit Ambra, das kann ich dir sagen. Ihre Wutanfälle waren legendär. Wir dachten daran, sie in eine Anstalt einweisen zu lassen, aber Mutter Katharina zögerte. Wenn Ambra eingewiesen würde, könnte herauskommen, dass sie zwei Kinder geboren hatte. Auch würden die Behörden herausfinden, dass Ella illegal adoptiert worden war. Illegale Adoption ist eine schwere Straftat. Roswitha und ihrem Mann drohte eine Gefängnisstrafe, und die kleine Ella würde wunderbare Eltern verlieren.

Schließlich verwies Mutter Katharina Ambra an einen befreundeten Psychiater, der ein paar Mal in der Woche aus Bad Urach ins Kloster kam."

„Sie wussten also, dass Mutter Zwillinge bekommen hatte?"

„Natürlich, aber wir wussten *nicht*, dass Ambra mit Zwillingen schwanger war. Wir haben es erst eine halbe Stunde nach der Geburt von Ella erfahren. Wir waren perplex. Roswitha war zu diesem Zeitpunkt schon mit deiner Schwester auf dem Weg nach Bad Urach. Ambra wurde nach der Geburt des ersten Kindes ohnmächtig. Die Geburt war sehr chaotisch. Die Plazenta löste sich nicht und wir wussten nicht, was wir tun sollten. Wir dachten, dass Ambra das Bewusstsein wiedererlangen würde, aber Mutter Katharina fand, dass alles zu lange dauerte. Sie stellte fest, dass da noch ein Baby im Bauch deiner Mutter war. Wir entschieden uns für einen Kaiserschnitt."

„Aber wie kann es sein, dass ein Arzt nicht bemerkt, dass zwei Babys in ihrem Bauch waren?"

Ich sehe mich wieder auf dem Behandlungstisch meines Hausarztes in Ebbs liegen. Er reichte mir das Stethoskop und ließ mich das schlagende Herz des Babys hören, das in mir heranwuchs. Ich strich mit den Fingern über meinen Bauch und fühlte eine unendliche Freude in diesem Moment. Gabor war zu mir zurückgekehrt.

„Das war 1983", sagt Mutter Clara. „Wir hatten kein Ultraschallgerät im Kloster, und es mag logisch erscheinen, dass man beim Abhören mit dem Stethoskop immer zwei Herzen hört, aber das stimmt nicht. Sowohl Mutter Katharina als auch ihr Bruder Josef untersuchten Ambra während der Schwangerschaft. Nichts deutete auf Zwillinge hin."

„Wusste Roswitha, dass Ambra Zwillinge bekommen hatte?", frage ich.

„Nein, Mutter Katharina hat es ihr nie gesagt. Nur Ambra, Josef, Katharina und ich wussten es. Und der Psychiater aus Bad Urach, der Ambra später im Kloster therapiert hat. Mit Ambra wurde vereinbart, dass sie das Kind zur Adoption freigeben würde. Sie wollte ihr Kind nicht, wollte es sogar abtreiben, als sie erfuhr, dass sie schwanger war."

Ich versuche, mir meine Mutter mit Ella und mir im Bauch vorzustellen. Wenn sie den Kopf senkte und auf ihren vorgewölbten Bauch schaute, sah sie die Frucht des Teufels, die ihre Haut dehnte und gegen ihr Zwerchfell pochte. Eine Frucht der Liebe sah sie nicht.

Die aufgehende Sonne färbt die an mir vorbeiziehenden Landschaft blassgrün. Meine Mutter hat ihre Meinung über mich nie geändert. Ich war für sie immer die Ausgeburt des Teufels. Sie ekelte sich vor mir. Deshalb hatte sie mich nie angesehen, sondern sich stets abgewandt. Die wenigen Male, in denen sie mit mir sprach, sah ich nur ihr Profil. Nie ihre Augen. Sie wollte mich nicht sehen. Und jetzt verstehe ich auch, warum.

Ach, Mama.

Ich wische mir die Tränen aus den Augen.

„Den Vorschlag, Roswitha das Kind zu geben, machte Josef Söder. Sie und ihr Mann hatten sich immer Kinder gewünscht, aber Roswitha konnte keine Kinder bekommen. Die Situation war bizarr. Deine leibliche Mutter betrachtete dich als das Kind des Teufels, die Pflegemutter als Geschenk Gottes. Dieser Gegensatz hat mich jahrelang beschäftigt."

„Warum der Name Ella?", frage ich.

„Roswitha hat diesen Namen – *Ella* bedeutet *Geschenk Gottes* – gewählt, weil sie der Meinung war, dass ein Kind niemals das Opfer der Taten seiner Eltern sein sollte."

„Wie hat Mama auf meine Geburt reagiert?"

„Sie war so wütend, als sie dich sah und wollte dich umbringen. Gleich nach der Operation haben wir versucht, Josef Söder anzurufen, um ihm zu sagen, dass Roswithas Mann die Zwillinge bei der Gemeinde anmelden sollte. Aber Ella war schon angemeldet, als wir Josef an diesem Abend erreichten. Roswitha durfte auf keinen Fall erfahren, dass Alma Zwillinge geboren hatte. Wir mussten schweigen, außerdem herrschte Chaos. Wir hatten nichts im Haus für ein Baby: keine Babymilch, keine Windeln. Kein Kinderbett. Und du warst so hungrig. Eine rüstige Bäuerin aus dem Ort schaffte Abhilfe, nachdem Mutter Katharina sie angerufen hatte. Sie kam sofort mit einem frisch zusammengezimmerten Kinderwagen und sauberen Windeln. Sie stellte keine Fragen und legte dich an ihre Brust, und du trankst aus vollem Herzen. Am nächsten Tag fuhr mich ihr Mann in die Stadt, in der wir eine Babyausstattung kauften. Wir beschlossen, dass die Wiege am besten in Mutter Katharinas Zimmer stehen sollte. Im Nachhinein war das eine dumme Entscheidung, denn die Priorin war diejenige, die dich immer wieder auf den Arm nahm. Das Feuer der Mutterliebe loderte in ihr, und nach einer Woche sagte sie mir, dass sie dich nicht mehr hergeben würde und dir einen Namen gegeben habe: *Flora*. Das schockierte mich sehr, denn Flora war der Name ihres Babys, das während des Krieges von der Gestapo getötet worden war. Du warst also ihre neue Flora. Ich sagte ihr, dass es falsch sei, das Baby zu behalten. Aber sie wollte nicht auf mich hören. Bald wurde uns klar, dass unsere Priorin das Kloster verlassen würde, wenn wir sie über die Kongregation zwingen würden, dich wegzugeben. Wir wollten Katharina nicht verlieren, das Kloster verdankte ihr unendlich viel. Also ließen wir die Sache auf sich beruhen. Wir hofften, dass die Priorin zur Vernunft kommen würde, aber mit jeder Woche, in der wir nichts taten, wurdest du größer. Wir gewöhnten uns an das süße, fröhliche Baby und irgendwann vergötterten wir dich. Du wurdest unser kleiner, blonder Engel. Und dann wurde Mutter Katharina krank."

Wieder wird eine Erinnerung in mir wach: Ich berühre die feuchte Wange der alten Nonne, während wir gemeinsam Pilze suchen.

„Sie hatte Bauchspeicheldrüsenkrebs", fährt Schwester Clara fort. „Nach der Diagnose blieben ihr nur noch wenige Wochen. In Absprache mit ihrer Schwester entschied die Priorin, dass du zu ihrer Schwester nach München ziehen solltest, während Ambra in eine Kommune in den Bergen zog. Was in den Bergen vorgefallen ist, kann ich dir nicht sagen. Ich verließ das Kloster einen Monat nach dem Tod von Mutter Katharina und arbeitete eine Zeit lang in der Mission. Ich kam erst zurück, als Mutter Agatha die neue Priorin wurde."

Am anderen Ende der Leitung ist es kurz still. Wieder ertönt das schrille Geräusch einer Durchsage aus dem Lautsprecher. Es fällt mir schwer, ihre Geschichte zu verarbeiten.

„Was mich am meisten beeindruckt hat, war dein Abschied von Mutter Katharina", sagt sie plötzlich. „Du hast gespürt, dass etwas passieren würde. Du hast dich neben sie auf ihr Bett gesetzt und geweint, hast dir beide Hände auf die Ohren gelegt. Das Klopfen muss aufhören, hast du gesagt. Kurz darauf wurde Ambra ins Zimmer gebracht. Du hast dich in eine Ecke des Zimmers verkrochen, so weit weg von ihr wie möglich. Mutter Katharina bat eine Mitschwester, dich aus dem Zimmer zu bringen. Du wolltest nicht, also hob dich die Schwester hoch. Du hast geschrien. Mutter Katharina weinte. Es war schrecklich. Ich blieb mit Ambra im Zimmer. Die Priorin sprach mit deiner Mutter über Kräuter, ihre gemeinsame Leidenschaft, und sagte, dass im Keller ein paar Kisten mit ihren Lieblingskräutern stünden. Sie könne sie mitnehmen und in ihrem neuen Garten anpflanzen. Ambra war sehr gerührt von diesem Geschenk. Die Priorin beendete das Gespräch und nahm Ambra ein Versprechen ab: Deine Mutter musste auf ein kleines Holzkreuz schwören, dass sie dich nie schlagen würde, auch wenn die Reise schwer werden sollte. Ambra versprach es. Ihre Schwester sollte das Kruzifix in deinem Zimmer aufhängen, damit Gott über dich wacht. Auch das versprach Ambra und begann heftig zu weinen. Ich hatte sie noch nie so emotional erlebt und war perplex. Ihre Tränen rührten mich. Es war ein sehr bewegender Abschied. Ambra hat Mutter Katharina aufrichtig geliebt."

„Das Kreuz hängt immer noch in meinem Zimmer in Grafenloch", flüstere ich. „Und Mama hat mich nie geschlagen. Dieses Versprechen hat sie gehalten." Über all die anderen Dinge, die sie mir angetan hat, schweige ich.

Die Sonne scheint, der Verkehr Richtung Süden nimmt zu. Auf der Fahrbahn Richtung Norden ist kaum Verkehr. Das wird sich in einem Monat ändern, wenn die Nordländer aus dem Urlaub in ihre goldenen Käfige zurückkehren. In so einem goldenen Käfig ist Ella aufgewachsen.

Ella, wo bist du? Warum ist sie verschwunden? Was hat sie entdeckt? Ihre letzten Worte bezogen sich auf die Briefe, die sich unsere Mütter schrieben. Wann hat das angefangen? Als Mama im Kloster war? Das wäre merkwürdig. Mama wusste ja nicht, dass Roswitha die Adoptivmutter ihres Kindes war. Worüber haben Roswitha und Mama geschrieben? Jedenfalls nicht über das Wesentliche ihrer Existenz: *über Ella.*

„Ella hat mir erzählt, dass Roswitha und Mama sich Briefe geschrieben haben. Wussten Sie das?", frage ich.

„Ja, sie haben sich oft geschrieben. Ambra und Roswitha waren schon vor der schrecklichen Vergewaltigung befreundet. Als Kind war Ambra oft bei den Wagners. Sie wohnte auf dem Bauernhof, wenn ihre Mutter Nachtschicht hatte. Ambra mochte Roswitha sehr. Der Kontakt zu einer älteren Person tat ihr gut. Mit Gleichaltrigen konnte Ambra nichts anfangen. Aber die Brieffreundschaft endete, als Ambra entbunden hatte und psychisch krank wurde. Wir waren erleichtert. Wir waren froh, dass die beiden keinen Kontakt mehr hatten. Ambra arbeitete danach an einem Kräuterbuch, in dem all das stand, was sie über Heilpflanzen gelernt hatte. Außerdem fertigte sie wunderschöne Zeichnungen von allen Kräutern an."

„Ich weiß", sage ich. „Ich habe das Buch letzte Woche in unserem alten Haus gefunden. Aber ein Wort zu Roswitha. Hat sie Ambra auch im Kloster besucht?"

„Nein, nie. Das war eine reine Vorsichtsmaßnahme. Deine Mutter wurde wegen Mordes gesucht. Roswitha und ihr Mann wurden verdächtigt, Ambra kurz nach dem Mord geholfen zu haben und galten als Mitwisser. Es sollte keine Verbindung zum Kloster geben."

Im Hintergrund ertönt eine Männerstimme, die den letzten Aufruf für den Flug nach Köln durchgibt.

„Ich muss auflegen, Flora, und einsteigen. Außerdem wird der Herr, der mir freundlicherweise sein Telefon geliehen hat, nervös."

„Danken Sie bitte dem Herrn von mir. Dieses Gespräch war sehr wichtig für mich."

„Ich verstehe. Sie können mich ab heute Abend wieder im Kloster erreichen, wenn Sie noch Fragen haben."

„Danke, und einen guten Flug", antworte ich und trenne die Verbindung.

Vor mir nimmt der Verkehr weiter zu, alles fließt. Mein Navi sagt mir, dass ich vor 11 Uhr in Prien sein werde, wenn es keinen Stau gibt. Diese Strecke ist meine Mutter 1979 gefahren. Damals saß eine Nichte von Mutter Katharina am Steuer. Wo ist diese Nichte jetzt? Lebt sie noch? Sie müsste jetzt in ihren Siebzigern sein. Es gibt noch viele Fragen, aber ich weiß jetzt, dass die Familie Söder eine dominierende Rolle in unserem Leben gespielt hat. Roswitha und Mama standen sich seit dem Krieg sehr nahe. Sie wusste von Mamas Vergewaltigung. Ihr Vater flickte Mama in seiner Arztpraxis zusammen und brachte sie in der Nacht des 3. Oktober 1973 zu seiner Schwester, der Priorin Katharina, ins Benediktiner Stift Neuburg, während die Suche der Polizei noch am selben Abend in der Höhle am Weingut Wagner in einer Sackgasse endete. Das erste Baby ging an das kinderlose Ehepaar Cornelius und Roswitha Wagner, ich wurde „Flora Nummer zwei" für Mutter Katharina. Und auch ich war glücklich zwischen den Klostermauern, bis die Priorin starb. Und wieder löste ein Mitglied der Familie Söder das Problem. Dieses Mal war es Maria Söder, die Schwester von Mutter Katharina, die in München lebte. Marias Tochter holte Mama und mich nach Bayern. Und da ging etwas schief. Schließlich sollte ich bei dieser Schwester bleiben. Eine Mutter, die ihr Kind hasste, und ein Kind, das seine Mutter fürchtete, waren an einem trostlosen Ort im Voralpenland verdammt.

Was war schief gegangen? Warum musste ich mich ausgerechnet in Grafenloch verstecken? Und was hat das alles mit Ellas Verschwinden zu tun? Es muss einen Grund geben. Und noch etwas beunruhigt mich sehr. Weder Josef Söder noch Mutter Katharina zeigten Bedauern darüber, dass die Zwillinge getrennt wurden. Ich vermute, dass Roswitha einen Riesenschreck bekommen hat, als sie im Sommer 2018 das Foto von mir in der Süddeutschen Zeitung entdeckt hat. Sie muss sofort vermutet haben, dass Ella und ich Zwillinge sind. Roswitha hatte auch Internet, wie ich von Ella erfahren habe. Sie hat mich auf jeden Fall gegoogelt. Roswitha stand dann vor einer schrecklichen Wahl. Sie musste sich entscheiden, ob sie Ella gesteht, dass sie nicht ihre leibliche Mutter ist, oder schweigt.

Vielleicht hatte sie deshalb den Schlaganfall.

KAPITEL 47

Autobahn A9
Mittwochmorgen

Es ist noch früh, aber es verspricht, ein heißer Tag zu werden. Ich drehe die Klimaanlage ein wenig auf. Die immer zahlreicher werdenden Autos auf der Straße zwingen zur Wachsamkeit. Hinter mir – in der orangefarbenen Morgendämmerung – bilden sich bereits die ersten Staus.

Meine Gedanken kreisen immer wieder um Mama. Jahrelang habe ich mich gefragt, wie man auf eine hochsensible Mutter wütend sein kann, die plötzlich mit einem fünfjährigen Kind leben muss, das sie täglich an das Trauma ihres Lebens erinnert?

Während des Telefongesprächs mit Schwester Clara offenbarte sich mir eine neue Wahrheit: Mama hasste nicht mich, sondern den Mann, der sich durch mich fortpflanzte. Mama war ein Opfer des Egoismus. Nicht nur durch den meines Vaters, sondern auch den Egoismus der Priorin Katharina. Sie hätte eine neue Familie für mich suchen sollen, dann hätte Mama mich nie wieder sehen müssen. Und sie hätte Roswitha über meine Existenz informieren und Ella mit mir zusammenbringen müssen. Sie hatte immerhin einflussreiche Beziehungen. Aber sie tat es nicht. Die Priorin wollte mich für sich.

Ich nehme die Ausfahrt zur Tankstelle, fahre zu einer Zapfsäule und stelle den Motor ab. Benzindämpfe dringen in mein Auto, während mir Tränen über die Wangen laufen.

Ach, Mama, warum musste ich das alles erst jetzt erfahren?

Meine Erinnerungen an Grafenloch sind plötzlich so viel heller, als hätte sich der graue Schleier der Qual gelüftet. Die Ereignisse sind dieselben, aber das Licht fällt anders darauf und lässt mir mehr Raum für andere Empfindungen und Gedanken. Ich habe alle möglichen Szenen vor Augen. Dort habe ich anders geatmet: tiefer, intensiver, bewusster, auf meinem Felsen in der Winterkälte die Arme ausgebreitet, die dünne Luft eingeatmet und das Zusammenziehen meiner Lungen genossen. Oft bin ich ziellos einen steilen Pfad hinaufgestiegen und war überrascht von der Aussicht, die sich mir hinter einer Kurve bot. Heute haben meine Schritte immer eine Richtung, denn in der Welt der Menschen geht man immer auf ein Ziel zu. Mein Leben in den Voralpen hat mir Momente der Ruhe geschenkt, die ich später nicht mehr erlebt habe.

Ich hole mein Portemonnaie aus der Seitentasche meines Rucksacks und ziehe die Kreditkarte heraus. Mein Plastikgeld hat den gleichen Grauton wie die Sommergewänder der Nonnen im Benediktiner Stift Neuburg.

Martin würde jetzt sagen, ich wachse in die Vergebung hinein. Er benutzt dieses Wort immer wieder: *Vergebung*. Menschen, die aus Ohnmacht Böses tun, sagt er, verzeiht man leichter als Menschen, die aus Berechnung Böses tun. Mama handelte aus Hilflosigkeit. Die Priorin Katharina hingegen aus Berechnung.

Ich steige aus, stecke meine Kreditkarte in den Scanner der Tankstelle und schaue mich um. Autos fahren an mir vorbei, einige Nummernschilder stammen aus kälteren Regionen: Dänemark, Schweden – Urlauber auf dem Weg in den Süden. Inzwischen habe ich mich daran gewöhnt, aber als Martha mir zum ersten Mal die alljährliche Urlaubsreise erklärte, konnte ich das *Phänomen Urlaub* nur schwer begreifen. Mein Blick fällt auf die Kiefern, die den Parkplatz säumen. Das Zirpen der Grillen übertönt sogar den Lärm der vorbeifahrenden Autos. Das ist der Klang des Sommers. Sofort überfällt mich die Sehnsucht nach meinem Haus. Ich tippe meine PIN ein, nehme den Halter und drücke den Hebel.

Als das Benzin in den Tank des Mercedes strömt, läuft es mir plötzlich kalt über den Rücken. Reflexartig drehe ich mich um und sehe gerade noch, wie ein kupferfarbener BMW an mir vorbei auf die Auffahrt zur A9 fährt. Ein Dettinger Nummernschild! War das der BMW meines Verfolgers? Farbe und Modell sind identisch. Wie wahrscheinlich ist es, dass man einen BMW dieses Typs in dieser ungewöhnlichen Farbe zweimal innerhalb einer Woche sieht?

Ich lehne mich an mein Auto. Wie ist nur das möglich? In Bad Urach hatte der Mercedes keinen Peilsender.

Ich hänge die Zapfpistole wieder ein, öffne die Tür und durchsuche meinen Rucksack. Mir stockt der Atem. Der Scanner ist weg! Ich hatte ihn doch dabei, als ich losgefahren bin! Ich bin mir sicher, dass ich das Auto vor der Abfahrt überprüft habe. Da war kein Signal. Ich erinnere mich, dass ich danach noch einmal ins Haus gegangen bin, um Martin in der Küche ein paar Abschiedsworte zu hinterlassen. Mist, ich habe das Ortungsgerät auf dem Küchentisch liegen lassen.

Hinter mir hupt es. Ich ignoriere die wütenden Autofahrer, die tanken wollen, bücke mich und taste unter dem Mercedes. Nichts. Es gibt weitere Stellen, an denen man Peilsender verstecken kann, Stellen, die ich mit den Händen nicht erreichen kann. *Ich muss Andreas anrufen!*

Ich steige ein, fahre auf die Autobahn, wähle seine Nummer und erzähle ihm von dem Vorfall mit dem BMW.

„Du musst sofort die Autobahnpolizei verständigen, Andreas. Ich weiß nicht warum, aber jemand verfolgt mich auf Schritt und Tritt und trachtet mir womöglich nach dem Leben."

„Beruhige dich, Flora, ich rufe sofort die Kollegen von der Autobahnpolizei an und werde sie bitten, den Wagen anzuhalten. Übrigens, da ist noch etwas. Ich habe gerade eine Nachricht aus dem Krankenhaus bekommen. Max Gruber kommt heute ins Hospiz Eden in Prien. Wir können ihn ab fünf Uhr nachmittags besuchen. Er wird erst nach dem Mittagessen vom Krankenhaus ins Eden gebracht. Jedenfalls ist er ansprechbar und es geht ihm den Umständen entsprechend gut."

„Dann fahre ich zuerst nach Mühlau, werde dort Anton Schäuble aufsuchen und mich nach einer gewissen Maria Söder erkundigen. Sie war die Schwester von Roswitha Wagners Vater. Frau Söder hat während des Krieges Juden in Grafenloch Unterschlupf gewährt. Ich sollte am 14. Juli 1979 zu ihr gebracht werden, um bei ihr zu leben, aber dazu kam es nicht."

„Und wer ist dieser Schäuble?"

„Ein betagter Bauer und der ehemalige Bürgermeister aus Mühlau. Er weiß alles über dieses Dorf und kennt jeden, der dort lebt und gelebt hat. Er hat mir den Weg zum Tunnel gezeigt, als ich unser Haus in Grafenloch gesucht habe."

„Soll ich dich begleiten?"

„Ja, bitte. Kannst du ihn anrufen und fragen, wo wir uns treffen können?"

„Mache ich."

„Hast du Näheres über die Julena GmbH in Dettingen erfahren?"

„Nein, aber ich erwarte den Bericht jeden Moment. Ich könnte für dich auch Frau Söder überprüfen."

„Ja. Das wäre hilfreich. Irgendetwas muss damals vorgefallen sein."

„Okay. Flora, fahr bitte vorsichtig! Hast du genug zu trinken? Du musst Wasser trinken, da bleibst du konzentriert."

Sein besorgter Tonfall macht mich unruhig.

„Hm…" Ich nehme das Sprudelwasser aus der Halterung, als wollte ich es ihm sogleich beweisen. „Bis später, Andreas."

Ich unterbreche die Verbindung. Seine Stimme klingt noch einen Moment nach. Und wieder schweifen meine Gedanken in die Vergangenheit, in die Voralpen. Ich sehe die Steintürme vor mir, die ich auf den höher gelegenen Almen errichtet habe, während unsere Ziegen dort grasten. Heute trägt jeder Steinhaufen den Namen ,Steinmann', aber in meiner Jugend nannte ich sie ,Türme'. Den schönsten Turm baute ich mithilfe eines unbekannten Jungen, als ich etwa 11 Jahre alt war. Meine Mutter befahl mir an jenem Morgen, die Ziegen auf die Alm zu bringen. Es war ein schöner Frühlingstag. Der Wind hatte in den vergangenen Tagen die Luft ein wenig aufgefrischt, sodass es nicht ganz so heiß war. Ich machte mich auf den Weg und stieg höher hinauf als im Jahr zuvor. Ich war größer und stärker geworden und traute mich weiter hinauf und entdeckte einen neuen Durchgang zu einem unbekannten Plateau. An diesem Tag war der Himmel stahlblau und es war windstill. Die Schafe fingen sofort an zu grasen. Ich vertrieb mir die Zeit wie immer mit dem Sammeln von Kräutern und dem Bauen der Steintürme. Stundenlang lief ich an diesem Tag über das Gelände auf der Suche nach flachen, schön geformten Steinen. Es machte mir Spaß, etwas aus dem Nichts zu erschaffen. Es gab viele außergewöhnliche Steine auf diesem Plateau und so entstand an diesem Tag der schönste Turm, den ich je gebaut hatte. Als die Sonne unterging, ging ich zufrieden nach Hause. Ein paar Tage später trieb ich die Ziegen wieder auf diese entlegene Hochebene. Auf der Bergweide blieb ich staunend stehen. Mein Turm war noch größer und schöner geworden. Abgesehen davon, dass ein paar Steine dazugekommen waren, zierte die Spitze eine orangefarbene Kugel. Sie funkelte in der gleißenden Sonne. Ein Fremder hatte mir geholfen, meinen Turm fertigzustellen. Ich sah mich um und suchte nach dem geheimnisvollen fremden Baumeister, aber ich fand ihn nicht. Ich ging zurück zu meinem Turm und nahm die orange Kugel in die Hand. Sie roch fruchtig und bitter zugleich, war weich und hatte die Form eines Pfirsichs. Meine Mutter erklärte mir, dass es eine Orange sei.

„Es ist eine Frucht aus der Welt des Teufels", sagte sie grimmig. „Ich verbiete dir fortan zu dieser Hochebene zu gehen. Dort sind Teufel, die dich mit einer Orange ködern wollen. Sie werden dich fangen und einsperren." Sie holte tief Luft. „Geh nie wieder dorthin, hörst du? Nie wieder! Dieser Ort ist gefährlich!", schrie Mama und schüttelte mich so heftig, dass ich Kopfschmerzen bekam.

An diesem Abend weinte ich mich in den Schlaf. Und auch Jahre später rührte ich keine Orange mehr an, bis ich begriff, dass es keine Teufelsfrucht war. Heute weiß ich, dass auf dieser Hochebene Andreas Ziegen weideten.

Mein Blick trübt sich. Ich wische mir die Tränen von den Wangen.

Ach, Mama...

Ein Auto hupt. Vor mir bildet sich ein Stau. Eine lange Schlange schiebt sich im Schritttempo über die A9, wie Termiten, die in Kolonnen zum Futter marschieren. Mein Telefon klingelt. Es ist Andreas. Die Geschichte von meinem Turm werde ich ihm bei Gelegenheit mal erzählen.

„Hallo Flora. Ich habe Herrn Schäuble erreicht. Ab zwei bist du herzlich willkommen. Er hat ein paar Fotos von früher für dich!"

Ich schaue auf die Uhr am Armaturenbrett. „Dann fahre ich erst mal nach Mühlbach und werde ein wenig essen und schlafen."

„Gute Idee. Kannst du mir seine Adresse geben? Dann bin ich um zwei Uhr dort." Andreas ermahnt mich noch einmal, vorsichtig zu fahren, und legt auf.

Leo anzurufen, fällt mir schwer, aber ich muss wissen, ob es Neuigkeiten über den Toten in Dettingen gibt. Wenn sein Partner ihn nicht abgeholt hat, wurde er vermutlich schon von einem Spaziergänger gefunden. Ich scrolle zu seiner Nummer.

„Hallo Leo, hier ist Flora. Gibt's etwas Neues?"

„Ja. Die ... die Polizei war hier." Er klingt angeschlagen, als hätte man ihm die Kehle zugeschnürt.

„Was ist los, Leo?"

„Die Polizei hat Ellas Auto mitten im Wald in der Nähe der Höllenlöcher gefunden. Es war mit Schotter und Laub bedeckt."

„Im Wald?"

„Ja, etwa 15 Kilometer von Bad Urach entfernt."

„Wie seltsam", flüstere ich. „Weiß die Polizei, seit wann das Auto dort steht?" Mein Herz klopft wie wild.

„Seit Samstagmorgen. Einem Jogger ist der Wagen aufgefallen, weil man dort nicht parken darf. Er hat sich aber nicht gleich etwas dabei gedacht. Als der Mann heute die gleiche Runde lief und sah, dass das Auto immer noch dastand, hat er die Polizei verständigt. Der Mann notiert immer seine Laufzeiten, so wissen wir, dass Ellas Auto schon am Samstag um 11:20 Uhr im Wald stand."

„Zwanzig nach elf am Samstagmorgen? Leo, das bedeutet, sie ist gar nicht nach Neuburg gefahren!"

„Stimmt."

„Hast du das auch der Polizei gesagt?"

„Ja." Leos Stimme bricht. Er weint. „Ich habe Angst, Flora. Dass ihr Auto seit vier Tagen unberührt dasteht, ist kein gutes Zeichen."

Ein seltsamer Schwindel befällt mich. Ich lenke den Wagen auf den Standstreifen, lege den Kopf in den Nacken und lasse die Information auf mich wirken. Meine Hände zittern.

Ella ist gar nicht nach Neuburg gefahren...

Seltsam. Ich war mir so sicher, dass sie sich mit Jos Kubus getroffen hat.

„Sag mal, Leo, kann es sein, dass Ella nach ihrer Rückkehr aus Rosenheim in Neuburg war? Also zwischen Sonntag, den 7. Juli, und Samstag, den 13. Juli?"

„Nein, definitiv nicht. An dem Sonntag ist sie direkt vom Flughafen nach Hause gekommen. Daran erinnere ich mich genau. Die Scheibe ihres Autos war eingeschlagen. Erst am Dienstag wurde eine neue eingesetzt. Und den Rest der Woche haben wir hier gearbeitet. Es war Hochsaison, wir hatten viele Gruppen zur Weinprobe hier. Und mein Bruder war zu Besuch. Nein, Ella ist nirgendwo hingefahren. Abgesehen von ein paar Einkäufen und dem täglichen Besuch bei ihrer Mutter im Heim. Wo steckst du eigentlich, Flora?" Er putzt sich die Nase.

„Ich bin unterwegs, um jemanden aus meiner Vergangenheit zu treffen, der vielleicht etwas weiß, was ich mit Ella in Verbindung bringen kann. Ich erzähle dir später mehr. Ich weiß nicht, ob jemand zuhört."

„Okay."

Ich schaue auf die Uhr im Armaturenbrett und seufze. Ich darf nicht nachlassen, ich muss weiterfahren.

„Da ist noch etwas", fährt Leo fort. „In Dettingen wurde heute Morgen eine Leiche gefunden. Zweihundert Meter von Eberhard Kramers Haus entfernt. Sei froh, dass du gestern nicht zu dem Journalisten gefahren bist."

Augenblicklich habe ich den Geruch des orientalischen Rasierwassers meines Angreifers in der Nase.

„Eine Leiche? Weißt du, wer es war?", frage ich mit gespielter Neugier.

„Keine Ahnung. Es kam gerade im Radio. Ein Bauer hat ihn gefunden. Sieht aus, als hätte der Mann die ganze Nacht dort gelegen."

„Trotzdem müssen wir mit diesem Journalisten Kramer sprechen. Wir müssen wissen, ob Ella ihn kontaktiert hat. Kannst du das übernehmen, Leo?"

„Mache ich. Ich bin mir sicher, dass die Polizei auch bei ihm vorbeischauen wird. Die Leiche lag auf dem Weg zu seinem Haus. Ich werde mich jetzt hinlegen, Flora. Wir telefonieren später."

„In Ordnung. Bis dann, Leo", erwidere ich und trenne die Verbindung. Ich lasse den Wagen an und fädle mich wieder in den dichten Verkehr ein. Als ich mich Mühlbach nähere, meldet sich mein Handy mit einer WhatsApp: *Bitte fahre vorsichtig! Martin. Ich lese gerade das Buch über die schwäbischen Familien.*

Auch Martin spürt die Gefahr.

KAPITEL 48

Mühlau

Mittwochnachmittag

Anton Schäuble hat eine ganze Schar an Enkelkindern. Oder sind es vielleicht sogar schon seine Urenkel? Die Fotos stehen wie Trophäen aufgereiht auf dem Kaminsims. Die vier Jungs sehen sich zum Verwechseln ähnlich. Ich denke, sie haben gemeinsame Eltern. Rechts daneben steht das Foto eines Mädchens mit asiatischen Gesichtszügen.

„Claire ist adoptiert", erklärt Anton Schäuble mit einem warmen Lächeln. „Meine Tochter hat sie als Krankenschwester in Vietnam halbtot auf der Straße gefunden. Als Claire nach Mühlau kam, war sie gerade mal vier Jahre alt. Sie ist wirklich die Klügste von uns allen." In seiner Stimme schwingen Zärtlichkeit und Stolz mit, die mich sehr berühren. „Unsere kleine Claire ist Ökonometrikerin, sie jongliert mit Zahlen."

Ich lehne mich kurz an die Wand, um mich kurz zu sammeln, werde ganz ruhig. *Benjamin wäre jetzt acht Jahre alt und ein ganz wunderbarer, wilder Junge.*

Anton Schäuble öffnet das Fenster und schaut hinunter. „Ich glaube, da drüben kommt Hauptkommissar Gorja." Ich kann nicht anders, als zu schmunzeln, als ich seinem Blick folge.

Andreas eilt den Weg hinauf. Er trägt eine bequeme beigefarbene Baumwollhose und ein schickes olivgrünes Polohemd mit kurzen Ärmeln.

„Ja, das ist er."

Das Haus von Anton Schäuble liegt auf einer Anhöhe oberhalb von Mühlau mit einem traumhaften Blick auf den Mühlbacher Berg. Man kann genau sehen, wer kommt und geht. Ich frage mich, ob mein Verfolger auch in der Gegend ist.

Der Mercedes hatte keinen Peilsender. Aber der kupferfarbene BMW wurde auf der Autobahn gesichtet. Das Kennzeichen stimmte mit dem des Autos überein, das ich auf dem Weingut gesehen habe. Andreas hätte gerne eine Überwachung für mich beantragt, aber sein Vorgesetzter sah keine unmittelbare Bedrohung. Verständlich, denn die Polizei weiß nichts von dem Angreifer, der sich in Dettingen das Genick gebrochen hat, als er mich töten wollte. *Pech für den Schweinehund!*

Schäubles Wohnzimmer liegt über dem Keller, in dem früher die Tiere schliefen. Heute ist dieser mit dem überflüssigen Hausrat seiner Kinder vollgestopft. Die Wohnstube ist klein und dunkel, es riecht nach frischem Kaffee. Um die Mittagshitze fernzuhalten, hat der alte Mann die meisten Fensterläden geschlossen. Für sein Alter ist Anton Schäuble noch erstaunlich fit. Die steile Treppe zur Stube hat er mühelos bewältigt. Andreas betritt die Stube und mit ihm der herrliche Duft von dampfendem Farn. Wir setzen uns an den runden Eichentisch. Andreas schlägt sein Notizbuch auf und notiert Datum und Uhrzeit. Sein braun-grau meliertes Haar wird mit Gel in Form gehalten. Der Scheitel verläuft seitlich über den Kopf. Ich neige dazu, ihm mit der Hand durch die Locken zu fahren. Diese Linie muss weg. Gerade Linien stehen ihm nicht.

Anton Schäuble schenkt uns Kaffee ein, setzt sich zu uns und kommt sofort zur Sache. „Was kann ich für Sie tun, Flora? Ich darf Sie doch Flora nennen?"

„Gerne. Ich habe erfahren, dass ich als fünfjähriges Mädchen 1979 mit meiner Mutter zu einer gewissen Maria Söder gebracht wurde. Durch sie bin ich nach Grafenloch gekommen. Ich nehme an, dass Maria Söder hier in der Nähe gewohnt hat. Kennen Sie zufällig eine Frau mit diesem Namen oder haben Sie sie vielleicht gekannt?"

Anton Schäuble mustert mich mit wachen Augen. „Ja, Maria Söder hat hier gewohnt. Sie hat im Zweiten Weltkrieg Juden geholfen, sich zu verstecken. Maria kam auch aus Bad Urach. Das konnte man hören. Sie hatte den typischen schwäbischen Akzent. Nach dem Krieg ist sie nach Mühlau gezogen. Dort bin ich ihr zum ersten Mal begegnet. Sie war damals die Frau des neuen Lehrers an unserer Schule, Oliver Gruber."

Ich stutze. „Gruber...? War ihr Mann mit dem Polizisten Max Gruber verwandt?"

„Ja, Max ist der leibliche Sohn von Maria und Oliver. Und es gab noch eine Tochter. Max wurde 1949 in Mühlau geboren. Im selben Jahr wie meine Tochter."

Andreas blickt kurz von seinem Notizbuch auf.

„Max war Olivers Sohn? Komisch. Das hat er mir nie erzählt. Auch nicht, dass seine Mutter aus Bad Urach stammt."

Anton Schäuble zuckt mit den Schultern.

„Und die Tochter? Wie hieß sie denn?", frage ich.

„Elisabeth. Aber sie war nicht Olivers Tochter. Elisabeth war ihre Tochter aus einer früheren Ehe und noch ein Baby, als Maria nach Mühlau kam."

„Einer früheren Ehe? Wie hieß denn ihr erster Mann?"

„Das weiß ich nicht. Wie gesagt, Maria Söder hat bis nach dem Krieg in Bad Urach gelebt. Ihren ersten Mann habe ich nicht gekannt. Maria hat auch nie von ihm erzählt. Er starb, als Maria schwanger war, soweit ich weiß. Oliver war immer der Vater von Elisabeth. Sie war drei Jahre älter als Max."

Elisabeth. Der Name gefällt mir. Er kommt mir bekannt vor.

„Was ist aus Maria Söder geworden, Herr Schäuble?"

Der Alte nippt an seinem Kaffee. „Maria hat ihr ganzes Leben hier verbracht. Oliver ist 1972 an Krebs gestorben. Er war jung, erst Mitte fünfzig. Maria blieb, weil sie sich hier zu Hause fühlte. Sie leitete unsere Bücherei und war im Gemeinderat. Im Sommer 1979 erlitt sie im Schlaf einen Schlaganfall und starb. Daran erinnere ich mich gut."

Schäubles Blick fällt auf das Schwarz-Weiß-Foto einer attraktiven Frau an der Wand. „Es war ein gnädiger Tod, denn meine Frau starb im Juli desselben Jahres an Brustkrebs. Ihr Sterben war qualvoll. Als wir den Sarg meiner Frau zum Friedhof trugen, stand noch kein Stein auf Marias Grab, denn sie war erst kurz zuvor beerdigt worden. Der Stein wurde erst einen Monat später geliefert. Bis dahin stand nur ein Holzkreuz auf dem kahlen Erdhügel. Als ich daran vorbeiging, sah ich, dass Maria einige Jahre älter war als meine Frau. Ich fand das sehr verwirrend. In meinem Herzen fühlte sich meine Frau um Jahre älter als Maria. Wegen ihrer Krankheit, nehme ich an."

Andreas macht sich Notizen. *Meine Gedanken kreisen um den Sommer 1979. Maria Söder war also kurz nach meiner*

Ankunft in Mühlau gestorben. Sie war die letzte Söder. Schließlich waren auch Josef Söder und Mutter Katharina verstorben. Ich musste also bei meiner Mutter bleiben. Es gab niemanden, zu dem ich gehen konnte, außer vielleicht zu der Tochter, dieser Elisabeth, die mich in den Süden gebracht hatte. Sie wusste, woher ich kam. Wahrscheinlich wusste sie, dass Mama wegen Mordes gesucht wurde, dass man uns deshalb in den Süden gebracht hatte, dass ich entsetzliche Angst vor meiner Mutter hatte und die Nonnen mich sogar betäuben mussten, um mich ins Auto zu bekommen. Warum hatte diese Elisabeth mich mit ihr allein gelassen? Ich will mit ihr reden. Ich muss es wissen.

„Diese Elisabeth, wo wohnt sie?", frage ich.

„Das weiß ich nicht. Max kann es dir sicher sagen. Ich hatte sie schon vergessen. Das geschieht manchmal mit Menschen, die man ein halbes Leben lang nicht gesehen hat. Elisabeth war seit Jahrzehnten nicht mehr in Mühlau, soweit ich weiß. Früher kam sie jeden Sommer mit ihrem Mann hierher."

Anton Schäuble schweigt einen Moment, überlegt. „Das letzte Mal habe ich Elisabeth bei einer Veranstaltung in Prien gesehen. Das muss 1992 gewesen sein. Damals erhielt Maria posthum eine hohe jüdische Auszeichnung, die Medaille von Yad Vashem für ihre Widerstandsarbeit. Als Bürgermeister von Mühlau durfte ich dabei sein. Es war eine eindrucksvolle Zeremonie. Mindestens 20 Überlebende waren anwesend. Die meisten von ihnen kamen aus Baden-Württemberg und hatten eine Zeit lang in Grafenloch gelebt. Sie erzählten von Maria und ihrer Familie in Bad Urach und von einer Höhle, in der sie sich versteckt hielten, bevor sie ihre Reise nach Bayern antraten. Der israelische Botschafter war ebenfalls anwesend. Max und Elisabeth nahmen damals den Preis entgegen. Elisabeth war sehr gerührt. Während ihrer Dankesrede brach sie in Tränen aus. Ein Foto von der Preisverleihung hängt übrigens im Ratssaal unseres Rathauses."

Das ist die Verbindung! Die jüdischen Überlebenden sprachen von einer Höhle. Es muss die Höhle der Familie Wagner gewesen sein, mit der Kapelle und den prächtigen Verzierungen. Dort waren sie also, bevor sie in den Süden gebracht wurden. Und wieder habe ich das Gefühl, dass mit dieser Höhle etwas nicht stimmt. Nirgendwo in den Gängen war ein ‚Nest'. Das ergab keinen Sinn. In diesem zugigen unterirdischen Gang, der noch dazu eine offene Verbindung zur Wiese hatte, wo die Gestapo mit den Hunden vorbeikam, haben die Untergetauchten sicher nicht gewohnt. Diese armen Menschen wären wie Ratten in der Falle gewesen. Nein, sie biwakierten irgendwo anders, vielleicht in einem geheimen Raum.

Es gab so viele Gänge unter der Erde, viele Kilometer, hat mir Leo erzählt. Irgendwo muss es dort einen sicheren Raum geben. Aber wo? Leo sollte noch einmal nachsehen. Auch die Familie Wagner war ein großes Risiko eingegangen, als sie sich um die Untergetauchten gekümmert hatte, wie die Familie Söder. Ella ist unter wahren Helden aufgewachsen. *Verdammt! Ich muss sie finden!*

„Und danach haben Sie Elisabeth nie wieder gesehen?", frage ich.

„Nein", antwortet er, steht auf und geht zur Anrichte. „Aber ich habe Fotos von ihr und Max und von anderen Einheimischen. Mein ältester Sohn ist Fotograf. Schon als Jugendlicher hat er Fotos gemacht. Oft von Landschaften, aber auch von den Festen in Mühlau. Seine alten Fotoalben habe ich vom Dachboden geholt, nachdem mich Hauptkommissar Gorja angerufen hat."

Ich schaue Andreas an. Er erwidert meinen Blick. Am liebsten würde ich seinen Unterarm packen und an der Schlangenkopftätowierung schnuppern.

Anton Schäuble nimmt zwei dicke, in Leder gebundene Fotoalben vom Sideboard und legt sie vor mir auf den Tisch. Er rückt seinen Stuhl etwas näher und setzt sich neben mich.

„Die Fotos sind nach Jahren geordnet", sagt er und schlägt das oberste Album auf. Die Fotos zeigen Menschen in entspannter Stimmung, die nirgendwo posieren.

„Hier", sagt er und zeigt mit dem Finger auf ein Foto, das drei Menschen auf einem Bouleplatz zeigt. Das Bild scheint mit einem Zoomobjektiv aufgenommen worden zu sein und ist gestochen scharf. Links steht eine große, schlanke Brünette mit welligen Locken. Sie zielt mit ihrer Boulekugel auf die kleine

Kugel, die vor ihr liegt. Rechts hinter ihr stehen ein blonder Mann und eine kleinere Frau. Keiner der drei merkt, dass er fotografiert wird.

„Das ist Maria Söder. Er zeigt auf die Frau links. Das Foto ist im August 1949 entstanden."

Ich nehme das Fotoalbum und schaue mir das Bild genauer an. Die schöne Brünette sieht Mutter Katharina und Roswitha Wagner tatsächlich verblüffend ähnlich. Alle drei haben die gleichen hohen Wangenknochen, die gleichen vollen Lippen, die gleichen tiefschwarzen Augenbrauen, das gleiche ovale Gesicht und vor allem diese unerschütterliche, kraftvolle Haltung. Die Gene der Söders.

„Aber diese Frau gehört nicht zur Familie Söder", sage ich und wende meinen Blick der zierlichen dunkelblonden Frau zu, die neben Maria steht. Ihr Blick ist ganz anders. Wie der der feurigen Scarlett O'Hara neben der schüchternen Melanie Hamilton in „Vom Winde verweht". Die Haare der kleineren Frau hängen nicht offen wie bei Maria Söder, sondern sind zu einem langen Zopf geflochten. Auch sie blickt nicht keck in die Welt, sondern mit einem sanften Lächeln zu dem blonden Mann neben ihr auf, der sie ebenso liebevoll ansieht. „Wer ist das?"

„Das ist Sarah Mahler. Sie hat sich während des Krieges in Grafenloch versteckt."

„Sarah Mahler? Das kann nicht sein!"

„Doch, das ist Sarah. Was ist denn, Flora?"

Ich höre das Blut in meinen Ohren rauschen. Es wird lauter und lauter. „Sarah Mahler war meine Großmutter!"

Anton Schäuble zuckt zusammen.

KAPITEL 49

Mühlau

Ich stehe auf und gehe mit dem Fotoalbum zum Fenster, um das Bild besser sehen zu können.

„Ihre Großmutter?", flüstert Anton Schäuble und schiebt seinen Stuhl ein wenig zurück. „Sarah ist ihre Großmutter, Flora?"

„Ja." Ich beuge mich vor, um im Tageslicht jedes Detail zu betrachten.

„Sie sieht Mama sehr ähnlich, von der Statur und vom Gesicht her", sage ich. „Aber Mama hatte blonde Haare und blaue Augen. Großmutter hatte braune Augen." Ich nehme mein Handy aus der Tasche und mache ein Foto.

„Ja, Sarah hatte braune Augen." In seiner Stimme schwingt Zuneigung mit.

„Sie kannten meine Großmutter?"

„Aber ja, Sarah war nach dem Krieg jahrelang jeden Sommer in den Ferien hier. Zusammen mit David Weibach. Sie waren beide Juden und wurden während des Krieges zusammen in Grafenloch versteckt. Sarah liebte die Voralpen. Sie unternahm jeden Sommer lange Wanderungen in den Bergen und verbrachte jedes Jahr einige Tage in Grafenloch. Sie hat mir einmal erzählt, dass die Jahre in Grafenloch die schönsten ihres Lebens waren. Das fand ich merkwürdig, denn eigentlich hätten es ihre schwersten Jahre sein müssen. Schließlich war sie dort untergetaucht und lebte in Ungewissheit über das Schicksal ihrer Familie."

„Und waren Sie mit Sarah befreundet?"

„So würde ich es nicht nennen. Deine Großmutter hat mich fasziniert, Flora. Das steht fest. Sie war ganz anders als die Frauen in unserem Dorf. Unsere Gemeinde war klein und landwirtschaftlich geprägt. Jeder kannte jeden, Touristen gab es kaum. Sarah und David Weibach waren Fremde. Sie waren sehr gebildet und weltoffen. Sarah schien sich geistig von den anderen zu entfernen. Sie war schwer zu fassen."

„Wie meinen Sie das?"

„Sarah war eine Philosophin. Sie war nicht so sehr mit irdischen Dingen beschäftigt. In jedem Urlaub brachte sie eine Kiste mit Büchern über Philosophie, Kunst und Literatur mit." Ich nicke und denke an die Bücherwand in Mamas Zimmer. „Wie war ihr Verhältnis zu Maria Söder?" „Freundschaftlich, glaube ich, obwohl sie so verschieden waren. Sarah schwebte über den Dingen, Maria war realistischer und zog die Dinge durch. Sie hat nicht nur Sarahs Leben gerettet, sondern auch das ihres zukünftigen Mannes. Oliver Gruber war wie Maria im Widerstand aktiv, wurde aber verraten. Maria versteckte ihn im August 1944 auf dem Dachboden. Oliver Gruber blieb bis Kriegsende bei ihr im Versteck. Maria ging ein großes Risiko ein, denn in diesen letzten Wochen vor der Befreiung gingen die Deutschen hart gegen Widerstandskämpfer vor." Ich deute auf den blonden Mann neben meiner Großmutter. „Und wer ist dieser Mann?"

„Das ist Oliver Gruber. Es ist übrigens das einzige Foto von deiner Großmutter Sarah in dem Bildband. Sie hat Mühlau nach 1949 nie wieder besucht."

„Warum nicht?"

Anton Schäuble zuckt mit den Schultern. „Ich weiß es nicht, Flora", antwortet er, schenkt sich Kaffee ein und reicht Andreas die Kanne.

„Sarah scheint Oliver Gruber sehr gemocht zu haben", sage ich und blicke in die lächelnden Gesichter.

„Sie standen sich sehr nahe", erwidert Schäuble.

Ich sehe ihn erstaunt an. „Was meinen Sie damit?"

Der alte Mann zögert. „Mein Sohn sagt, sie hatten ein Verhältnis." Zögernd dreht er sich zu mir um und schaut mir in die Augen. „Er hat es mir erst 1992 erzählt, als ich ihm von der wunderbaren Verleihung des *Yad Vashem Preises* an Maria erzählte. Da zeigte er mir ein Foto, das im Sommer 1949 von einem Hügel in der Nähe der Wasserfälle aufgenommen wurde. Es zeigt Sarah und Oliver. Sie liegen nackt auf einem Felsen und küssen sich leidenschaftlich."

„Sie hatten ein Verhältnis?", wiederhole ich und schaue meine lächelnde Großmutter an. Meine Gedanken rasen. *Oliver*

Gruber und Sarah Mahler. Er hatte blaue Augen und blonde Haare. Meine Mutter hatte blaue Augen und blondes Haar. August 1949 plus neun Monate. Meine Mutter kam im Mai 1950 zur Welt. Meine Großmutter hat Mühlau nie wieder besucht. Sie nahm sich 1972 das Leben, da war Mama 13 Jahre alt. Damals starb Oliver Gruber, hat Anton Schäuble vorhin gesagt. *Hat Großmutter sich seinetwegen umgebracht?* Großmutter hat nie gesagt, wer Mamas Vater war. Sie hat ihr Kind nicht weggegeben, wie es damals viele ledige, schwangere Frauen taten. Großmutter hat ihr kleines Mädchen behalten, und das kann ich verstehen. Mama war die Frucht einer großen Liebe.

„Maria Söder wurde also von Sarah und Oliver, denen sie das Leben gerettet hat, betrogen", flüstere ich.

„Ja, aber ich bezweifle, dass Maria von dem Ehebruch wusste. Maria hat dieses Foto nie gesehen, auch nicht das am Fluss. Und mein Sohn hat ihr auch nichts davon erzählt. Er hat nur Oliver Gruber gebeten, vorsichtiger zu sein. Im Dorf wurde auch nicht über Sarah und Oliver getuschelt. Und glaube mir, wenn sich etwas in einer Gemeinde von zweihundert Einwohnern schnell herumspricht, dann sind es Geschichten über außereheliche Affären. Außerdem steht es niemandem zu, über die Liebe zu urteilen."

Stille. Anton Schäuble geht zur Spüle und holt einen Krug Wasser.

Ich denke an meine leidenschaftliche Liebe zu Gabor. „Sie haben recht, Herr Schäuble."

Andreas steht auf und nimmt mir mit einer leichten Armbewegung das Fotobuch aus der Hand und betrachtet das Bild. „Deine Mutter war also die Halbschwester von Max Gruber. Sie hatten denselben Vater: Oliver Gruber."

Andreas' Worte sind wie ein Schlag mit dem Vorschlaghammer. Ich trete einen Schritt zurück und lehne mich an die Wand neben dem Fenster.

„Die Ähnlichkeit ist mir auch aufgefallen", sagt Anton Schäuble. „Ich war mit deiner Mutter ein paar Mal in Rosenheim auf dem Markt, aber Grafenloch kannte ich nicht."

Er stellt den Krug mit Wasser und drei Gläsern auf den Tisch und setzt sich wieder. „Deine Mutter hat nicht viel gesprochen", fährt er fort und schenkt uns ein Glas Wasser ein. „Sie hat gestottert. Aber wenn ich ihre Stimme hörte, war es, als würde ich Sarahs Stimme hören. Die Frauen hatten den gleichen Tonfall. Ich begann deine Mutter genauer zu betrachten, entdeckte noch mehr Ähnlichkeiten. Sie hatten die gleiche Statur, waren beide klein und zierlich, mit sehr zarten Gliedern. Aber deine Mutter hatte blaue Augen und blondes Haar.

Als mein Sohn mir 1992 das Foto von einem nackten Oliver und Sarah zeigte, wuchs in mir der Verdacht, dass die Tote von Grafenloch Sarahs Tochter war."

„Sie kannten Sarah ziemlich gut. Ich bin überrascht, wie gut Sie sich an sie erinnern."

Ein zaghaftes Lächeln huscht über das Gesicht von Anton Schäuble. Er schweigt.

Andreas legt das Fotobuch auf den Tisch und schiebt es Anton Schäuble zu. Auch ich setze mich wieder und nehme einen Schluck Wasser. Meine Gedanken kreisen um Großmutter Sarah und meine Mutter. Ob Mama wusste, dass ihre Mutter im Grafenloch untergetaucht und dort so glücklich war? Mama war trotz allem auch glücklich im Grafenloch. Sie war mit diesem Ort verbunden. Es würde mich nicht wundern, wenn Großmutter Mama Geschichten erzählt hätte über ihre Jahre im Versteck in Grafenloch und über Auschwitz, wo ihre Eltern und ihre Schwester vergast worden waren.

Die Welt des Teufels...

Die Worte könnten von meiner Großmutter stammen. Sicher hat sie ihrer Tochter von der Judenverfolgung und den Konzentrationslagern erzählt. Sie zeigte die Gegensätze auf.

Anton Schäuble blättert noch einmal durch die vielen Fotos. „Schau mal", sagt er. „Das sind Christian Reichelt und Max Gruber. Im Sommer 1966."

Ich beuge mich über das Foto und erkenne sofort die jugendliche Version der beiden Männer. Andreas stellt sich neben mich und schaut mir über die Schulter. Der Kopf der tätowierten Schlange ist plötzlich ganz nah. Mit dem kleinen

Finger berühre ich das Maul. Sofort zieht Andreas seine Hand zurück. Er atmet schwer.

Anton Schäuble blättert ein paar Seiten weiter. „Ah, da ist ein Foto von Elisabeth. Auch dieses Foto ist 1966 entstanden. Ich wusste, es muss noch ein Bild von ihr geben."

Eine dralle Brünette lächelt fröhlich in die Kamera. Ihr blaues Blümchenkleid flattert im Wind. Ich halte mir die Hand vor den Mund. Mein Atem stockt. Sie hat sich kein bisschen verändert. Ihre rostbraunen Augen blicken immer noch schelmisch und trotzig.

Jetzt weiß ich, warum mir der Name Elisabeth bekannt vorkam. Wieder rauscht es in meinen Ohren, dieses Mal lauter, immer im schnellen Rhythmus des Herzens, dazu pfeift ein Tinnitus. Wenn sich an einem Ort mehrere Wölfe zusammenrotten, wittern die Schafe irgendwann die Gefahr und fangen an zu blöken. Ich bin umgeben von Wölfen, die nicht nur nach meinem Leben trachten. In meinem Leben pulsieren Unwahrheiten, Täuschungen, Verbrechen und List. Ich schreie auf, schlucke, atme tief ein und aus.

„D ... das ... aber das ist Martha ... Martha-Elisabeth."

KAPITEL 50

Mühlau

Mittwochnachmittag

Andreas sitzt mir gegenüber auf einem Stuhl und hält meine Hände. Der Kopf der Schlange liegt auf meinem Schoß. Auf der Terrasse riecht es nach blühendem Jasmin, der an der Mauer emporwächst. Das Taschentuch, das er mir gegeben hat, liegt neben seinem Schuh. Ich rutsche leicht auf der Holzbank hin und her und starre auf das Geweih eines Hirsches, das unter dem Vordach befestigt ist. Die Trophäe der Jagd muss ein harter Brocken gewesen sein.

Martha schießt keine Tiere. Martha isst Tiere. Sie isst Hühner, Kühe, Schweine, Enten, Kaninchen, Gänse und sogar neugeborene Lämmer und Kälber. Sie isst Tiere, die in Käfigen gehalten werden. Martha hat noch nie ein Huhn gefangen, seinen Kopf auf einen Baumstamm gelegt und es dann geköpft. Sie hat auch noch nie ein totes Huhn an den Beinen gepackt, es in kochendes Wasser gehalten und ihm dann die Federn ausgerupft. Martha weiß nicht einmal, wie man den Bauch eines Huhns aufschneidet, um die Eingeweide zu entfernen. Martha kauft nur fertige Hühnerbrust im Supermarkt. Martha will die Realität nicht sehen. Ich weiß es schon lange. Viele Menschen wollen sie auch nicht sehen, insofern ist Martha keine Ausnahme. Martha ist ,*normal'*. Sie hat mich gelehrt, dass man nicht immer sagen kann, was man denkt, dass man manchmal lügen muss. Ich weiß, dass Menschen lügen, aber nach all den Jahren glaube ich immer noch, dass sie die Wahrheit sagen.

In meiner einsamen Welt in den hohen Voralpen gab es keine Lügen. Ein Bussard, der über einer Wiese kreist, stürzt sich sofort auf seine Beute. Das ist die Wahrheit. Ein Bussard macht uns nichts vor. Der Mensch tut es. Der Mensch täuscht uns. Martha hat mir etwas vorgegaukelt. Martha hat gelogen. Martha lügt!

„Geht es wieder, Flora?" Andreas fährt mit dem Daumen über meine Finger. Die Leberflecken an seinen Händen waren damals noch nicht da.

„Ja", sage ich seufzend. „Aber ich verstehe es nicht, Andreas. Warum hat Martha mich belogen? *Sie* hat mich von Neuburg nach Mühlau gebracht. *Sie* wusste, wer meine Mutter war und wo sie herkam. *Sie* hat mich in Grafenloch allein gelassen, mit einer Frau, die offensichtlich ungeeignet war, meine Mutter zu sein. Martha ist nicht geblieben. Sie muss doch gemerkt haben, dass mit Mama etwas nicht stimmte." Wut, Trauer, Unverständnis und Enttäuschung kämpfen in mir miteinander.

„Wir werden sie fragen, Flora. Aber nicht am Telefon. So etwas bespricht man von Angesicht zu Angesicht", sagt er und dreht seinen Kopf zum Telefon, das neben uns auf dem Tisch liegt. Er hat es mir weggenommen, als ich wütend Martha anrufen wollte. Seine Daumen streicheln mich weiter.

Ich nicke und erinnere mich an Max Grubers Wohnzimmer mit den weißen Flecken auf der Tapete. Dort müssen Fotos von ihm und Martha gehangen haben, die er schnell nach Marthas Anruf, der meine Ankunft ankündigte, schnell entfernt hatte. Einunddreißig Jahre lang haben sie mich belogen. Sie haben meine ganze Welt inszeniert. Verdammt!

Max untersuchte als Polizist den Tod seiner Halbschwester, behauptete aber, den Mörder nicht zu finden und seine Identität nicht feststellen zu können. Ich wurde zum Findelkind erklärt und bekam vom bayrischen Staat einen neuen Namen, während Max meinen kannte. Auch Christian Reichelt wusste von dem Komplott. Darauf wette ich. Dieser „beste Freund" wurde mein Psychiater und musste sich dafür revanchieren, dass Max sein Leben gerettet hatte. Deshalb war meine Akte so kurz. Deshalb tauchte das Wort „Grafenloch" als mein Fundort nicht in der Akte auf. Meine schriftliche Geschichte sollte so dünn wie möglich sein. *Für den Fall, dass ich einmal Nachforschungen anstellen würde?*

Dann arrangierten sie, dass Martha meine neue Mutter wurde. Aber warum das alles? Der Schafspelz aller Beteiligten ist maßgeschneidert und fest mit ihnen verwachsen wie all ihre Lügen. Ich wende meinen Blick zum Hocheck und halte

Ausschau nach den Steineichen, die den Weg nach Grafenloch säumen. Eine große Schar Stare flattert mit Flügelschlaglärm im Licht der untergehenden Sonne. Sonst herrscht Stille.

Meine Mutter wurde 1988 erstochen. Danach ist über dreißig Jahre nichts mehr vorgefallen. Erst am vergangenen Samstag begann die Veränderung mit der Ankunft von Ella. Die Eröffnung unserer Filiale in Rosenheim, als Ella in mein Leben trat, scheint eine Ewigkeit her zu sein, Martha war genauso überrascht wie ich. Schlimmer noch: Sie war sichtlich schockiert. Daran war nichts Verwerfliches. Aber von dem Moment an, als Ella anfing, unsere Vergangenheit zu erforschen, änderte sich alles. Ella verschwand und ich wurde gejagt und in der letzten Nacht fast an diesem reißenden Fluss erstochen.

„Weißt du, Andreas, ich sehe immer noch keinen Zusammenhang zwischen dem Mord an meiner Mutter und dem Verschwinden von Ella. Martha ist nicht die Auftraggeberin von Auftragskillern. Martha hatte jede Gelegenheit, mich zu töten. Sie will nicht, dass ich sterbe. Und Max auch nicht. Der stirbt gerade. Er hat nichts mehr zu verlieren."

Andreas und lässt meine Hände los, hebt das nasse Taschentuch vom Boden auf und steht auf. „Es gibt immer einen Moment, in dem die Dominosteine anfangen zu fallen. Und in diesem Fall fiel der erste Stein, als Ella anfing, Fragen über den Mord an Mateo Ganteri zu stellen. Das ist der Anfang, Flora, dieser Mord am 2. Oktober 1973. Der Mord an deiner Mutter ist der halbe Weg, um die Dominosteine umstürzen zu lassen." Er seufzt. „Komm, wir müssen jetzt zu Max Gruber. Wir haben um fünf Uhr einen Termin im Hospiz und es ist eine halbe Stunde Autofahrt nach Prien. Ich rufe vom Auto aus meinen Kollegen in Bad Urach an."

Ich nehme mein Handy vom Tisch, tippe meinen Code ein und aktiviere das Display. Eine Nachricht von Martin. Er hat mir eine SMS mit einer sicheren Nummer geschickt. *Gott sei Dank!* Ich werde ihn sofort anrufen. Und ich werde herausfinden, wo sich Martha jetzt aufhält. Andreas hat recht. Ich muss sie von Angesicht zu Angesicht mit ihren Lügen konfrontieren.

Teil 5

Die Wahrheit kündigt sich an
Ella

Ich habe geträumt, dass wir beide über eine Blumenwiese gegangen sind und den Wolken zugewunken haben.
Ein schöner Traum, Flora.

Ich werde sterben, Flora. Ich werde sterben.
Meine Gedanken sind seltsam.
Flora. Was, wenn du mich findest?
Und den Verrat entdeckst?
Und ich nicht mehr da bin, um dich zu wiegen?
Das ist das Schlimmste.
Die Fledermäuse starren mich an, sie sind hässlich. Ich habe Angst, mit ihnen allein zu sein. Ich fürchte mich auch vor ihnen...

KAPITEL 51
Prien, Hospiz Eden
Mittwochnachmittag, 17. Juli 2019

Im Zimmer von Max Gruber riecht es nicht nach Urin und Fäkalien, sondern nach Desinfektionsmittel. Sein Zimmer ist klein und kahl. Die einzige Dekoration ist ein Schwarz-Weiß-Foto über dem Bett. Es zeigt den fliegenden Flaum einer sterbenden Pusteblume. Max kann dieses Kunstwerk nicht sehen. Er blickt auf beige gestrichene Wände, einen Fernseher, ein Waschbecken und eine Tür. Aus dem Fenster zu seiner Linken blickt er auf einen Innenhof mit einem schmutzigen, gelben Hochhaus auf der anderen Straßenseite. Rechts neben dem Bett stehen zwei braune Klappstühle für Besucher.

Das laute Brummen der alten Klimaanlage dröhnt durch das Zimmer. Max sitzt halb aufgerichtet in seinem Bett, seine Nase und seine Hand sind mit dünnen Schläuchen verbunden. Ich schlucke. Er liegt schon in seinem Sarg und wartet nur noch darauf, dass der Deckel aufgesetzt wird.

Andreas nennt seinen Namen, aber Max erkennt ihn sofort. Sie tauschen einige Anekdoten über ihre Arbeit aus. Andreas ist viel zurückhaltender als heute Nachmittag in Mühlau. Ich habe das schon einmal erlebt. In der Gegenwart eines Sterbenden verschließt man sich, schafft eine Art Distanz, eine Trennlinie zwischen denen, die weiterleben und denen, die sterben werden.

„Flora, mein Blumenmädchen, wie geht es dir?", fragt Max mit einem sanften Lächeln. Seine Augen sind klar, sein Blick ist wach. Sie haben ihn im Krankenhaus aufgepäppelt, vermute ich. Vielleicht ist es aber auch das letzte Aufflackern, bevor die Kerze erlischt. Vielleicht ist er aber auch nur auf der Hut.

„Nicht gut", fauche ich ihn an. „Martha und du, ihr habt mich angelogen."

Meine Wut entlädt sich wieder, obwohl Pfarrer Martin den ganzen Weg von Mühlau nach Prien mit mir telefoniert und versucht hat, mich zu beruhigen. Er hat gesagt, dass die Farbe der Wahrheit je nach Sachlage verschiedene Schattierungen annehmen kann.

Max blinzelt. Andreas stupst mich leicht an. Ich schubse ihn zurück. Er muss mich gewähren lassen. Ich schere mich nicht mehr um Anstandsregeln. Ich will Antworten: Und dieser Halbtote wird sie mir geben, bevor es zu spät ist.

„Anton Schäuble hat mir alles erzählt", fahre ich wütend fort. „Du und Martha, ihr seid Geschwister, meine Mutter war deine Halbschwester. Du wusstest schon im Juni 1988, wer ich bin! Meine Großmutter hieß Sarah Mahler und meine Mutter Ambra Mahler. Und deine Schwester Martha war es auch, die mich aus dem Kloster in Neuburg holte und zu deiner Mutter nach Mühlau brachte. Dann hat sie mich einer traumatisierten Frau in Grafenloch überlassen. Martha wusste, dass meine Mutter mich hasste, dass sie ungeeignet war, ein Kind zu erziehen. Die Nonnen mussten mich sogar betäuben, damit sie mich zu ihr ins Auto setzen konnten. Neun Jahre lang wurde ich dort gequält und misshandelt, und du und Martha, ihr habt es zugelassen. Und dann habt ihr mich eurem Psycho-Freund Christian Reichelt übergeben, damit ich keinem Fremden erzähle, was da oben vorgefallen ist."

Ich keuche und spüre wieder die heißen Tränen hinter meinen Augen.

„Flora!" Andreas packt mich erneut am Arm. Dieses Mal stoße ich seine Hand weg. „Lass mich los!", fauche ich ihn an. „Ich will die Wahrheit wissen, Andreas. Ich muss Ella finden. Und der da in seinem sauberen Bett weiß eine Menge über Mamas Vergangenheit." Ich zeige auf Max Gruber.

Andreas schüttelt den Kopf und tritt einen Schritt zurück. Er verschränkt die Arme und lehnt sich an die Wand. Es ist mir egal. Mein ganzer Körper zittert und meine Seele gleich mit.

Max sieht mich erschrocken an. „Es ist alles in Ordnung, Flora, beruhige dich", sagt er. Tränen stehen in seinen Augen. „Ich werde dir die Wahrheit sagen. Aber der Tod deiner Mutter hat nichts mit dem Verschwinden deiner Schwester zu tun. Wenn es so wäre, hätte ich dich sofort informiert. Es gibt keinen Zusammenhang zwischen den Ereignissen vom 26. Juni 1988 und heute."

„Das ist mir egal. Ich will alles wissen! Haben Sie die Briefe von Roswitha Wagner an Mama weitergeleitet? Wir hatten keinen Briefkasten da oben, aber die beiden haben sich geschrieben. Mama hat immer alles aufbewahrt. Dann müssen die Briefe von Roswitha irgendwo sein. In ihrem Zimmer zum Beispiel, das Mama stets hermetisch abgeriegelt hat."

„Was für Briefe?" Max schaut mich überrascht an: „Davon weiß ich wirklich nichts. Ich habe da oben keine Briefe gefunden. Aber das hat nichts zu bedeuten. Ambra war schlau. Sie konnte sich wirklich gute Verstecke ausdenken."

Stille tritt ein. Ich bin für einen Moment verwirrt, frage mich, wo diese Briefe geblieben sind. Ich werde sie suchen, aber jetzt muss mir Max Gruber sagen, was er weiß.

„Ich werde diese Briefe suchen", sage ich. „Was ist 1988 wirklich vorgefallen?"

Max hebt den Kopf und schaut zum Rauchmelder an der Decke. „Wirklich, Flora, ich glaube, es ist besser, wenn ich dir das erzähle, während Kommissar Gorja im Flur wartet."

„Andreas bleibt hier, er hilft mir!"

„Ach so, dann sind Sie nicht als Polizist hier?" Max schaut Andreas an.

Andreas zögert. Da ist wieder dieser intensive, beobachtende Blick. Sein würziger Duft verdrängt den Geruch von Desinfektion. Meine Knie werden weich.

„Ich bin als Floras Freund hier", antwortet er.

„Dann ist es in Ordnung", sagt Max, nimmt eine Tasse mit Strohhalm vom Nachttisch und trinkt einen Schluck. Die Stümpfe seiner beiden fehlenden Finger schimmern im hellen Neonlicht.

„Die Geschichte beginnt im August 1944. Meine Mutter Maria schloss sich der Widerstandsbewegung an und lernte Oliver Gruber kennen. Er tauchte mit ihr unter. Als die Alliierten Mühlau im August 1944 befreiten, betranken sie sich und schliefen miteinander. In dieser Nacht wurde meine Mutter schwanger. Sie war erst wenige Monate verwitwet, als Martha-Elisabeth geboren wurde. Nur meine Mutter wusste, dass nicht ihr verstorbener Mann, sondern Oliver der Vater war. Pragmatisch, wie sie war, gab sie ihren verstorbenen

Mann auch als Vater an, um Gerüchte zu vermeiden. Doch schon bald überkamen sie Gewissensbisse. Sie fuhr zu Oliver nach Mühlau und sagte ihm, dass er der Vater von Martha sei. Daraufhin machte Oliver meiner Mutter einen Heiratsantrag. Nicht aus Liebe, sondern aus Verantwortungsgefühl. Er wollte gut für seine Tochter sorgen. Es war für beide eine arrangierte Ehe. Ich wurde 1949 geboren. Die Ehe meiner Eltern war übrigens gar nicht so schlecht. Sie waren Freunde und haben einander respektiert. Martha und ich wuchsen in einem warmen Nest auf. Früher liebte sie ihren zweiten Vornamen. Alle nannten sie Elisabeth. Später fand sie Martha besser."

„Martha ist also Ihre Vollschwester", murmele ich und suche nach äußerlichen Ähnlichkeiten zwischen den beiden.

„Ja, Martha ist meine Vollschwester und sie ist die Halbschwester deiner Mutter."

„Und wusstest du schon als Kind, dass meine Mutter deine Halbschwester ist?"

Max schaut mich an. Seine Augen sind voller Tränen. „Nein, das habe ich erst am 25. Juni 1988 erfahren."

„Einen Tag bevor meine Mutter ermordet wurde? Warum erst da?"

Max seufzt schwer und schweigt einen Moment. „Dafür muss ich zurück in den Krieg und in die Widerstandsarbeit meiner Mutter", sagt er. Mit leicht zitternder Hand hebt er die Tasse wieder an und zieht kräftig am Strohhalm.

„Meine Mutter hat Juden geholfen, in die Voralpen und ins Hochgebirge zu fliehen. Unter den Flüchtlingen waren auch deine Großmutter Sarah Mahler und David Weibach. Sarah und David kannten sich von der Arbeit. Sarah war Krankenschwester, David Arzt. Sie kamen im Herbst 1943 nach Grafenloch, blieben bis Kriegsende und lernten diesen Ort lieben. Nach der Befreiung verbrachten sie jeden Sommer einen Monat in Mühlau. Während einer dieser Urlaube verliebten sich Sarah Mahler und mein Vater Oliver ineinander. Es war, wie ich später verstand, eine große gegenseitige Liebe, Flora, die schon 1947 begonnen hatte. Der Sohn von Bürgermeister Schäuble entdeckte die Affäre im Sommer 1949. Er konfrontierte unseren Vater mit seiner Entdeckung, versprach aber, es für sich zu behalten. Oliver und Sarah beendeten daraufhin ihre Beziehung und Sarah kam nie wieder nach Mühlau. Was wir damals nicht wussten, war, dass Sarah in jenem Sommer schwanger geworden war. Als Ambra ein Jahr alt war, rief Sarah unseren Vater an und erzählte ihm, dass sie eine gemeinsame Tochter hätten. Sarah bat ihn, sich um Ambra zu kümmern, falls ihr etwas zustoßen sollte. Mein Vater gab ihr sein Versprechen. Die Jahre vergingen und Martha und ich wuchsen heran. Auch unsere Eltern fanden ihren Weg, bis mein Vater 1972 an Krebs erkrankte. Martha und meine Mutter kümmerten sich abwechselnd um ihn, bis mein Vater starb. Ich machte damals ein Praktikum in München. In dieser Zeit hat sich mein Vater Martha anvertraut. Er erzählte ihr, dass wir eine Halbschwester haben. Ein dreizehnjähriges Mädchen namens Ambra Mahler. Er gab Martha die Adresse von Sarah Mahler und alle Daten von Ambra. Auf dem Sterbebett nahm er Martha das Versprechen ab, Sarah nach der Beerdigung über seinen Tod zu informieren. Martha schickte Sarah einen Brief mit einem Nachruf auf unseren Vater. Sie erhielt einen Brief zurück, in dem sich Sarah für die Informationen bedankte und sie bat, sich nicht mehr bei ihr oder ihrer Tochter zu melden. Martha hat mir den Brief gezeigt.“

„Und dann hat Sarah Selbstmord begangen“, sage ich leise.

Max nickt und lehnt sich erschöpft zurück. Andreas holt zwei Stühle und klappt sie neben uns aus. Wir setzen uns. Wegen der niedrigen Stühle ragen unsere Schultern nur knapp über Max' Matratze. Wir sehen aus wie Zwerge. Max' Kopf ist weit über uns. Andreas und ich schauen uns kurz an, dann legt er seinen Unterarm auf meinen linken Oberschenkel. Ich streiche über sein Tattoo.

„Sarah starb 1972, im selben Jahr wie unser Vater.“

„Wusstest du, dass Sarah Selbstmord begangen hat, Max?“, fragt Andreas.

„Von Sarahs Selbstmord erfuhr Martha erst im Juli 1979, als sie dich im Benediktiner Stift Neuburg abholen wollte. Unsere Tante Katharina informierte Martha über Ambras Vorgeschichte. Martha war fassungslos. Da saß sie nun mit ihrer Halbschwester in einem Raum. Martha erfuhr auch, dass

317

Ambra mit 14 Jahren vergewaltigt worden war und du das Ergebnis dieser Tat warst."

Max sieht Andreas und mich an.

„Du solltest wissen, dass Martha im Juli 1979 auf Geheiß unserer Mutter nach Neuburg gefahren ist. Unsere Mutter und Tante Katharina hatten vorher telefoniert, deinetwegen, Flora, und wegen Ambra. Tante Katharina wusste, dass sie sterben würde und suchte nach einer Lösung. Deshalb rief sie ihre Schwester Maria an und vertraute sich ihr an. Unsere Mutter schlug vor, Ambra nach Grafenloch zu bringen. Ambra wäre dort nicht allein. Dort lebte ein Mann, der ehemalige Widerstandskämpfer David Weibach, den Ambras Mutter gut gekannt hatte. Und auch für die kleine Flora hatte unsere Mutter eine Lösung. Sie kannte ein kinderloses Ehepaar aus Rosenheim, das ein kleines Mädchen adoptieren wollte. Weder meine Mutter noch Tante Katharina wussten, dass Ambra die uneheliche Tochter unseres Vaters war. Auch Martha wusste nicht, dass sie ihre Halbschwester abholen würde, bis sie im Kloster erfuhr, dass die junge Frau, die sie zu ihrer Mutter nach Mühlau bringen sollte, die Tochter ihres Vaters und Sarah Mahlers war. Schließlich hatte Sarah ihr diesen einen Brief geschrieben. Martha war völlig überrascht. Vor allem über Ambra als Person. Martha fand keinen Zugang zu ihr. Und du hattest Angst vor deiner Mutter. Du hast die ganze Fahrt nach Mühlau schlafend verbracht."

„Deshalb konnte ich mich nicht an Martha erinnern", sage ich.

„Martha fuhr am nächsten Tag zurück nach Ebbs. Die Krankheit ihres Mannes bestimmte damals ihr ganzes Leben." Max nippt an seinem Strohhalm.

Andreas steht auf, nimmt Max' Becher, geht zum Waschbecken, füllt ihn wieder auf und reicht ihn dem alten Mann.

„Möchtest du auch ein Wasser, Flora?", fragt Andreas.

„Ja, bitte", antworte ich abwesend.

Meine Gedanken kreisen um Marthas Leben. Sie hat mir wenig von ihrer Vergangenheit erzählt. Martha lebt meistens in der Gegenwart und in der Zukunft. Manchmal erzählt sie von Dummheiten, die sie in ihrer Jugend begangen hat. Über ihre

Traumata spricht sie kaum. Ich weiß, dass die Krankheit und der Tod ihres Mannes sie sehr mitgenommen haben. Im Wohnzimmer hängen mehrere Bilder von ihm, und jedes Jahr am 13. Februar brennt den ganzen Tag eine Kerze neben ihrem Hochzeitsbild. Ich finde das etwas merkwürdig, denn Martha ist Atheistin. Bei einem unserer Gespräche über Gott hat sie mir einmal gesagt, dass sie es bedauert, nicht an Gott zu glauben, denn wer glaubt, hat die Hoffnung, einen Verstorbenen wiederzusehen. Diese Hoffnung hat Martha nicht. Mein Mann ist für immer tot, sagt sie manchmal. Nur über ihre Kinderlosigkeit hat sie immer gesprochen. Martha wünschte sich verzweifelt Kinder, aber der Samen ihres Mannes konnte kein Leben hervorbringen.

„Aber das Schicksal war mir gnädig, Flora. Es hat mir ein Blumenmädchen geschenkt", sagte sie dann.

Trotz ihrer bodenständigen Art macht sich Martha Gedanken über den Tod. Es sei gnädiger, einen geliebten Menschen durch einen Unfall zu verlieren als durch eine schwächende Krankheit. Bei einem plötzlichen Tod bleiben die Erinnerungen an das Leben mit dem geliebten Menschen. Bei einem schleichenden Tod bleiben die Erinnerungen an sein Sterben.

Ich weiß, dass an diesen Worten etwas Wahres ist. Ich erinnere mich oft an Benjamin, als er ein lebendes Baby war. Als er starb, war da nur seine kalte, steife Haut und der Verwesungsgeruch, der aus seinem kleinen Mund kam. Ich erinnere mich nicht an einen Säugling, der an Geräten liegt und Schmerzen hat. Aber die Leere bleibt. Ich kann Benjamin nicht mehr halten.

Ich schaue auf die Schläuche, die an Max' abgemagertem Körper befestigt sind. Bis letzte Woche war er für mich *Doktor Glück*, der mir frisch gepflückte Früchte aus den Bergen brachte. Aber ich weiß jetzt schon, dass das Bild eines sterbenden Krebspatienten meine neue Erinnerung sein wird.

KAPITEL 52
Prien, Hospiz Eden
Mittwochnachmittag

„Und was geschah nach dem 14. Juli 1979?", fragt Andreas.

Max nimmt seinen Becher in die Hand und schaut wieder an die Decke. „Als Martha mit dir und Ambra nach Mühlau kam, hast du das Bett neben meiner Mutter bekommen. Ambra bekam mein altes Zimmer. Martha wollte am nächsten Morgen wieder nach Ebbs fahren."

„Wo waren Sie an diesem Tag?"

„Ich arbeitete damals bei der Polizei in München." Er blickt auf seine geäderten Hände. „Meine Mutter ist am 20. Juli 1979 gestorben, an einem Schlaganfall im Schlaf. Ein Freund hat sie damals gefunden."

„Meine Mutter und ich waren schon in Grafenloch, als du nach Mühlau kamst?"

„Ja. Ihr beide seid am Tag nach eurer Ankunft mit David Weibach nach Grafenloch gefahren."

„Woher wissen Sie das?", frage ich.

„Ambra hat es mir später erzählt."

Langsam wird mir schwindelig. „Du kanntest also meine Mutter!"

„Ja." Seine Stimme klingt feierlich. Plötzlich ist er wieder der Polizist. Er drückt auf einen Knopf und senkt das Bett leicht ab.

„Ambra hat mir Jahre später erzählt, dass deine Adoption noch nicht abgeschlossen war, als ihr nach Mühlau gekommen seid. Deshalb musstest du einige Wochen in Grafenloch bleiben, während meine Mutter alles in die Wege leiten wollte. Sobald sie eine Adoptivfamilie für dich gefunden hatte, wollte sie nach Grafenloch kommen. David wartete einige Monate. Als er im Oktober 1979 immer noch nichts gehört hatte, fuhr er nach Mühlau und erfuhr vom Tod meiner Mutter. Du musstest also vorerst in Grafenloch bleiben. Wie ich später von Ambra erfuhr, überlegte David, mit seinen Verwandten Kontakt aufzunehmen. Natürlich sah auch er, dass das Verhältnis zwischen dir und Ambra sehr schwierig war. Außerdem musstest du zur Schule. Im März 1980 kehrte David ins Tal zurück. Ambra blieb in Grafenloch. David kam nicht mehr zurück. Er ist auf dem Markt in Mühlau zusammengebrochen. Herzversagen. Anton Schäuble war damals Bürgermeister von Mühlau. Er verständigte Davids Familie in Bad Urach. David wurde abgeholt und zu Hause beerdigt. Seine Habseligkeiten ließen sie in Grafenloch zurück. Und Anton Schäuble ging davon aus, dass David der letzte Bewohner von Grafenloch war. Aber Anton irrte sich, wie du weißt."

Max nippt wieder an seinem Strohhalm. Auch ich nehme meinen Becher und trinke. Mein Herz klopft wild in meiner Brust.

„Ich wusste nichts von dir, als ich nach Mühlau kam, um die Beerdigung meiner Mutter zu organisieren. Martha hat immer alles organisiert, aber sie war damals mit ihrem Mann unterwegs. Ich organisierte ein ordentliches Begräbnis und reiste danach wieder nach München. Das Leben nahm seinen Lauf. 1986 bot man mir eine Stelle als Hauptkommissar in Rosenheim an."

„Hat sich Martha nie gefragt, was aus mir und meiner Mutter geworden ist?"

„Doch. Nach dem Tod ihres Mannes hat sie sich schon auf die Suche gemacht, aber sie wusste nicht, dass Ambra sich in Grafenloch aufhielt. Martha wusste nur, dass Ambra und ihre Tochter zeitweise bei unserer Mutter bleiben würden und dass für dich eine Eingewöhnung geplant war. Zumindest hatte unsere Mutter ihr diese Geschichte erzählt. Als ich Martha anrief und ihr die Nachricht vom Tod unserer Mutter überbrachte, erkundigte sie sich sofort nach dir und deiner Mutter. Sie bat mich, in den Unterlagen unserer Mutter nach Adoptionspapieren für ein fünfjähriges Mädchen zu suchen. Das habe ich getan, aber nichts gefunden. Martha kontaktierte daraufhin die Behörden, aber niemand wusste etwas. Martha wusste auch, dass es sinnlos war, deine Mutter unter ihrem richtigen Namen zu suchen. Ambra würde den niemals benutzen. Schließlich wurde sie wegen Mordes gesucht."

„Was für ein Chaos", flüstere ich.

„Ja", sagt Max und sieht mich an. „Als du und Ambra das Kloster verlassen habt, war hier in Mühlau noch nichts für euch vorbereitet, Flora. Ich glaube, meine Mutter wollte nur ihre sterbende Schwester beruhigen. Dass Ambra, David und du nach eurer Ankunft nach Grafenloch gegangen seid, hat meiner Mutter Zeit verschafft, sich um eine Adoptivfamilie zu kümmern."

„Aber der Tod hat ihr und David einen Strich durch die Rechnung gemacht", unterbreche ich Max.

„Im Nachhinein war der Tod von David Weibach für Ambra viel dramatischer. Deine Mutter hat mir erzählt, dass er ihr gleich nach ihrer Ankunft in Grafenloch beigebracht hat, wie man in den Voralpen überlebt. Ambra spürte schon damals, dass er nicht mehr lange leben würde. David war schon Mitte siebzig, als er dich und Ambra nach Grafenloch brachte. Ambra bekam Panik, als er nicht zurückkam. Aber ihr habt überlebt, weil David Ambra in diesen neun Monaten viel beigebracht hat."

Ich bewege meine Finger und spüre wieder die Hand des alten Mannes. Mama kehrte nach Davids Tod nicht mehr in die Zivilisation zurück und versteckte mich vor den Menschen. Warum? Und warum wurde sie 1988 erstochen?

„Und woher kannten Sie Ambra? Warum wurde sie umgebracht?", frage ich.

Andreas stupst mich kurz an und runzelt die Stirn. *Habe ich das Gespräch zu früh auf den Todestag meiner Mutter gelenkt?*

Wieder stehen Tränen in Max' Augen. „Meine Geschichte mit Ambra beginnt im Herbst 1987, neun Monate vor ihrem Tod. Ich steckte mitten in einem Scheidungskrieg und lebte vorübergehend in unserem alten Elternhaus in Mühlau. Als ich eines Tages auf dem Weg zur Arbeit nach Rosenheim war, sah ich auf der Mühlauer Straße eine blonde Frau trampen. Sie trug etliche Sachen auf dem Rücken. Ich hielt an, öffnete mein Fenster und bot ihr an, sie nach Rosenheim mitzunehmen. Sie warf ihre Tasche in den Kofferraum und stieg ein. Wir haben uns angeschaut und es war Liebe auf den ersten Blick. Ambra und ich wussten sofort, dass wir zusammengehören. Wir spürten eine seltsame Vertrautheit, obwohl Ambra kaum sprach. Ich kann es mir nicht anders erklären."

„Aber meine Mutter mochte keine Nähe und scheute den Kontakt zu anderen Menschen."

„Mir gegenüber nicht. Ambra war sensibel und intelligent. Wir haben uns nicht unbedingt sprachlich verständigt. Ich fühlte mich bei Ambra wohl, sie war mein Zuhause und sie fühlte sich bei mir sicher. Wir brauchten keine Worte, um unsere Gefühle auszudrücken."

„Wie bei Ella und mir", flüstere ich und spüre, wie die Angst um sie wieder in mir aufsteigt.

„Wann hat Mama von mir erzählt?", frage ich.

„Ambra hat dich nicht erwähnt. Am Anfang wusste ich nicht, dass Ambra vom Grafenloch-Gehöft kam, geschweige denn, dass sie eine Tochter hat. Dass Ambra in Grafenloch lebte, hat sie mir im Winter erzählt, nachdem ihr letzter Esel gestorben war. Ohne Esel konnte Ambra ihre Vorräte nicht vom Tal nach Grafenloch transportieren. Also fragte sie mich, ob ich ihr einen neuen Esel besorgen könnte. Schließlich hatte ich Kontakte. Ich war ziemlich geschockt, als sie mir erzählte, dass sie dort ganz alleine lebte. Aber für Ambra war es der weltweit schönste Ort. Es war ihre Welt, hat sie oft gesagt. Weit weg von den Menschen. Jedenfalls hatten Ambra und ich eine Beziehung." Seine tränenüberströmten Augen blicken in meine. „Ja, Flora", sagt er mit stockender Stimme. „Ich habe mich in meine Schwester verliebt. Ohne zu wissen, dass sie meine Schwester war."

KAPITEL 53

Prien, Hospiz Eden

Für einen Moment schließt er die Augen. Seine Brust hebt und senkt sich.

„Weil ich in Scheidung lebte, hielt ich meine Beziehung zu Ambra geheim. Jede zweite Woche kam sie mit ihrem Esel ins Tal, übernachtete bei mir und kehrte am nächsten Tag nach Grafenloch zurück. In der Zwischenzeit kümmerte ich mich um den Verkauf ihrer Kräuter und kaufte ihren Proviant. Erst im März 1988 entdeckte ich durch Zufall, dass Ambra nicht allein lebte. Es war ein bitterkalter März und in den hohen Voralpen lag noch Schnee. Als Ambra am vereinbarten Tag nicht zu mir kam, machte ich mir Sorgen. Nach zwei Tagen des Wartens stieg ich zum Grafenloch hinauf, obwohl ich ihr versprochen hatte, dass ich nie nach Grafenloch kommen würde. Schließlich war Grafenloch ihre Welt."

„*Du ... Du* hast mich im Schnee gefunden!"

„Ja, und Ambra, die sehr krank war. Ich habe für einen Holzvorrat gesorgt und Ambra Medizin gebracht. Mir fiel sofort auf, dass Ambra dich nicht gut behandelt hat, als ich dir die nassen Sachen ausgezogen habe. Ich war schockiert, aber das hat Ambra nicht interessiert. Du wärst das Kind des Teufels, schrie sie mich an, du bist die lebende Kopie deines Vaters, und er ist der Teufel. Als ich nachhakte, erzählte sie mir von der Vergewaltigung und der Folter, und dass du das Kind dieses Vergewaltigers bist. Ich werde ihre Schreie nie vergessen. Ambra war schwer traumatisiert. Ich beschloss, dich aus Grafenloch herauszuholen, wusste aber nicht wie. Ich konnte nicht abschätzen, was mit dir passieren würde, wenn ich dich ins Tal bringen würde. Die Chancen standen gut, dass sie dich psychiatrisch behandeln würden. Verwilderte Kinder waren damals ein beliebtes Studienobjekt in der Psychiatrie. Ich beschloss, mich erst einmal einzulesen, wurde aber bald mit meinem begrenzten Wissen konfrontiert. Einige Wochen später besprach ich deinen Fall mit Christian Reichelt. Er erklärte sich bereit, dich in Grafenloch zu untersuchen, konnte aber nicht sofort abreisen. Seine Frau war damals hochschwanger, und Christian wollte in ihrer Nähe bleiben. Erst im Juli hatte er Zeit, mit mir nach Grafenloch zu fahren, aber da hatte sich das Drama schon abgespielt."

Andreas flucht leise.

Max schaut wieder an die Decke und atmet ein paar Mal tief durch. „Am Abend vor dem Tod Ambras kam Martha zu mir. Beim Abendessen erzählte ich ihr, dass meine Scheidung endlich rechtskräftig war. Die Papiere waren am Morgen mit der Post gekommen. Ich war so glücklich, denn nun musste ich meine Beziehung zu Ambra nicht mehr verheimlichen. So erzählte ich Martha als Erstes von meiner großen Liebe und zeigte ihr ein Foto von Ambra, das ich einige Monate zuvor gemacht hatte. Martha erkannte in Ambra sofort die junge Frau, die sie vor neun Jahren im Kloster abgeholt hatte, und sagte mir, dass Ambra meine Halbschwester sei. Ich konnte nicht glauben, was ich hörte! Ich hatte mich in meine Schwester verliebt."

Max weint. Sein Körper zuckt. Gerade als ich seine Hand greife, geht der Alarm im Pflegeheim los.

„Was ist das?" Mit einem Ruck drehe ich mich zu Andreas um. „Feuer?"

„Warte hier", ruft er und eilt auf den Flur.

Ich gehe zum Fenster und schaue hinunter in den Innenhof. Unten drängen schon die ersten Menschen nach draußen und eilen durch das Tor auf die Straße. Eine ältere Krankenschwester stürmt in unser Zimmer.

„Wir müssen Herrn Gruber evakuieren", ruft sie, legt die Infusionen auf das Bett und schiebt es von der Wand weg. „Und Sie gehen bitte auch sofort nach unten."

„Hat es gebrannt?", frage ich.

„Keine Ahnung. Wir müssen evakuieren. Mehr weiß ich nicht. Nehmen Sie bitte den Seiteneingang!"

„Den Seiteneingang?"

„Ja." Sie deutet auf das Fenster. „Nicht durch den Haupteingang. Sie werden schon sehen. Meine Kollegen zeigen Ihnen den Weg."

„Max, alles in Ordnung?"

Er sieht mich mit seinen tränenfeuchten Augen an und nickt leicht.

„Ich gehe mit Herrn Gruber!", sage ich laut, um den Alarm zu übertönen.

„Das dürfen Sie nicht! Der Dienstaufzug ist nur für Personal und Notfallpatienten. Sie müssen die Treppe nehmen. Herr Gruber wird nun in den Notfallbereich im Untergeschoss von Block 2 gebracht. Das Gebäude liegt schräg gegenüber dem Innenhof."

Als die Schwester Max Zimmer verlässt, kommt Andreas wieder herein. Sein Blick ist besorgt. „Es gab eine Bombendrohung", sagt er, als die Schwester außer Reichweite ist.

„Eine Bombendrohung? In einem Pflegeheim?"

„Ja, die Sporttasche mit der Bombe steht an der Rezeption, heißt es in der Drohung. Die Evakuierung erfolgt durch den Personaleingang. Komm, Flora, wir müssen los. Wir müssen acht Stockwerke die Treppe hinunter."

Eilig verlassen wir das Zimmer. Auf dem Flur herrscht reges Treiben. Menschen traben den Gang entlang und drängen sich an der schmalen Tür zum Treppenhaus. Der Lift ist außer Betrieb. Einige sind in Panik und schreien. Andreas fasst mich an der Hand und zieht mich mit sich. In mir regt sich Widerstand. Ich will nicht unter so vielen Menschen sein. *Ich will das nicht. Ich will das nicht. Ich will das nicht.*

Immer wieder ertönt der Alarm. Immer mehr Menschen kommen. Als wir die Tür zum Treppenhaus erreichen, drängen sich die Menschen von allen Seiten gegen mich. Ich will zuschlagen, aber meine Hand verhakt sich in der von Andreas. Wir gehen durch die Tür und die Treppe hinunter. Die Luft im Treppenhaus ist stickig und riecht nach dem Schweiß der Menschen, die nach unten eilen. Die Schritte klingen hohl. Als wir die siebte Etage erreichen, schließen sich uns weitere Menschen an. Das Tempo wird langsamer. In einer Kolonne schieben wir uns die Treppe hinunter, Richtung Ausgang. *Ich will das nicht.* Im vierten Stock beginnt plötzlich mein Herz in den Ohren zu pochen. Ich versuche, das Tempo zu drosseln, aber es gelingt mir nicht. Die Menge drängt mich nach unten. *Ich will nicht. Es ist gefährlich!* Wie auf dieser Bergwiese, nicht weit von meinem Haus, bei der Jagd. *Ja, da sind die Jäger!* Ihre Trommeln dröhnen durch das Tal. Die Tiere werden durch den Lärm aufgeschreckt und fliehen vor Angst. Weg von den Trommeln. Sie laufen blindlings auf die Gewehre zu. Der Alarm klingt wie die Trommeln. Der Alarm jagt uns, treibt uns zu dieser schmalen Tür im Erdgeschoss. Eine Tür, die in einen Hof führt. Umgeben von Wohnungen. Umgeben von Zuschauern. Wir werden von der Menge verschluckt. Ich sehe nur dunkle Köpfe mit dunklen Haaren. Die Köpfe bewegen sich. Sie versammeln sich um den schmalen Eingang. Wie Hasen rennen sie auf den Jäger zu. Aufgeschreckt von den Trommeln. Das Hämmern in meinen Ohren wird lauter. *Ich will das nicht.*

Mit einem Ruck reiße ich mich von Andreas los und schiebe mich zur Tür im dritten Stock, dann in Richtung des Stationsganges. Gegen die Richtung der flüchtenden Menschen. Andreas ruft mir zu, ich soll zurückkommen. Ich ignoriere ihn, stürme in ein Zimmer, das auf den Innenhof hinausgeht.

Andreas taucht hinter mir auf. „Was zum Teufel machst du da?", schreit er mich an.

„Sie laufen direkt auf den Gewehrlauf zu!"

„Was?"

Ich eile zum Fenster, doch bevor ich hinausschauen kann, stößt Andreas mich energisch zur Seite.

„Warte, Flora! Ich schaue zuerst!"

„Verdammt", ruft er nach einem kurzen Blick. „Du hast recht. Da ist etwas am Fenster. Der Lauf einer Waffe. Auf die Rücken der Leute gerichtet, die aus dem Gebäude rennen."

Er zieht das Handy aus der Tasche und wählt eine Nummer. Mit lauter Stimme erklärt er einem Kollegen, dass sich im Haus gegenüber ein bewaffneter Mann aufhält, dann legt er auf. Sein Gesicht sieht besorgt aus, Schweiß rinnt ihm über das Gesicht.

Andreas und ich schauen uns fragend an.

„Er beabsichtigt, mich zu erschießen", sage ich heiser.

„Das wissen wir nicht." Er zieht die Vorhänge zu.

Ich lehne mich an die Wand und spüre eine seltsame Erleichterung. *Ich lebe.*

„Panik zu verbreiten, ist übrigens ein kluger Schachzug", flüstere ich. „Wenn ich mit der Menge mitgelaufen wäre, hätte er mich im Handumdrehen weggepustet."

Andreas umarmt mich und legt seinen Kopf auf meine Locken.

KAPITEL 54

Im Haus von Christian Reichelt
Mittwochabend

Gegen Abend nähern wir uns der Wohnanlage von Christian Reichelt. Hinter der weißen Anlage verabschiedet sich gerade die Sonne mit einem spektakulären Farbenspiel, auf der Straße wirft das Gebäude dunkle Schatten. Die Berggipfel leuchten in diesem Licht orangerot. Für einen Moment schließe ich die Augen. Immer mehr sehne ich mich nach meinem Leben in den Bergen. Nach dem Sein ohne Sinnen.

Andreas beendet das Gespräch. „Der mutmaßliche Schütze ist gefasst, Flora. Meine Kollegen vernehmen ihn gerade."

„Befragen? Er ist meinetwegen gekommen! Ist das nicht Beweis genug?"

„Es ist nur ein Verdacht, Flora, keine Gewissheit. Die Kollegen müssen in alle Richtungen ermitteln. Das ist ihre Aufgabe."

Ich schweige. Es hat keinen Sinn, einen Polizisten, der nach Fakten arbeitet, mit einer Geschichte über das Bauchgefühl zu ermüden. Wir biegen auf den Parkplatz der Luxusresidenz ein.

Als Andreas mir sagte, dass Max Gruber erst morgen wieder Besuch empfangen könne, beschlossen wir, Christian Reichelt einen Besuch abzustatten. Für Ella drängt die Zeit und mein ehemaliger Psychiater ist eine wichtige Spur. Obwohl Max gesagt hat, dass es keinen Zusammenhang zwischen Ellas Verschwinden und dem Mord an meiner Mutter gibt, kann ich das nicht glauben. Es wurde schon zu viel gelogen. Und ich finde es immer noch beängstigend, dass Martha mir nichts über meine Herkunft erzählt hat. Warum nicht? Gegen Andreas' Rat habe ich versucht, Martha zu erreichen, aber ihr Handy war ausgeschaltet, und unsere Sekretärin sagte, sie habe keine Termine. Sie ist verschwunden. Ob sie weiß, was ich erfahren habe? Wahrscheinlich. Sie versucht, meinem Zorn aus dem Weg zu gehen, aber das wird ihr nicht gelingen.

Andreas parkt den Wagen direkt vor dem Eingang. Ich steige aus und schlüpfe durch die Glastür in die Eingangshalle.

Christian Reichelt erwartet uns. Auf dem Couchtisch stehen Wasser, Chips und Oliven, als würden wir gleich einen Aperitif zu uns nehmen. Werden wir aber nicht, und das weiß Reichelt auch. Andreas hat ihn vom Auto aus angerufen und über den Zweck unseres Besuchs informiert.

Andreas und ich sitzen nebeneinander auf dem modernen hellgrauen Sofa, Reichelt nimmt uns gegenüber Platz. Er sieht wieder sehr gepflegt aus. Das schüttere graue Haar ist ordentlich zurückgekämmt, die beigefarbene Baumwollhose und das blaue Polohemd sind perfekt gebügelt. Im gläsernen Aschenbecher auf der Anrichte glimmt noch der Stummel einer Velasquez-Zigarre.

„Etwas zu trinken?", fragt er.

„Ein Wasser, bitte", antwortet Andreas.

„Wie geht es Max?", fragt Christian, während er die Gläser füllt.

„Er ist stabil. Leider können wir heute nicht mit ihm sprechen. Es gab einen Alarm, und die Patienten im Endstadium liegen jetzt auf einer speziellen Station. Nur enge Angehörige dürfen ihn besuchen."

„Wie Martha", gifte ich. „Der Alarm kam, als er dabei war, mir all die Lügen zu gestehen. Ich weiß, dass er meine Mutter heiraten wollte. Meine Mutter, die seine Schwester war!"

„Flora, bitte!"

Christian Reichelt scheint von meinem Ausbruch unbeeindruckt. Sein Blick bleibt auf Andreas gerichtet, er ignoriert mich, als wäre ich nicht im Raum. Ein typisches Verhalten eines Psychiaters. Sie bleiben ruhig, während die Patienten ihren Gefühlen freien Lauf lassen. Aber ich bin keine Patientin mehr. Ich verschränke die Arme.

Andreas berührt kurz meinen Unterarm. „Und bevor Sie mich fragen: Ich bin als Floras Freund hier, als ihr Vertrauter, nicht als Polizist. Alles, was Sie uns sagen, ist vertraulich. Was ich mit diesen Informationen mache, entscheidet allein Flora."

Sofort bereue ich meinen Ausbruch und möchte seinen Schlangenkopf streicheln. Aber sein Unterarm ruht auf seinem

Bauch. Gleichzeitig ärgert es mich, dass sowohl Max als auch Christian so hartnäckig nachfragen. Es geht sie ja nichts an.

Reichelt nickt. „Ist das so? Flora?"

„Ja, Andreas hilft mir."

Reichelt nimmt einen Schluck Wasser und lehnt sich in seinem Stuhl zurück. „Wo soll ich anfangen? Mit meiner Freundschaft zu Max, denke ich. Wir sind schon unser ganzes Leben lang enge Freunde. Ich wusste von Anfang an, dass er ein Verhältnis mit Ambra hatte. Wir haben oft über Ambra gesprochen, weil sie ein auffälliges Verhalten an den Tag legte. Max erzählte mir auch von den verschiedenen Verstümmelungen an ihrem Körper. Er fühlte sich nicht wohl dabei und vermutete, dass ihr etwas Schlimmes zugestoßen war. Aber sie weigerte sich, mit ihm darüber zu sprechen."

„Sie war traumatisiert", werfe ich ein. Jetzt, wo Reichelt bereit ist zu reden, legt sich meine Wut ein wenig.

Er stellt das Wasserglas zurück auf den kleinen Tisch. „Nach und nach erfuhr Max immer mehr über Ambras Leben. Er verstand nicht, wie sie in Grafenloch allein überleben konnte. Schließlich kannte Max Grafenloch, er war in seiner Jugend oft dort gewesen. Ambra verbot ihm, sie dort zu besuchen. Aus Liebe zu ihr nahm er ihre Exzentrik lange hin. Bis er dich fand. Eines Abends kam Max in Panik zu mir und erzählte mir, dass Ambra eine Tochter habe. Ein 13-jähriges Mädchen namens Flora. Das Kind sei völlig verwahrlost und ohne Kontakt zur Außenwelt aufgewachsen. Ambra sah in dem Mädchen ‚die Ausgeburt des Teufels', sagte Max, und misshandele ihre Tochter. Er konnte nicht verstehen, wie seine sanfte Ambra so bösartig zu ihrem Kind sein konnte. Er war schockiert. So beschlossen wir, dass ich Sie untersuchen würde, sobald meine damals hochschwangere Frau unser Kind zur Welt gebracht hatte."

„Was geschah an dem Tag, an dem meine Mutter getötet wurde? Ich weiß nur, dass Martha Max am Abend zuvor erzählt hat, dass Ambra ihre Halbschwester war. Wer hat meine Mutter umgebracht?"

Christian steht auf, geht zum Sideboard und holt sich eine neue Zigarre. Nachdem er sie angezündet hat, setzt er sich wieder und fährt fort.

„Max ist an diesem frühen Morgen zum Grafenloch geklettert. Als er dort ankam, warst du am Fluss und wolltest Forellen fangen. Max gestand Ambra, dass er ihr Halbbruder sei und er bald mit einem Psychiater nach Grafenloch kommen würde, um Flora zu untersuchen. Ambra verstummte, ging ins Haus und schloss sich in ihrem Zimmer ein. Sie weigerte sich, weiter mit ihm zu sprechen. Nach einer Weile beschloss Max, wieder hinunterzugehen. Er musste an diesem Tag arbeiten und war schon spät dran, aber er wollte abends nach der Arbeit noch einmal nach Grafenloch gehen, um noch einmal mit Ambra zu sprechen. Es war schließlich Sommer und es war noch lange hell. Aber ein Waldbrand wütete einige Kilometer von Rosenheim entfernt. Max arbeitete bis spät in die Nacht.

Am nächsten Morgen bekam er einen Anruf aus Rosenheim. Ein Hubschrauber, der auf dem Weg nach Kiefersfelden war, hatte bei Grafenloch ein Mädchen auf einem Bett aus Ästen entdeckt, daneben waren Feuerstellen, aus denen Rauch aufstieg. Die Situation schien wegen des nahen Waldes brandgefährlich. Der Pilot sagte, dass er wegen der Brandgefahr dort nicht landen könne. Das Feuer könnte sich durch die Turbulenzen der Hubschrauberblätter blitzschnell ausbreiten. Diese Nachricht beunruhigte Max sofort. Ein Mädchen auf einem Scheiterhaufen bei Grafenloch. Er wusste sofort, dass es entweder Sie oder Ambra war. Innerhalb einer halben Stunde machte er sich mit einigen Kollegen auf den Weg nach Grafenloch. Als er nach drei Stunden dort ankam, sah er dich neben deiner toten Mutter sitzen. Alles war mit Blumen geschmückt.“ Reichelt zieht an seiner Zigarre, bläst den Rauch aus und schaut mich an. „Du warst offensichtlich kurz davor, deine Mutter einzuäschern. Max und der behandelnde Arzt beschlossen, dich zu betäuben und ins Tal zu tragen. Du hattest Angst vor Menschen. Es bestand die Gefahr, dass du wegläufst. Nachdem der Arzt und einige Beamte mit dir den Abstieg begonnen hatten, begannen Max und ein junger Kollege mit einer ersten Erkundung des Tatorts.“

„Dieser Kollege war ich", flüsterte Andreas. „Max hat mich in den nahe gelegenen Wald geschickt, um mich umzusehen."

„Ja, ich weiß", sagt Christian. „Max hat es geahnt, als er nach Grafenloch kam. Deshalb hat er dich in den Wald geschickt, damit er ungestört das Haus durchsuchen konnte. Er wusste natürlich, dass niemand im Wald lebte. Er untersuchte Ambras Leiche und fand seinen Verdacht bestätigt. Daraufhin beschloss er, alle Beweise zu vernichten."

Reichelt sieht mich an. Mein Magen krampft sich zusammen. Ich schlucke.

„Ja, Flora, du hast deine Mutter erstochen. Vermutlich nach einem Streit mit ihr. Das ergab die Obduktion der Leiche deiner Mutter und Max' Tatortanalyse. Es war Notwehr. Ein späteres Gespräch unter Hypnose, wenn auch nur eingeschränkt, deutete in diese Richtung."

Andreas nimmt meine Hand und drückt sie.

Tränen schießen mir in den Augen. „Mein dunkler Moment." Ein Flüstern. In meinen Ohren rauscht es. „Warum erinnere ich mich nicht daran?"

Christian zuckt mit den Achseln.

„Es fällt mir schwer, diese Frage zu beantworten, Flora. Dein Fall war damals einzigartig. Und ist es übrigens auch heute noch", antwortet er. „Verdrängung, Trauma. Eine Kopfverletzung, die Betäubung kurz nach dem Ereignis. Ich denke auch an einen Schock und den plötzlichen Wechsel von Grafenloch in die Klinik."

„Kennen Sie die Details?"

„Max und ich haben die Situation rekonstruiert. Aufgrund aller Informationen, die wir sammeln konnten."

„Und warum habt ihr mir diese Analyse nie mitgeteilt?" Wieder spüre ich die Wut in mir aufsteigen.

„Weil es dir so gut ging", sagt er mit leicht erhobener Stimme. „Als du hierhergebracht wurdest, dachte ich, du würdest die Mauern der Klinik nie wieder verlassen, aber ich habe mich geirrt. Deine Anpassungsfähigkeit hat mich wirklich überrascht. Und Martha hat gute Arbeit mit dir geleistet."

„Martha ist eine Lügnerin", fahre ich ihn an.

„Martha hat getan, was wir drei vereinbart hatten, Flora. Sie hat sich an meine medizinischen Ratschläge gehalten. Und das mit Erfolg."

Ich lege den Kopf schief. Ich will das nicht hören.

„Erzählen Sie mir von der Rekonstruktion."

Andreas legt mir den Arm um die Schulter. Ich rücke ein Stück näher an ihn heran und rieche seinen Duft.

„Deine Mutter wollte dich steinigen."

Stille.

„Mich steinigen?"

„Ja."

Plötzlich erinnere ich mich an die grausamen Fernsehbilder von der Steinigung einer Frau durch den IS. Die Dokumentation hat mich tagelang aufgewühlt, ich habe ihren Schmerz überall gespürt. Und das schreckliche Bild von all den wütenden Männern. Sie schrien und warfen Steine. So viele Steine...

„Aber... Aber... Grafenloch ... Um unser Haus herum waren gar nicht so viele Steine. Die lagen meistens weiter oben."

„Das stimmt, Flora. Und das war auch dein Glück. Wir glauben, es war eine spontane Eingebung von ihr. Ein Wutanfall. Nicht gut vorbereitet und in einem Moment des Wahnsinns. Sie hatte Halluzinogene genommen. Das hat die Autopsie ergeben. Sie hat dich betäubt, ausgezogen, nackt in die Scheune geschleppt und deine linke Hand an eine rostige Hundekette gefesselt." Er zeigt auf meinen verstümmelten Finger. „Als du aufgewacht bist, vielleicht aber auch schon vorher, muss sie dich mit Steinen beworfen haben. Aber du hast die Steine zurückgeworfen. Deine Mutter hatte einige Prellungen. Aufgrund deiner Verletzungen haben wir angenommen, dass deine Mutter dann versucht hat, dich mit einem Messer anzugreifen, vielleicht sogar zu töten. Auch sie hatte sichtbare Stichwunden, von denen eine wahrscheinlich sogar die Todesursache war. Ihr müsst gekämpft haben. Nach ihrem Tod muss es dir gelungen sein, dich von der Eisenfessel zu befreien, indem du dir den kleinen Finger abgehackt hast. Max fand den Finger an der Kette. Danach musst du vor Schmerzen ohnmächtig geworden sein. Max glaubt, dass du erst viel später wieder zu Bewusstsein gekommen bist. Nach deiner verbrannten Haut zu urteilen, hast du lange auf einer Seite in der prallen Sonne gelegen. Am Abend hast du dich um deine Hand gekümmert und dann ein Bett aus Ästen gemacht. Am nächsten Morgen hast du deine Mutter auf das Holz gelegt und alles mit Blumen geschmückt. In diesem Moment flog der Hubschrauber vorbei."

„Aber ich wurde nie des Mordes beschuldigt?", flüstere ich.

„Nein. Max hat das Messer gefunden. Es war blutverschmiert und ein Stück Stoff vom Rock deiner Mutter klebte daran. Er hat es eingewickelt, in seiner Hose versteckt, mitgenommen und zwei Tage später in den Chiemsee geworfen. Als die Spurensicherung am Nachmittag in Grafenloch eintraf, hatte Max alle Beweise, die auf dich hätten hindeuten können, verschwinden lassen."

„Aber warum?"

„Das musst du ihn selbst fragen. Er wollte auf jeden Fall verhindern, dass du lebenslänglich ins Gefängnis kommst."

Andreas nimmt meine linke Hand und streicht über die verstümmelte Stelle. Die Wand mit den Fotos wird von der untergehenden Sonne beleuchtet. Auch ich fühle mich wunderbar erleuchtet. Es scheint, als sei mit den Worten des Psychiaters Licht auf meinen dunklen Moment gefallen. Mein Geist rekonstruiert einen Tag, den mein Gedächtnis bislang nicht zeigen will – als meine Mutter beschloss, ihren Teufel zu steinigen. Nach 14 Jahren wollte sie ihrem leibhaftigen Trauma ein Ende setzen. Aber warum auf diese grausame und primitive Weise? Warum gab sie mir nicht einen tödlichen Cocktail aus giftigen Kräutern? Warum musste mein Tod so qualvoll sein?

Ich schaue auf die Stelle, wo einst mein linker kleiner Finger war. Mama sah in mir immer noch ihren Vergewaltiger, nach all den Jahren, die wir zusammen verbracht hatten. Sie sah nichts von sich selbst, sie sah nicht mich, sie sah den Teufel.

„Alles in Ordnung, Flora?" Andreas streicht mir über den Unterarm.

Wie geht es mir? Ein normaler Mensch würde jetzt über Schuld nachdenken. Eine Tochter, die nach einunddreißig Jahren erfährt, dass sie mit vierzehn ihre Mutter umgebracht hat, muss sich mit ihrer Schuld auseinandersetzen. Ich atme tief ein und aus. Fühle ich mich schuldig? Nein, solche Gefühle gibt es nicht, denn ich habe meine Mutter in einer anderen Zeit und in einer anderen Welt getötet. An einem Ort, an dem ich gelernt hatte, mit den Gesetzen der Natur umzugehen. Ohne die Regeln der Menschen zu kennen, tötete ich mit einer gewissen Regelmäßigkeit, um zu überleben. Das taten wir dort alle. Das Mädchen, das ich damals war, tat, was jedes Geschöpf in der Natur tun würde: Ich wurde angegriffen und verteidigte mich. Ich handelte nach meinem natürlichen Instinkt, so wie man es mir beigebracht hatte. Ich schnitt mir den kleinen Finger ab, um mich von der Kette zu befreien. Ich wusste, dass ich sonst verhungern würde. So hatte ich die Wahl zwischen einem kurzen, starken Schmerz oder einem langen, qualvollen Schmerz. Ich wählte die Verstümmelung.

Meine Aufmerksamkeit richtet sich wieder kurz auf die Fotowand mit der Tochter von Christian Reichelt. Sie lächelt oft. Genau wie Ella.

Draußen weht eine Brise durch die blühenden Linden. Durch das Fenster sieht man ihre weißen Kronen. Von oben sehen die Bäume ganz anders aus als von unten. Jeder Ort bietet einen anderen Anblick. Nur der Geruch ist derselbe. Ich seufze. Ich will raus und diesen süßen Duft riechen! Ich will weg von hier, denn alles, was ich wirklich fühle, ist eine schlummernde Angst. Ich bin bei meiner Suche nach Ella keinen Schritt weitergekommen und muss neue Spuren finden.

Ich stehe auf und verlasse wortlos das Wohnzimmer.

„Flora, was hast du vor?"

Andreas' Stimme ist unwiderstehlich. Ich drehe mich um und schaue die beiden Männer an. Sie sind ebenfalls aufgestanden und tauschen Blicke aus.

„Ich muss Leo anrufen, Martin anrufen, irgendwas machen. Ich muss Ella finden. Ich darf nicht nachlassen."

„Wir gehen", sagt Andreas.

Christian Reichelt kommt mit ruhigen Schritten auf mich zu. „Ich muss dir noch etwas sagen", sagt er mit seinem Psychiaterblick und steckt die Hände in die Hosentaschen.

Ich ziehe fragend die Augenbrauen hoch.

„Verurteile Martha nicht zu hart, Flora. Sie hat auf meinen dringenden Rat hin über deine Vergangenheit geschwiegen. Und auf Max' Drängen hin."

Ich konzentriere mich auf seine Schuhe, dulde nicht, dass er so redet. Damals nicht und jetzt auch nicht.

„Du solltest wissen", sagt er salbungsvoll, „dass Schweigen manchmal schwerer ist als Reden. Martha hat aus Liebe zu dir geschwiegen, und das war schwer für sie. Es gab viele Momente, in denen sie dir mehr erzählen und dich mit nach Grafenloch nehmen wollte. Aber sie hat es nicht getan. Weil ich sie dazu gedrängt habe. Die Gefahr eines Rückfalls war zu groß."

Seine Worte hallen in meinem Kopf nach. *Schweigen ist manchmal schwerer als Reden. Ist das so?* Plötzlich denke ich an Mutter Katharina, an den Moment im Gefängnis, als die Gestapo sie folterte. Sie hat geschwiegen. Wie stark muss man sein, um das zu tun? Und wie groß muss ihre Liebe zu ihren Geschwistern gewesen sein, um diese grausame Entscheidung zu treffen? Vielleicht hat Christian Reichelt doch recht. Vielleicht hat Martha wirklich aus Liebe zu mir geschwiegen. Ich weiß, dass ich ihr alles bedeute. Durch ihre Liebe habe ich gelernt, unter Menschen zu überleben.

Und was hat mir das gebracht? Das Wissen, dass ich meine Mutter getötet habe.

KAPITEL 55

Mühlbach
In der Nacht

Es ist dunkel. Ich suche nach einem Lichtstreifen, aber ich kann nichts sehen. Ich führe meine Hand vor mein Gesicht, aber alles bleibt schwarz. Und es ist so still. Ich lausche, aber außer meinem eigenen Atem höre ich nichts. Meine Hände sind steif und meine Fingernägel schmerzen. Der Raum riecht sandig, wie Muscheln am Meer. Meine Finger kribbeln. Ich murmele ein paar Worte. Ich bete. Es kostet mich unendlich viel Kraft. Und ich bin so durstig. Meine Zunge ist schwer, wie betäubt. Ich möchte aufstehen, aber es geht nicht. Meine Beine weigern sich. Ich versuche mich zu bewegen, aber auch das geht nicht. Meine Glieder sind zu schwer. Die Muskelkrämpfe haben aufgehört. Mein Körper fühlt sich an, als sei er zu Eis erstarrt. Die feuchte Kälte drückt mir die Augen zu. Alles um mich herum scheint sich zu drehen. Mein Denken verlangsamt sich. Und doch zittere ich nicht mehr. Auch die Panik lässt nach.

„Flora! Flora, wach auf! Flora!"

Jemand zieht an meinen Schultern. Ich öffne die Augen. Eine Welle der Erleichterung durchströmt mich. Ich kann sehen. Ich liege in meinem Bett, in meinem Haus, auf meinem Berg in Mühlbach, und Andreas beugt sich über mich.

„Flora, du hast geträumt. Setz dich einen Augenblick aufrecht hin. Komm!"

Ich erhebe mich und stelle meine Füße neben das Bett. Wie benommen starre ich auf meine nackten Beine. Sie bewegen sich. Mit mir ist alles in Ordnung. Und mir ist nicht kalt. Ich schnalze mit der Zunge. Sie tut es auch. Aber da ist etwas. Dieses Pochen in meinen Ohren. Ich halte mir die Hände an den Kopf und versuche, das Pochen zu stoppen. Das Pochen wird zum Hämmern.

„Ich muss raus", rufe ich. *Bewegung! Luft!*

Ich stehe auf, schlüpfe in meine Hausschuhe und verlasse mit ausgebreiteten Armen das Zimmer. Ich habe Angst, dass mir schwindelig wird. Aber ich falle nicht. Ich stehe sicher auf beiden Beinen. Ich komme an dem Sofa vorbei, auf dem Andreas geschlafen hat. Seine Schuhe stehen nebeneinander unter dem Beistelltisch. Ich erinnere mich wieder. Er ist geblieben, um auf mich aufzupassen. Seine Schritte erklingen leise hinter mir. Ich öffne die Haustür und trete hinaus. Die Nacht ist klar, Mond und Sterne beleuchten die Berge. Ich rieche den erdigen Duft der nächtlichen Voralpen und gehe weiter. Eine Eule ruft. Ich beschleunige meine Schritte und gehe auf den alten Olivenbaum zu. Will mich an seine knorrige Rinde lehnen. Ich möchte mich an ihm festhalten. Hinter mir knarren die heruntergefallenen Zweige im Rhythmus seiner Schritte. Ich drehe mich um. Andreas folgt mir. Das Rauschen in meinen Ohren wird immer lauter. Etwas drückt mit unendlicher Kraft gegen mein Zwerchfell: die Leere. Ich kann kaum noch atmen.

„Nein, Ella, stirb nicht", schluchze ich in den dunklen Himmel. „Nein. Bleib bei mir!"

Andreas fasst mich an den Schultern.

„Ella ist tot", flüstere ich. Ich versuche mich loszureißen, möchte weitergehen. Immer weitergehen.

„Aber das weißt du nicht", sagt er und drückt mich wieder mit beiden Armen fest an sich.

„Doch, ich spüre es!"

„Du kannst es nicht spüren!"

„Doch! Die Leere. Da ist eine neue Leere in mir." Tränen laufen mir über die Wangen.

„Eine neue Leere?"

„Ja. Das ist der Tod. Ein Teil von mir ist gestorben. Ella war der einzige Teil von mir, der noch lebte. Sie ist tot."

„Komm, Flora, komm" Er wiegt mich. Mein Körper wird schlaff, als alle Energie aus mir herausströmt. Ich kämpfe nicht mehr. Sanft bewegen wir uns hin und her, wie ein Schiff auf dem Meer. Das Wiegen beruhigt mich.

„Ich habe geträumt", sage ich weinend, „ich sei gestorben. Ich war eingesperrt, in einem dunklen, kalten Raum und war so durstig."

Still wiegt Andreas mich weiter. Er küsst meine Locken. Ich schnuppere den Farnhain nach einem Sommerregen, seufze und lasse mich weiter hin- und herwiegen. Die Geräusche der Nacht umgeben uns. Ich entspanne mich.

Und plötzlich sind seine Finger da. Sie streichen über meine Wange. Ich seufze und lege den Kopf zurück. Über mir funkeln die Sterne in einem schwarzen Universum. Es gibt so viele Welten jenseits dieser einen. Wir sind nichts. Meine Leere ist leer. Ich schaue in Andreas Augen. Sein Blick ist voller Staunen.

Ich streiche mit dem Zeigefinger über seine Lippen.

KAPITEL 56

Mühlbach

Donnerstagmorgen, 18. Juli 2019

Andreas liegt nackt in meinem Bett, zusammengerollt wie ein Fötus. Er schläft fest. Ich setze mich auf die Bettkante und lausche einen Moment seinem Atem. Dann beuge ich mich leicht vor und schnuppere an seinem Ohr. Es riecht nach Zedernharz. Körperlich passen wir perfekt zusammen. Mit Andreas ist es wie mit Gabor: so unendlich vertraut. Unsere Seelen kennen sich, hat Andreas gesagt, und dass er sein ganzes Leben lang an mich gedacht hat, und dass er mich gesucht hat, damals im Gymnasium, nach der Abschlussfeier. Er sei durch die Aula gelaufen, durch die Gänge, über den Parkplatz, aber er habe mich nicht gefunden. Ich erzählte ihm von Martha, die mich sofort nach Hause gezerrt hatte, aus Angst vor Fragen über meine Vergangenheit. Er erwähnte auch, wie sehr er sich freute, als er in der Süddeutschen Zeitung von meiner Auszeichnung gelesen hatte. *Sein kleines Blumenmädchen* teilte ihr Wissen über Kräuter mit der Welt.

Und er weinte, als wir darüber philosophierten, wie unser Leben verlaufen wäre, wenn Martha an jenem Abend nicht mit mir fortgegangen wäre. Dann hätte er zweifellos um mich geworben, sagte er und küsste sanft meine verkrüppelte linke Hand.

Wir sprachen auch über meine Mutter. Aber die Geschichten über die Steinigung und den Tod von Ambra müssen sich erst noch zu einer Erinnerung formen, zu etwas, das geschehen ist, eine Geschichte, in dem Ambra und ich die Hauptrollen spielen.

Das ist nicht der Fall. Mein schwarzer Moment ist immer noch ein finsterer, dunkler Moment. Aber in meinem Kopf entstehen bereits Bilder von dem, was mir erzählt wurde. Seltsam, wie man als Mensch die Vergangenheit formt, indem man die eigene Vorstellung mit den Geschichten anderer verknüpft.

Ich lege meine Hand auf Andreas Stirn und versuche, die Wärme seiner Hirnaktivität einzufangen. Sein Denken wird sofort wieder einsetzen, wenn er aufwacht. Auch geistig haben wir viel gemeinsam, mehr als mit Gabor, mit dem ich insbesondere die Leidenschaft für die Naturheilkunde teilte. Gabor trat in mein Leben, als ich meine jahrelangen Expeditionen in Regionen mit einzigartigen Heilkräutern begann. Er war mein erster Lehrer, mein Guru. Gabor faszinierte mich mit seinem Geist. Meine Beziehung zu Andreas ist anders und emotional ausgeglichener. Mit ihm teile ich die Liebe zur einsamen Bergwelt. Wir sind auf derselben Frequenz. Wir verstehen die Schwingungen, die wir aussenden. Wir brauchen keine Worte.

Gestern Abend wurde ich daran erinnert, was Martha mir einmal über die Funktion des Radios erklärt hat. Ich war erst wenige Tage bei ihr, als ich eines Morgens von einem wunderschönen Violinkonzert geweckt wurde. Ich stand auf und ging zur Quelle des schönen Klangs. Die Musik kam aus einem kleinen schwarzen Kästchen, das auf der Küchentheke stand. Ich nahm es in die Hand, staunte über die vielen Knöpfe, berührte sie. Der Klang verschwand und ein unangenehmes Geräusch ertönte aus dem Kästchen. Ich erschrak, ließ es aus der Hand fallen und trat einen Schritt zurück. Das Geräusch war verschwunden, die Kiste tot. Nach ein paar Atemzügen wagte ich es, das Kästchen wieder in die Hand zu nehmen. Ich drehte und drückte alle Knöpfe und versuchte, die Geigenmusik wieder zum Leben zu erwecken, aber es gelang mir nicht. In diesem Moment kam Martha in die Küche. Sie sah meine Enttäuschung und erklärte mir das Radio: Was es mit Lang- und Kurzwellen auf sich hat und dass man die Töne auf AM nicht hören kann, wenn man auf FM umschaltet. Ich erinnere mich, dass ich, während sie sprach, versuchte, die unsichtbare Strahlung zu spüren, so wie ich oft das Unsichtbare in der Natur spüre.

Ja, das ist es. Ich schaue den Mann neben mir an. Andreas ist der dritte Mensch auf meiner Wellenlänge. Wir hören den Klang des jeweils anderen. Ich war auch mit Gabor und Ella auf derselben Frequenz, aber Gabor und Ella sind tot.

Ich blicke nach draußen. Die Sonne geht jeden Moment auf, die Geräusche des Morgens schwellen an.

Andreas hat mir gesagt, ich solle weiter darauf hoffen, dass Ella noch lebt, aber sein Optimismus erreicht mich nicht. Diese grausame Leere ist einfach da und erdrückt mich auch jetzt wieder. Ich stehe auf und schleiche aus dem Zimmer. Will raus, den würzigen Morgenduft der Voralpen einatmen, wenn der frische Fenchel dominiert.

Auf dem Tisch flackert das Licht meines Handys. Es ist 5:18 Uhr. Ich greife nach dem Gerät. Vielleicht Neuigkeiten von Ella? Nein, eine Nachricht von Martin.

Ruf mich bitte sofort an. Es ist dringend. Ich habe das Buch über die schwäbischen Familien gelesen. Es enthält einen Hinweis über die Julena AG in Dettingen.

Mein Herz beginnt wieder zu pochen. Ich stürze aus dem Wohnzimmer. Als ich die Gartentür vorsichtig hinter mir schließe, um Andreas nicht zu wecken, drücke ich bereits den Rückrufknopf.

Martin antwortet sofort. „Flora! Du bist früh dran!"

„Was hast du herausgefunden, Martin?"

Ich winke dem Streifenwagen mit den beiden Polizisten zu, die seit gestern Abend vor meinem Haus stehen. Sie würden gewiss staunen, wenn sie wüssten, was ihr Chef gestern Abend mit mir angestellt hat. Aber Andreas hat mich nur berührt, als ich Trost bei ihm suchte. *Weil Ella tot ist.*

Ich lege meinen Kopf in den Nacken, um besser atmen zu können.

„Ich habe etwas Interessantes über die Familie deines Vaters gelesen, Flora. Vor allem über den älteren Bruder deines Vaters."

Ich muss in Gedanken zurück nach Bad Urach, wo die vierzehnjährige Ambra Mahler an jenem sonnigen Oktobertag mit dem Fahrrad an den Feldern vorbeifuhr und von meinem Vater vom Rad gezerrt wurde. Auch die Geschichten über die Familie Herbach kehren zu mir zurück. Über meinen Großvater, den alten, mächtigen Notar Hendrik Herbach, über den schwulen Bruder meines Vaters, der sich das Leben nahm, über die teuflische Mutter meines Vaters. Die süße blonde Kindfrau, die sich zu Tode hungerte, als mein Vater noch ein Teenager war. Ein Tod, der ihn anscheinend sehr mitgenommen hat.

„Flora, bist du da?" Er klang aufgeregt.

„Ja, Martin. Was hast du herausgefunden?" Im Osten färbt sich der Himmel über dem Hocheck-Gipfel langsam violett.

„Zwei Dinge. Erstens habe ich gelesen, dass der Vorname deiner Großmutter väterlicherseits Julena war. Die Mutter von Peter Herbach hieß Julena Herbach. Verstehst du?"

„Ja." Ich verfolge die Sprünge eines Rehs, das in den Wald läuft.

Julena … Julena…

„Julena hat bis zu ihrer Heirat mit Hendrik Herbach in Dettingen gelebt. Dort ist sie auch aufgewachsen. Julena erbte nach dem Tod ihrer Eltern auch das schöne, am Waldrand gelegene Anwesen der Familie. Nach dem Tod der Großeltern und Eltern ging das Anwesen an Peter Herbach über. Aber da ist noch etwas anderes. Ella wusste das alles, denn die Passagen über Julena Herbach und dem Anwesen in Dettingen sind unterstrichen. Ich nehme an, deine Schwester hat im Internet recherchiert und ist so auf die Julena AG gestoßen, denn sie hat die Telefonnummer der Firma mit Bleistift an den Rand des Buches notiert."

„Dann hat mich dieser Jos Kubus belogen, Martin. Ella hat ihn und die Firma Julena kontaktiert."

Ich drehe mich um und eile zurück ins Haus.

„Alles deutet darauf hin, Flora. Aber da ist noch etwas."

Ich halte inne. „Was denn?"

„Jos Kubus ist der Sohn von Hauptkommissar Krekel, der 1973 im Mordfall Mateo Ganteri ermittelt hat. Dieser Friedrich Krekel war homosexuell, was damals niemand wusste. Er hatte zur Zeit der Mordermittlungen eine heimliche Affäre mit Peter Herbachs älterem Bruder. Als die Beziehung zerbrach, nahm sich Herbachs Bruder das Leben. Der Gärtner der Herbachs erzählte es Jahre später einem Journalisten. Das löste einen Skandal aus. Krekel war befangen und hätte niemals die Ermittlungen leiten dürfen."

„Deshalb wurde Mama des Mordes angeklagt. Krekel wollte den Bruder seines Geliebten schützen. Wahrscheinlich hat ihn Peter Herbach erpresst."

„So war es, Flora."

„Hm ... Sein Sohn .... War Jos Kubus ein uneheliches Kind?"

„Nein. Krekel war geschieden, als er die Affäre mit dem Bruder deines Vaters hatte. Seine Frau hat ihren Sohn nach der Scheidung unter ihrem Geburtsnamen *Kubus* eingetragen. Außerdem hat dieser Jos Kubus keinen Grund, dich oder Ella zu töten. Er war nicht einmal geboren, als deine Mutter vergewaltigt wurde. Außerdem kannte er seinen Vater kaum."

„Aber er ist immerhin in die Investmentfirma Julena eingestiegen."

„Das stimmt."

Ich schüttle den Kopf. Langsam fügen sich die Puzzleteile zusammen. Kurz nach dem Tod meines Großvaters Hendrik Herbach endete auch die öffentliche Existenz meines Vaters, insbesondere nach den zahlreichen Veröffentlichungen über sein abartiges Liebesleben.

Er veräußerte, bis auf das Familienanwesen, den Nachlass seines Vaters und verschwand von der Bildfläche. Ich vermute, dass er sich nach 1973 auf das abgelegene Anwesen zurückzog. Dann gründete er eine Investmentfirma, die er nach seiner Mutter benannte: *Julena*. Kurz darauf trat Jos Kubus in sein Leben. Jos Kubus ist der Sohn des ermittelnden Kommissars, der meinen Vater vor dem Gefängnis bewahrte, indem er meine Mutter des Mordes an Mateo Ganteri beschuldigte.

„Jos Kubus arbeitet für meinen Vater, Martin. Ich wette, dass Peter Herbach der unbekannte Aktionär der Julena AG ist und auf dem abgelegenen Anwesen in Dettingen lebt."

„Das mag sein. Aber andererseits ist die Tatsache, dass dein Vater dort wohnt und Jos Kubus dort arbeitet, kein Grund für einen Mord."

„Dieser Jos Kubus ist gefährlich. Ich habe es in seinen Augen gesehen. Ich habe das Böse gerochen."

„So etwas kann man weder sehen noch riechen, Flora."

„Trotzdem." Ich öffne die Haustür und gehe hinein. „Hast du die Adresse von dem Anwesen?"

345

„Die Adresse müsste schon auf deinem Handy sein."

„Und du hast auch mit dem Pfarrerkollegen gesprochen?"

„Ja. Niemand hat den Bewohner je gesehen."

„Nie gesehen…", wiederhole ich.

Die Bestie hat sich also in einen Einsiedler verwandelt.

KAPITEL 57

Villa Herbach, Dettingen,
Donnerstag, später Vormittag

Ich bremse, öffne das Fenster und halte rechts Ausschau nach Lücken im dichten Kiefernwald. Hier muss die Auffahrt zum Herbach-Anwesen beginnen. Der Regen hat aufgehört, aber die Hitze ist geblieben. Ich schaue in den Rückspiegel. Nichts zu sehen. Die schmale Straße durch den Wald ist immer noch leer. Bis jetzt ist mir niemand gefolgt.

In Bad Urach habe ich mein Handy ausgeschaltet, ich möchte nicht, dass Andreas mich orten kann. Er würde mein Vorgehen zu verhindern wissen. Er glaubt, dass ich wegen eines dringenden Auftrags zu *Floresse* muss und jetzt an meinem Schreibtisch sitze, während ein Polizeifahrzeug, das mich hierhergebracht hat, vor unserem Werkstor steht. Ich habe ihn in die Irre geführt und schäme mich deswegen. Aber ich konnte nicht anders. Andreas hält Peter Herbach für sehr gefährlich. Ob eine Durchsuchung der Julena AG und des Herbach-Anwesens gerechtfertigt ist, wird erst nach einer Überprüfung entschieden. Das braucht Zeit, weil es eine internationale Aktiengesellschaft betrifft. Diese Zeit habe ich nicht.

Ich bin mir sicher, dass ich von meinem Vater Antworten über Ellas Schicksal bekommen werde. Er ist die Schlüsselfigur in dieser Geschichte. Auch Martha ist auf dem Weg nach Dettingen. Unsere Sekretärin versprach sich, als ich sie heute Morgen anrief. Sie sagte, dass Martha gestern Abend einen Wagen mit Chauffeur bestellt hätte, der sie heute Morgen abholen würde und ob ich nicht lieber mit Martha fahren wolle? Martha hatte demnach auch Einzelheiten über den Gründer von Julena erfahren und beschlossen, mir nichts zu sagen. Was will sie von meinem Vater? Was verschweigt sie mir schon wieder? Mein erster Impuls war, sie anzurufen und eine Erklärung zu verlangen, aber ich tat es nicht. Unser festes Band des Vertrauens wurde durch ihr Schweigen auf einen sehr dünnen Faden reduziert. Martha und ich müssen uns erst aussprechen.

Nachdem ich mit Max Gruber und Christian Reichelt gesprochen habe, verstehe ich, warum sie ihr Leben lang über die Herkunft meiner Mutter geschwiegen und mir nichts von den Ereignissen im Grafenloch erzählt hat. Sie wollte mich schützen, um mich nicht als Mörderin bloßzustellen. Aber Geheimnisse sollten nicht mehr zwischen uns stehen.

Während der Fahrt dachte ich über Mamas Versuch, mich zu steinigen, nach und über den Moment, als ich zum Messer griff und auf sie einstach. Ich habe keine Schuldgefühle wegen meiner Tat. Ich bin keine Mörderin, denn ich habe so gehandelt, wie *sie* es mich gelehrt hat: als eine Figur in dem Theaterstück, das meine Mutter inszeniert hatte. Sie schuf die Kulissen für unsere *heile* Welt und die Welt der Teufel hinter dem Tunnel. Meine Mutter bestimmte, was ich tun und denken durfte. *Sie* brachte mir bei, wie man unter schwierigen Bedingungen überlebt und wie man tötet, wenn man mich angreift. Erst nach meiner Entlassung aus der Klinik wurde ich zum Regisseur meines eigenen Lebens. Das verdanke ich Martha. Sie hat mich gelehrt, unabhängig zu denken und an vermeintlichen Wahrheiten zu zweifeln. Dieser Zweifel hat mich hierhergeführt.

Das Licht auf der Straße wechselt. Rechts von mir verändert sich die Struktur des Waldes. Zwischen den Bäumen ist mehr Raum. Vor mir taucht die Einfahrt auf. *Das muss es sein!*

Ich bremse und biege in einen vom Regen aufgeweichten Feldweg ein. Nach fünf Minuten erreiche ich ein Stahltor zwischen zwei Backsteinsäulen. In der rechten Säule befindet sich eine Gegensprechanlage. In der Ferne erhebt sich ein längliches Gebäude aus grauem Naturstein: das barocke Anwesen der Familie Herbach. Der riesige Wintergarten und die vielen hohen Fenster scheinen von Versailles inspiriert zu sein. Ebenso der französische Garten mit seinen sprudelnden Fontänen und blühenden Rosen. Der Teufel residiert mitten in einem Märchen.

Vor dem Tor biege ich rechts ab und fahre am meterhohen Zaun vorbei tiefer in den Wald hinein. Bevor ich am Tor läute, will ich das Gelände erkunden. Den Schildern nach zu urteilen, handelt es sich um einen öffentlichen Weg. Tannenzapfen knirschen unter den Reifen, als ich den Wagen nach zweihundert Metern zwischen riesigen Tannen außer Sichtweite des Anwesens parke. Ich stelle den Motor ab, stecke das Jagdmesser in den Gürtel. Meine Bluse fällt locker über das Messer, sodass es nicht zu sehen ist. Schön. Ich öffne meinen Rucksack und nehme die Handschellen heraus, die ich heute Morgen aus dem Polizeiauto genommen habe, während die beiden Polizisten das Gelände der Floresse überprüften.

Mir wird klar, dass ich zum ersten Mal seit Jahrzehnten wieder auf die Jagd gehe. Nicht auf Wildschweine, sondern auf Menschen. Meine einzige Waffe ist mein Messer, das mir plötzlich zu klein vorkommt, die Handschellen ähneln dem Verschluss einer Falle. Die Jagd beginnt. Ich steckte die Handschellen in meine Tasche, steige aus und erkunde die Umgebung und den hohen Zaun.

Der Wald erinnert mich an einen Zoo inmitten der Natur, in dem wilde Tiere sich einer Illusion beugen müssen. Im Zoo leben sie hinter Stacheldraht und folgen dem Rhythmus, der ihnen die Leitung des Luxuskäfigs auferlegt. Auch mein Vater lebt in einem Luxuskäfig. Ich bin dabei, diesen Käfig zu betreten. Das Klopfen in meinen Ohren sagt mir, dass hinter dieser Tür Gefahr lauert. Der Vernunft nach sollte ich mich in Sicherheit bringen und einen Rückzug organisieren oder zumindest Andreas sagen, wo ich bin.

Ich öffne den Reißverschluss meines Rucksacks, nehme mein Handy und schaue auf das Display. *Kein Empfang!* Bilder einer lächelnden Ella tauchen auf, gefolgt vom Frösteln und dem Durstgefühl der letzten Nacht.

Am Zaun sind keine Kameras angebracht, nur alle paar Meter ein Schild, das darauf hinweist, dass der Zaun unter Strom steht. Ob das stimmt, werde ich nicht überprüfen. Ich gehe auf das Eingangstor zu, an dem eine Kamera angebracht ist. Jetzt kann ich zwei Dinge tun: klingeln oder einbrechen. Vielleicht ist es besser, das Grundstück ein wenig zu erkunden. Als ich mich durch das Gebüsch zum Tor schleiche, höre ich, wie sich ein Auto der Einfahrt nähert. Ich ducke mich hinter eine dicke Fichte und warte. Ein knallrotes Cabrio nähert sich, ein Porsche.

Einen solchen Wagen hatte Martha auch. Ich warte, bis er vorbeigefahren ist und erstarre, als ich den Fahrer erkenne. *Jos Kubus!* Meine Vermutung war richtig. Ich lehne mich an den Baumstamm und versuche, meine Atmung wieder in den Griff zu bekommen.

Langsam öffnet sich das große Tor. Ich stelle mich neu auf und erkunde den Bereich neben den beiden Backsteinsäulen, vor allem achte ich auf die Kamera über der Sprechanlage. Rechts ist ein toter Winkel, denn dort stehen hüfthohe Rhododendren. Wenn ich mich von dieser Seite dem Tor nähere, kann ich mich hinter das Cabriolet schleichen, ohne von der Kamera erfasst zu werden. Nur Jos Kubus kann mich sehen, wenn er in diesem Moment in den Rückspiegel schaut. Aber das ist unwahrscheinlich. Menschen sind wie Tiere, nur dann wachsam, wenn sie sich an einem Ort befinden, an dem sie Gefahr wittern. Hier rechnet er nicht damit. Deshalb ist sein Blick nach vorn gerichtet. Er schaut auf das Schloss.

Als der Porsche an mir vorbeifährt, schieße ich blitzschnell an der Säule vorbei und verstecke mich hinter einem japanischen Baum. Das Tor schließt sich wieder. Jos Kubus fährt auf das Anwesen zu, parkt den Porsche, steigt aus und geht schnellen Schrittes die Stufen zur Terrassentür hinauf. Als er im Haus ist, schleiche ich zur Rückseite des Hauses. Dieser Teil sieht weniger nobel aus. Die Fenster sind kleiner und die Tür ist nicht aus Glas, sondern aus Holz. Mülltonnen, ein Traktor und ein Motorroller stehen an der Wand.

Außer dem Porsche von Jos Kubus und dem Motorroller sind weit und breit keine Transportmittel zu sehen. Das könnte darauf hindeuten, dass sich nur drei Personen im Haus aufhalten. Ein Angestellter, der mit dem Motorroller kommt und geht, Jos Kubus mit seinem Porsche und Peter Herbach, der angeblich sein Grundstück nicht mehr verlässt.

Drei Personen...

Ich gehe zur Holztür, drücke vorsichtig auf die Klinke und bete, dass kein stiller Alarm eingebaut ist, wie bei mir zu

Hause. Lautlos öffnet sich die Tür. Ich schlüpfe in den dunklen Korridor. Das erste Zimmer rechts ist die Küche. Auf der Arbeitsplatte steht eine gebrauchte Bratpfanne, daneben zwei Schüsseln und zwei Teller. Es riecht nach Spiegeleiern. Der Raum links ist ein Badezimmer, sehr modern, fast klinisch. Dusche, Toilette und Waschbecken haben Stützen. Die Tür zum Flur ist neu und breit. Handtücher und Toilettenpapier hängen tief. Eindeutig ein Behindertenbad! In diesem Teil des Gebäudes ist niemand.

Weiter hinten im Flur stehen zwei Türen einen Spalt offen. Vorsichtig blicke ich durch die erste Tür: eine Speisekammer mit Lebensmitteln und Putzmitteln. Aus der zweiten dringen Stimmen. Ich halte den Atem an und erkenne deutlich die Stimme von Jos Kubus.

„Der Alte muss gewaschen werden. Er stinkt! Wie sollen wir sonst mit dem unerwarteten Besuch des Hausarztes umgehen?", zischt er.

Ob dieser chronisch kranke Mann, über den sie so abfällig reden, mein Vater ist? Ein Hauch von Panik schwingt in den Stimmen mit, denn die Urlaubsvertretung des Hausarztes kommt heute.

„Und zu allem Überfluss", sagt die Frau, „hat sich auch noch der Pfarrer angekündigt, obwohl der noch nie da war."

Ich frage mich, ob das vielleicht etwas mit Martins Anruf zu tun hat?

Jos Kubus ist sichtlich verärgert über den unangemeldeten Besuch der beiden Herren. „Sie haben Glück", sagt er vorwurfsvoll, „dass die Arzthelferin mich über die Vertretung informiert hat, sonst hätten Sie ein Problem."

„Ich habe kein Problem", erwidert die Frau. „Schließlich werde ich nur für eine Körperwäsche alle 14 Tage bezahlt. Mein Mann hilft mir, weil ich den alten Sack in der Dusche nicht alleine aus dem Stuhl heben kann. Ich kann nichts dafür, wenn der Mann ungewaschen ist, wenn der neue Hausarzt kommt." Ihre Stimme klingt wie die einer Kettenraucherin.

„Dann kommen Sie doch öfter!", fährt Kubus sie an.

„Dafür werde ich nicht bezahlt!"

„Sie kommen ab sofort zweimal die Woche. Die Kosten übernehme ich."

„Dann bügle ich jetzt seine Sachen und bereite alles im Bad vor. In einer halben Stunde wasche ich den Alten und ziehe ihm frische Kleider an. Aber beim Duschen müssen Sie mir helfen."

Jos Kubus erklärt sich bereit, ihr dabei zu helfen, sodass der alte Mann in zwei Stunden bereit sein wird, den Hausarzt zu empfangen.

Schritte nähern sich. Ich husche in die Vorratskammer. Als sie verklungen sind, schaue ich vorsichtig in den Flur. Eine korpulente, grauhaarige Frau im Schwesternkittel geht in den Bügelraum und schaltet das Radio ein. Ohrenbetäubend dröhnt ein Discosong durch den Flur. Meine Schritte sind lautlos.

KAPITEL 58

Villa Herbach, Dettingen

Das ist meine Chance. Jos Kubus ist allein im Raum, vielleicht mit dem Behinderten, von dem ich nichts zu befürchten habe. Mein Trumpf ist die Überraschung und mein Messer. Ich atme tief durch, schleiche aus der Speisekammer und trete durch die offene Tür ins Schlafzimmer. Vor mir tut sich ein großer, hoher Raum auf, der früher einmal eine Bibliothek gewesen sein muss. Eine Wand ist voller Bücher. Es riecht noch nach Pfeifentabak und Zigarren, nach Exkrementen und Schweiß. Der Boden ist mit grauen Marmorfliesen ausgelegt, ein Vorteil, ein Parkettboden würde unter meinen Füßen knarren. Rechts in der Ecke steht ein Krankenhausbett aus Stahl. Daneben ein runder Plastiktisch mit einem einzigen Stuhl. Links gehen zwei raumhohe Fenster auf den französischen Garten mit seinen Springbrunnen hinaus.

Am ersten Fenster sitzt Jos Kubus, mir abgewandt, in einem schwarzen Ledersessel. Er raucht. Am anderen Fenster, fast fünf Meter von ihm entfernt, steht ein hochmoderner Rollstuhl, in dem ein Mann mit weißgrauem, lockigem Haar sitzt. Das Gesicht des Mannes kann ich nicht erkennen. Der Rollstuhl ist so eingestellt, dass er Kubus auch nicht sehen kann. Ich denke nach. Beide Männer sitzen mit dem Rücken zur Tür. Der Mann im Rollstuhl ist vermutlich mein Vater, um ihn kümmere ich mich später. Jetzt bin ich auf der Jagd und wittere meine Beute. Bei der Jagd muss man sich fokussieren. *Konzentriere dich immer auf den Anführer*, hat mir Mama beigebracht, *denn wenn dieser tot ist, entsteht eine kurze Orientierungslosigkeit bei den anderen.*

Also Kubus zuerst. Es muss schnell gehen. Ich nehme mein Messer aus dem Gürtel, konzentriere mich auf seinen Kopf und stürze mich auf ihn. Mit zwei Sprüngen bin ich bei ihm, greife mit der linken Hand seinen schwarzen Pferdeschwanz, ziehe mit einem Ruck seinen Kopf nach hinten und halte mit der rechten Hand die Messerspitze an seinen Adamsapfel.

„Keine Bewegung, Kubus, oder ich schneide Ihnen die Kehle durch", zische ich.

Ein stummer Schrei. Seine Augen werden groß und sein Mund öffnet sich. Mit dieser Bewegung ritze ich seine Haut auf. Blut tropft auf sein Hemd. Rot auf Weiß. Die Zigarette fällt zu Boden.

„Nicht bewegen", wiederhole ich. „Und nicht sprechen." Meine Stimme klingt kalt und berechnend in dem hohen Raum.

Kubus blinzelt und keucht. Sein Körper verkrampft sich.

„Und jetzt die Hände hinter den Rücken!"

Mit der linken Hand halte ich seinen Kopf fest. „Und keine Dummheiten. Eine falsche Bewegung und ich steche zu! Verstanden?"

Kubus macht eine winzige Nickbewegung. Um meinen Worten Nachdruck zu verleihen, ziehe ich etwas fester an dem Pferdeschwanz, sodass sich sein Adamsapfel noch weiter nach vorn schiebt. Er stöhnt und legt beide Hände auf seinen unteren Rücken. Auch seine Brust schiebt sich jetzt nach vorn. Seine Augen suchen meine. Wir schauen uns an. Er riecht nach Schweiß, hat Angst. *Gut.*

„Jetzt steh auf", herrsche ich ihn an und werfe einen Blick auf den Mann im Rollstuhl. Sein Gesicht ist immer noch in der gleichen Position. Er scheint meine Aktion nicht zu bemerken oder sie zu ignorieren.

„Wir gehen jetzt zum Bett. Aber keine unerwarteten Bewegungen."

Kubus steht vorsichtig auf. Er hat meine Worte verstanden, denn er lässt sich wie eine Marionette führen. Erstaunlich, wie ein berechnendes Gehirn den Überlebensinstinkt vergessen lässt. Aber Vorsicht, ein Wildschwein kommt auch nicht zur Vernunft, wenn man es bedroht. Es rammt weiter. Es wird auch nicht zahm, wenn man ihm ein Messer an die Kehle hält.

„Nimm die Hände etwas höher", herrsche ich ihn an.

Kubus schwitzt aus allen Poren. Ich lasse seinen Pferdeschwanz los, nehme mit der linken Hand die Handschellen aus der Tasche und fessele seine Handgelenke an den eisernen Bettpfosten. Dann nehme ich das Messer von seinem Hals und trete zur Seite. Da seine Hände ans Bett gefesselt sind, sind auch seine Schultern nach hinten verdreht und sein Brustkorb ragt unnatürlich nach vorn. Ich ziehe mein Taschentuch aus der Hosentasche, er dient als Knebel.

Kubus atmet schnell und schwer, als wäre er gerade einen Marathon gelaufen. Seine Augen glühen, sein Gesicht zeigt brachiale Wut, aber auch Anspannung.

Noch einmal ritzt mein Messer seinen Hals, dann trete ich einen Schritt zurück und analysiere die Situation. Seine Beine gefallen mir nicht. Er könnte mir jederzeit einen Tritt verpassen. Ich sollte ihm die Augen verbinden.

Das breite Band, mit dem die Vorhänge am Fenster zusammengehalten werden, binde ich Kubus über die Augen. Sein Körper zittert. Meine linke Hand wandert zu seinem Hosenbund. Ich ziehe den Gürtel aus der Hose, lege ihn um seine Fußgelenke und ziehe ihn fest. Kubus hat Mühe, das Gleichgewicht zu halten.

„Perfekt", zische ich.

Aus dem Bügelzimmer dröhnt ein neuer Disco-Hit in den Raum. Ich schließe die Tür, gehe zu den hohen Fenstern und ziehe mit einem Ruck die weinroten Damastvorhänge zu. Niemand weiß besser als ich, wie es ist, im Dunkeln eingesperrt zu sein. Neugierige Blicke sind hier fehl am Platz. Dann drehe ich mich um, das Messer griffbereit.

Der alte, hagere Mann sitzt zusammengekauert in seinem Rollstuhl. Seine Augen sind das einzig Lebendige an seinem sonst so reglosen Körper. Sie bewegen sich leicht in meine Richtung, aber wahrscheinlich können sie mich nicht richtig sehen, denn die beiden Lederstützen zu beiden Seiten seines Kopfes versperren ihm die Sicht zur Seite. Seine fettigen, weißgrauen Locken hängen wie Spaghettisträhnen über die Schultern. Arme und Beine sind mit Lederriemen an die Stützen gefesselt, damit er nicht aus dem Sitz rutschen kann. Der Gestank nach altem Schweiß und Fäkalien ist unerträglich. Sein blau gestreifter Schlafanzug ist voller Fettflecken. Die geöffnete Jacke gibt den Blick frei auf graublondes Brusthaar auf faltiger Haut mit hervortretenden Rippen. Seine großen Füße stehen nackt auf den Plastikfußstützen des Rollstuhls. Gelbe Pilznägel sind wie bröckelige Krallen über seine Zehen gewachsen. Ich betrachte ihn eine Weile von der Seite. Fasziniert wandert mein Blick von der schneeweißen Haut, der ovalen Gesichtsform, den weißgrauen krausen Locken, der geraden Nase, den hohen Wangenknochen über die sehnigen Beine bis zu den langen, schlanken Zehen. Ich schlucke. Diese Gestalt ist unverkennbar mein leiblicher Vater. Ich bin sein weibliches Ebenbild, aber ohne die Makel der Verwahrlosung und des Alters.

Meine Gedanken spielen ein seltsames Spiel mit mir. Ich bin mir sicher, dass dieser Mann mein Vater ist, aber ich kann nicht glauben, dass Ella seine Tochter ist, obwohl ich weiß, dass auch sie von ihm abstammt. *Ella tötet keine Menschen. Ich schon. Genau wie er. Und ich fühle nichts dabei. Er auch nicht.* Ich schüttle den Kopf. *Konzentriere dich! Ich muss wissen, wo Ella ist.*

Mit einem Ruck ziehe ich den letzten Vorhang zu, gehe zurück zu Jos Kubus und nehme ihm die Augenbinde ab. Der Raum wirkt plötzlich intim, als das Sonnenlicht durch die weinroten Vorhänge fällt, wie in einem Bordell. Mit dem Messer in der Hand mustere ich Kubus. *Ja, dieser Mann ist abgrundtief böse. Er ist einer von der Sorte, die sich nur einem Stärkeren beugen. Ich werde ihm meine Überlegenheit zeigen.*

„Sie werden jetzt meine Fragen beantworten. Haben wir uns verstanden? Oder soll ich ein wenig mit dem Messer herumfuchteln, darin bin ich geübt!"

Er nickt. Ich nehme ihm das Taschentuch aus dem Mund, stecke es zurück in meine Hose und deute auf den Rollstuhl. „Was fehlt dem alten Mann?"

„ALS", antwortet Kubus mit zittriger Stimme.

Amyotrophe Lateralsklerose? Eine grausame Erkrankung. Plötzlich wird mir bewusst, wie sehr er sich in seinem Rollstuhl erniedrigt. Denn trotz seiner körperlichen Beeinträchtigung funktionieren sein Verstand, sein Gehör, sein Geruchssinn und sein Sehvermögen noch gut. Er war durchaus in der Lage, dem Gespräch zwischen Kubus und der Pflegerin zu folgen. Er weiß, dass er in den Augen seiner Pfleger kein Mensch mehr ist, sondern ein Objekt, der Bosheit und Erniedrigung ausgesetzt.

Ich schaue Kubus wieder an. „Wie lange hat er das schon?"

„Ungefähr drei Jahre."

„Dann wird er nicht mehr lange leben."

Kubus schweigt.

„Wissen Sie, wer ich bin?"

Er nickt vorsichtig. „Ja", flüstert er.

„Ich höre."

„Sie sind Flora Graf."

„Richtig. Und weiter?"

„Sie sind seine Tochter", antwortet er und wirft Peter Herbach einen kurzen Blick zu.

„Genau. Und weißt du was?" Ich schaue Kubus direkt in die Augen. „Und ich bin meinem Vater sehr ähnlich. Nicht nur äußerlich."

Kubus sieht etwas in mir, das ihn zutiefst erschreckt, er zittert am ganzen Körper. Ein dunkler Fleck erscheint auf seiner Hose. Feuchtigkeit rinnt seine Beine hinunter. Lächelnd gehe ich auf ihn zu, schiebe mein Messer hinter den Gummizug seiner Hose, durchtrenne ihn mit einem Hieb und schiebe mit der linken Hand den Stoff ein Stück nach unten. Leinenhose und Unterhose fallen zu Boden.

„Ach..."

Sein schlaffer Penis und die frisch rasierten Eier hängen traurig herunter. Mit der Klinge meines Messers hebe ich seinen schlaffen Schwanz an. „Nach deiner spontanen Erleichterung wirst du mir jetzt sagen, wo meine Schwester ist und mir erklären, warum Ella und ich sterben müssen."

KAPITEL 59

Villa Herbach, Dettingen
Donnerstagnachmittag

Als mein Blick auf die verschlossene Tür fällt, ruft Kubus plötzlich nach Frau Marek.

Verdammt. Ich nehme das Taschentuch wieder in die Hand, drücke Kubus die Nase zu und stopfe es ihm wieder in den Mund, als er nach Luft schnappt. Sein Brüllen verstummt.

„Hast du es immer noch nicht kapiert?"

Ich atme ein paar Mal tief durch, dann trete ich ihm mit dem rechten Knie in den Schritt. Er zuckt zusammen, sein Schmerzensschrei wird vom Taschentuch erstickt.

Leise betrete ich den Flur. Die Tür zum Bügelzimmer steht einen Spalt offen. Discomusik dröhnt noch immer, das Bügeleisen quietscht. Frau Marek steht vor dem Bügelbrett am Fenster und schaut in den Garten. Langsam und leise schiebe ich die Tür auf. Nehme mein Messer. Stürze ins Zimmer. Packe sie an ihrem grauen Dutt und ziehe ihren Kopf zurück. Durch die unerwartete Bewegung verliert die korpulente Frau das Gleichgewicht, kippt nach hinten und fällt auf den Steinboden.

Ich hocke mich neben sie, während sie versucht aufzustehen. „So, Lauschlappen auf! Unten bleiben und umdrehen. Auf den Bauch!", rufe ich und halte ihr das Messer an die ungeschützte Kehle. „Dir geschieht nichts, wenn du tust, was ich sage", fauche ich und sehe ihr in die schlammbraunen Augen. „Ich bin nur wegen Jos Kubus hier."

Die alte Frau schnappt nach Luft, dann blitzt Panik in ihren Augen auf. Sie sieht es, sie erkennt Peter Herbach in mir.

„Ich tue alles, was Sie wollen", schluchzt sie mit zitternder Stimme, gehorcht und legt sich zitternd auf den Bauch.

Ich setze mich auf ihren breiten Po und greife nach dem Kabel des Bügeleisens. Das Gerät klappert auf dem Steinboden. Ich ziehe den Stecker, durchtrenne das Kabel und binde ihr damit die Hände auf den Rücken.

„Wo ist der Keller?"

„Nein, bitte nicht in den Keller!" Angst schwingt in ihrer Stimme mit.

„Steh auf, los! In den Keller!"

Sie versucht aufzustehen, was sich als schwierig erweist, ohne ihre Hände zu benutzen. Sie ist schwerfällig. Ich ziehe sie am Arm hoch und halte mit der anderen Hand mein Messer bereit.

„Nein, bitte nicht in den Keller." Ihr Ton beunruhigt mich. Was ist im Keller, wovor sie sich so fürchtet?

„Ich finde den Keller auch ohne deine Hilfe." Ich balle meine Faust. „Wenn du mir nicht hilfst, bleibt mir nichts anderes übrig." Ich setze die Spitze meines Messers an die Stelle über ihrem Auge und rasiere ihr mit einer Bewegung eine Augenbraue aus. Sie krächzt und wirft den Kopf wild hin und her.

„Der Keller!", fauche ich ihr ins Ohr und verpasse ihr eine Ohrfeige. Jetzt gegen ihr Auge. „Los! Geh!"

Der zweite Schlag zeigt Wirkung. Sie stolpert zur Tür. Ich habe kein Mitleid mit ihr. Wer einen Kranken so vernachlässigt, ist abgrundtief böse, auch wenn der Vernachlässigte ein Vergewaltiger ist. Diese Frau ist eine Teufelin. Genau wie Jos Kubus. Sie strahlt eine barbarische Energie aus. In der Natur fressen dich die Geier bei lebendigem Leib, wenn sie dich für schwach halten. Sie warten nicht auf den Tod, sie picken einfach. Sie kennen kein Mitleid.

„Rechts. Gegenüber der Küchentür", murmelt sie. Ihre Schultern beben, sie zittert am ganzen Körper. „Der Schlüssel liegt unter der Fußmatte."

Ich beuge mich vor, lasse sie nicht aus den Augen, greife nach dem Schlüssel unter der Matte, öffne das Schloss. Langsam schiebe ich die Kellertür auf und knipse das Licht an. Ein heller Schein fällt auf die Treppe.

„Vergiss nicht, ich bin hinter dir und mache kurzen Prozess, wenn du auch nur eine falsche Bewegung machst. Verstanden?!"

Sie nickt und geht vor mir die Stufen hinunter.

Als wir unten ankommen, zieht sich mein Magen zusammen. Der Keller erinnert an einen Pathologiesaal und ist mit den Utensilien einer modernen Folterkammer ausgestattet.

Weiße Wände, grauer Betonboden, grelles Neonlicht. Mein Herz rast. In der Mitte ein Stahlkäfig mit einem Abfluss für Fäkalien oder Blut. Links an der Wand ein Aluminiumbett mit einer weißen Plastikmatratze. Am Kopfende ist ein Rohr angeschweißt, an dem mehrere Handschellen hängen.

Ich muss würgen und wende mich nach rechts, wo eine weiße Küchenzeile mit einer Arbeitsplatte voller Schneidewerkzeuge, darunter auch Messer, steht. Von der Decke hängt ein Stahlseil, an dem ein Ledergeschirr befestigt ist. Mit einem Hebel neben dem Bett lässt sich das Seil auf- und abwickeln.

Die Schlampe vor mir stöhnt. Aus ihren Augen blitzt Panik, sie zittert am ganzen Körper. Sie weiß es. Sie weiß, dass hier Menschen gefoltert wurden! Sie kennt diesen Keller, sie wusste, wo der Schlüssel lag. Sie hat den beiden Männern geholfen, Mädchen wie Mama zu foltern. Jugendliche, fast noch Kinder. Vielleicht hat sie danach den Raum gesäubert. Was für ein böser Mensch! Ich habe kein Mitleid mit ihr. „Zieh dich aus!"

Ich stehe vor ihr, reiße ihr mit einem schnellen Hieb des Messers den Kittel vom Leib, dann das Kleid, den BH und die Unterhose. Ihre Augen springen in alle Richtungen. Ich ignoriere ihr Stöhnen. Eiskalte Wut hat mich erfasst. So muss sie sein, nackt wie die Mädchen, die hier waren.

„Und jetzt rein mit dir." Ich öffne die kleine Käfigtür. Das Ding ist ungefähr einen Kubikmeter groß. Man kann darin weder stehen noch sich hinlegen. Nach ein paar Stunden in diesem Käfig werden ihr die Muskeln höllisch wehtun. Das ist grausam, aber sie hat es verdient.

Sie schüttelt den Kopf, weicht mit ihrem schlaffen Körper einen Schritt zurück. Mit aller Kraft trete ich gegen ihr rechtes Knie. Sie kippt nach vorn, kann aber gerade noch das Gleichgewicht halten. Links auf dem Küchentisch liegt ein Stahlknüppel. Ich greife danach und schlage ihr damit auf den unteren Rücken. Schreiend fällt sie zu Boden.

„Rein mit dir, du dreckige Schlampe", rufe ich.

Wieder schlage ich zu, jetzt auf ihre rechte Wade. Sie schreit auf, bückt sich und kriecht in den Käfig. Mit ihrem fülligen

Körper füllt sie ihn ganz aus. Ich schließe die Käfigtür ab und stecke den Schlüssel in die Tasche.

„Jetzt ist dein Boss dran, du Schlampe!"

Ich habe mich kaum noch unter Kontrolle.

„Ich werde nichts sagen", brüllt Jos Kubus, als ich ihm den Knebel aus dem Mund nehme und ihm die Augenbinde über die Stirn ziehe.

Mit zusammengekniffenen Augen schaut er mich an. Seine Wut bahnt sich ihren Weg nach draußen.

„Wir erwarten jeden Moment den Hausarzt", knurrt er. „Er wird eine verschlossene Tür vorfinden, Gefahr wittern und die Polizei rufen, und ich kenne viele Leute bei der Kripo. Ich werde dafür sorgen, dass du in eine Heilanstalt kommst. Denn da gehörst du hin." Ein leicht glänzender Schweißfilm legt sich auf sein Gesicht.

„Das ist eine gute Analyse meines Gemütszustandes, Jos."

Ich werfe ihm einen verächtlichen Blick zu. Er droht mir mit der Zukunft, um mich in der Gegenwart zu lähmen, zwingt mich, an diese Zukunft zu denken. Seltsam, wie Menschen ihre Gegner mit Gedanken manipulieren wollen. Das Wort Polizist schwingt mit. Er ist wie sein Vater. Friedrich Krekel, der Mann, der meine Mutter des Mordes beschuldigte, der Mann, der aus dem ermordeten Mateo Ganteri einen Pädophilen machte und Anna Ganteris Ruf ruinierte. Jos Kubus ist nicht weniger schlimm als mein Vater und diese Schlampe im Keller. Auch er wird mit Macht und Geld drohen. Und er wird lügen. Er wird alles leugnen. Auch sein Schafspelz ist fest mit ihm verwachsen wie all die Lügen. Das lasse ich nicht zu, ich werde ihn häuten. Ich ziehe ihm das Tuch wieder über die Augen.

Sein Kopf zuckt wild. „Was machen Sie da?"

Ich antworte nicht, sondern rechne aus, wie gut er sehen kann, wenn ich ihm bald wieder die Augen öffne. Ich gehe zum Beistelltisch, hebe ihn vorsichtig an, stelle ihn schräg hinter Kubus und greife nach meinem Handy, schalte die App mit der Aufnahmefunktion ein und lege das Gerät auf den kleinen Tisch. Das Interview mit Jos Kubus kann beginnen. Die Aufnahme läuft.

KAPITEL 60

Auf der Landstraße von Dettingen nach Bad Urach
Donnerstagnachmittag

Ich eile am sprudelnden Brunnen vorbei zum Spalier. Draußen duftet es nach blühenden Rosen. Endlich entkomme ich dem Gestank von Exkrementen und Schweiß. Er muss raus aus meinem Körper.

Am Eingangstor drücke ich auf den Knopf der Fernbedienung, das Tor öffnet sich. Ich muss dringend Leo anrufen. Während ich mit dem Auto den Weg hinunter zur Hauptstraße fahre, schaue ich immer wieder, ob mein Handy Empfang hat. Erst als ich mich der Autobahn nähere, piepst es.

Endlich!

Leo nimmt sofort ab.

„Leo, hier ist Flora, Ella ist in der Höhle. Im eingestürzten Teil bei der Kapelle. Bitte informiere sofort die Polizei und lass einen Bagger kommen."

„Woher weißt du das?"

„Jos Kubus hat es mir erzählt. Ich erzähle dir später mehr. Ich lege jetzt auf, damit du die Polizei rufen kannst. Hoffentlich ist es nicht zu spät."

Leo atmet schwer. „Mein Gott, Flora. Ich rufe sofort die Polizei an!"

Mit zitternden Fingern gebe ich Bad Urach in das Navigationsgerät ein. Die kürzeste Route erscheint mit der Zeitangabe: zwanzig Minuten. Die blaue Route wird immer wieder von roten Staulinien unterbrochen. Zwanzig Minuten werden zur Ewigkeit.

Während ich den Wagen auf die A28 lenke, greife ich wieder zum Telefon, um Andreas anzurufen. Auch er muss schnell handeln. Ich schaue auf das Display. In den wenigen Stunden, in denen ich offline war, sind Dutzende Anrufe von ihm eingegangen, dazu einige WhatsApp-Nachrichten. In der letzten

Nachricht fleht er mich an, ihn anzurufen. Er ist sehr besorgt. Ich scrolle zu seinem Namen und drücke auf die grüne Hörertaste. „Flora, endlich!" Seine Stimme klingt erleichtert. „Ich war gerade bei Jos Kubus", sage ich ohne weitere Erklärung. „In der Villa von Peter Herbach. Er war es, Andreas! Jos Kubus hat den Befehl gegeben, Ella und mich zu töten. Ich habe sein Geständnis mit meinem Handy aufgenommen. Bitte ruf deine Kollegen in Dettingen an. Sie sollen ihn festnehmen, bevor er fliehen kann. Ich habe ihn in der Bibliothek gefesselt und seine Haushälterin in den Keller gesperrt. Der Keller ist eine Folterkammer. Kubus hat junge Frauen entführt und gefoltert. Auch die Haushälterin, eine Frau Marek hat da mitgemacht. Aber der Hausarzt und der Gemeindepfarrer haben sich angekündigt. Wer weiß, was Kubus ihnen antun wird, wenn sie ihn losbinden. Ich fahre jetzt nach Bad Urach. Ella ist in der eingestürzten Höhle beim Weingut. Bis später!"

Ich warte nicht auf Andreas Antwort, sondern lege auf. Er muss sich erst um alles kümmern. Als Nächstes steht Martha auf meiner Liste. Sie soll nicht nach Dettingen fahren. Sie soll umkehren, denn hier kann sie nichts mehr tun. Ich schaue auf die Uhr im Armaturenbrett und schätze, dass sie noch vor Ulm ist. Bevor sie hier ankommt, hat die Polizei das Gelände bereits abgesperrt. Ich zögere, ob ich anrufen oder eine WhatsApp schreiben soll und entscheide mich für Letzteres. Andreas und Martin haben recht. Martha und ich müssen erst von Angesicht zu Angesicht reden können, am Telefon wird es zu kompliziert. Ich lenke den Wagen an den Straßenrand, schreibe kurz von den Ereignissen in Peter Herbachs Villa und dem Geständnis von Jos Kubus, und dass ich jetzt auf dem Weg nach Bad Urach bin.

Ich schließe mit einem hellrot schlagenden Herzen. Meine Liebe zu ihr ist stärker als meine Wut.

Ich fahre weiter Richtung Bad Urach, vorbei an endlosen Kiefernwäldern. Vor mir reißen die Wolken auf und die Sonnenstrahlen tauchen den dampfenden Wald in ein helles Moos. Die Augenfarbe meines Vaters. Ich rieche wieder die Fäkalien und den alten Schweiß von der Kreatur im Rollstuhl und erinnere mich...

Ich hocke mich vor den Sterbenden, dann blicken seine grünen Augen in meine. Sie weiten und drehen sich von rechts nach links. Er gibt stöhnende Laute von sich.
„Aha, du erkennst es?" Wie gebannt verfolge ich die Veränderungen in seinem Blick. „Ich bin das Ergebnis der Vergewaltigung von Ambra Mahler am 2. Oktober 1973 in Bad Urach."
Seine Pupillen verengen sich, er blinzelt. Sein Stöhnen wird lauter. Er will etwas sagen, aber es gelingt ihm nicht. Sein Geist ist in seinem gelähmten Körper gefangen. Als ich mich wieder aufrichte und auf ihn hinunterblicke, habe ich vor meinem inneren Auge, wie dieser Mann seinen Samen in meine kleine Mutter entlädt und sie und ihr Leben zerstört.
Dann wird mir plötzlich klar, dass ich die Frucht eines Ausbruchs tierischer Triebe bin. Peter Herbach hat weder Zuneigung noch Mitleid empfunden, als er den Körper meiner Mutter brach und mich zeugte.
„Wenn du anderen zu Lebzeiten keine Liebe und Zuwendung schenkst, bekommst du sie auch nicht, wenn du stirbst."
Ich drehe mich um und gehe auf Jos Kubus zu...

Als die Höllenlöcher und die dunklen Wälder an mir vorbeiziehen, kommen mir die Tränen. Hier hat die Polizei Ellas Auto gefunden. Mein Körper zittert. Hoffnung und Leere wechseln sich ab. Vielleicht gibt es Wasser in dem Raum, in dem Ella eingesperrt ist? Vielleicht gibt es dort eine wärmende Decke? Vielleicht gibt es eine Belüftung? Vielleicht ist meine Schwester noch am Leben? Die Hoffnung tröstet mich – für einen Moment. Bis die Leere wieder den ganzen Raum einnimmt.

Als Jos Kubus mir sagte, wo Ella ist, musste ich mich beherrschen, um ihn nicht bei lebendigem Leib zu häuten. Aber ich kenne die Regeln. Ich weiß, dass sie mich in eine windstille Zelle einsperren werden, wenn ich einen Mann töte.

Er wurde erst gesprächig, als ich ihm einen Faustschlag in die Hoden verpasste. Er zuckte vor Schmerz, konnte aber wegen des Knebels in seinem Mund nicht schreien. Dann hielt ich ihm mit zwei Fingern die Nase zu, sodass er keine Luft mehr bekam.

Sein Körper zitterte, er drohte zu ersticken. Als ich ihn fragte, ob er bereit sei, ein Geständnis abzulegen, nickte er. Ich stoppte den Rekorder, löschte die Foltergeräusche und schaltete das Gerät wieder ein, dann stellte ich ihm Fragen, die er kleinlaut beantwortete...

„Vor drei Jahren begann sich die Krankheit ALS zu manifestieren. Ihr Vater verwandelte sich allmählich in den bewegungslosen Mann im Rollstuhl", begann Kubus. „Ich machte mir Gedanken über meine Zukunft und besprach das mit Hendrik. Gemeinsam mit einem Notar aus Dettingen wurde ein Testament aufgesetzt, in dem ich als Alleinerbe eingesetzt wurde, unter der Bedingung, dass sich kein gesetzlicher Verwandter melden würde. Drei Jahre vergingen und Hendriks Situation verschlechterte sich von Monat zu Monat. Der Tod war nahe und mit ihm sein astronomisches Vermögen. Alles lief nach Plan. Doch dann erhielt ich vor vierzehn Tagen plötzlich einen Anruf von einer Ella Kaplan. Sie wollte mit mir über Friedrich Krekel, meinen Vater, sprechen und fragte mich, ob ich Informationen über einen Mordfall aus dem Jahr 1973 habe, den mein Vater damals als Kriminalbeamter bearbeitet hatte. Ich wurde nervös. Meine Mutter hatte mir tatsächlich von der „Affäre Ambra Mahler" erzählt und der schändlichen Vertuschung, die aus der heimlichen Affäre meines Vaters mit dem Bruder von Peter Herbach herrührte und die schließlich zur Scheidung meiner Eltern führte. Am nächsten Tag fuhr ich zum Weingut nach Bad Urach. Als ich Ella sah, wusste ich sofort, dass sie eine Tochter von Peter Herbach war. Die Ähnlichkeit war verblüffend."

„Du sahst dein Erbe dahinschwinden?", frage ich
Kubus nickt...

Jos Kubus suchte einen diskreten Auftragskiller, landete bei zwei Georgiern mit ausgezeichnetem Ruf und beauftragte die Männer, Ella zu töten. Ihr Tod sollte wie ein Unfall aussehen. Auf keinen Fall sollte bei den Ermittlungen der Verdacht einer gezielten Liquidierung aufkommen und somit keine Spur zu Kubus führen. Die beiden Söldner machten sich sofort an die

Arbeit und folgten Ella nach Rosenheim. So haben sie auch mich aufgespürt und ihren Auftraggeber über Ella Kaplans Zwillingsschwester informiert. Daraufhin erhielten sie den Auftrag, auch mich zu töten. Da sich die Auftragskiller bereits in den Voralpen aufhielten, wurde ich das erste Ziel. Die Aktion während meines Aufstiegs zum Grafenloch schlug jedoch fehl, woraufhin Jos Kubus Ella den Vorrang gab.

Am Samstagmorgen, dem 13. Juli, fuhren die Georgier dann nach Bad Urach, um Ella zu töten. Nachdem ihr Mann und ihre Söhne gegangen waren, betrat einer von ihnen das Weingut und sah Ella in Richtung des unterirdischen Verkostungsraums gehen. Er folgte ihr in die Höhle und sah, wie sie an einer Kapelle nach links abbog, woraufhin aus diesem Gang ein donnerndes Geräusch ertönte, gefolgt von einer Staubwolke. Nachdem sich der Staub legte und die Höhle wieder stabil schien, stellte der Söldner fest, dass Ella entweder unter den Trümmern begraben oder in einer Höhle hinter den Trümmern eingeschlossen war. In diesem Fall würde sie bald verdursten und erfrieren. Der erste Teil ihres Auftrags war erledigt. Sie schlossen das Tor mit Ellas Schlüssel ab, gingen in die Wohnung, schnappten sich ihre Tasche, ihr Handy und den Laptop, nahmen ihr Auto, fuhren zu den Höllenlöchern und ließen ihren Wagen im Wald zurück. Dann wies Jos Kubus die beiden Männer an, ihre Aufmerksamkeit wieder auf mich zu richten. Aber mich abstürzen zu lassen, erwies sich als Herausforderung. Nach dem Tod eines der Söldner in Dettingen befahl Jos Kubus ihnen, mich so schnell wie möglich zu liquidieren. Notfalls durch einen gezielten Schuss auf mich. Aber auch die Aktion im Hospiz Eden in Prien scheiterte.

Nach der Geschichte von Jos Kubus griff ich zu meinem Telefon, aber es hatte immer noch keinen Empfang. Mein Herz klopfte wieder in meinen Ohren. Ich musste Leo anrufen! Er musste sofort in die Höhle eindringen und Ella befreien. Ich fragte Jos Kubus, wo ich ein funktionierendes Telefon finden kann. Es gab keins, sagte er. Ich glaubte ihm, warf noch einen Blick auf die Kreatur im Rollstuhl und rannte aus dem Haus, in Richtung Auto.

Die Straße zum Weingut führt immer noch geradewegs durch einen dunklen Kiefernwald, durch den gelegentlich die helle Nachmittagssonne hindurchscheint. Das Spiel von Licht und Dunkelheit weckt in mir Bilder von Grafenloch, von der Jagd und dem Moment, als ich als Kind einen sterbenden Fuchs im Unterholz nahe der Baumgrenze, hoch über unserem Hof, fand. Es war Spätsommer. Das konnte ich am salzigen Wind und am öligen Geruch der absterbenden Kräuter riechen. Ich hörte den Fuchs, bevor ich ihn sah. Er gab einen stöhnenden Laut von sich. Mit dem Messer in der Hand schlich ich zu den modrigen Baumstämmen und fand das Tier. Es lag auf der Seite und starrte mit trüben Augen ins Leere. Sein flauschiger Schwanz war mit Kot verschmiert und aus seinem Maul kam weißer Schaum. Hatte er etwas Giftiges gefressen? Ich schubste den Fuchs sanft an, aber seine Pfoten bewegten sich nicht. Nur seine goldenen Augen reagierten. Wir nahmen Kontakt auf, der Fuchs und ich. Ich streichelte sein kupferrotes Fell und fühlte seine warme Haut. Ich setzte mich neben ihn, träufelte ihm Wasser aus meiner Thermoskanne ins Maul und strich ihm über die grauen Haare an der Schnauze, worauf er mich wieder ansah. Ein seltsames Gefühl überkam mich. Etwas, das ich jetzt als Zweifel bezeichnen würde. Ein Teil von mir wollte dem Fuchs die Kehle aufschlitzen, denn ich konnte den Gedanken nicht ertragen, dass der Körper des Tieres bereits auf dem Weg ins Jenseits war, während seine Seele noch hier auf dem Boden litt. Aber dieser Zweifel hielt mich zurück. Vielleicht ging es dem Fuchs wieder besser? Ich wartete und blieb bei ihm. Ich streichelte sein steifes Fell mit langen Strichen und lauschte seinem schwachen Atem. Ich sang ihm Lieder vor.

Als es zu dämmern begann, wusste ich, dass ich zum Hof hinuntergehen musste, und ich wusste auch, dass ich eine Entscheidung treffen musste. Die Termiten würden kommen und den Fuchs in kleinen Stücken fressen. Ein grausamer Tod. Das durfte nicht passieren! Mit einem schnellen Ruck schlitzte ich ihm die Kehle auf und schaute in die Augen des Tieres.

Der Fuchs hatte seinen Frieden gefunden. Mein Vater ist Futter für die Termiten.

KAPITEL 61

In der Höhle von Gutshof Wagner
Donnerstagabend

Die Bohrmaschinen machen einen Höllenlärm. Und doch stehen Leo und ich hier, mit den Händen auf den Ohren und einer Staubkappe über Mund und Nase. Wir stehen im Verkostungsraum, vor dem Tor zum unterirdischen Gangsystem, und schauen in die Dunkelheit. In der unsichtbaren Ferne, nach mehreren Kurven in dem langen Gang, haben Spezialisten ein Loch in die eingestürzte Wand gebohrt. Die Polizei hat uns verboten, es zu betreten. Wir müssen hier warten, sowohl aus Sicherheitsgründen als auch, um die Ermittlungen nicht zu gefährden. Die Höhle wurde abgestützt, und eine kleine Öffnung zur Höhle der Juden wurde bereits freigelegt. Dieser Teil stürzte ein, als Ella die verborgene Drehtür öffnete.

Ich schaue mir die Karte der Höhle an und versuche zu verstehen, wie es sein kann, dass ich letzten Montag nicht gehandelt habe, als Leo mich hier herumführte und *etwas* mich in diesen Korridor zog. Wir haben beide die Signale ignoriert, wie die Höhlenklappe, die auf ihrem Schreibtisch lag, die Schritte, die in den eingestürzten Raum führten, das Kreischen von Roswitha, die ständig den Vokal *ö* und *l* in dem Wort Höhle wiederholte. Wir haben uns die Zeichnung des Steinbruchs nicht angeschaut und wir haben nicht untersucht, wo diese Verfolgten während des Krieges geschlafen haben. Ich hatte zwar den Verdacht, dass sie nicht in einem zugigen Korridor gewohnt hatten, aber wenn wir die Signale aufgefangen hätten, hätten wir uns die Skizze früher angesehen. Wir hätten gewusst, dass sich hinter der Kapelle ein geheimer Raum befand, der auf der Karte als „Judenhöhle" eingezeichnet war. Dann hätten wir früher eine Öffnung in diese Wand gebohrt. Dann hätte Ella überlebt. Sie ist einen grausamen Tod gestorben, das ist sicher. Kein Mensch überlebt fast sechs Tage ohne Wasser bei einer Temperatur von 12 Grad. Nicht einmal Ella. Es bricht mir das Herz, wenn ich an die medizinischen Fakten des Verdurstens und Erfrierens denke.

Mein Wesen ist bereits in Trauer. Der Drang wächst, mich zurückzuziehen, denn nur in der Einsamkeit der Berge kann ich diesen Verlust verkraften. Und doch bleibe ich noch eine Weile hier. Nicht in der Hoffnung auf eine gute Nachricht, sondern um mich von meiner Schwester zu verabschieden. Um sie ein letztes Mal zu berühren, bevor ich in die Voralpen zurückkehre. Wenn überhaupt, dann hoffe ich, Antworten zu finden. Ella ist aus einem bestimmten Grund zur Höhle der Juden gegangen, sie hat dort etwas gesucht, und ich möchte wissen, was es war. Ich schreite durch den Verkostungsraum. Die Öffnung in der Wand wird immer größer, aber wir dürfen nicht hinein. Zunächst müssen die Profis sie erkunden. Leo befolgt gehorsam alle Anweisungen, er ist der Prototyp eines Mannes, der gehorcht. Ich habe heimlich den Schlüssel für das Tor aus der Schublade von Ellas Schreibtisch genommen. Wenn das hier nicht weitergeht, gehe ich gleich zum anderen Eingang und schleiche mich über diese Seite in die Kapelle.

Das Bohren hört auf und es herrscht eine seltsame Stille. Leo und ich sehen uns kurz an, dann blicken wir wieder in die Dunkelheit. Ich halte mich an dem Pfosten des Zauns fest und warte. Nach etwa fünfzehn Minuten kommen Lichtstrahlen in unsere Richtung. Vier Arbeiter ziehen mit ihren Geräten an uns vorbei. Ich spreche einen der Männer an, frage ihn, was er weiß. Er erzählt mir, dass ein Eingang zur Judenhöhle geschaffen wurde und die Stelle gesichert ist. Mehr kann er mir nicht sagen. Die Minenaufsicht und die Polizei müssen nun entscheiden, wie sie weiter vorgehen wollen. Ich versuche, mehr Informationen aus dem Mann herauszubekommen, aber er schüttelt den Kopf. Auch die anderen Arbeiter weigern sich, etwas zu sagen. Sie haben ihre Anweisungen, sagen sie, aber der traurige Blick in ihren Augen sagt mir genug. Sie waren dort, haben Ella gesehen. Ella ist tot! Der Polizist und der Bergwerksdirektor gehen auch hinaus. Leo packt den Polizisten am Arm und fragt ihn, ob seine Frau noch am Leben ist. Der Polizist weicht Leos Blicken aus und zieht sich zurück. Er dürfe keine Aussagen machen, sagt er. Dazu sind nur seine

Vorgesetzten befugt. Und hier drinnen gibt es keinen Empfang, also müssen sie ins Freie gehen, um ihren Vorgesetzten mitzuteilen, dass in der eingestürzten Höhle ein Zugang gemacht wurde und die Spurensicherung sie betreten kann. Der Beamte schließt demonstrativ das Tor wieder ab, steckt den Schlüssel in seine Hose und geht durch den Weinverkostungsraum hinaus. Leo geht ihm hinterher. Für die nächsten Minuten bin ich hier allein.

Als die Männer außer Sichtweite sind, klicke ich die Taschenlampe meines Handys an, öffne das Tor, schließe es wieder hinter mir und eile zur Judenhöhle.

Ich laufe schnell zur Kapelle und erreiche schnaufend die Judenhöhle. Als ich letzten Montag hier war, war der Boden sandig. Jetzt ist er wie der breite Korridor: hart von der Arbeit der Maschinen und Bauarbeiter. Im Gang beleuchtet eine Baulampe die aufgebrochene Wand. Die Öffnung ist etwa eineinhalb Meter hoch und einen Meter breit. Das Loch erinnert an einen Tunnel. Ich ignoriere das Hämmern in meinen Ohren, krieche durch den Hohlraum und betrete eine lang gestreckte Höhle. Es riecht noch immer nach dem muffigen Staub der Bohrungen. Auf dem Boden sind mehrere Fußabdrücke zu sehen. Der Raum ist groß, mindestens zwanzig Meter lang und sieben Meter breit. Die Höhe beträgt etwa zwei Meter. Wenn ich meine Hände ausstrecke, berühre ich die Decke. Die gerippten Wände sind geschwärzt, ganz anders als die beigefarbenen Wände im Durchgang. Kerzenständer und Petroleumlampen hängen an den Wänden. Oben links befindet sich ein Eisengitter. Wahrscheinlich handelt es sich um eine Lüftungsöffnung, durch die Frischluft aus einem anderen Raum hereinkommt. Die Höhle sieht aus wie eine Kaserne, mit etwa ein Dutzend Betten hinter geblümten Vorhängen. Die Matratzen sind dünn und sind mit Plastik überzogen. Hinten rechts steht ein langer Tisch mit Stühlen. Außerdem gibt es einen Petroleumkocher und einen offenen Schrank mit Geschirr. Hinter einem Paravent steht eine eiserne Kommode, daneben ein Eimer mit einer separaten Rundung. Dieser Teil diente also als Toilette und Bad. Es gibt sogar eine Ecke mit Haken, an denen Reinigungsutensilien hängen, wie ein Besen und eine

Kehrschaufel mit Bürste. Das ist also das Nest, in dem die Schutzsuchenden während des Krieges gelebt haben. Die Stille ist beängstigend. „Ella", rufe ich aus einer Laune heraus. „Bist du da?" Stille. Die bedrückende Atmosphäre verursacht mir eine Gänsehaut. Schritt für Schritt erkunde ich den Raum. Mehrere Schritte gehe ich auf und ab bis zu einer Stelle im hinteren Bereich. Ich folge ihnen und entdecke dort Ella. Ich halte den Atem an und schaue zu ihr hinunter. Sie liegt auf einem Bett in einer separaten Nische von etwa zwei mal drei Metern. Der Baustaub hat den breiten Spalt nicht erreicht. Ella sieht gelassen aus. Sie liegt auf dem Rücken und hat die Augen geschlossen. Ich beuge mich hinunter, berühre ihren nackten Arm. Er ist kalt und steif. Dann hocke ich mich neben sie, küsse ihre Wange und führe meine Nase an ihre Lippen und schnuppere. Der Geruch von Verwesung weht aus ihrem Mund. Alles ist kalt und steif.

Ich verkrampfe und falle rückwärts auf mein Gesäß. Mein Körper beginnt unkontrolliert zu zittern. Ich möchte schreien, aber es kommt kein Ton. Die unheimliche Stille lähmt mich. Ich gleite über den Boden wieder auf sie zu. Mit zitternden Fingern lege ich die Taschenlampe auf das schmale Bett und streiche durch ihre Locken, die sich feucht anfühlen. Meine Schwester ist tot. Als ich mich hinunterbeuge, um sie in die Arme zu nehmen, fällt mein Blick auf die Mergelwand neben ihrem Bett. Dort sind Buchstaben in die dunkle Wand geritzt. Sie leuchten im schwachen Schein der Taschenlampe hell auf. Jeder Buchstabe ist etwa zehn Zentimeter groß. Ich nehme die Taschenlampe und fahre mit dem Strahl an der Wand entlang. *Verzeih unseren Müttern, Flora, sie haben es aus Liebe getan.* Mit einem Herz darunter, durchbohrt von einem Pfeil und den Buchstaben R und M.

Ich schieße hoch und schaue mir die Wand genauer an, um noch mehr Worte zu finden, aber es gibt keine. Am Fußende ihres Bettes, direkt unter den Buchstaben, steht etwas. Es ist ein Stahlkasten mit einem Durchmesser von etwa vierzig Zentimetern. Ihr Deckel steht an der Wand. In der Schachtel befindet sich ein grauer Plastikmüllbeutel. Ich nehme ihn, klappe den Beutel auf und schaue hinein. Er enthält Dutzende Briefumschläge. Ich schlucke. Roswitha hatte sie in dieser Höhle versteckt und Ella hat sie an dem Tag gesucht, an dem sie mich in Metzingen abholen sollte. Wie betäubt schaue ich wieder auf das kleine Herz an der Wand. Diese Briefe haben sie umgebracht! Ich will in die Tasche greifen und einen beliebigen Umschlag herausnehmen, um ihn kurz zu lesen, aber hinter mir geschieht etwas. Ich lausche. Da sind schwache Geräusche. Noch leise, aber schon erkennbar. Sie kommen, die Menschen! Ich muss gehen und unsere Briefe in Sicherheit bringen! Die anderen dürfen unsere Welt nicht betreten. Die Briefe gehören Ella und mir. Ich beleuchte noch einmal den Körper meiner Schwester, falte die Hände und verneige mich tief vor ihrem Leichnam. Dann schnappe ich mir die Tasche, verlasse die Höhle der Juden im Eiltempo, wende mich nach links und laufe zum anderen Ausgang.

Teil 6

Der Verrat
Ella

Wenn Flora dies lesen wird, wo werde ich dann sein?
Ich friere.
Ich sehe Schatten. Sie werden länger und umkreisen mich.
Überall lassen sich die Fledermäuse auf mir nieder, starren mich
an.
Manchmal wünsche ich mir, es wäre zu Ende...

Wenn sie mich finden, wird Flora dies lesen.
Verzeih unseren Müttern, Flora, sie haben es aus Liebe getan.
Aber Flora wird ihr niemals verzeihen.

KAPITEL 62
Fluss Erms
Donnerstagabend, 18. Juli 2019

Keuchend nähere ich mich dem schnell strömenden Fluss. Ich bleibe stehen und wische mir die Tränen von den Wangen. Das muss die Erms sein, von der mir Leo neulich erzählt hat. Aber hier gibt es keine Brücke, also muss ich umkehren und die Hauptstraße überqueren, um auf die andere Seite zu gelangen. Ich gehe noch ein paar Schritte, dann bleibe ich wieder stehen. Aber warum sollte ich weitergehen? Ruhiger als hier wird es ohnehin nicht. In Deutschland leben über 80 Millionen Menschen und viele Menschen machen viel Lärm.

Ich rieche den schlammigen Geruch des schnell fließenden Flusses und schaue mich um, wo ich mich hinsetzen kann. Rechts liegt ein Baumstamm, umgeben von hohen Büschen. Der Boden um ihn herum ist mit Sand und Kieselsteinen bedeckt. Er ist wie eine sichere Bank. Dort kann mich niemand sehen und ich kann in Ruhe lesen. Ich gehe hinüber, setze mich und greife nach meinem Handy, um Martha anzurufen. Ich brauche sie jetzt. Martha weiß immer, was zu tun ist. Auch als Gabor starb, und erst recht, als ich Benjamin tot neben mir fand. Beide Male hat sie es geschafft, meinen Schmerz zu kanalisieren, indem sie einfach da war und mit mir gesprochen hat. Ich möchte ihr von Ella erzählen, wie sie in dieser dunklen Höhle lag, so friedlich, während ihr Sterben so schrecklich war. Martha weiß, wie sie mir helfen kann. Was sie fragen, was sie sagen soll. Und ich will ihr von den Buchstaben an der Wand erzählen, von den Briefen. Ich will sie mit Martha lesen, die Zeilen von Mama, die Ella gelesen hat, bevor sie starb. Hätte Roswitha Ella die Wahrheit über ihre Herkunft erzählt, wäre Ella heute noch am Leben, und wir hätten als Schwestern mehr Zeit miteinander verbringen können. Roswitha wusste ohnehin seit August 2018 von meiner Existenz, denn dieses Datum geht auf das Interview mit der Süddeutschen Zeitung zurück. Zu diesem Zeitpunkt hätte sie unbedingt handeln und

Ella informieren müssen. Aber Roswitha hat geschwiegen. Und sie versteckte die Briefe, die sie und ihre Mutter sich schrieben, in einer einsturzgefährdeten Höhle. Ella wusste von dieser Gefahr, denn die Bergbehörde hatte den Gang für unsicher erklärt, wie Leo ihr gesagt hatte. Trotzdem ging sie hinein und öffnete die Geheimtür zur Höhle der Juden. Der Drang, mehr über die Gedanken unserer Mütter zu erfahren, war größer als die Angst vor der Gefahr. Ella ging hinein, weil Roswitha ihr die Briefe ihrer Mutter vorenthielt. Roswitha wollte Ellas Mutter bleiben. Ich gebe Roswitha die Schuld an Ellas Tod.

Ich hebe den Müllsack hoch und rieche daran. Die schwäbischen Müllsäcke riechen genauso nach Benzin wie die bayrischen. Martha hat auch über meine Vergangenheit geschwiegen, aber ihr Schweigen war anders. Sie hat geschwiegen, um mich vor der Verhaftung zu schützen und um mich aus der Psychiatrie herauszuhalten. Das ist ein triftiger Grund.

Ich drücke auf den Einschaltknopf meines Telefons, aber der Akku ist leer. Seufzend versuche ich, meinen Körper in den Griff zu bekommen. Er ist völlig außer Kontrolle. In meinem Kopf herrscht wieder Chaos, begleitet von stechenden Schmerzen in den Schläfen. Ich strecke die Arme aus und versuche, mich zu beruhigen. Ich atme ein paar Mal tief durch und öffne mit zitternden Fingern den Müllsack. Ich schaffe es allein. Ich werde es schaffen. Ich greife das Plastik an den Enden, drehe den Sack um und schüttle die Umschläge neben mir auf den sandigen Boden. Sofort fällt mein Blick auf die schwungvollen Buchstaben, mit denen Roswithas Name und Adresse geschrieben sind. Ich zucke zusammen, als hätte jemand mit der Faust gegen mein Zwerchfell geschlagen.

„Nein, Martha, nein!", rufe ich.

Es ist kurz vor vier Uhr morgens. Selbst die Batterie der Taschenlampe ist jetzt leer. Ich habe kein Licht mehr. Das brauche ich auch nicht. In meiner Seele ist ohnehin nur noch das dunkelste Schwarz, denn ich habe alle Briefe gelesen. Urplötzlich ergibt alles einen grausamen Sinn. Alles um mich herum verliert an Substanz, löst sich in Luft auf. Ich schaue nach oben. Keine Wolken, aber der Himmel ist trüb. Die Sterne verblassen durch die Lichter der Vierundzwanzig-Stunden-Ökonomie. Die Stadt erzeugt einen monotonen Rhythmus von Autos und Motorrädern, die über die Straßen rasen. Über mir zieht ein Flugzeug nach dem anderen vorbei. Die Menschen sind Tag und Nacht auf der Jagd nach materiellen Dingen und Nervenkitzel. Sie hören dieses ständige Getöse nicht mehr. Ich habe die Geräusche der Menschen schon immer gehört. Sie machen mich unruhig und ich fühle mich bedroht. In den Bergen hat man noch den natürlichen Rhythmus von Tag und Nacht, weil es dort kaum Menschen gibt. Mama hatte recht. Das ist die Welt des Teufels. Jetzt verstehe ich auch, warum Mama und Oma Sarah in Grafenloch so glücklich waren. In der Einsamkeit der Berge gibt es keine Verräter. Hier schon. Sogar ganz in der Nähe.

Ich strecke die Beine aus und schiebe den Müllsack mit den Briefen zur Seite. Mein Körper ist müde und würde am liebsten in den Fluss steigen und sich vom Leben, vom Schmerz, von der Leere davontragen lassen, aber mein Geist hält mich zurück. Er will denken, wenn auch im Kreis. Die Worte, die ich gelesen habe, wiederholen sich in meinem Kopf. Noch kann ich die Wahrheit nicht begreifen. Oder besser gesagt: die Lüge. Martha hat Ella in dieser Höhle einen grausamen Tod sterben lassen. Und ich habe es nicht gesehen.

Martha und Roswitha schrieben sich Briefe. Unsere Mütter kannten sich. Sie haben sich Briefe geschrieben, Ella hat mir letzten Freitag eine E-Mail geschickt, bevor sie eingeschlafen ist. Aber ich habe sie nicht gesehen. Ich dachte, sie meint Mama und Roswitha. Warum habe ich nicht gemerkt, dass Ella Martha meinte, als sie das schrieb? Ich glaube, weil meine Mutter immer meine Mutter geblieben ist. Für Ella war das anders. Sie kannte Roswitha nur als ihre Mutter. Roswitha war ihre Mutter. Und als sie mich und Martha besuchte, dachte sie, dass es für mich dasselbe wäre, aber das war es nicht. Meine Mutter hat die Narben auf meiner Seele hinterlassen, die mich bis heute prägen und meine Sichtweise bestimmen. In den Jahren, die ich bei ihr verbrachte, entwickelte sich trotz der harten Bedingungen, unter denen wir lebten, meine enge Beziehung zur Natur. Von ihr habe ich meine Leidenschaft für Kräuter geerbt, und durch sie bin ich menschenscheu geworden. Wegen Mama rede ich wenig und liebe die Stille. Und weil sie mich nie angesehen hat, habe ich begonnen, die Augen der Lebewesen um mich herum zu beobachten. Meine Mutter hat mich geprägt. Martha hat nur die scharfen Kanten abgeschliffen. Mein Wesen blieb immer mit Grafenloch verbunden, und ich habe nie wirklich meinen Platz unter den Menschen gefunden. Ich habe sie immer auf Distanz gehalten, weil Mamas Teufelsgeschichten nie aus meinem System verschwunden sind. Nur Gabor und Martha ließ ich zu. Sie waren die Einzigen, denen ich vertraut habe. Und Andreas. Aber Gabor ist tot und Martha hat mich verraten. Auch sie hat sich als Teufelin entpuppt.

Martha wusste schon im September 1992, dass ich eine Zwillingsschwester habe. Martha und Roswitha haben es zufällig herausgefunden. Ella und ich waren damals gerade achtzehn Jahre alt. Wir hatten noch ein ganzes gemeinsames Leben vor uns. Doch Roswitha und Martha entschieden sich anders. Sie haben uns absichtlich getrennt, das weiß ich jetzt, nachdem ich Dutzende Briefe gelesen habe, die Martha an Roswitha geschrieben hat. Die beiden Frauen trafen sich in Prien anlässlich der posthumen Verleihung des Yad Vashem-Preises an Maria Söder, Marthas Mutter. Als Tochter von Josef Söder, dem verstorbenen Bruder der Preisträgerin, war auch Roswitha zu dieser Feier eingeladen. Die beiden Frauen entdeckten an diesem Tag, dass sie Cousinen sind, und sprachen lange über die Heldentaten ihrer Eltern im Krieg und über ihre tapfere Tante Katharina, die sich nach der Kapitulation für ein Leben im Kloster entschied und Mutter Katharina wurde.

Ich habe Roswitha in meiner Jugend tatsächlich gesehen. Das Wiedererkennen, das ich spürte, als ich ihr Foto letzten Sonntag in Ellas Arbeitszimmer sah, war also berechtigt. Ich traf Roswitha an jenem Tag im September 1992 nach dem Festakt vor dem Haupteingang in Prien. Ich hatte an diesem Nachmittag Nachhilfe in Mathematik, nur wenige Hundert Meter vom Gebäude entfernt. Martha hatte mich bei der Lehrerin abgesetzt und gesagt, sie würde mich abholen. Aber Martha verspätete sich. Die Lehrerin hatte einen anderen Termin und zeigte mir den Weg zu dem Gebäude, in dem Martha war.

Ich ging vom Haus der Mathematiklehrerin zum Gebäude und setzte mich auf eine Bank im Schatten einer riesigen Magnolie. Ich sah Roswitha und Martha, bevor sie mich entdeckten. Sie kamen gemeinsam aus dem Ballsaal und gingen die Treppe hinunter, während sie sich unterhielten. Ich starrte vom Hof auf die schöne Frau neben Martha, die einen schwarzen Hut über ihrem markanten Gesicht trug. Etwas geschah in mir. Ich stand auf und ging auf sie zu, die Treppe hinauf. Es war, als würde sie mich anziehen wie ein Magnet. Ich musste diese Frau sehen! Erst jetzt vermute ich, dass Roswithas Ähnlichkeit mit Mutter Katharina mich damals berührt haben muss und meine Erinnerung die Assoziation mit der Nonne herstellte, die mich bis zu meinem fünften Lebensjahr so liebevoll erzogen hatte. Roswitha schrie auf, als sie mich sah, und es wurde ihr unangenehm. Sie sagte etwas, das ich nicht verstand, und hielt sich am Geländer fest. Martha sah, was los war, und reagierte schnell. Sie rannte zu mir, packte mich am Arm und zog mich zum Auto. Wir fuhren nach Hause.

An diesem Tag im September 1992 beschlossen Roswitha und Martha, sich zu schreiben. Aus einem der ersten Briefe von Martha weiß ich, dass sie beide bis zu diesem Tag nicht wussten, dass Ella und ich Zwillinge waren, und dass sie beide ziemlich panisch waren. Angst hatten, entdeckt zu werden, Angst vor den Folgen einer illegalen Adoption und in Marthas Fall auch ihre große Angst, dass herauskommen könnte, dass ihr Bruder Max Beweise manipuliert hatte, um zu vertuschen, dass ich Mama getötet hatte. Sie hatten vereinbart, vorerst zu schweigen und die Wahrheit erst später zu erzählen, wenn Ella und ich erwachsen waren. Martha war besonders besorgt über meine unüberlegten, jugendlichen Handlungen. Die beiden mieteten einen Briefkasten, damit kein Brief Ella oder mich erreichte. In einem der Briefe muss Roswitha erwähnt haben, wo sie ihre Korrespondenz aufbewahrte, denn Martha antwortete ihr, dass ihr die Höhle der Juden als idealer Ort für die Aufbewahrung der Briefe erschien. Dann bedankte sie sich bei Roswitha für das schöne Foto von Ella auf der Mergelbank vor der unterirdischen Kapelle. Martha wusste also, wo Roswitha die Briefe versteckt hatte. Und doch schwieg sie, als ich ihr diese Woche die E-Mail von Ella weiterleitete, mit den Worten: *,Unsere Mütter kannten sich. Sie haben sich Briefe geschrieben.* Und sie schwieg auch, als ich ihr ausführlich von Ellas Arbeitszimmer erzählte und von der Mappe mit den Höhlenkarten, die auf ihrem Schreibtisch lag. Auch, als ich ihr von meiner Panik erzählte, als ich an der unterirdischen Kapelle vorbeikam. Hätte Martha mir letzten Montag die Wahrheit gesagt, wäre Ella heute noch am Leben. Aber Martha hat geschwiegen. Martha ist für Ellas Tod verantwortlich.

Aber warum hat sie geschwiegen? Aus Angst, mich zu verlieren? Denn das habe ich aus all ihren Briefen herausdestilliert: ihre große Liebe zu mir. Ausführlich beschrieb Martha meine Entwicklung in der Menschenwelt mit all ihren Höhen und Tiefen. Unzählige Passagen handeln von ihrer Unfähigkeit, mich loszulassen, als ich erwachsen wurde. Sie litt unter meinem Umzug nach Mühlbach und meiner Entscheidung, bei Gabor in Yucatán zu bleiben. Und sie war entsetzt, als ich nach Benjamins Tod in die Berge zog. Bald danach verfiel sie in Depressionen, von denen sie Roswitha viel erzählte, die ich aber nie bemerkt habe. Aus Marthas Antworten auf Roswithas Briefe schloss ich, dass es ihr ähnlich ging. Auch Roswitha konnte Ella nicht loslassen. Auch sie wollte ihre Tochter in ihrer Nähe behalten. Das gelang ihr auch, denn sie überredete Ella, das Weingut von ihr zu übernehmen, und weiterhin auf dem Gut Wagner zu wohnen.

In Wahrheit sind beide Frauen reine Egoisten. Sie haben ihr eigenes Glück gewählt und nicht das von Ella und mir. Ihre Angst, ihre geliebte Tochter zu verlieren, war wichtiger als unsere Wiedervereinigung. Sie wollten ihre Position als Nummer eins behalten und schienen zu ahnen, dass Ella und ich nach unserer Wiedervereinigung neue Wege gehen würden, als Schwestern, mit einer zweitrangigen Rolle für unsere Mütter. Aber je länger sie ihr Geheimnis für sich behielten, desto mehr fürchteten sie, von Ella und mir zurückgewiesen zu werden. Schließlich beschlossen sie, bis zu ihrem Tod zu schweigen und ihrem Testament einen gemeinsamen Brief mit Informationen über die Zwillingsschwester beizufügen. Diejenige, die zuerst sterben sollte, hatte das Pech eines frühen Todes, aber das Glück, dass sie nicht diejenige war, die unseren Zorn zu spüren bekam. In einem ihrer letzten Briefe an Roswitha schrieb Martha, dass sie aufrichtig hoffte, sie würde zuerst sterben, weil sie meine Verwunderung über ihr Schweigen nicht ertragen könne. Martha schrieb, sie sei überzeugt, dass ich sie verlassen werde, wenn ich erführe, dass sie ein Leben lang über meine Zwillingsschwester geschwiegen hatte.

Martha hat recht.

EPILOG

Der Sprung

Grafenloch, Sonntagnachmittag, 21. Juli 2019

Die Hundekette ist etwa drei Meter lang und in die Natursteinmauer eingelassen. Das Eisen ist von der prallen Sonne erhitzt und brennt in meiner Hand, als ich es anhebe. Die Ringe sind verrostet und hinterlassen einen roten Abdruck auf meiner Haut.

Ich vermute, dass die Bergleute diese Kette benutzt haben. Dass die Verfolgten einen Hund hatten, ist kaum vorstellbar. Das Bellen hätte die Judenjäger hinter dem Stollen alarmiert. Der letzte Ring ist beschädigt und hat ein kleines Loch. Wahrscheinlich hat Max den Rest der Kette entfernt, um Beweise zu verschleiern. Der Ring gleitet mir aus der Hand und fällt mit einem scheppernden Geräusch auf den Steinboden.

Ich trete einen Schritt zurück. Meine Mutter hatte mich wie ein Tier daran gefesselt und dann mit Felsbrocken nach mir geworfen. Das Trauma der Vergewaltigung hatte 14 Jahre lang in ihr geschwelt und war am 26. Juni 1988 explodiert. Ich, die Brut des Teufels musste sterben, aber ihr Teufel hat überlebt: Die Menschen nahmen mich in ihre Welt auf.

Aber was hat mir dieses Leben unter Menschen gebracht? Als ich an diesem Ort zwischen dem Verdursten und dem Abhacken eines Teils meiner Hand wählen musste, dachte ich wohl, dass ein langsamer Tod schlimmer sei als ein kurzer, heftiger Schmerz, um dann weiterzuleben. Aber ich kannte damals keinen echten Schmerz, ich wusste nicht, wie sich Verlust und Verrat anfühlen. Mit der Leere zu leben, ist schlimmer, als zu sterben. Und noch etwas habe ich unter den Menschen gelernt: Dein Schicksal lässt nicht zu, dass du dich abwendest. Das Schicksal ließ Ella den Tod sterben, der für mich bestimmt war. Das ist mir klar geworden. Sie ist verdurstet, weil ich am 26. Juni 1988 nicht sterben wollte. Hätte ich damals mein Schicksal akzeptiert und mir nicht den Finger abgeschnitten, hätte Roswitha mich nicht nach der posthumen Ehrung ihrer

Tante auf den Stufen des Gebäudes gesehen, hätte Ella nie von ihrer Zwillingsschwester erfahren und sich auf die Suche nach mir gemacht. Sie wäre heute noch am Leben, glücklich mit ihrem Leo auf ihrem Weingut. Aber meine Existenz war ihr Tod. Meine Existenz war auch der Tod meiner Mutter, die sich nie von dem Teufel befreien konnte, der sie vergewaltigt hatte.

Ich wende mich den zerklüfteten Bergen zu. Die kargen Gipfel scheinen unter der brütenden Hitze zu zittern. Die Atmosphäre ist schwül. Ein Gewitter kündigt sich an. Die würzigen Düfte von Buchsbaum und Steineiche dominieren, der Luftstrom zirkuliert. Eine leichte Brise streicht über meine nackten Arme. Um die Spitze des Hocheck bilden sich bereits Wolken. Mein Wind kommt. Er schwillt an. Ich muss aufbrechen.

Ich wende mich den zerklüfteten Bergen zu. Die kargen Gipfel scheinen unter der brütenden Hitze zu zittern. Die Luft ist stickig. Ein Gewitter kündigt sich an. Der würzige Duft von Buchsbaum und Steineiche dominiert, der Luftstrom zirkuliert. Eine leichte Brise streicht über meine nackten Arme. Um den Gipfel des Hocheck bilden sich bereits Wolken. Mein Wind kommt. Er schwillt an. Ich muss aufbrechen.

Ich nehme Benjamins Urne, verlasse den Hof und steige langsam den Weg zu meinem Windfelsen hinauf. Das spärliche Gras kitzelt an meinen nackten Waden. Gelegentlich muss ich die Urne mit meinem Benjamin absetzen, um die stacheligen Brombeeren zu entfernen. Ich gehe weiter und nähere mich dem schmalen, steinigen Pfad, der mich durch die Schlucht führt. Tief unten plätschert der Fluss im Tal. Der blaue Himmel über mir zeigt einen feinen Riss – das erste Anzeichen einer Gewitterfront. Das monotone Zirpen der Grillen ändert sich schon nach wenigen Metern. Auch das Zwitschern der Vögel klingt jetzt anders. Die Töne werden schriller. Ich bleibe stehen und lausche diesem seltsamen Phänomen. Das habe ich schon als Kind getan.

Jedes Mal, wenn ich mich diesem Ort näherte, wurde ich langsamer und spitzte die Ohren, um keinen Ton dieser wunderbaren Veränderung der Klänge zu verpassen. Heute weiß ich, dass meine Liebe zur klassischen Musik an diesem Ort geboren wurde, als ich den verschiedenen Klängen der Vögel, der Grillen, des Flusses und der raschelnden Blätter lauschte. Die Schlucht lässt die Lieder spielerisch erklingen. Als ich die Augen schließe und die Klänge in mich aufnehme, glaube ich, ein anderes Geräusch zu hören. Es kommt aus dem Tal hinter mir. Ich drehe mich um, gehe zur Biegung und lausche wieder. War das nicht unsere Glocke? Schwer zu sagen. Es könnte auch das Echo der Schlucht sein. Ich gehe ein Stück zurück, greife nach einem dicken Ast, beuge mich vor und schaue in den Abgrund, wo der Hof in der Tiefe liegt. Alles sieht aus wie immer. Niemand ist zu sehen, doch sicher bin ich mir nicht. Durch die Kirschbäume, die den Hof umgeben, ist das Grundstück nicht vollständig einsehbar. Ich zögere. Vor mir klettern zwei Eichhörnchen gurrend in eine Steineiche. Ihr Balzritual lenkt mich ab. Was spielt es für eine Rolle, ob da unten jemand spazieren geht oder nicht? Ich drehe mich um, nehme die Urne in die Hand und setze meinen Weg durch die Schlucht fort.

Als ich mich dem Windfelsen nähere, setze ich mich auf den großen Felsblock, stelle Benjamin neben mich und ziehe meine Wanderschuhe und Socken aus. Ich stehe auf, trete an den Rand der Schlucht und werfe meine Schuhe und Socken mit Schwung in die Tiefe. Sie platschen auf und versinken im schnell fließenden Wasser. Dann ziehe ich mich aus und werfe Shorts, T-Shirt, BH und Slip einzeln in die Schlucht. Die Urne nehme ich wieder in die Hand, schiebe sie zwischen meine feuchten Brüste und gehe Schritt für Schritt über das weiche Moos auf den vorspringenden Felsvorsprung zu. Vor mir erhebt sich das mächtige Massiv des Hocheck. Ich halte den Atem an und lasse das Panorama auf mich wirken. Meine Berge tragen die bräunlich-grünen Farben des Sommers, ohne den hellen Akzent des Schnees, der in den anderen Jahreszeiten dominiert. Über den Gipfeln türmen sich bereits graue Gewitterwolken, die das zarte Blau verdrängen. Sie treiben auf mich zu. In der Ferne gleitet ein Adler über das Tal. Am Berghang zu meiner Linken klettern ein paar Steinböcke in den Windschatten. Mit zusammengekniffenen Augen spähe ich den hohen Felsen entlang. Erwarten mich die Geier schon?

Ich schlurfe ein Stück weiter auf den Abgrund zu, beuge mich vor und spähe in die düstere Tiefe, die friedlich ist und still, wie eine Umarmung, die auf jeden wartet, der sich ihr hingeben will. Als Kind habe ich mich nie so weit vorgewagt. Instinktiv bliebe ich eine Menschenlänge von der Schlucht entfernt, auf der Hut vor einem Windstoß, der mich über den Abgrund stürzen könnte. Ich klappe die Urne mit Benjamins Asche auf und werfe den Deckel auf den Boden, schnuppere und drücke sie fest an mich. Mein Haar weht mir vor die Augen.

Ich atme tief ein. Der würzige Duft der Wacholdersträucher erreicht mich. Ich lasse die Geräusche des Hocheck auf mich wirken. Hier ist es unendlich ruhig, als gäbe es die Welt der Menschen gar nicht. Man hört nur das Summen der Hummeln und das Pfeifen des Windes. Es ist fast so, als wäre ich nie unter ihnen gewesen. Als ob ich diese Jahre nur geträumt hätte. Der Wind bläst bereits stärker, streichelt meine nackte Haut und trocknet meinen Schweiß. Ich lege meinen Kopf in den Nacken und spreize meine Beine. Ich zittere und schließe die Augen. Hinter meinen Augenlidern wechseln sich Rot und Schwarz ab. Sonne und Wolken. Das Streicheln des Windes wird eindringlicher, der Sturm naht. Meine Haut kribbelt, doch da ist noch etwas. Die Freude über die Berührung des Windes fühlt sich nicht mehr so an wie früher. Mein Vergnügen ist nicht mehr wie in meiner Kindheit.

Meine Haut hat diese andere Liebkosung erfahren, diese spielerische Liebkosung mit Küssen und Umarmungen. Dieses konzentrierte Streicheln, meine Haut, die seine berührt, die Reibung durch Feuchtigkeit und Trockenheit, die Säfte und Düfte. So anders als das Streicheln im Wind. Diese Veränderung des Gefühls begann mit Andreas Fingern, die so sanft über meine Wange strichen, um mich zu beruhigen, an dem Tag, an dem die Menschen mich in ihre Welt mitnahmen. Andreas hat mir dieses wunderbare neue Gefühl gegeben.

Der Wind verändert sich und zerrt bereits an mir. Es ist schwer, das Gleichgewicht zu halten, zumal ich die Arme nicht ausbreiten kann. Schließlich darf ich die Urne nicht fallen lassen und Benjamin nicht verlieren. Ich balanciere auf der Felskante und drücke Benjamin fester an mich. Hinter meinen Lidern ist es jetzt stockfinster. Die Sonne ist verschwunden und die Geräusche um mich herum verändern sich. Das Summen der Hummeln wird vom Heulen des Windes übertönt. Aber es gibt noch ein anderes Geräusch. Es wird lauter. Jemand ruft meinen Namen.

„Flora! Flora!"

Ich öffne die Augen, drehe den Kopf und taumle auf die Klippe zu.

Andreas klettert keuchend den Felsen hinauf und kommt auf mich zu. Er trägt Bergkleidung. Der Wind zerrt an seiner Hose und seinem karierten Hemd. Seine Haare sind vom Wind zerzaust. Er bleibt stehen, als er den Pfad mit dem Moos erreicht. Er ist ganz nah. Seine Brust hebt und senkt sich. Wir schauen uns an. Sein Gesicht ist verzerrt, Tränen laufen ihm über die Wangen. Panik steht in seinen Augen.

„Bleib bei mir, Flora. Ich habe mich mein ganzes Leben nach dir gesehnt!", ruft er atemlos und streckt mir seine Hände entgegen. „Bleib bei mir, bitte!"

PERSONEN

Flora Graf: geb. 1974 in Neuburg, lebt in Mühlbach.

Ambra Mahler: geb. 1950 - † Juni 1988 Mutter von Flora und Ella, Tochter von Sarah.

Sarah Mahler: geb. 1920 - † 1972. Mutter von Ambra und Floras Großmutter.

Gabor: geb. 1952 - † 2010, kurzzeitig Partner von Flora.

Benjamin: geb. 2011 - † 2012, Floras Sohn, starb im Alter von einem Jahr.

Martha Mandel: geb. 1945, seit 1989, Pflegemutter von Flora, lebt in Ebbs.

Ella Kaplan-Wagner: 17. Juni 1974, Floras Zwillingsschwester.

Leo Kaplan: geb. 1969 Ehemann von Ella.

Roswitha Wagner-Söder: geb. 1938 Adoptivmutter von Ella Kaplan und Tochter von Josef Söder. Pflege- und Altersheim Dettingen.

Cornelius Wagner: geb. 1936 - † 2019 Ehemann von Roswitha und Adoptiv-Vater von Ella.

Dr. Josef Söder: Roswitha Wagners Vater, geb. 1914 - † 1978, ältestes Kind der Familie Söder. Bruder von Maria und Schwester Katharina. Allgemeinmediziner in Bad Urach.

Schwester Katharina: (ehemals Söder): geb. 1917 - † 1979, Ärztin, tritt 1946 in die Benediktinerabtei Stift Neuburg am Neckar ein. Schwester von Josef und Maria Söder.

Maria Söder: geb. 1919 - † 1979, jüngstes Kind der Familie Söder. Lebte seit 1940 in Niederbayern. Schwester von Josef und Katharina. Verheiratet mit Oliver Gruber und Mutter von Kommissar Max Gruber.

Schwester Agatha, derzeitige Priorin Benediktinerabtei Stift Neuburg am Neckar

Schwester Clara: hat die Zwillinge Ella und Flora im Benediktiner Stift entbunden.

Andreas Gorja: geb. 1970, Hauptkommissar Kripo Rosenheim. Nimmt die Ermittlungen zum Mord an Floras Mutter wieder auf. Verliebt in Flora.

Max Gruber: geb. 1949 Polizist, der 1988 den Mord an Floras Mutter untersucht hat, Sohn von Maria (Söder) und Oliver Gruber.

Oliver Gruber: geb. 1916 - † 1972, Vater von Max Gruber.

Christian Reichelt: geb. 1949 Psychiater, der Flora 1988 in der psychiatrischen Klinik Prien behandelt hat.

Martin Köster: 1964 Pfarrer in Bad Urach

Beatrix Rösner: geb. 1943, kinderlose Patentante des Pfarrers Martin Köster. Haushälterin bei der Familie Herbach. Pflegeheim Dettingen.

Friedrich Krekel: Hauptkommissar Bad Urach. Hat 1973 in der Mordsache Mateo Ganteri gegen Ambra ermittelt.

Anna Ganteri: geb. 1937 Ehefrau des italienischen Gastarbeiters Mateo

Mateo Ganteri: geb. 1937 - † 1973 italienischer Gastarbeiter. Ehemann von Anna Ganteri. Wird am 2. Oktober 1973 in einer Scheune bei Bad Urach erstochen.

Anton Schäuble: Landwirt und ehem. Bürgermeister von Mühlau.

Dr. David Weibach: jüdischer Arzt, der während des Krieges mit Floras Großmutter in Grafenloch untergetaucht war. Lebte nach dem Krieg in Grafenloch.

Salomon Dreessen: † 25. Dezember 1973, Zeuge der Ermordung von Mateo Ganteri

Veronika Dreessen geb. 1964, ehemalige Mitschülerin von Pfarrer Martin, Tochter von Salomon Dreessen. Führt ein B&B auf dem ehemaligen Bauernhof der Familie.

Peter Herbach: geb. 1950 Strafverteidiger in Bad Urach. Jüngster Sohn des mächtigen Industriellen Hendrik Herbach.

Hendrik Herbach: geb. 1918 - † 1993, Patriarch der Herbach-Dynastie, Vater von Peter Herbach.

Jos Kubus: geb. 1974 - Geschäftsführer der Julena GmbH, Dettingen.

Eberhard Kramer: pensionierter Journalist, Dettingen, hat über die schwäbische Familien ein Buch geschrieben.

FÜR IHRE NOTIZEN